मकान
[उपन्यास]

मकान

श्रीलाल शुक्ल

राधाकृष्ण प्रकाशन

ISBN : 978-81-7119-559-6

मकान

पहला संस्करण : 1976
बारहवाँ संस्करण : 2023

मूल्य : ₹695

प्रकाशक
राधाकृष्ण प्रकाशन प्राइवेट लिमिटेड
जी-17, जगतपुरी, दिल्ली-110 051
शाखाएँ : अशोक राजपथ, साइंस कॉलेज के सामने, पटना-800 006
पहली मंज़िल, दरबारी बिल्डिंग, महात्मा गांधी मार्ग, प्रयागराज-211 001
वेबसाइट : www.radhakrishnaprakashan.com
ई-मेल : info@radhakrishnaprakashan.com

मुद्रक
बी.के. ऑफसेट
नवीन शाहदरा, दिल्ली-110 032

MAKAAN
Novel by Shrilal Shukla

1971 में, इस उपन्यास की शुरुआत के दिनों में,
जो 'जेम' और 'स्काउट' भर थे
और
1976 में इसके पूरे होने तक जो इसे समझने
और इसकी आलोचना करने की वयस्कता
पा चुके हैं
उन्हीं
आशुतोष और विनीता
को

क्रम

3 अक्तूबर, 1974—गुरुवार

नारायण

इस नगर की सड़कें जितनी गन्दी हैं, नगर निगम का दफ़्तर उतना ही शानदार है।

यह नहीं कि ऐसा आज पहली बार लगा हो। यह लगभग रोज़ ही होता है। दफ़्तर तिमंज़िला इमारतों का एक गुलाबी—बिस्कुटी मायालोक है, जिसकी सृष्टि दो सौ बीघे ज़मीन के बीचोबीच हुई है। लता-कुंज, उनके पास या बीच से निकलने वाली टेढ़ी-मेढ़ी वीथियाँ, फूलों की विस्तीर्ण क्यारियाँ, नक़ली झीलें आलंकारिक वृक्षों की क़तारें, उनके बीच से निकली हुई सीधी-साफ़ सड़कें, मख़मली दूब के मैदान आदि मिलकर आपस में इस ज़मीन का बँटवारा कर चुके हैं। यहाँ आते ही मुझे लगता है कि इस धुआँते-गन्धाते नगर के लिए ऐसा दफ़्तर ग़लत है।

सवेरे जिस सड़क से मैं इस दफ़्तर की ओर आता हूँ, उसका बड़ा पौराणिक महत्त्व है। मुझे विश्वास है कि द्वापर में युधिष्ठिर को नरक-दर्शन कराने के लिए इसी सड़क पर लाया गया था। दस बजे तक यह सड़क ट्रक-मोटर-बस-ताँगा-रिक्शा-साइकिल-ठेला-पैदल आदि से खचाखच भर जाती है और इतनी लम्बी-चौड़ी होते हुए भी गलियों से बदतर हो जाती है। सड़क पर पड़े हुए कूड़े के ढेर और पशुओं के सचल दल प्रत्येक यात्री की गति को दुर्गति में बदल देते हैं। गाय-भैंसों के खुर के नीचे दूधों नहाती-पूतों फलती, गोबर से सनी, मूत से गीली, कूड़े-भरी और कबाड़ से घिरी इस सड़क को छोड़कर जैसे ही मैं नगर निगम के दफ़्तर की चहारदीवारी के अन्दर आता हूँ, मुझे स्वस्ति का अनुभव होता है—आज भी हुआ। एक क्षण को मेरी साइकिल की किर्र-किर्र सितार पर बजते हुए वृन्दावनी सारंग की मध्य लय हो जाती है। पर, हरियाली और स्वच्छता और सम्भ्रान्ति के पहले दर्शन के बाद ही एक झटका लगता है कि यह इमारत ग़लत है—वह झटका आज भी लगा। जैसे वृन्दावनी सारंग की गत में किसी घटिया वादक ने गान्धार डाल दिया हो और बड़े आत्मविश्वास से आँखें मटकाकर श्रोताओं के मुँह से वाह-वाह निकलवाना चाहता हो, यहाँ आकर कुछ ऐसी ही खीझ मन में पैदा होती है। मेरे लिए यह दफ़्तर की इमारत नहीं है, एक वर्जित स्वर है।

यदि जीवन-संगीत का रूपक सही है, तो इसे वर्जित स्वर मानकर भी मैं अपने संगीत में इसका लगभग रोज़ प्रयोग करता हूँ। इस इमारत को न देखना चाहकर भी इसे रोज़ देखता हूँ और उकताता हूँ। जीवन की यह एक ट्रेजेडी है कि हम जिनको नहीं देखना चाहते, उन्हीं को बार-बार देखना पड़ता है और जिन्हें हम बहुत चाहते हैं, उन्हें देखने को तरसते रह जाते हैं।

फटीचर और ठाठदार दीखने के बीच चालीस पैसे का फ़र्क़ है। तीस पैसे ख़र्च करके आज सवेरे मैंने पतलून और बुश्शर्ट पर इस्त्री कराई थी और दस पैसे की जूतों पर पालिश हुई थी। मुझे अब फटीचर दीखने का डर नहीं था पर यह डर ज़रूर था कि नगर निगम के बड़े अफ़सर से अगर मैं आज नहीं मिल पाया और कल या परसों मिलना हुआ, तो तब तक इन कपड़ों पर शिकन और जूतों में धूल की झुर्रियाँ पड़ जाएँगी और तब मैं सुसम्भ्रान्त श्रीनारायण वंद्योपाध्याय न होकर नगर निगम का असिस्टेंट एकाउंटेंट-भर रह जाऊँगा। चालीस पैसे में पाई गई स्मार्टनेस ख़त्म होने के पहले ही मुझे अफ़सर की स्मार्टनेस का मुक़ाबला करने पहुँच जाना चाहिए।

दफ़्तर के पिछवाड़े एक शेड के नीचे असंख्य साइकिलों का मलबा जमा हो चुका है। मैं घड़ी देखता हूँ; साढ़े दस बज रहा है। दफ़्तर के लिए आधे घंटे की देर हो गई है, पर मैं एक घंटे बाद भी पहुँचूँ, तो प्रलय नहीं होगा। मेरा सेक्शन ऑफ़िसर ख़ुद आजकल साढ़े ग्यारह के बाद आता है क्योंकि सवेरे अस्पताल जाकर कुछ देर उसे अपने बीमार लड़के के पास बैठना पड़ता है; उसके बाद वह एक नर्स के साथ आधा-पौन घंटा अस्पताल की कैंटीन में बिताता है। दफ़्तर आते-आते वह जीवन की जटिलता का बड़े वेग से अनुभव करने लगता है और फिर उस अनुभव के सहारे जीवन को कुछ-रोकर, कुछ-गाकर झेलने की फ़िलॉसफ़ी पर मुझे व्याख्यान देता है। कैंटीन में यानी नर्स के साथ बिताए गए क्षणों के बारे में वह व्यथित काव्यमय शब्दों से मुझे कई बार बता चुका है कि वे क्षण उसके जीवन के मरुस्थल में निर्झरिणी की भाँति हैं। मैं उसे बताते-बताते रह जाता हूँ कि हो सकता है कि वे इस मरुस्थल की मृगतृष्णा-भर हों। पर मैं उसकी प्रौढ़ भावुकता को झटका नहीं देना चाहता। मेरी भावुकता पर, और उसकी भावुकता को समझने की मेरी क्षमता पर उसे अगाध विश्वास है, क्योंकि मैं उसका मातहत हूँ, दूसरे, जाति से बंगाली हूँ और तीसरे, सितार बजाने वाले एक ललित-कलित कलाकार के रूप में विख्यात हूँ।

साइकिल में ताला डालकर मैं इमारत के उस हिस्से की ओर चला जहाँ हमारा सबसे बड़ा अफ़सर 'रक्तकरबी' की यक्षपुरी के राजा की भाँति नेपथ्य में छिपकर बैठता है। पर दस क़दम चलते ही हर क़दम पर उठने वाली एक शंका दुर्निवार हो गई। शंका बहुत मामूली, पर बहुत खिझाने वाली थी—यही कि साइकिल में मैंने ताला बन्द किया है या नहीं, मैं जानता था कि मैंने ताला बन्द किया है, पर इस जानकारी पर भरोसा नहीं हो पा रहा था। दफ़्तर में मैं लाखों की जोड़-बाक़ी बिना

किसी कैलकुलेटिंग मशीन के निकालता हूँ और अपने अंकों की शुद्धता पर शंका नहीं करता; सितार के तारों पर मैं घंटों कठिन-से-कठिन रागों को उतारता रहता हूँ और एक क्षण के लिए भी उनके स्वरों की शास्त्रीयता पर सन्देह नहीं करता; वही मैं इस डेढ़ रुपल्ली के ताले से हारा हुआ हूँ और कभी निश्चिंत होकर सोच नहीं पाता कि ताला ठीक से लगा हुआ है। तभी होटल के अपने कमरे में ताला लगाकर मुझे लौट-लौटकर आना पड़ता है और ताले को झटकना पड़ता है। तभी इस वक़्त भी मुझे साइकिल के पास लौटकर ताले को झटकना पड़ा। वह ठीक से बन्द था।

सीमेंट-कांक्रीट की टेढ़ी-मेढ़ी गली थी जिसके किनारे-किनारे फूलों की क्यारियाँ और घने-घने लता-वितान थे। उस पर चलते हुए मुझे फिर ताले के बारे में उकताहट हुई। पर इस शंका-रूपी नागिन की हिलती पूँछ को मैं हिम्मत से देखता रहा। शंका ही करनी है तो नचिकेता की तरह, श्वेतकेतु की तरह शंका करो, भातखंडे के संगीत शास्त्र वाले शिष्य की तरह शंका करो, जो कुरेद-कुरेदकर रागों का तत्त्व निकालता है और उसे आत्मसात् करता है; मैंने अपने-आप से कहा। पर मेरी शंका फटीचर असिस्टेंट एकाउंटेंट की थी, जो सात साल पुरानी साइकिल के लिए विकल हो रहा था। यह जीवन की दूसरी ट्रेजेडी है कि हम जैसों के जीवन को, जिनकी ललकार दशों दिशाओं में गूँज रही है, शेर-चीते नहीं, छोटे-छोटे चूहे खाते हैं।

गलियारे के दोनों ओर एकड़ों में नापी जाने वाली लॉन है, जिसके किनारे-किनारे ज़ीनिया के बरसात-झेले और गुलमेहँदी के नए फूलों की क्यारियाँ हैं। दूसरी क्यारियों में जाड़े के फूलों की फ़सल तैयार होने जा रही है, जिसके लिए पिछले साल की भाँति इस साल अफ़सर की पत्नी को पुष्प-प्रदर्शनी में प्रथम पुरस्कार मिलेगा और तृतीय पुरस्कार उन्हीं के एक माली को गुलदस्ता बनाने के लिए मिलेगा। शुरू अक्तूबर की हवा धूप की क्रूरता को घटा रही है, फिर भी मेरा कॉलर पसीने से चिपचिपा उठा है। मेरे मन में फिर से पिछले दिन की स्मृतियाँ उभर आई हैं जिनमें मैं सिनेमाघर के पास खड़ी हुई एक लड़की को देखता हूँ। जो निश्चय ही बाज़ारू है, पर जिसे साहस और पूर्व-अभ्यास की कमी के कारण मैं बुला नहीं पाता; मैं दफ़्तर के रजिस्टरों पर झुका हुआ फ़ोन से स्वामी शान्तानन्द की विनम्र वाणी सुनता हूँ, और उनके निमंत्रण को तुरन्त स्वीकार न करके जवाब में कहता हूँ, 'स्वामीजी अभी क्षमा करें, सोचकर बाद में बताऊँगा', मैं दिल्ली से आए बच्चों के पत्र के बारे में सोचता हूँ जिसका सात दिन से केवल इस कारण उत्तर नहीं दिया जा सका कि मैं डाकघर जाकर लिफ़ाफ़ा नहीं ख़रीद सका, रात को एक युवा कलाकर का वायलिन-वादन सुनकर मैं उसके मुँह पर कहता हूँ, इसमें दम नहीं है। पिछले दिन की यादों के साथ मेरा मन लालसा, सन्ताप, पश्चाताप, प्रेम आदि से लबलबा उठता है और यद्यपि मैंने किसी वेश्या के पर्स में झाँककर कभी भी नहीं देखा, मैं कह सकता हूँ कि इस समय मेरा मन किसी वेश्या के पर्स जैसा हो गया है जिसमें

किसी फ़िल्म-शो के आधे टिकट, लिपस्टिक के टुकड़े, कमीज़ के टूटे बटन, चिटों पर लिखे हुए टेलीफ़ोन नम्बर और जन्मनिरोध की गोलियों से लेकर किसी फ़कीर से पाई गई भभूत की पुड़िया तक पड़ी हो।

बीते हुए कल के बारे में यह सब सोचता हुआ मैं गली से उतरकर लॉन में आ जाता हूँ और कुछ छायादार पेड़ों का, और ज्यॉमेट्री की इस गधा-साध्य का सहारा लेता हुआ कि—त्रिभुज की दो भुजाएँ मिलकर तीसरी भुज़ा से बड़ी होती हैं, लॉन के दूसरे किनारे पहुँच जाता हूँ। इस साध्य के सहारे रास्ते की दूरी सचमुच ही कम हो गई, तभी एक पेड़ के नीचे बैठी हुई औरत की गोद में कोई बीमार-सा बच्चा बड़े ज़ोर से चीख़ा। चारों ओर पत्थर-सी जमी हुई नीरवता के साथ यह विश्वासघात जैसा था। मैं चौंककर ठिठक गया।

चौंकते ही मैं परेशानी में फँस गया—ताले वाली नहीं, एक दूसरी परेशानी कि ऐसे ही अनुभव से, इसी प्रकार के दृश्य से मैं पहले भी गुज़र चुका हूँ, कि यह सब मेरे साथ पहले भी हो चुका है, कि पिछली बार जब मेरे साथ यह सब हुआ था तब कोई उलझाव-भरी घटना भी घटी थी! अन्धविश्वास वाली दुश्चिन्ता के साथ मैंने आँखें मिचमिचाईं और हवा, धूप, हरियाली, औरत, बच्चे आदि के परिचित संसार में अपने को वापस खींचना चाहा, खींच लिया; ऐसी ख़ुशी हुई, जैसे कोई दुःस्वप्न देखने के पहले ही नींद खुल गई हो। अफ़सर के कमरे की ओर जाने वाला ज़ीना मेरे सामने था।

मेहतरों को अभी तक तनख़्वाह नहीं मिली थी और उनके प्रतिनिधि बरामदे में खड़े-खड़े बकझक कर रहे थे। हरे पर्दों और बन्द दरवाज़ों के पीछे बैठा हुआ कोई हाकिम शायद उनके चले जाने की राह देख रहा होगा और वे इस भरोसे से वहाँ खड़े हुए अर्ध-अश्लीलता से अश्लीलता की ओर बढ़ रहे थे कि उनका कोई-न-कोई शब्द-बाण हाकिम के कान में ज़रूर चुभेगा, तब वह नाक-भौं सिकोड़ता हुआ बाहर आएगा और वार्तालाप की गुंजायश निकलेगी। इस भीड़ को तोड़ता और किसी अलक्षित लक्ष्य पर नाक-भौं सिकोड़ता हुआ मैं बरामदे में चलता रहा। मेरे पीछे एक बाबू शू-शू करके, जैसे भेड़ों के झुंड को सड़क पार कराना हो, मेहतरों को उस वक़्त चले जाने और शाम को पाँच बजे वापस आने की हिदायत देता रहा। मैं बरामदे के उस भाग में पहुँचा जहाँ चूहे नहीं, ऊदबिलाव बैठते हैं और जिनके ओहदे सहायक, अनु, उप, संयुक्त, अतिरिक्त आदि विशेषणों से शुरू और अधिकारी की संज्ञा से ख़त्म होते हैं और अपने नाम से ही जो बड़े-बड़े संज्ञावानों को निस्संज्ञ कर देते हैं। वहाँ कुछ बुर्क़ेदार औरतें, हाथ में काग़ज़ लिये, बरामदे के खम्भों से टिकी खड़ी थीं। उन्हें देखकर मुझे बचपन में पढ़ी हुई अलिफ़-लैला की एक कथा याद आई जिसमें बीराने में खड़े हुए पत्थर के बुतों का ज़िक्र था, जो आसमान से किसी फ़रिश्ते के उतरने का इंतज़ार कर रहे थे।

एक मेहतर गीले कपड़ों को हाथ के अभ्यस्त झटके से दाएँ-बाएँ घुमाता फ़र्श पोंछने की दैनिक रस्म पूरी कर रहा था। मैंने घड़ी देखी, दस बजकर चालीस हो रहा था। आगे निकलने के लिए मैंने उसे रुकने को कहा, पर उसके रुकते-रुकते उसका गीला कपड़ा मेरे जूते को छू गया और जहाँ छुआ, वहाँ पालिस पर एक धब्बा उभर आया। खीझकर मैंने मेहतर को कुछ कहना चाहा, पर यह सोचकर रुक गया कि सार्वजनिक दफ़्तरों के मेहतर अब सीवर और सेप्टिक टैंक जैसे नहीं हैं जो गुमनाम हैसियत से, दुनिया की निगाह से छिपे हुए, दुनिया भर की गन्दगी समेटते रहें। अब वे बाबुओं के साथ दफ़्तर के घंटों में ही दफ़्तर का काम करते हैं ताकि सब लोग उन्हें देखें और पहचानें और उपदेश ग्रहण करें कि फ़ाइलों पर क़लम और फ़र्श पर झाड़ू फेरना एक ही सक्रियता या निष्क्रियता के दो पहलू हैं।

बड़े अफ़सर का कमरा मेरे सामने था। सब-कुछ भूलकर मन-ही-मन मैं आगे आने वाले कथोपकथन का रिहर्सल करने लगा, 'सर, तीन महीने हो गए हैं, पर मुझे अभी मकान नहीं मिला है।' सोचते ही इस वाक्य की लाचारी-मिश्रित लट्ठमारी ने मुझे ख़ुद ही चित कर दिया। मैंने सोचा कि इस तरह नहीं, बात मौसम से, या अफ़सर के क्षेम-कुशल से, या संगीत-चर्चा से शुरू की जाएगी। पर मैं जानता था कि इस तरह से कोई मतलब की बात उठाना मेरे बूते के बाहर है। अफ़सर के आगे इतनी नक़ली बात की कल्पना से ही मेरा चेहरा झेंप से पिघलने लगा और बिना बोले ही मेरी जीभ हकलाने लगी। मेरा मन हुआ कि अफ़सर से बिना मिले ही अपनी मेज़ पर वापस चला जाऊँ और सुराही का बासी पानी पीकर अपने सेक्शन ऑफ़िसर के आने की और उसकी नर्स-लीला का अगला अध्याय सुनने की प्रतीक्षा करूँ।

प्रशासन की साँप-सीढ़ी

अन्दर कमरे में कई पर्सनल असिस्टेंट, टाइपिस्ट और अर्दलियों की साँप-सीढ़ी बिछी थी। अपने-अपने सम्बन्ध के हिसाब से अफ़सर से मिलने वाले लोग उनमें से किसी-न-किसी के पास खड़े या बैठे थे। कमरा साफ़-सुथरा और बड़ा था और फर्नीचर की कर्कश सादगी से लोगों को प्रोत्साहित नहीं करता था।

अपने आप नारायण की निगाह दक्खिन-पच्छिम के कोने की ओर गई। पहले जो टाइपिस्ट लड़की सबसे अलग होकर अपनी उदास सुन्दरता के घेरे में बैठी रहा करती थी, वह आज वहाँ नहीं थी। उस जगह बैठा हुआ एक पी.ए. नारायण को देखते ही अपनी जगह से उठकर उसके पास आया और बोला, "साहब से मिलना है? एक मीटिंग चल रही है, पर आप अन्दर चले जाएँ। परसों किसी से आप के लिए पूछ रहे थे।"

अप्रत्याशित आदर से नारायण की हिचक बढ़ गई। इसका असर उसकी बुश्शर्ट पर पड़ा जिसे, यह भूलकर कि उस पर आज ही इस्त्री हुई है, उसने पीछे खींचना शुरू किया। काल्पनिक शिकनें ठीक करता हुआ वह अफ़सर के कमरे की ओर बढ़ा।

किसी ने उसका कन्धा छुआ। नगर निगम के कर्मचारी-संघ का महामंत्री उसके पास खड़ा था, कुछ कह रहा था। नारायण ने कहा, "नमस्कार बारीन-दा कैसे हैं?"

"अच्छा हूँ! तो तुम यहीं वापस आ गए? सुना तो था, पर तुमसे मुलाक़ात नहीं हुई।"

नारायण ने पी.ए. की ओर देखा। उसकी आँखों में यह शिकायत पढ़ी कि दो बंगाली मिलते ही बंगला बोलने लगे हैं। हिन्दी में कहा, "जी हाँ, जी हाँ, कई महीने हो गए।"

"उसी जगह?"

"मेरे लिए और कौन-सी जगह है?"

"दिल्ली से क्यों चले आए? वहाँ तो अच्छी तनख़्वाह मिल रही होगी।"

"तनख़्वाह अच्छी थी, पर तन्दुरुस्ती अच्छी नहीं थी।"

बारीन ने उसे ध्यान से देखा। नारायण ने कहा, "मेरी नहीं, मीनाक्षी की।"

"कहने की ज़रूरत नहीं। तुम तो कलाकार बने घूमते हो। झेलना तो उसी को पड़ता है।"

"तुम्हारी बात वैसे चाहे जैसी रहती हो, यहाँ एकदम ग़लत नहीं है, बारीन-दा।"

"पिछले हफ़्ते रेडियो पर तुम्हारा सितार सुना था...।"

"सितार?" जैसे किसी ने उससे मंगल ग्रह की बात की हो।

"मुझे राग भी याद है—विहाग ही था न?"

"नहीं बारीन-दा, मेरा कोई नया प्रोग्राम नहीं हुआ। उन्होंने मेरा कोई पुराना टेप बजाया होगा।" उसकी निगाह अफ़सर के कमरे की ओर उठी।

बारीन ने पूछा, "इससे मिलोगे?"

"मकान के लिए...।"

"यह तुम्हें मकान देगा? बैल को दूहना चाहते हो?"

"तुम भी मिलने आए हो?"

"दुर्भाग्य से ऐसा ही है। पर अकेले में मिलूँगा। वाटर-वर्क्स वालों की एक नई यूनियन बन रही है। इसी के पिट्ठुओं का खेल है। सोच रहा हूँ...।" बारीन के पास अब दो-चार लोग आकर खड़े हो गए थे और उसकी बात मंचीय स्तर की होती जा रही थी।

नारायण ने वहाँ से हटकर अफ़सर के कमरे पर पड़ा हुआ मोटी टेपिस्ट्री का एक पर्दा उठाया और देखा, उस ओर एक और पर्दा है, वह झीना है और ज़्यादा क़ीमती है। कमरे में घुसते ही उसकी निगाह दीवार पर छितरे हुए रोशनी के चौकोर पैबन्दों पर पड़ी। यह खिड़कियों के चौकोर शीशों पर झिलमिलाते हुए सूरज का अक्स था, जो सामने दीवार पर धूपछाँही डिज़ाइनें खींच रहा था। नारायण की निगाह इन प्रतिबिम्बों में जाकर उलझी, छूटी, फिर दूसरी ओर जाकर उलझ गई।

वहाँ चाय चल रही थी। पाँच-छह आदमी होंगे—एक विदेशी गोरा था, दो-तीन काले साहब, कुछ स्थानीय नेता। अफ़सर ख़ुद चाय बनाकर उनकी ओर प्याले बढ़ाता जाता था। दरवाज़े पर नारायण को ठिठका देखकर बोला, "आइए, आइए, आप भी आइए।"

पास आते ही नारायण को चाय का प्याला अपनी ओर बढ़ता हुआ दीखा। इनकार में वह कुछ बुदबुदाया पर प्याला सामने आ गया था और उम्दा चाय की ख़ुशबू बहुत उत्तेजक लग रही थी। उसने दुबारा इनकार करना चाहा। अफ़सर ने दूसरे प्याले में सहज ढंग से चाय डालनी शुरू कर दी थी। उसने अपने नगर के बारे में कुछ कहा; गोरा बोला, "नहीं, ऐसा नहीं है। आपका सीवर सिस्टम कई लैटिन-अमेरिकन शहरों से अच्छा है।" सिल्क का कुर्ता, सोने की चेन, कलफ़दार धोती से लैस एक नेता ने कहा—"सच?" कहकर, जैसे, कोई पाली जीत ली हो,

उसने अपने साथी की ओर देखा। नारायण अपनी जगह पर पराजित होकर चुपचाप चाय पीने लगा।

उसने देखा कि अफ़सर ख़ुद चाय नहीं पी रहा है। कहा, "आपके लिए चाय...।"

"मैं चाय नहीं पीता।"

"साहब को सिर्फ़ चाय पिलाने का शौक है, ख़ुद नहीं पीते।" किसी ने किसी से कहा।

"पर पीने में हर्ज़ क्या है?" गोरा बोला, "किसने कहा है—शायद जॉन्सन ने—कि चाय ख़ुशी देती है, नशा नहीं देती।"

"चाय के बिना मैं आपको कुछ कम ख़ुश दीखता हूँ।" हर कोई हँसा, नारायण भी।

अफ़सर सचमुच ही बहुत ख़ुश दीख रहा था, बहुत सुन्दर भी। टेरीन के एक सिलेटी सूट में, उसी के उपयुक्त टाई लगाए, वह अपने सूट की ही तरह साफ़-सुथरा, धुला-पुँछा और इस्त्री किया दीख रहा था। उसकी उम्र पचपन के पास होगी, पर चेहरे पर झुर्रियाँ नहीं थीं। बाल एकदम सफ़ेद और चमकदार थे और उनमें हलकी लहरें पड़ी थीं। गोरे-चिकने चेहरे, सफ़ेद बाल और क़ीमती सूट के साथ उसका व्यक्तित्व एक ऐसे निमंत्रण-पत्र जैसा लग रहा था जिसके पीछे आयोजन में शामिल होने वाले के लिए पोशाक-सम्बन्धी निर्देश भी छपे हों।

गोरे ने कहा, "जहाँ तक 'सी' सेक्टर का सवाल है...।"

"माफ कीजिएगा, एक सेकेंड..." कहकर अफ़सर ने नारायण की ओर देखा। "आप जल्दी में तो नहीं हैं? तब फिर आराम से बैठिए।" कहकर वह गोरे के साथ आवास-योजनाओं की समस्याओं में लीन हो गया, जो कुछ देर तक तो नारायण की समझ में आईं, बाद में अपनी गहनता के कारण उसके लिए बिलकुल अमूर्त हो गईं।

3 अक्तूबर, 1994—गुरुवार

नारायण

चाय की हर चुस्की के साथ नाक में ऐसी ख़ुशबू पहुँची थी जो बिलकुल चाय की—उम्दा चाय की—ख़ुशबू थी और जो चाय की दुकानों पर हरगिज़ नहीं मिलती। उसके असर से मैं अफ़सर के कमरे से, और सेक्टर 'सी' आवास योजनाओं से, और स्नानालय-मूत्रालय-शौचालय की समस्याओं से, जो स्थानीय निकायों की चिरन्तन चिन्ता का विषय हैं, बहुत दूर चला गया और एक खिड़की के शीशे में, जिसके पीछे लगे पर्दे ने उसे दर्पण जैसा बना दिया था, अपने धुँधले चेहरे को अटका हुआ पाया।

यह पैंतालीस साल के आदमी का चुचका हुआ चेहरा था, जो पुत्री-पुत्र कलत्र, भाग्य-भावना-भगवान तथा कला-कामिनी-कादम्ब के झमेले में कभी अपने को पंडित रविशंकर की, कभी डॉन जुवाँ की और कभी रामकृष्ण परमहंस की कोटि में पाता है।

दया करके कोई खिड़की के शीशे में इस दृश्य का दर्शन करे। यह एक कलाकार का प्रतिबिम्ब है जिसकी रोज़ी कला से नहीं चलती, इसलिए उसे क्लर्की करनी पड़ती है; एक गृहस्थ है जिसकी पत्नी और बच्चे दिल्ली में पड़े हैं और जो ख़ुद मकान न मिलने के कारण एक होटल में पड़ा है और वह होटल भी कोई अशोका या ओबेराय-शेर्टन नहीं, वैसा ही है, जैसे हमारे डिसपैच-बाबू अख़्तर हुसैन की बीवी कहने को बेगम साहिबा हैं; शीशे में दिखनेवाला यह व्यक्ति एक भावुक प्रेमी भी है, जो कल्पना में आयतनेत्रा, उत्तप्त हेमवर्णा भैरवी के रूप पर आसक्त है और यथार्थ में किसी भी टकहिया छोकरी से कृतार्थ हो सकता है। यह जन्तु कविगुरु का 'आमि सुदूरेर पियासी' गीत सुनकर विश्व को डबडब आँखों से निहारने लगता है और मन में एक अज्ञात्, अव्यक्त पिपासा पाले हुए मुँह से रम के दर्जनों गिलास गटक जाता है।

मैं चाय पी रहा हूँ, खिड़की के शीशे में अपना धुँधला अक्स देख रहा हूँ, सरकारी कुर्सी पर दुबके हुए मृग की तरह बैठकर अतीत के दृश्यों का सिंहावलोकन कर रहा हूँ और अनजाने ही मन-ही-मन उन बिल्लियों-कुतियों-शेरनियों की अर्थात

लड़कियों-महिलाओं-देवियों की सव्याख्या सूची तैयार कर रहा हूँ, जिनसे मैंने प्रेम किया है, या जिन्होंने मुझे प्रेम किया है, या जिन्हें मैंने प्रेम करना चाहा, पर बीच में कुछ हो गया है, या जिन्होंने मुझे...आदि-आदि।

मैंने सखेद स्वीकार किया कि यह सूची बहुत छोटी है : जमकर अपनी पत्नी के सिवाय मैंने किसी को प्रेम किया ही नहीं। अँधेरे-वँधेरे में लुक-छिपकर नशे की हिम्मत से जिन्हें मैंने अपनी ओर घसीटा होगा, उनकी संख्या भी बहुत कम है; इतनी कम है कि मैं एक दयनीय सद्गृहस्थ होकर रह जाता हूँ। मेरे सितार-वादन पर मुग्ध होकर नौजवान छोकरियाँ कभी भी मुझे अपनी बाँहों में भरने को नहीं दौड़ीं, वैसे यह सप्रमाण सिद्ध है कि मेरे सितार-वादन पर मुग्ध होने वालियों की कमी नहीं रही है। जो सितार पर मुग्ध होने के बाद इस चेहरे पर मुग्ध हो गईं और इस शरीर पर टूटीं, उनकी संख्या कुल तीन या चार होगी; पर वे सभी पति-सन्तानपूर्ण नायिकाएँ थीं जिन्होंने पहले ही निश्चय कर लिया था कि घनिष्ठता की लक्ष्मण-रेखा कहाँ खिंचेगी। सूची के उस भाग में, जहाँ मेरे प्रेम-दर्शन के ख़िलाफ़ सविनय या हिंसापूर्ण अवज्ञा आन्दोलन हुआ, वहाँ सिर्फ़ एक नायिका का नाम था जिसे मैंने तुरन्त कनिष्ठा नामक उँगली पर गिना और उसके बाद अनामिका सार्थवती बभूव। उसका नाम श्यामा है।

अफ़सर अब आवास-योजना के पम्पासर का बगुला नहीं, बल्कि वहाँ की मछली बन गया था और बहुत गहराई में जाकर लाइफ इंश्योरेंस कॉरपोरेशन, हाउसिंग ऐंड अर्बन डेवलपमेंट कॉरपोरेशन आदि से मिलने वाले संस्थागत वित्त, रिजर्व बैंक, सार्वजनिक ऋण, डिबेंचर आदि की बातें करने लगा था। मैं श्यामा के हिंसात्मक अवज्ञा आन्दोलन की याद में खो गया।

आज से आठ-दस साल पहले इस शहर में सितार-वादक की हैसियत से मैं वह था जिसको ऑल इंडिया रेडियो वाले अभिभावकों की मुद्रा में, दयापूर्ण उपेक्षा के साथ नवोदित कलाकार कहते हैं। पृथ्वीतल पर उदित हुए मुझे तब चौंतीस वर्ष से ऊपर हो चुके थे जिनके पिछले चौदह वर्षों में मैं नवोदित कलाकार ही बना हुआ था। तभी एक संगीत-सभा में दो ऐसी बातें हुईं जिन्होंने मेरे परिचय के साथ जुड़े हुए 'नवोदित' शब्द पर गुणा का निशान लगा दिया। एक तो यह हुआ कि सभा में मेरे साथ एक विख्यात तबला-वादक ने संगत की, जो पंडित रविशंकर के साथ अमेरिका तक जा चुका था और उसके पहले 'हिन्दी-चीनी भाई-भाई' के साथ जुड़कर इस कविता के तीन ताल का प्रदर्शन पीकिंग तक में कर चुका था। इस तबला-वादक के साथ मंच पर बैठते ही मेरी हैसियत, जो काँख-काँखकर एक-एक सीढ़ी चढ़ रही थी, लिफ्ट के सहारे एकाएक पहली से चौथी मंज़िल पर पहुँच गई। दूसरे, मेरे सितार-वादन पर उस्ताद विलायत ख़ाँ ने, जो उस सभा के आख़िरी कलाकार होने वाले थे, मेरी पीठ ठोंकी और अतिशयोक्ति अलंकार में मेरी प्रशंसा की। इसका

तुरन्त असर हुआ; रेडियो वालों ने दूसरे ही दिन मेरी कैटेगरी बदल दी। उस दिन से शहर के संगीतज्ञों, संगीत-प्रेमियों और संगीत के क्रेता-विक्रेताओं में मेरी ख्याति बढ़ गई और प्रसंगत: उसी दिन से मैं उस्ताद विलायत ख़ाँ का विशेष प्रशंसक बन गया। विशेषत: उन दिनों की 'रविशंकर बड़े हैं या विलायत ख़ाँ' वाली घोंघापंथी बहस में मैं बड़े मौलिक ढंग से रविशंकर की त्रुटियाँ निकालने और विलायत ख़ाँ की त्रुटियाँ नज़रअन्दाज़ करने लगा। आगे चलकर मैंने कभी यहाँ—कभी वहाँ विलायत ख़ाँ साहब के साथ चार-छह दिन भी बिताए, जिस पर लोगों ने कहीं-कहीं मुझे उनका शिष्य बताना शुरू कर दिया और मैंने इसका प्रतिवाद नहीं किया। पर वे बाद की बातें हैं।

उन दिनों मेरे भूगोल के दो ध्रुवों का नाम नगर निगम की नौकरी और सितार-वादन था। उनके बीच श्यामा का ट्यूशन भूमध्यरेखा बनकर प्रकट हुआ। वहाँ पर मेरी हैसियत अनिश्चित थी क्योंकि श्यामा के लिए मैं वहाँ साठ रुपए माहवार का मास्टर साहब था, जो हर तीसरे दिन उसे सितार सिखाने जाता था। श्यामा में धीरे-धीरे मैं वे सब विशेषताएँ देखने लगा था, जो अज ने विलाप करते हुए इन्दुमती में देखी थीं, अर्थात मैं रमणी की हैसियत से मन-ही-मन उस पर मुग्ध रहने लगा, बिना माँगे सलाह देने के कारण वह मेरी सचिव हो गई, बराबर मुझे खिझाते रहने के कारण उसने सखी का दर्जा भी ले लिया और साठ रुपए महीने के सप्रमाण बन्धन के सहारे वह मेरी प्रियशिष्या तो थी ही (रमणी सचिव: सखीमिथ: प्रियशिष्या ललिते कलाविधौ—इति रघुवंशे।)

जो भी हो, श्यामा उन दिनों मेहनत से सितार बजाना सीख रही थी क्योंकि उसके होने वाले पति की शर्त थी कि वह संगीत जानने वाली लड़की से ही शादी करेगा और श्यामा के बाप ने अपने होने वाले दामाद से उड़ा दिया था कि उनकी लड़की बहुत अच्छा सितार बजाती है और उसके बाद उसे सितार सिखाने के लिए मुझे रख लिया था। विधि-विधान से श्यामा की प्रतिभा और क्षमता के प्रदर्शन का वास्तविक क्षेत्र सितार-वादन नहीं, कुछ और ही था। दूसरों की कमज़ोरी पकड़ने की जैसी प्रतिभा, और उन्हें नीचे घसीटने की जैसी क्षमता श्यामा में थी, वैसी सुन्दर कांड की छाया-ग्राहिणी राक्षसी में भी न होगी। पर राक्षसी का वध तो पवनसुत हनुमान ने कर दिया था, मैं श्यामा का कुछ नहीं कर पाया। वही मेरी छाया खींचकर मेरी दुर्गति करती रही, और मैं अधकचरे मनोविज्ञान के सहारे अपने को समझाता रहा कि वह मेरा मज़ाक़ केवल इसलिए उड़ा रही है कि वह मेरे साथ रमणी की भूमिका में आने को व्याकुल है!

उसका मज़ाक़ प्राय: मेरे दुबले-पतले शरीर, मेरे चार बच्चों और पत्नी के पाँचवें गर्भ को लेकर हुआ करता था। उसकी थीसिस थी कि यदि मुझे अकेले आस्ट्रेलिया भेज दिया जाए तो भले ही मेरा आकार वहाँ के निवासियों में श्रद्धा-विश्वास न

उपजाए (फॉर अपियरेंसेज़ आर डिसेप्टिव), मैं दस वर्षों में ही पूरे आस्ट्रेलिया को भारत-देश की भाँति जन-संकुल बना डालूँगा। इस तरह के मज़ाक़ों से, जिनकी जड़ रतिकर्म में होती थी, मेरे लिए इस भ्रम से फूलना नैसर्गिक था कि वह प्रियशिष्या रमणी पहले है, और जो कुछ भी हो, बाद में है।

मैंने उसे बरसों से देखा नहीं है और यह सोचकर कि वह शायद इस समय इसी नगर में हो, उसे देखना चाहता हूँ और उसकी पूछ-ताछ शुरू करने के लिए किसी अच्छे बहाने की तलाश में हूँ। कथा-साहित्य में भूतपूर्व प्रेयसियों का जो वर्णन पढ़ा है, उसके अनुसार उसे अब मोटी और थुलथुल हो चुकना चाहिए। पर तब उसके मांसल गालों में हँसने पर आकर्षक गड्ढे पड़ते थे, ओंठ भरे-भरे थे और उनका मोटापन उनकी प्रकट कोमलता में घुलकर खो जाता था और लिपस्टिक की मदद के बिना ही उसके ओंठों का कटाव मन पर अपनी स्पष्ट छाप छोड़ता था।

एक दिन की बात है—उस दिन कमरे में दीवार पर ट्यूबलाइट नहीं जल सकी और अपना आत्म-सम्मान बचाने के लिए कभी-कभी मैं अब भी उस दिन के अपने कृत्य की ज़िम्मेदारी कमरे की मद्धिम रोशनी पर डालता हूँ। एक कोने में बड़े घेरदार शेड वाला लैम्प जल रहा था जिसकी रोशनी छत पर एक बँधे वृत्त में और फ़र्श पर उससे बड़े वृत्त में फैल रही थी और हम लोगों के मुँह पर और फर्नीचर और दीवारों पर नीले शेड की परछाइयाँ थीं। हमारे नीचे एक बहुत मुलायम, सादा और क़ीमती क़ालीन पड़ा था जिस पर हम दोनों बैठकर संगीत-सरिता बहा रहे थे। यह सिर्फ़ रूपक नहीं है, उस दिन श्यामा ने सितार पर जिस द्रुत लय से झाला बजाया, उसका वेग किसी वर्षाकालीन सरिता जैसा ही था। उसके अभ्यास के लिए मैं तबले पर संगत कर रहा था और कमरे के अशरीरी आलोक में मुझे लग रहा था कि मैं स्वयं अशरीरी हो गया हूँ। सितार के थमते ही अपने हाथ तबले पर रोककर मैंने कहा, "तुमने आज बहुत अच्छा बजाया।"

श्यामा ने कहा, "यह सब आपकी ही देन है, मास्टर साहब।"

मुझे उसकी आँखों में शरारत की झलक दिखी, या हो सकता है कि अपने को बढ़ावा देने के लिए मैंने उसमें ख़ुद शरारत की ईजाद की हो, या हो सकता है कि श्यामा की आँखों की बनावट ने ही ऐसा फ़रेब पैदा किया हो—जो भी हो, मैंने अपना हाथ बढ़ाकर उसे अपनी ओर खींचा और लुढ़कते तबलों के बीच अपने पूरे वज़न के साथ लुढ़ककर वह मेरी छाती पर आ गई। इस अप्रत्याशित लुढ़क-पुढ़क में मैं भी थोड़ा लुढ़का, फिर सँभला और अपना एक हाथ उसके कन्धों पर कसते हुए अपने मुँह के असंयत अस्त्र से उसके मुँह पर प्रेमपूर्ण आक्रमण किया।

पर श्यामा का प्रत्याक्रमण प्रेमपूर्ण न था। सच तो यह है कि उसने मुझे जब अपने कन्धे से धक्का देकर दूर हटाना चाहा तो उसने उसे शिष्ट प्रतिरोध समझने की गुंजायश नहीं छोड़ी थी। एक अजीब-सी आदिम हिंसकता से उसने अपने दाएँ

हाथ की उँगलियाँ मेरे चेहरे पर फैला दीं और उसे निर्दयता से पीछे ठेलते हुए कहा, "ठीक से बैठिए।"

उसकी आवाज़ कड़ी नहीं थी, पर मैं थोड़ी देर के लिए सुन्न हो गया। मुझे अपना चेहरा, ख़ास तौर से गाल और माथा झुलसता हुआ जान पड़ा। पहले मैंने समझा कि यह शर्म और आत्म-दया की लपट है, फिर तुरन्त ही मुझे मालूम हो गया कि माथे की खाल का एक हिस्सा श्यामा के नाख़ून में चिपका चला गया है।

असफल प्रेमकांड से बढ़कर शर्मनाक और क्या हो सकता है? उसके साथ गाल और माथे की खरोंच की जलन जुड़ गई थी। मैं श्यामा की ओर आँख नहीं उठा सका; मैंने कमरे से बाहर जाना चाहा पर पाँवों ने मेरा साथ नहीं दिया। पर श्यामा तब तक हँसने लगी थी, कह रही थी, "आज के ट्यूटर न जाने कैसे हो गए हैं! आप तीसरे ट्यूटर हैं जिन्होंने मेरे साथ ऐसी हरकत की है।"

उस फूहड़ हँसी को शत्-शत् धन्यवाद। उससे वातावरण की सहजता लौट आई थी। मैंने कहा, "पर मुझसे ऐसा पहली बार हुआ है।"

"वह तो ज़ाहिर ही है। तजुर्बेकार लोगों के तरीक़े दूसरे होते हैं।" कहकर वह फिर हँसने लगी। इस हँसी से मुझे अपनी शर्मिन्दगी को दफ़न करने और ग़ुस्से को उभारने में मदद मिली। मैंने कहा, "तुम्हारे लिए यह मज़ाक़ हो सकता है पर मेरे लिए ऐसा नहीं है। आज के बाद मैं यहाँ नहीं आ सकूँगा।"

श्यामा की यही हरकतें बड़े-बड़े पुरुषार्थी पुरुषों को परास्त कर सकती हैं। उसकी हँसी रुक गई। बोली—"मज़ाक़ तो आपके लिए है। मुझे तो आपसे सीखना पड़ेगा। इतनी जल्दी हमें दूसरा ट्यूटर कहाँ से मिलेगा?"

वह ऐसी आत्मीयता से बोल रही थी, जैसे मेरे गाल और माथे पर उसके पंजे की खरोंचें कामशास्त्र के नखक्षत-भर हों; कहने लगी, "आप चाहते क्या हैं कि मेरी शादी रुक जाए? पापा उस इंजीनियर से कह आए हैं कि मैं जया बोस कल्याणी राय-माया मित्रा की चाची हूँ। अब तो इतना कम समय बचा है कि मुझे आपसे ही सीखना पड़ेगा, चाहे वही सब करके सीखना पड़े, जो आप चाहते हैं।"

यह कहते ही उसने मेरे चेहरे पर शेर-चीतों की भयंकरता देखी होगी क्योंकि उसने तुरन्त बड़ी नरमी से समझाकर कहा, "बैठिए मास्टर साहब, यह सब भूल जाइए। मुझे देखिए, मैं अभी से भूल गई हूँ।"

इसके तीन महीने बाद वह अपने इंजीनियर पति के साथ शहर से बाहर चली गई और मैं किसी ऐसे अप्रशिक्षित पर्वतारोही की तरह यहाँ बना रहा जिसने छह हज़ार फुट की ऊँचाई पर ही बर्फ़ में पाँव की उँगलियाँ गँवा ली हों।

सो, आज अफ़सर के कमरे में उसकी अर्थात नगर निगम के पैसे की लाजवाब चाय पीता हुआ मैं घूम-फिरकर श्यामा के बारे में सोचता रहा, और इसलिए नहीं कि उपर्युक्त घटना से मेरे जीवन में कोई नया मोड़ आया था, बल्कि इसलिए कि

आजकल मैं प्राय: सोचा करता था कि श्यामा का पति अमेरिका में है तो सम्भवत: वह इसी शहर में होगी।

मीटिंग ख़त्म हो चुकी थी; एल.आई.सी. हुडको, आर.बी.आई. आदि फ़ाइल में चले गए थे और गोरा तथा उसके काले साथी कमरे के बाहर जा रहे थे। अफ़सर चीते की-सी ललित चपलता से कुर्सी से उठ खड़ा हुआ था और चेहरे को ऊपर-नीचे दाएँ-बाएँ मुसकानों से परिशोधित करता हुआ उन्हें विदा देने के लिए दरवाज़े की ओर बढ़ रहा था। रेल के इंजिन में कोयला झोंकने वाले, जैसे जलती भट्ठी के ऊपर लोहे का पर्दा गिरा देते हैं, उसी तरह मैंने अपने मन में धधकते हुए श्यामा प्रसंग पर पर्दा डाल दिया और मातहतों के अभ्यास से कुर्सी छोड़कर खड़ा हो गया; तब तक खड़ा रहा, जब तक अफ़सर उन्हें विदा देकर अपनी कुर्सी पर वापस नहीं लौट आया।

"अब बताइए नारायणजी, कोई ख़ास बात है? कहकर उसने अपनी मुसकान का क्षेत्रफल घटाकर उसे अधिक सहज बना लिया और अपने सामने रखे हुए पाइप को उठाया। मेज़ का ड्रायर खोलकर उसने तम्बाकू की एक प्लास्टिक वाली थैली निकाली और पाइप में सावधानी से तम्बाकू भरने लगा। अपनी ख़ास बात बताने के पहले मेरे मन में यह भाव कौंधा कि यह अगर मुझे अपना पाइप दिखा रहा है, तो मैं इसे अपने दाएँ हाथ की उँगली दिखा सकता हूँ। सितार के तारों पर मिज़राब की टक्कर देते-देते इस उँगली के पोर मरी हुई छिपकली के मुँह जैसा हो गया है। अपनी उँगली के पोर को देखते ही मैं असिस्टेंट एकाउंटेंट के निष्प्रभ पद से निकलकर एक महान कलाकार के प्रभामंडल में पैठ गया, मेरा ढुलमुल आत्मविश्वास कड़ा पड़ गया। मैंने कहा, "सर, चार-पाँच महीने हो गए हैं। नए-नए लोगों को निगम के मकान एलॉट होते चले जा रहे हैं, पर मुझे अभी तक कोई मकान नहीं मिला है।"

वह विलम्बित लय से पाइप में तम्बाकू भरता रहा; मैं मेज़ पर हाथ रखकर अपनी उँगली में मरी हुई छिपकली का मुँह देखता रहा और अफ़सर के सामने अपने को भिक्षुक-भावना से बचाता रहा। सावधानी से पाइप जलाकर और उतनी ही सावधानी से धुआँ निकालकर अफ़सर ने बड़ी सदाशयता से कहा, "आपको मकान अभी तक नहीं मिला?"

"जी नहीं, पर 'डी' सेक्टर में दो-तीन फ़्लैट ख़ाली हो रहे हैं।"

उसकी निर्विकार दृष्टि एक नीले पैड पर जाकर अटक गई थी जिस पर रचे हुए सुन्दर अक्षर मुझे दूर से खिझा रहे थे। अफ़सर ने कहा, "आप पर हम सबको अभिमान है, आपके लिए मकान की बहुत जल्द व्यवस्था की जाएगी।"

मैंने सेक्टर 'डी' में ख़ाली होने वाले मकानों का फिर उल्लेख किया। तब उसकी संयत, सहज आँखें मेरे चेहरे पर जम गईं। मेरी उँगली का विकृत पोर इस निगाह से मेरी रक्षा नहीं कर सका। उस निगाह के आगे मनुष्य न रहकर मैं एक

पदार्थ हो गया; लगा कि किसी महान दार्शनिक के आगे मैंने कोई बड़ा ओछा सवाल उठा दिया है। अफ़सर ने मीठी बोली में मुझे सान्त्वना दी, "चिन्ता न करें, कुछ-न-कुछ किया जाएगा।" पर उसकी निगाह मेरे चेहरे पर ही जमी रही। उसका हाथ नीले काग़ज़ की ओर बढ़ा।

"मैं जिस होटल में हूँ, क्या बताऊँ सर, वहाँ बड़ा ख़र्च पड़ रहा है। फेमिली...।"

"होटल में हैं? तब तो सचमुच बड़ा ख़र्च पड़ता होगा।" कहकर उसने मुझे अपनी मुस्कान दिखाई, जिसका इसके सिवाय मैं कोई कारण नहीं समझ पाया कि वह उस वर्ग का आदमी है जहाँ लोग अकारण मुस्कराते हैं। उसने दुबारा कहा, "चिन्ता न करें।" उसकी दूसरी मुस्कान के साथ मेरे और उसके बीच एक सौम्य पटाक्षेप हो गया।

संगीत की लपटों में

शहर की रंग-बिरंगी रोशनी; मोटरों के हॉर्न की बहावदार आवाज़ें, जो आड़े-तिरछे एक दूसरे पर गिर रही थीं; साफ़-सुथरे हँसते आदमी; ख़ूशबू फैलाती हुई औरतें—इन सबके बावजूद या शायद इन्हीं सबके कारण नारायण को लगा, किसी बरसाती नाले की झुर्रीदार सतह पर वह एक तिनके की तरह उठता-गिरता, बहता चला जा रहा है। सिनेमा-हाउस के बरामदे में खड़े हुए नारायण ने अनिश्चय से एक सिगरेट सुलगाई।

तँबोलियों की दुकानों पर रेडियो बज रहे थे। विविध-भारती का फ़िल्मी संगीत कई ओर से मिलकर एक ही गाने को सामूहिक शोर में मिला रहा था। गाना, औसत फ़िल्मी गानों की तरह सस्ता और वाहियात था। पर उसने नारायण को अपनी ओर खींचा।

क्लैरियानेट और वॉयलिन के ऊँचे सुर और ढोलकों की ठनक गीत की हर कड़ी के बाद अचानक थम जाती थी। फिर ख़ामोशी के झटके के बाद मध्य लय में निकली हुई सितार की अकेली गत ऊँचे स्वर से उतरती थी और नि:शब्दता की घाटी में अपनी अस्पष्ट अनुगूँज छोड़ती हुई खो जाती थी। उसके बाद, एकदम रोशनी का सैलाब-सा छोड़ती हुई वही तेज़ क्लैरियानेट, वॉयलिन, ढोलकें! नारायण का पूरा व्यक्तित्व गीत के ऑर्केस्ट्रा पर टिक गया।

मैटिनी शो ख़त्म होने वाला था और रात के शो के लिए लोगों का हुजूम बढ़ता जा रहा था। तभी, खाने के कमरे में अचानक आ जाने वाले किसी बरसाती कीड़े की तरह, इस भीड़ के बीच एक लड़का आकर नारायण के आगे खड़ा हो गया। लॉटरी के टिकटों की एक गड्डी उसने नारायण के सामने हिलाई और रटे हुए वाक्यों में उसे लखपती बनने का आह्वान देने लगा। "एक रुपिया", "सिर्फ़ एक रुपिये में एक लाख का इनाम", "योरोप की सैर", "इम्पाला पर चढ़े-चढ़े घूमिए"...लड़का बिना रुके हुए बोलता रहा। किसी और मौक़े पर लड़के की फटी जाँघिया और रबर की घिसी हुई चप्पलें देखकर वह उसके मुँह से यूरोप की सैर और इम्पाला कार की बात को एक अनर्गल नाटक मानकर दिलचस्पी से सुन सकता था। पर इस समय वह लड़के को सिर्फ़ देखता रहा, उसके कान फ़िल्मी गाने से चिपके रहे। उसकी निगाह की स्थिरता देखकर लड़के ने और ज़ोर-ज़ोर से लॉटरी

की रटी हुई ख़ूबियाँ बतानी शुरू कीं। पर नारायण की निगाह लड़के पर उसी तरह जमी रही, लॉटरी की ख़ूबियों का उस पर कोई असर नहीं दीख पड़ा। लड़का उस जमी हुई निगाह के सामने असहज महसूस करने लगा, उसकी आवाज़ तेज़ हो गई और आत्मविश्वास जाता रहा। वह मुड़कर दूसरी ओर चला गया।

उधर फ़िल्मी ऑर्केस्ट्रा में सितार के स्वर तेज़ी से उभरे, किसी हवाई आतिशबाज़ी की तरह बहुत ऊपर जाकर फूटे, फिर नीचे की ओर उतरते-उतरते बुझ गए।

वह बुदबुदाया, "हरामज़ादे!"

कुछ क़दम चलकर वह खुले हुए फुटपाथ पर आ गया और बची हुई सिगरेट पीता हुआ, भूतपूर्व फ़िल्मी संगीत की लपट से मन-ही-मन सितार के स्वरों को बाहर खींचता रहा।

6 अक्तूबर, 1974—रविवार

नारायण

मिठाई के एक घिनौने टुकड़े पर सैकड़ों चींटे गुथे पड़े हैं। उन पर पानी की दस बूँदें छिड़क दी जाएँ, तब देखिए कि वे कितनी तेज़ी से कितनी असम्भव दिशाओं में बिखरते हैं। सिनेमा ख़त्म हो चुका है; दर्शकों को इसी तरह सड़क पर बिखरते देखकर मुझे चींटों की याद आती है।

बम्बई के सिनेमा वाले संगीत का सलाद तैयार करने में परम निपुण हैं। सड़े टमाटर, कड़ुवे खीरे, काठ जैसे नीरस नींबू, बरगद की जड़ जैसी कड़ी मूली और गाजर के अखाद्य टुकड़ों को वे तश्तरी में इतनी ख़ूबसूरती से सजाते हैं कि उसे दूर से ही देखकर भूख दुगुनी हो जाती है। संगीत के अनेक सड़े-गले तत्त्वों को इसी तरह ऑर्केस्ट्रा में सजाकर वे भुक्खड़ों के सामने प्रस्तुत करते हैं। संयोग की बात कि इस तश्तरी में उबले अंडे की जो फाँक मुझे मिली, उसमें धोखा नहीं है। सिनेमाघर के बरामदे में खड़े-खड़े सामने तंबोली की दुकान पर बजते हुए जिस गाने को सुन रहा हूँ, उसमें सितार की कुछ ऐसी ही हैसियत है। ऑर्केस्ट्रा के सभी बाजों में केवल सितार ही सम्मानित होकर निकल पाया है।

सितार के सम्मान से मेरा जी हुलस उठा। मेरे सामने बिल्कुल बाज़ारू ढंग का बाज़ार फैला था और मैटिनी से जो भीड़ निकलकर आ रही थी, वह पिटी-पिटाई धोखा-खाई जान पड़ती थी। उनके हताश चेहरे देखकर भी अगले शो के लिए ललकती भीड़ का मोह-भंग नहीं हो रहा था। मैंने एक में मिली हुई, पर अलग-अलग ढंग की इन दोनों भीड़ों को देखकर भी उन्हें अनदेखा किया और विविध भारती के पिछले गाने में सितार के स्वरों की याद करने लगा। इसके बाद सितार की यादों का क्रम नहीं टूटा। ऐसी यादें आईं जो दूसरों के वादन से और स्वयं मेरे वादन से जुड़ी थीं, जिनमें मैंने सूर्य-शशांक से बातें की थीं, ग्रह-उपग्रहों के यान पर चढ़कर अन्तरिक्ष भ्रमण किया था। उन यादों के अन्त में—पर यह भी ग़लत हैं, क्योंकि उन यादों का अन्त न था, न है—मैं एक ऐसी घटना से जाकर टकराया जिसकी टक्कर से मेरी कला और मेरा दर्प आज तक धूल में लोट रहा है।

मैं इन दिनों जिस होटल में रुका हूँ, वहाँ मैं बिना सोचे-विचारे आ गया था। मुझे होटलों का अनुभव नहीं। कुछ लोग ऐसे होते हैं जो घर की देहरी लाँघते ही विश्व-नागरिक बन जाते हैं। सर्वथा नए एअर-पोर्ट, रेलवे-स्टेशन, होटल-मोटल— सभी उनके घर के आँगन या बेडरूम जैसे जान पड़ते हैं। पर मैं अपने देश में भी अजनबी जगहों से बचता हूँ। स्थानों की ही बात नहीं, सच तो यह है कि व्यक्तियों में भी परिचितों तक के साथ मुझे प्राय: लगता रहता है कि मैं उन पर अपने को लाद रहा हूँ, और अपरिचित के लिए मेरे मन में सिर्फ़ आतंक रहता है। इसी से मैं आसानी से किसी को मित्र नहीं बना पाता और जब कोई मित्र बन जाता है, तो उसके कन्धे पर अपने पूरे बोझ के साथ झूल जाता हूँ...।

उस दिन, जब इस शहर में मेरी ट्रेन दस बजे रात को पहुँचने वाली थी और मैं मन-ही-मन किसी होटल की खोज कर रहा था, किसी सर्वथा नई जगह जाकर अपने दुस्साहस को परीक्षा में डालने का मेरा मन नहीं हुआ। पूरे शहर में यही एक होटल था, जिसे मैं परिचित कह सकता था और अच्छाई यह थी कि यह ज़्यादा परिचित नहीं था। आज से पाँच-छह साल पहले, मैं कुछ घंटों के लिए एक बार इस होटल में गया था। पर ये घंटे ऐसे-वैसे नहीं, शाम के सात से दस बजे के बीच के थे। जाड़े के दिन थे और वहाँ जाने की तैयारी में मैंने शरीर के ऊपर एक ओवर-कोट और भीतर रम का एक पौवा डाल लिया था। वास्तव में एक कलाप्रेमी मित्र ने, जो मेरे और मेरी कला के प्रति प्रेम दिखाने का एकमात्र यही तरीक़ा जानते थे कि मुझे शराब पिलाई जाए, उस दिन मुझे इस होटल में पीने ही के लिए बुलाया था और इस आशंका से कि कहीं मुझे वहाँ भद्रलोक-शैली में बूँद-बूँद करके न पीना पड़े, मैंने सावधानी बरतते हुए रम का एक पौवा पहले ही पेट में डाल लिया था। होटल में पहुँचकर मैंने देखा कि पीने की शैली मेरी रुचि के अनुकूल है, अत: वहाँ भी मैंने रुचिपूर्वक पिया और मित्र जब बोले कि संकोच न करो, तो मैंने संकोच नहीं किया। वास्तव में, हमें खिलाने-पिलाने वाले सज्जन मेरे मित्र के मित्र थे और वही इस होटल के मालिक थे। होटल और उसके मालिक के प्रति सद्भाव से तथा रम और व्हिस्की के मिश्रण से भरा हुआ जब मैं वापस लौटा तो अपरिचय का आतंक खोकर मैं 'बसुधा ही कुटुम्ब है' की दिशा में गिरता-पड़ता काफ़ी आगे बढ़ चुका था।

अस्तु, कई वर्ष पुरानी इस पियक्कड़ी का ही फल था कि इस शहर में वापस आने पर बिना अधिक विचार किए, मैं इस होटल में रुकने के लिए चला आया। पर इस होटल के लिए मेरे मन में जो सद्भाव था उसके मोटे नितम्ब पर अगले दिन ही एक करारी ठोकर लगी। इसी ठोकर की याद से चिहुँककर मेरे मुँह से इस समय भरे बाज़ार में गाली निकली थी : हरामज़ादे!

होटल में मेरा प्रवेश साढ़े दस बजे रात को हुआ था। उस दिन रेल-यात्रा की खिचखिच और रेलवे टाइम-टेबुल की ज़्यादती के कारण, जिसके अनुसार गाड़ी

यहाँ दस बजे रात को पहुँचती थी, मैं पी नहीं पाया था और भूख के भ्रम को रेलवे कैटरिंग के अखाद्य खाद्यों से पहले ही झुठला चुका था। अतः होटल में पहुँचते ही, उसके मालिक के लिए कुछ देर इधर-उधर ताक-झाँक करके, मैं सोने के लिए बिस्तर में पहुँच गया। लेटते ही जान गया कि यह पहले वाली जगह नहीं है।

लगा कि चौराहे पर लेटा हुआ हूँ। मेरे कमरे के सामने जो बरामदा है, उसमें आने-जाने वालों के पाँव की आहट रात में कभी थमी हो, तो इसका मुझे पता नहीं। गन्दे-गन्दे छोकरों की चीख़-पुकार (जब कोई एक कोने से पुकारता था, "वेटर!" तो कोई दूसरे कोने से चीख़ता था, "आया जी!"), दो तगड़े पंजाबियों की प्रफुल्ल स्वर-लहरी में गूँजते ग्राम-गीत, लगभग हर कमरे में ट्रांजिस्टरों पर बजने वाले फ़िल्मी गाने, और मेरे दरवाज़े के आगे बार-बार घटती-बढ़ती पगचाप—इन सब से सहमी हुई नींद की चिड़िया पता नहीं किस अँधेरे पेड़ पर छिपी रही, बहुत देर तक नहीं आई।

बरामदे के बाद एक छोटा-सा आँगन है, उसके पार ठीक ऐसा ही बरामदा, ऐसे ही कमरे। मैं खिड़की से देखता रहा; उधर के कमरे में कोई एक बहुत मोटा सेठ दरवाज़े को बेहिचक खुला छोड़कर शराब पी रहा है, उसके साथ कुछ और लोग भी हैं। हर मिनट बाद वह चीख़ता है, "वेटर! पानी!" "वेटर! बरफ!" "वेटर, अंडे के पकौड़े!" या सिर्फ़ "वेटर! वेटर!" पीता मैं भी हूँ पर इस तरह वेटर की गोद में बैठकर नहीं। ऊबकर मैंने मन-ही-मन कहा कि सेठ, वेटर की जगह तुम इसी प्रकार मेरा यानी नारायण का नाम लेकर पुकारो तो पानी, बर्फ़, पकौड़े आदि तुम्हें भले ही न मिले, मोक्ष निश्चय ही मिल जाएगा, बिना किसी प्रयास के तुम कलजुगी अजामिल हो जाओगे।

नींद आ जाने पर भी मैं सामने के कमरे से आने वाले ठहाकों और बार-बार खिसकाए जाने वाले फर्नीचर की चिर्र-चिर्र से निश्चिन्त नहीं हो सका। उसके बाद सन्नाटे का एक सूक्ष्म अन्तराल, फिर कुछ महिलाओं की नकबैठी हँसी, फिर उन्हीं के द्वारा गला चाँपकर गाई गई ग़ज़लों का पाठ, जिनके अशुद्ध उच्चारण ने मुझ बंगाली तक को रुला दिया।

सवेरे चार बजे मेरी नींद खुल गई। चार बजे उठकर सितार का अभ्यास करने की मेरी आदत है और अपनी सभी आदतों में एक यही ऐसी है जिससे मुझे संकोच या असमंजस नहीं होता। इस होटल में मेरी इसी आदत की क़ब्र खोदी गई है।

सड़क पर इक्का-दुक्का सवारियों की आवाज़ें थीं, पर होटल में अब भी सन्नाटा था। इतना सन्नाटा था कि सितार के तारों को छूते हुए झिझक-सी जान पड़ी, पर यह झिझक उस गोताख़ोर की थी, जो केवल एक बार पानी छूकर देखता है कि यह कितना ठंडा है। उसके बाद मेरी उँगलियों की चपलता ने मुझे स्वयं विचलित कर दिया। उसी के साथ भैरवी स्वरों से सारा कमरा, और मेरा सारा अन्तर्जगत झनझना उठा।

मेरे प्रिय बन्धु यदि कभी यह चिट्‌ठा पढ़ेंगे, तो कदाचित् उनको मेरा यह व्यवहार अटपटा लगे। वे सोच सकते हैं कि वही नारायण बनर्जी, जो अपने विषय में बड़ी प्रगल्भता से बोलता है, जो व्यंग्य, काकु वक्रोक्ति, अन्योक्ति आदि के प्रति इतना लगाव दिखाता है, वही भैरवी के नाम से इतना श्रद्धा-विगलित क्यों हो उठा है? ऐसा क्यों है कि भैरवी के स्वरों की अवतारणा में लीन उसका माथा जब सितार पर झुकता है, तो किसी असम्भव वरदान की प्रतीक्षा में झुका ही रहता है।

कारण यह है : भैरवी मेरे लिए समर्पण की रागिनी है। अत्यन्त प्रचलित और लोकप्रिय होते हुए भी दीर्घकाल तक इसका प्रचलन और लोकप्रियता सुरक्षित है। सच्चे प्रेमी जैसे अपनी प्रेयसी के निरन्तर सम्पर्क से नहीं ऊबते, जिस प्रकार सम्पर्क का प्रत्येक क्षण उनके अनुराग की नव्यता को बढ़ाता है, वैसे ही भैरवी को मैं जितना ही सुनता और बजाता हूँ, उसके प्रति मेरी आसक्ति उतनी ही प्रगाढ़ होती जाती है। मुझे लगता है कि इस रागिनी के सम्पर्क से मैं ऊपर उठ आया हूँ। अपने असामान्य रूप और वैभव से उसने मुझे आच्छन्न कर लिया है। उसके सभी स्वर कोमल हैं, पर उसका बन्धन कठोर है। उसने मुझे अपनी करुणा का आधार बनाया है, अपने इस ऐश्वर्य पर मुझे विश्वास नहीं हो पाता। तभी मैं उसे एक-से-एक दुरूह स्वर-सन्निवेश के तन्तुओं से जकड़ता हूँ, तोड़ों की नई-नई उद्‌भावना से अपने ऐश्वर्य को स्थायी बनाना चाहता हूँ।

पर जो भी चाहता हूँ, उसका पाना इतना सहज नहीं है। दरवाज़े पर किसी ने दस्तक दी और सितार पर मेरी उँगलियाँ रुक गईं। बाहर से किसी ने कहा, "ज़रा मौक़ा देखकर चलिए, भाई जान!"

सच तो यह है कि साफ़-साफ़ सुनकर भी मैं कुछ समझा नहीं, नि:शब्द बैठा रहा। कोई मेरे कमरे के पास से हटकर आँगन पार कर रहा था। सितार की मिटती हुई झंकार के सामने यह आवाज़ अश्लीलता-सी जान पड़ी, जो कुछ पल वातावरण में पलती रही। पर इस समय मैं वातावरण का दास नहीं, उसका स्रष्टा था। मेरी उँगलियों ने सितार के तारों को दुबारा छुआ।

पर इस बार भैरवी नहीं। मैं विश्वासी प्रकृति का हूँ और कोई चाहे तो मुझे अन्धविश्वासी भी कह सकता है। वैसे स्वयं मेरा इसमें विश्वास नहीं कि किसी के अतार्किक विश्वास को अन्धविश्वास कहूँ। जो भी हो, मेरे विश्वास ने कहा, "अब भैरवी नहीं, नारायण। उस पर आज रोक लग गई है। कुछ और बजाओ, वह शायद बिना रोक-टोक के निकल जाए।" पहले झिझककर, फिर सहज होकर मैंने ललित के स्वर निकालने शुरू किए।

प्राचीन संगीतकारों ने रागों के जो चित्र दिए हैं, उन पर गद्‌गद होकर हम भले ही बकरे की तरह सिर हिलाते रहें, पर मेरी दृष्टि में ये चित्र हमेशा उस राग की भावना के अनुकूल नहीं बैठते। दृष्टान्त के रूप में राग ललित ही को क्यों न लें! शास्त्रकार ललित को एक विलासी नायक के रूप में देखते हैं जिसके ओष्ठाधर ताम्बूल-राग

से रंजित हैं, जिसके मस्तक पर पीत तिलक है, आदि-आदि। इसके विपरीत, मैं जब ललित सुनता या बजाता हूँ, तो मुझ जैसे पियक्कड़ तक की आन्तरिक विलासिता की केंचुल गिर जाती है, साफ़-सुथरे मन के सभी अवरोध खुलने लगते हैं। इस समय भी ऐसा ही हुआ। ललित के स्वर में उतराते हुए मुझे आस-पास विलास की क्षीणतम छाया तक नहीं दिखी। स्वरों की गहनता में बार-बार कोई असुलभ स्वर-संघात खोजते हुए मैं कितनी देर तक सान्द्र अनुभूति में डूबा रहा, इसका मुझे पता नहीं। सारा विलास-जगत मेरे लिए प्रसंगहीन हो गया। मीड़ों की लहरों पर चढ़कर, तार सप्तक के स्वरों को छूते ही, मैंने निष्कृति की साँस ली। लगा, अनेक अन्तराल पार करके मैं अब अवधूतों के निस्संग लोक में प्रवेश कर रहा हूँ।

पता नहीं कौन, कितनी देर से खिड़की का पर्दा उठाकर झाँक रहा था। अब उसने दरवाज़े को थपथपाना भी शुरू किया। सितार को पलंग के सहारे टेककर मैंने दरवाज़ा खोला और खोलते ही सुना, "आस-पास शरीफ़ लोग रुके हैं। इतने सवेरे आपको शोरगुल नहीं करना चाहिए। क्या समझे?"

बिना बनियाइन के कुर्ते, धारीदार पायजामे, पट्टी में बँधी दाढ़ी और खुले जटा-जूट वाले एक सिक्ख नौजवान ने कमरे में प्रवेश किया। यह कीरतसिंह था, कल रजिस्टर पर मेरा नाम लिखते हुए इसने अपने को होटल का मैनेजर घोषित किया था। मैं समझ गया कि इससे मैं अपना बचाव नहीं कर पाऊँगा। सरदार ने कहा, "सितार बुरी चीज़ नहीं है, पर सवेरे-सवेरे उसे यहाँ बजाने की इजाज़त नहीं है। क्या समझे?"

आज से पाँच-छह साल पहले जब मैं यहाँ आया था तब नरसिंह भैया ने, होटल के मालिक की हैसियत से, मुझे अपने मित्र के मित्र का सम्मान दिया था। मैंने कहा, "मैं तुमसे नहीं, तुम्हारे मालिक से बात करना चाहता हूँ। नरसिंह भैया मेरे दोस्त हैं।"

"कौन नरसिंह भैया? एन.पी. आनन्द? अजी उन्होंने तो यह होटल न जाने कब का बेच दिया। अब यह होटल मौलाना अनवर हुसैन का है। क्या समझे?"

दो बातें समझा, एक तो यह कि होटल का व्यवसाय राष्ट्रीय एकीकरण का अच्छा साधन है और तभी मौलाना अनवर हुसैन का होटल-मैनेजर सरदार कीरतसिंह है।

दूसरी बात यह समझा कि सितार को कुछ दिन के लिए मकड़ियों और काक्रोचों के हवाले करना होगा। तभी, आज शाम मैं सिनेमाघर के सामने देर तक टहल सकता हूँ, आधी रात तक मनमाना पी सकता हूँ, सवेरे आठ बजे तक सो सकता हूँ। पुरानी आदत से लाचार होकर अगर चार बजे ही नींद खुल जाए और उस वक़्त नशे के उतार में हाथ-पाँव ढीले न हों, तो रजिस्टर लेकर पिछले दिन का यह चिट्ठा भी लिख सकता हूँ, जो भविष्य में एक महान संगीतज्ञ की 'आत्मकथा' या 'कला और जीवन के मेरे प्रयोग' लिखने के काम आएगा। सरदार कीरतसिंह का कमाल देखिए कि एक ही घुड़की में उन्होंने प्रख्यात सितार-वादक श्री नारायण बनर्जी को लेखक बना दिया है।

श्यामा

तब नारायण ने अचानक सड़क के उस पार श्यामा को देखा, जो भीड़ में घुली-मिली, फिर भी उससे बिल्कुल अलग दीखती थी।

सड़क पार करने के लिए वह दोनों ओर से आती हुई मोटरों को देख रही थी। फ़ुटपाथ से सड़क पर उतरकर उसने आगे बढ़ने को पाँव उठाया और तुरन्त खींच लिया। साँप की तरह लहराती साइकिलों और रिक्शों में एक मटमैली फियेट उसके सामने आ गई थी। दूसरे ही पल सड़क की सवारियों का और विशेष रूप से एक रईस ड्राइवर की ज्वालामुखी शिष्टता का स्वाद लेता हुआ नारायण सड़क के दूसरी ओर पहुँच गया।

"तुम यहीं हो, श्यामा? मैं महीनों से तुम्हारे बारे में सोच रहा था।"

"और आप भी, मास्टर साहब, यहीं हैं? मैं भी बरसों से आपके बारे में सोच रही हूँ।"

कह चुकने पर श्यामा को कुछ याद आया, बोली, "नमस्ते, मास्टर साहब!"

तपा हुआ गेहुँआ रंग था। लम्बा ज़िस्म—पर उसमें भराव आ गया था। चेहरे का ऊपरी भाग गोल था, ठुड्डी की ओर गिरता हुआ त्रिकोण मांस की एक फ़ालतू पर्त के बावजूद अभी अच्छा लगता था। आँखें चौड़ाई में तरासी हुई लकीरों जैसी थीं और उनकी पुतलियाँ कुछ तिरछा देखती थीं। इससे आँखों में गोपनीयता का एक स्थायी फ़रेब टिक गया था, जो हर देखने वाले को अपने साथ जोड़ लेता था।

"तुम यहाँ कब से हो?"

"पहले आप बताइए मास्टर साहब, दिल्ली से कब आए?"

"दो-तीन महीने हुए, फिर अपनी पुरानी जगह पर आ गया हूँ।"

"रह कहाँ रहे हैं?"

"जहन्नुम में।"

"मुझे भी दिखाइए।"

"थोड़ा पाप कर लो, तो अपने-आप देखने को मिल जाएगा।"

"आप यहाँ आ गए हैं, तो पाप भी कर लूँगी।"

नारायण ने कहा, "मज़ाक़ नहीं कर रहा हूँ श्यामा, इस बार इस शहर में मैं रो दिया। घर के सब लोग दिल्ली में पड़े हैं, इधर मैं एक होटल में रुका हूँ। और होटल भी क्या? शराबखाना, ढाबा, बमपुलिस, चकला—इन सबकी मिलावट समझो।"

इस गम्भीरता के जवाब में वह खिलखिलाकर हँसी। अपनी उँगलियों पर बारी-बारी से एक-एक शब्द गिनते हुए उसने कहा, "शराबखाना...ढाबा...बमपुलिस... चकला! तब तो आपके ठाठ हैं, मास्टर साहब! इन चारों के सिवाय आपको चाहिए ही क्या?"

"तुम हँस रही हो और दिल्ली में वे सब लोग...।"

"सब लोग? अब कितने हुए? यहाँ तो शायद पाँच थे।"

"दिल्ली में छठा बच्चा हुआ है।"

"ओह मास्टर साहब! आप भी ख़ूब हैं।" ज़ोर से हँसने पर उसकी दोनों आँखें मांस की चिकनी पर्तों के भीतर पतली-सी लकीरों में ग़ायब हो गईं। हँसी ने उसके सलीक़े के कपड़ों और क़रीने से किए गए मेकअप के साथ दग़ाबाज़ी की। आस-पास खड़े हुए दो-चार लोग उन्हें हैरत से देखने लगे।

नारायण झिझककर दूसरी ओर देखने लगा। "लड़का है कि लड़की?" श्यामा ने पूछा।

"लड़की। मैंने उसका नाम छाया रखा है।"

"कोई ऐसा नया नहीं है। आज से बीस साल पहले भी हर तीसरी लड़की का नाम छाया होता था।"

"जानता हूँ, पर इस नाम के पीछे एक घटना जुड़ी है। उस दिन दिल्ली में मेरा पहला प्रोग्राम हुआ था।" अनजाने ही उसका उत्साह उस पर हावी हो गया, "...प्रोग्राम बड़ा ज़ोरदार था। शुरू में सवा घंटे मैंने छाया बजाया। पता नहीं, तुम्हें याद रहा या नहीं। बड़ा लालित्यमय राग है! ख़ूब जमा। घंटों तालियाँ बजती रहीं। बड़े-बड़े उस्तादों की दुम, बस ताकते रह गए! किसी ने कहा कि विलायत ख़ाँ का शिष्य है। मैंने कहा, ख़ाँ साहब तो जगद्‌गुरु हैं, मेरे भी गुरु हैं। एकलव्य की तरह मैं पंडित रविशंकर का भी शिष्य हूँ। पर असली शिष्य पंडित नीलमणि बनर्जी का हूँ। दूसरे दिन—समझ लो—अखबारों में बस मैं-ही-मैं था! एकाध अख़बार ने पिताजी पर भी टिप्पणी निकाली...।"

श्यामा अधखुली आँखों से उसे देखती रही, मुसकराती रही और सुनती रही।

"...प्रोग्राम से घर वापस आते ही वाइफ को अस्पताल ले जाना पड़ा। उसी रात यह लड़की हुई। दिमाग़ में छाया के स्वर गूँज रहे थे, नाम ढूँढ़ने के लिए कहीं दूर न जाना पड़ा।"

"अच्छा हुआ, आपने बता दिया। मैं भी ऐसा ही करूँगी। लड़की हुई तो उसका नाम रामकली रखूँगी।"

मकान

वे सिनेमाघर से दूर हट आए थे। फ़ुटपाथ पर बरामदे बन गए थे जिन पर दुकानों का अतिरिक्त माल दूसरी दुकानों की शक्ल में आ गया था। वहाँ बेतरतीब खड़ी हुई साइकिलों, खोंचों, बिसातखानों और एक दूसरे को धक्का देने के लिए व्यग्र लड़के-लड़कियों से उलझते हुए वे दोनों कभी एक-दूसरे के बराबर, कभी आगे-पीछ चलने लगे। नारायण ने कहा, "यह प्रेम-गली अभी तक वैसी ही है।"

"प्रेम-गली को छोड़िए! मेरे बारे में आपने कुछ भी नहीं पूछा!"

"प्रेम-गली का ज़िक्र करके मैं वही पूछने जा रहा था। बताओ, क्या हालचाल हैं? इंजीनियर साहब कैसे हैं।"

"वे अगस्त में अमेरिका चले गए हैं।"

"और बच्चे?"

"बच्चा कहिए, अतुल के बाद से अब तक—बस अतुल ही है।"

उसने मज़ाक़ में कुछ कहना चाहा, कुछ ऐसा, जैसे—प्रेमी। इतने-इतने पर बच्चा बस एक! पर ऐसी बात कुछ जम नहीं रही थी और भीड़ ने उन्हें एक-दूसरे से दूर कर दिया था। श्यामा की पीठ तक पहुँचते-पहुँचते मज़ाक़ की इच्छा कुम्हला गई।

"तो तुम यहाँ माँ के पास आ गई हो?"

"जी मास्टर साहब। और पापा के पास भी, रिटायर होकर वे यहीं हैं।"

"और अतुल?"

"वह तो वहीं है—दादा-दादी के पास।"

"तो यहाँ बस माँ-बाप हुए और तुम! काफ़ी आज़ादी रहती होगी।"

"अब आप मिल गए हैं, आज़ादी ख़त्म हो गई।"

"तुम्हारी बातें अभी तक वैसी ही हैं।"

"और आपकी भी।"

उनके कन्धे छू रहे थे। नारायण सतर्क होकर एक क़दम पीछे हो लिया।

"आपकी तन्दुरुस्ती भी वैसी ही है। ज़रा भी मोटे नहीं हुए।"

"पर तुम? तुम तो पहले से भी ज़्यादा तगड़ी हो।"

"मोटी क्यों नहीं कहते?"

"वही कह रहा हूँ। थोड़ा-सा वज़न घटा लो तो...।"

भीड़ कम हो गई थी। दूसरा चौराहा आ रहा था। श्यामा ने नारायण की बाँह पकड़कर उसे सड़क पर उतरने से रोक लिया, कहा, "आपकी आँखें हैं, या बटन?"

"क्या मतलब?"

"मुझे मोटी कहते हुए, आपको शर्म नहीं आती? दस-दस बच्चों के बाप हो गए हैं, फिर भी इतने पास से एक गर्भवती महिला को नहीं पहचान सकते?"

"तुम...तो तुम ...?"

"जाइए भी! अब इस तुम-तुम में क्या रखा है।"

बिना कुछ कहे ही उनके पाँव श्यामा के मकान की ओर बढ़ रहे थे।

मकान शहर के एक मशहूर बाज़ार में था। नीचे बिजली के सामान, लोहे के फर्नीचर, मिठाई, दूध-दही-लस्सी, रेडियो-ट्रांजिस्टर-टेप रिकॉर्डर, गाँजा-भाँग-चरस आदि की दुकानें थीं, ऊपर की मंज़िल में रहने के पुराने मकान थे। दुकानों के बीच एक दरवाज़े के सामने श्यामा रुक गई। दरवाज़ा एक ज़ीने पर खुला हुआ था। श्यामा ने कहा, "आइए, मास्टर साहब।" उसकी आवाज़ अचानक तटस्थ और शिष्ट हो गई।

एकदम से ऊपर उठने वाला पुराने ढंग का ज़ीना था। सहारे के लिए दीवार के बराबर एक रस्सी लगी थी। बराबर छुए जाने से उसका रंग काला हो गया था। सीढ़ियाँ चढ़ते हुए नारायण ने सहारे के लिए रस्सी को नहीं, बार-बार श्यामा की कमर को छुआ। नीचे स्विच नहीं था, इसलिए सड़क से छनकर आने वाली रोशनी के सिवाय ज़ीने पर कोई रोशनी न थी। धुँधलके में बार-बार श्यामा को छूता हुआ वह ऊपर तक पहुँच गया। श्यामा ने कुछ नहीं कहा।

अचानक मकान के भीतर बिजली की घंटी फटी आवाज़ से बजी, श्यामा ने दरवाज़े पर बटन दबाया होगा। एक मोटी—पर ताज़ी नहीं—महिला ने दरवाज़ा खोला। उसी के साथ श्यामा का मुँह खुला, "अम्मा, ये मास्टर साहब! देखिए न, कैसे इतने दिनों से यहाँ चुपचाप रह रहे हैं।"

वे खिसककर रोशनी में आ गए थे। अम्मा ने ध्यान से देखा, कहा, "आप दुबले हो गए हैं।"

"क्यों न हों? छह बच्चों के बाप हैं।" श्यामा ने मुँह फैलाकर कहा, माँ के माथे पर शिकन पड़ गई, उन्होंने नासमझ की तरह श्यामा को देखा।

वे लोग ज़ीने से मिले हुए कमरे में आए। नारायण ने माँ से कहा, "दुबले होने की मत कहिए। यह पूछिए कि ज़िन्दा कैसे हूँ?"

माँ दुबलेपन की बात उठाकर अन्दर जाने के लिए मुड़ चुकी थीं। ठिठककर बोलीं, "ऐसे क्यों बोल रहे हैं? सितार कैसा चल रहा है?"

"पड़ा है—उसे लकवा मार गया है।"

"मास्टर साहब आज कुछ उखड़े हुए हैं।" श्यामा ने माँ से कहा और गर्दन टेढ़ी करके नारायण को दिलचस्पी से देखा। माँ साँस खींचकर बोलीं, "मैं चाय ला रही हूँ।"

सोफ़े के स्प्रिंग ऊबड़-खाबड़ थे और उसे ढकने वाली टेपिस्ट्री मैली हो रही थी। फ़र्श का क़ालीन पुराना और बदरंग हो गया था। सामने एक गोल मेज़ थी जिस पर धूल की एक हलकी पर्त दूर से ही दिख रही थी। फिर भी सोफ़े पर बैठते ही नारायण ने ज़ोर की साँस ली, जैसे किसी ने बड़े लम्बे सफ़र के बाद अपने शहर की धुआँती चिमनियाँ देखी हों।

कमरे में कई बल्ब जल रहे थे। रोशनी की इफ़रात थी। ज़ीने के खुले दरवाज़े से हवा ने आकर राम पंचायतन, हनुमान, दुर्गा, शर्मिला टैगोर और नैनीताल की झील के कैलेंडरों को गाढ़े नीले रंग की दीवार पर बेचैन बना दिया। श्यामा उसी के पास सोफ़े पर बैठ गई।

नारायण को लगा, वह सपना देख रहा है और यह पहचाना हुआ सपना है। जिसे वह पहले भी देख चुका है।

6 अक्तूबर, 1974—रविवार

नारायण

जीवन-दर्शन की सारी गुत्थियाँ इस समय मेरे आगे सुलझी हुई रखी हैं। उलझाव वहाँ होता है जहाँ हमारा लक्ष्य या उसे पाने के साधन स्पष्ट न हों। इसके विपरीत, मैं बड़े स्पष्ट रूप से और बड़ी आतुरता के साथ अनुभव कर रहा हूँ कि मेरे जीवन का एक मात्र लक्ष्य मेरे पास सोफ़े पर बैठी हुई श्यामा को जल्दी-से-जल्दी अपनी बाँहों में बाँध लेना है। इस समय मेरे लिए वह उस चिड़िया की आँख जैसी है जिस पर बाण का निशाना साधकर अर्जुन ने अपने सारे संसार को वहीं केन्द्रित कर लिया था। श्यामा कुछ कह रही है। वास्तव में यह प्रमाणित करने के लिए कि संगीत में उसकी दिलचस्पी कम नहीं हुई है, वह सभी प्रतिष्ठित संगीतज्ञों पर कीचड़ उछाल रही है। इसमें मुझे कोई आपत्ति नहीं है। वह सभी समकालीन कलाकारों को बटोरकर दिल्ली के क्रिमेटोरियम में झोंक आए, तब भी मुझे कोई आपत्ति न होगी, बशर्ते कि जब मैं अपने लक्ष्य तक पहुँचने के लिए उस पर हाथ-पैर चलाऊँ, तब वह कोई तोड़-फोड़ न करे।

इधर एक मुहावरा चलता है : रगों का टूटना। अगर यह सिर्फ़ मुहावरा न होता, तो अब तक मेरी रगों में पटाखे फूट रहे होने और पिछले तीन मिनट में इस तरह जितने पटाखे फूट चुके हैं, वे इस शहर की इस दिवालियों के लिए काफ़ी होते।

मेरे शरीर को इस समय दियासलाई और आतिशबाज़ी की मिली-जुली दुकान बनाने में कई तत्त्वों का हाथ है। पहला तत्त्व श्यामा है, दूसरा रम का पौवा है, तीसरा यह मकान है, चौथा इतने दिनों बाद, इतने पास से पाई गई नारी के प्रसाधनों की सुगन्ध है और पाँचवाँ तत्त्व भी लिख दूँ, वह कई बरस पहले इसी कमरे में, इसी लड़की के हाथों, जो अब लड़की नहीं रही, ढकेले जाने की चोट है, जो देह में नहीं, मन में रह-रहकर कचोटती है और जिसे इस कमरे में ही कुछ करके मिटाया जा सकता है।

कमरे में एकान्त है। माँ मकान के दूसरे हिस्से में चाय बना रही हैं। ज़ीने का दरवाज़ा अधखुला है और नीचे सीढ़ियों पर अँधेरा है। उसके नीचे नगर का

कोलाहल है। अपनी कल्पना में मैं अपने को एक समुद्री जहाज़ पर पाता हूँ, जो किसी गरजते समुद्र के वक्ष पर रात के अँधेरे में बढ़ रहा है, जिसके एक अजनबी केबिन में सिर्फ़ मैं हूँ और श्यामा है। हमला करने के लिए मैं अपने को पूरी तौर से तैयार कर चुका हूँ। मेरी रगों को तोड़ता-तड़काता आतिशबाज़ी का एक नया दौर शुरू होता है। श्यामा कहती जा रही है :

"आप चाहे जो कुछ कहें मास्टर साहब, मुझे ये नए-नए जापानी राग बिल्कुल नहीं जँचते। होता क्या है कि दो-तीन पुराने रागों को जोड़-गाँठकर, उत्तर-दक्खिन के कुछ रागों की कॉकटेल बनाकर—अहा! कॉकटेल के नाम से आपकी आँखें चमक उठीं न! जी, तो कुछ रागों की कॉकटेल बनाकर चूँ-चूँ का मुरब्बा पेश कर दिया जाता है, जैसे अपने सैकड़ों शास्त्रीय राग काफ़ी न हों। लोग वाह-वाह करते रहें, पर मैं इसे बाजीगरी समझती हूँ।"

"देखिए न, तोड़ी के दर्जनों प्रकार अपने यहाँ प्रचलित हैं। फिर भी हमारे महारथी खींचकर ला रहे हैं—सारग-वराडी और वियोग-वराडी। तोड़ी के प्रकार तो बढ़ते जा रहे हैं, पर मैं सीधी-सीधी शुद्ध तोड़ी का आलाप बरसों से सुनने को तरस रही हूँ...।"

कोई और अवसर होता तो मैं अपनी ओर से मियाँ की तोड़ी का आलाप सुनाने को तत्पर हो जाता, उसकी मनोकामना तुरन्त पूरी कर देता। पर इस समय मैंने उसे जी भरकर नए रागों की उद्भावना का विरोध करने दिया। यह विरोध नया नहीं है, सभी पुराणपन्थी ऐसा करते हैं। इस बहस से अछूता रहकर मैं मन-ही-मन एक दूसरी ही बहस में खोया रहा। मेरी उत्तेजना में अब तक आत्म-दया भी जुड़ गई थी। कुछ क्षण पहले इस ज़ीने पर चढ़ते हुए मैं बार-बार जेबकतरों की तरह उसकी कमर छूता रहा था। अब उसके साथ सोफ़े पर बैठे हुए मैंने अपना हाथ सोफ़े की मुडेर पर इस तरह फैला लिया कि इस योजनाबद्ध लापरवाही से मैं उसके खुले कन्धे की खाल और अपनी झुलसती उँगलियों का मेल करा सकूँ। जिस पृथ्वीतल पर एक-से-एक निकृष्ट अपदार्थ जन्तु, पशु-पक्षी, कीट-पतंग आदि तक एक-दूसरे का जी भरकर उपभोग करते हैं और छककर विचरण करते रहते हैं, वहीं मैं इस मोटी महिला को अपनी बाँहों में भरने के लिए, उसके फेस-पाउडर, क्रीम और लिपस्टिक और कच्चे प्याज़ की बू वाले चेहरे पर अपना चेहरा लादने के लिए चोर-उचक्कों, जेबकतरों, जालसाज़ों की तरह जुगाड़ लगा रहा हूँ! लालसा के उस उग्र ज्वार में भी मुझे अपने ऊपर रोना आया।

वह कह रही थी, "आप कहेंगे कि बक रही हूँ, पर सच बात तो यह है कि हर पुराने राग के लिए मन में एक-एक कोना पहले से रिज़र्व चला आ रहा है। हो सकता है कि ठेल-ठालकर कोई नया राग भी अपने लिए कभी जगह निकाल ले; पर अभी तो मेरे मन में जहाँ विहाग या बिलासख़ाना तोड़ी जमी हुई है वहाँ कुमार

गन्धर्व के राग गांधी को खड़े होने की जगह भी नहीं मिलेगी। मेरे लिए तो...ओह मास्टर साहब! प्लीज़! प्लीज़! प्लीऽऽऽज़!"

कई साल पहले मेरे चेहरे पर श्यामा ने जो खरोंचें लगाई थीं, उन्हें मैं भूला नहीं था। फिर भी, सब परिणाम झेलने के लिए तैयार होकर, चेहरे पर नई खरोंचें लगवाने की शहीदाना हिम्मत के साथ मैं रणक्षेत्र में कूद पड़ा। इस बार श्यामा ने किसी कीड़े की तरह मुझे अपनी आस्तीन से नहीं झटका; मेरे मुँह को अपने शेर-पंजे से नहीं ठेला। उसने सिर्फ़ भौंहें सिकोड़कर आश्चर्य दिखाया, प्लीज़ प्लीऽऽज़ कहा और अपना मुँह दूसरी ओर फेर लिया। इसे आदर्श सहयोग या आत्म-समर्पण नहीं कहा जा सकता, पर इससे मेरी हिम्मत कम नहीं हुई। मैंने उसके मुड़े हुए मुँह की ओर अपने होंठ बढ़ाए, जो उसकी गर्दन के चिकनेपन से फिसलते हुए नीचे की ओर आकर सोफ़े के खुरदरे कपड़े को चूमने लगे।

श्यामा ने आज भी विरोध किया था, पर इसे हिंसात्मक कार्रवाई नहीं कहा जा सकता। जो भी हो, उसका विरोध सविनय अवज्ञा आन्दोलन की परिभाषा में आता था। वह मुझसे अलग हटकर बैठ गई थी। उसके बाद, शायद मेरा बढ़ता हुआ हाथ देखकर वह उठ खड़ी हुई। मैं दीवार से फ़र्श पर टपकी हुई छिपकली की तरह एक क्षण के लिए चुपचाप उसी तरह रुका रहा, फिर अपना हाथ बढ़ाकर उसका हाथ पकड़ना चाहा। उसने मुझे अपनी उँगलियाँ छू लेने दीं, पर वह मुझसे दूर खड़ी रही। उसका ज़िस्म कड़ा हो गया। ठंडे सुर में बोली, "मुझे शुरू से ही लग रहा था, आपने ज़्यादा पी ली है।"

बात सही थी, और न होती, तब भी मैं इसे काटता नहीं, क्योंकि इस तरह श्यामा ख़ुद मेरी लम्पटता की सफ़ाई दे रही थी, मान रही थी कि मुझे पता नहीं है कि मैं क्या कर रहा हूँ? मुझे प्रसन्न होना चाहिए था कि आठ-नौ साल पहले के मुक़ाबले इस कमरे में मैंने आज कुछ प्रगति की है और उस बार की भाँति आज मैं दलित और पराजित नहीं हूँ। पर न जाने क्यों, मुझे आज भी अपने ऊपर बार-बार शर्म आ रही थी। श्यामा की बात का जवाब देने के लिए कुछ कहना था, इसलिए मैंने यह दिखाने की चेष्टा करते हुए कि मैं सचमुच ही नशे में हूँ, खुले तौर से एक झूठी लगने वाली बात कही, "तुम्हें मालूम नहीं, मैंने पीना छोड़ दिया है। अब मैं सिर्फ़ चाय पीता हूँ।" उसने मुँह बिचकाया और मुझसे दूर एक कुर्सी पर बैठ गई। मैंने उस दरवाज़े की ओर देखा, जिधर से उसकी माँ को हमारे लिए चाय लेकर आना था। पर वास्तव में उधर मैं चाय नहीं, एक चुल्लू पानी ढूँढ़ रहा था जिसमें मुझे डूबकर मर जाना चाहिए था।

जहाँ मौत बैरोमीटर का काम देती है

कमरे का उजाला अचानक धीमा पड़ गया। नारायण ने सर घुमाकर देखा, लगभग पूरा दरवाज़ा बारीन्द्र हालदार के लम्बे-चौड़े शरीर से भर गया था। वह मुस्करा रहा था। उसका काला और चौड़ा चेहरा जैसे किसी मनोरंजक घटना का इन्तज़ार कर रहा हो, उसने पूछा, "क्या हो रहा है, भाई?"

एक बेंत की टोकरी के पास फ़र्श पर पंजों के बल बैठकर नारायण बोतल से प्लास्टिक के गिलास में रम डाल रहा था। कुछ झिझकते हुए बोला, "कुछ नहीं यूँ ही। छुट्टी का दिन है न...!"

"पीने जा रहे थे...!"

नीची छत वाले कमरे में बारीन-दा अपनी लम्बाई से ज़्यादा लम्बा दीख रहा था। वह नारायण की चारपाई पर बैठ गया। नारायण ने कहा, "यही समझ लो।"

"क्यों?"

उसे अनसुना करके वह स्टूल पर बैठ गया। पूछा, "आ कहाँ से रहे हो, बारीन-दा?"

"मैं पूछ रहा था, अभी ग्यारह बजे से ही पीने की क्या ज़रूरत पड़ गई?"

"ऐसे सवाल पूछे नहीं जाते, बारीन-दा। मैं स्कूली छोकरा नहीं हूँ। हम दोनों एडल्ट हैं।"

"तुम अपने को एडल्ट समझते हो?"

"...।"

"...।"

"तुम्हारे लिए चाय मँगा दूँ?"

"नहीं। एक जगह चाय ही पीने जा रहा हूँ। एडमिनिस्ट्रेटर ने बारह बजे अपने घर बुला रक्खा है। एक फ़र्जी यूनियन तो उसने बनवा ही दी। शायद समझाएगा कि जो कुछ हुआ है उसकी मर्ज़ी के ख़िलाफ़ हुआ है। चाय तो पिलाएगा ही।"

नारायण ने प्लास्टिक के ग्लास से एक घूँट पिया और होंठ सिकोड़े। बारीन ने कहा, "कड़ुवा लगता है न?"

उसने सर हिलाकर स्वीकार किया, दूसरा घूँट पिया।

"तुम कलाकार लोग बेमतलब पीने लगते हो। हमारी यूनियनों के कुछ लीडर भी ख़ूब पीते हैं। जब पूछता हूँ कि इस तरह क्यों पीते हो, तो तुम्हारी तरह सर हिलाने लगते हैं। अपने बारे में न कुछ सुनना चाहते हैं, न कुछ सोचते हैं।"

"इस दूसरी यूनियन में कौन लोग हैं?"

"बात बदल रहे हो? कोई बात नहीं। इस दूसरी यूनियन का हाल न पूछो। अभी तो वे सिर्फ़ भाड़े के टट्टू हैं; पर कुछ दिन बाद कोई-न-कोई पार्टी इन्हें अपना लेगी।"

"तुम्हारा काम उलझ गया।"

"कब उलझा नहीं था? सुनो नारायण, तुमसे एक काम है। इसीलिए आया था। अगले हफ़्ते हमारी यूनियन में एक कल्चरल प्रोग्राम है न? उसमें सितार बजाओगे? दो में से किसी भी दिन...।"

"उसमें मुझे कहाँ फँसा रहे हो, दादा? वहाँ ज़्यादातर सफ़ाई या जल-कल विभाग वाले होंगे, या चुंगी के सिपाही। उनके लिए तो कीर्तन-वीर्तन, लोकगीत—यही सब चलेगा।"

"यह तो सब होगा ही।"

"सितार वे क्या समझेंगे?"

"इतना तो समझेंगे कि बजाने वाला उन्हीं का आदमी है।"

दोनों थोड़ी देर चुप रहे। नारायण ने कहा, "मैं आ जाऊँगा।"

"तबला कौन बजाएगा? वह भी तुम्हें ही देखना होगा।"

"देख लूँगा।"

वे दोनों बाहर बरामदे में आ गए। बारीन ने कहा, "जगह तो ठीक नज़र आ रही है।"

"बहुत ख़राब है। मजबूरी से यहाँ पड़ा हूँ। किसी तरह कोई मकान मिल जाए तो...?"

"मकान तो मिल जाएगा। पर अकेले तुम्हें मिल जाने से क्या होगा? लोग तब भी झुग्गियों में पलते रहेंगे। फ़ुटपाथों पर मरते रहेंगे।"

"तुम तो बारीन-दा, यूँ लेक्चर दे रहे हो, जैसे हज़ारों मज़दूरों की भीड़ यहाँ तुम्हारे सामने खड़ी हुई हो।"

बारीन ने अपने वजनी शरीर को एक खम्भे के सहारे टिका दिया, कहा, "यही तो मुसीबत है। लोगों की ग़रीबी और संकट की बात करो, तो लोग पहले ही से ऊबने लगते हैं। मैं अपने मन की तकलीफ़ सुना रहा हूँ और तुम समझते हो कि साला प्लेटफार्म से बोल रहा है।"

"पर बारीन-दा...।"

"मैं ग़लत थोड़े ही कह रहा हूँ। तुम्हें तो मकान मिलेगा ही; आज नहीं तो कल, कल नहीं तो परसों। इतने बड़े कलाकार जो ठहरे। इस वक़्त भी तुम्हारे पास यहाँ

एक कमरा है; दिल्ली में बच्चे भी किसी मकान में रह ही रहे हैं। पर जो सचमुच ही नाली में पड़ा है उसके लिए कौन क्या कर रहा है! सिर्फ़ शहर के चारों ओर किसानों के खेत छिन रहे हैं और रईसों के बँगले बन रहे हैं। पर देहात से आने वाले मज़दूरों को, ठेला खींचने वालों को, रिक्शा ड्राइवरों को कौन मकान दे रहा है?"

वह अटक-अटककर बोल रहा था और उसकी हिन्दी व्याकरण की भूलों से भरी थी। नारायण को, जिसने अपनी हिन्दी को बंगालीपन से बिल्कुल मुक्त कर लिया था, ऐसी हिन्दी असहनीय जान पड़ती थी, पर तब नहीं, जब कि वह बारीन हालदार के मुँह से निकल रही हो।

"...अभी दिसम्बर-जनवरी आने दो। ये बेघर लोग सर्दी के पहली चपेट में ही चौराहों पर मरना शुरू कर देंगे। अख़बारों में छपेगा : शीतलहरी से चालीस मौतें!" तब तुम लिहाफ़ में लिपटे हुए अख़बार पढ़ोगे और कहोगे, "बाप रे! चालीस मौतें! तब तो सचमुच ही बड़ा जाड़ा पड़ रहा है!" तब कोई बोलेगा, "हाँ, है तो! पर पिछले साल का-सा जाड़ा अभी नहीं पड़ा। पिछले साल शीतलहरी से अब तक पचपन मौतें हो चुकी थीं। डेथ टॉल फ्रॉम कोल्ड वेव लास्ट इयर—फिफ्टी फाइव!"

"यह हालत है। ग़रीबों की मौत न हुई, मौसम का बैरोमीटर हो गई! और कुछ कहता हूँ, तो तुम कहते हो कि बारीन लेक्चर दे रहा है।"

"ऐसी बात नहीं है बारीन-दा। इतना तो समझता ही हूँ...।"

"क्या पता, कितना समझते हो!" बारीन ने साँस खींचकर कहा, "चलता हूँ। तुम भी अपने कमरे में जाओ न, भाई। दारू का गिलास कहीं चूहे न उठा ले जाएँ।"

वह मोटा हो गया था और उसके कन्धे झुक गए थे। नारायण सड़क पर उसकी चाल देखता रहा। उसमें चुस्ती नहीं थी, पाँव निश्चित ढंग से नहीं उठते थे और, जैसा कि कुछ मोटे लोगों के साथ होता है, घिसटते-से जान पड़ते थे। अचानक कुछ दूरी पर सड़क की भीड़ में बारीन की पीठ को गायब होते देखकर नारायण ने सोचा, पर ऐसा कैसे हो गया? बारीन दा इतनी जल्दी इतनी दूर कैसे निकल गए?

21 अक्तूबर, 1974—सोमवार

नारायण

मेरी दुर्गति हो रही थी। बीवी-बच्चों से दूर पड़े हुए, सितार को कमरे के कोने में धूल और मकड़ियों के हवाले करके एक दिगन्तहीन, धरातलहीन शून्यता ही मेरा जीवन बन गई थी। इस शून्यता को तोड़ने के लिए कुछ भी काफ़ी न था...न सारे दिन दफ़्तर की निरर्थक आपाधापी, न शाम को अकेले सड़कों, पार्कों, सिनेमाघरों की सैर, न किसी सस्ती बार में अपरिचितों के साथ शराबख़ोरी, न बारीन-दा की यूनियन के पचड़े, न श्यामा के प्रणय-प्रसंग की हवाई कल्पनाएँ, न एक सफल सार्थक कलामय जीवन बिताने के संकल्प, न उस जीवन के लुभावने दिवास्वप्न–कुछ भी काफ़ी न था।

ज़िन्दगी का यह दौर सपने की तरह बीत रहा था और हर बीतता हुआ क्षण पिछले क्षण की अपेक्षा अवास्तविक हो जाता था। परिवार और सितार की दासता से कुछ दिनों के लिए बचकर मुझे मुक्ति का अनुभव होना चाहिए था, पर जिन क्षणों में ऐसा अनुभव होता, वही मुझे विकृत जान पड़ते। हर बार मुक्ति के इस अनुभव के साथ एक सर्वग्रासी आशंका भी जुड़ी रहती कि अपने परिचित ढर्रे से कट जाने के बाद मैं कहाँ जाऊँगा? इस प्रकार जो मेरी मुक्ति हो सकती थी, वही मेरे लिए भयावह बन्धनों का कारण बनी हुई थी।

इस समय अफ़सर से मकान के लिए बराबर मिलते रहना मेरे लिए और भी आवश्यक हो गया था क्योंकि इसी से मैं अपने वर्तमान की निरर्थकता को चुनौती दे सकता था। मैं बारीन दा के बताए बिना ही जानता था कि इस अफ़सर से कोई काम करा लेना बैल दूहने जैसा है। पर चूँकि वह ऐसा बैल था जो सींग-पूँछ फटकारे बिना अपनी पीठ पर हाथ फेर लेने देता था इसलिए उससे मैं बराबर मिलता रहता था। उससे मिलकर मैं कम-से-कम अपने ऊपर यह आरोप नहीं लगा सकता था कि मकान ढूँढ़ने की पूरी कोशिश नहीं की जा रही है।

आज मैंने उसे कमरे में अकेला पा लिया था। वह छोटा न था, पर अन्दर घूमते ही मुझे वह, लाक्षणिक नहीं, शाब्दिक अर्थ में बहुत छोटा दिखा। विस्तीर्ण

कमरे में, बहुत विस्तीर्ण मेज़ के पीछे अकेले बैठा हुआ वह कुछ लिख रहा था; लगता था, कोई चूहा इत्मीनान से डबल रोटी के लम्बे-चौड़े टुकड़े को कुतर रहा है। कुछ ऐसा ही सोचकर मैंने अपने को अफ़सर के व्यक्तित्व की आतंकमिश्रित कमनीयता के असर में आने से रोका।

उसका चेहरा हमेशा की तरह चिकना और चुपड़ा था। नीचे काग़ज़ पर क़ीमती क़लम दौड़ाते हुए वह और भी मुलायम दीखने लगा था। "आइए, आइए, नारायण जी, आइए, आइए" कहकर उसने ललक के साथ मेरा स्वागत किया और मेरे भीतर का अदना असिस्टेंट एकाउंटेंट क्षणभर के लिए पंडित रविशंकर बन गया। पर उसके पास जाकर, नमस्कार करके कुर्सी पर बैठते-बैठते, मुझे यह आशंका फिर से कुरेदने लगी कि अफ़सर के साथ मैं एक सुपरिचित खेल खेलने जा रहा हूँ जिसमें बार-बार किसी ऐसे पेंच से, जिसे मैं पकड़ नहीं पाऊँगा, जीत उसी की होगी। जो भी हो, स्टेज का पर्दा उठ चुका था, डायलॉग शुरू हुआ :

"आपके काम में बाधा पड़ी, क्षमा करेंगे।"

"नहीं, नहीं, कोई बाधा नहीं। अपना हाल बताएँ। सितार का इधर कोई कार्यक्रम नहीं हुआ?"

"जी, ऐसा है कि मेरी समस्या अभी तक वैसी ही बनी है। आपकी कृपा के बिना...।"

वह तीन-चार नीले काग़ज़ों को क़रीने से मोड़ रहा था। कोई पत्र होगा, मैंने सोचा। मुझे याद पड़ा कि पिछली बार भी इस मेज़ पर एक नीला लेटर पैड रक्खा था। इस कमनीय काग़ज़ पर अफ़सर की ओर से प्रेम-पत्र पाने वाली किसी प्रेयसी की मैंने कल्पना की और कल्पना ने मेरे सामने श्यामा की तस्वीर पेश कर दी जिसे मैंने तुरन्त ख़ारिज कर दिया। अफ़सर ने कहा, "बताइए न? कैसी समस्या? छुट्टी-वुट्टी की दिक़्क़त पड़ रही है क्या?"

मैंने अपने को नियंत्रित करके मकान न मिलने की समस्या को विस्तार से बताना चाहा; पर इतना अच्छा श्रोता मिलने पर भी विस्तार से कुछ नहीं कह सका। दो वाक्यों में ही मेरी बात पूरी हो गई...या हो जाती यदि अफ़सर ने उसे सुन लिया होता।

पर उसकी भौंहें सिकुड़ गई थीं, जैसे वह कोई भूली बात याद कर रहा हो। सहसा खड़े होकर उसने खिड़की की ओर देखा। तब मुझे मालूम हुआ कि उसका ध्यान बहुत दूर से नियमित चढ़ाव-उतार के साथ आने वाली आवाज़ों पर केन्द्रित हो गया है। अफ़सर कुर्सी छोड़कर चौड़ी खिड़की के पास आया जिससे बाहर की विस्तीर्ण लॉन और उसके बाद हरे-भरे पेड़ दीख पड़ते थे। पेड़ों के उस पार, जो यहाँ से दीख नहीं पड़ता था, पर जिसे मैं अच्छी तरह जानता था, एक ख़ाली मैदान था जिस पर अब तक नगर निगम का रुपया हरी घास की शक्ल में फैल नहीं पाया था। उसके आगे सड़क थी जिसके किसी अदृश्य मोड़ पर लोग नारे लगा रहे थे।

मैं अफ़सर के थोड़ा पीछे बाअदब फ़ासला देकर खड़ा हो गया। नारे हवा में गूँजते रहे। थोड़ी देर में आवाज़ों की दिशा का कोना बदला और सड़क के उस सीमित हिस्से से, जो पेड़ों की क़तार के एक किनारे से दीख जाता था, एक जुलूस निकलता हुआ दीख पड़ा।

अजीब-सा जुलूस था। लोगों की संख्या इतनी कम थी कि कोई भी उनकी माँगें बिना सुने ही अस्वीकृत कर सकता था। अधिकांश लोगों को देखकर लग रहा था, वे दूसरों के उतारे हुए कपड़े पहने हैं, बरसों से नहाए नहीं हैं, उनके पाँव घिसट रहे हैं, चुस्ती सिर्फ़ उनकी आवाज़ में है। बचपन में एक बार मैं कहीं रेलगाड़ी से जा रहा था। जब गाड़ी एक स्टेशन पर रुककर चली, तो मैंने खिड़की से झाँककर देखा कि एक दुबला-पतला बूढ़ा आदमी दौड़कर किसी डिब्बे में घुसना चाहता है। उसने एक दरवाज़े का हत्था पकड़ा, पर न जाने क्या सोचकर उसे छोड़ दिया और चलती ट्रेन के उल्टी ओर प्लेटफार्म पर उतर पड़ा। उतरते ही वह दो-चार क़दम लड़खड़ाया और फिर गिर पड़ा। शायद उसे चोट नहीं आई, पर एक बूढ़े का चलती गाड़ी पर चढ़ना, ग़लत दिशा में उतरना, लड़खड़ाना और प्लेटफार्म पर गिरना मुझे आज तक याद है। इस साफ़-सुथरे, सजे-बजे कमरे में अफ़सर के पीछे खड़े हुए मुझे आज भी वह घटना याद आई; लगा कि रेल की खिड़की से प्लेटफार्म पर किसी को दुबारा लड़खड़ाकर गिरते देख रहा हूँ। जुलूस बहुत जल्दी सड़क के खुले हिस्से को पार करके पेड़ों के पीछे छिप गया। अफ़सर ने कहा, "वर्कशॉप वाले हैं। इन्हें ओवर टाइम चाहिए।"

मैं चुपचाप खड़ा रहा। उसने अपनी लोचदार कमर को पीछे, फिर आगे की ओर झुकाकर खिड़की के बाहर झाँका। जुलूस पेड़ों की आड़ में रुक गया होगा क्योंकि नारे उसी तरह गूँज रहे थे। साँस खींचकर अफ़सर कुर्सी की ओर लौट आया, बोला, "दफ़्तर के वक़्त जुलूस निकालते हैं, काम ओवरटाइम लेकर करना चाहते हैं।"

मुझमें इतनी समझ है कि जहाँ समझ की कमी हो वहाँ समझदारी की बात न की जाए। पर इस समय मेरे मुँह से निकला, "आजकल महँगाई इतनी बढ़ गई है...।"

बिल्ली जैसे चूहे को दबोचती है, अफ़सर ने मेरे अधूरे वाक्य को पकड़ लिया, कहा, "यह बात आपने कलाकारों वाली कही। महँगाई बढ़ रही है, तो महँगाई-भत्ता भी बढ़ रहा है। उसका ओवरटाइम से क्या सरोकार है?"

"मेरा मतलब था कि...।"

"छोड़िए उस बात को। आप किसी समस्या का ज़िक्र कर रहे थे न!"

"मेरे मकान के लिए...।"

"ओह! मकान!" कहकर अफ़सर ने अपनी देह कुर्सी पर ढीली कर दी। मैं समझ गया कि अब वह अपनी ज़मीन पर है और वहाँ एक जाना-बूझा खेल शुरू करने जा रहा है। मैंने अपने कष्ट को बृहत् से बृहत्तर और बृहत्तम बनाते हुए उसका

बड़ा विशद वर्णन प्रस्तुत किया। वह सुनता रहा। मैंने नगर निगम के दो-तीन ख़ाली मकानों का उल्लेख किया। वह उसे भी सुनता रहा। कुछ देर बाद मैं उस स्थिति में आ गया जहाँ मेरे लिए बोलने को कुछ नहीं बचा। अफ़सर ने नीले काग़ज़ों को हाथ में उठाकर कहा, "चिन्ता न करें, आपको मकान मिलेगा।"

"आप चाहें तो इसी समय...।"

"चिन्ता न करें।"

"मेरी पत्नी दिल्ली में बीमार है। उसे...।"

अफ़सर का चेहरा सहानुभूति का पोस्टर बन गया। उसने पूछा, "क्या हुआ उनको?"

"घुटनों का दर्द...।"

"आर्थराइटिस होगी। वह मिटती तो है नहीं, सिर्फ़ उस पर काबू पाया जा सकता है। या शायद ...। एक बात बताएँ, उन्हें डिसेंट्री तो नहीं रही है?"

"मेरी प्रार्थना है कि...।"

"देखिए नारायण जी, आर्थराइटिस हो तो होम्योपैथी का इलाज कीजिए। दिल्ली में तो डॉक्टर मनचन्दा हैं। उनसे अच्छा होम्योपैथ कहाँ मिलेगा?"

"जी, ऐसा है कि...।"

"आर्टिस्टों के साथ यही मुसीबत है। आपने डॉक्टर मनचन्दा का नाम नहीं सुना? चाँदनी चौक में रहते हैं?"

वार्तालाप की ऐसी शैली नाटकों में दर्शकों को बहुत रोचक और स्मार्ट जान पड़ेगी जिसमें दो पात्र एक-दूसरे के वाक्यों से चूहा-बिल्ली का खेल खेल रहे हों। पर मैं दर्शक नहीं था, अभिनेता भी नहीं था, एक ऐसा पात्र था जिसे अपने मन की व्यथा छोड़कर सब-कुछ कहने की छूट थी। यहाँ एक वास्तविक, जीवित व्यक्ति को स्टेज पर ढकेलकर अपने किसी विकृत रूप का अभिनय करने को बाध्य किया जा रहा था। मैंने इस अनाचार के ख़िलाफ़ विद्रोह किया, कहा, "सर, डॉक्टर मनचन्दा के यहाँ जाने की शायद मुझे जरूरत न पड़ेगी यदि आप दया करके मुझे सेक्शन 'एफ' वाला फ़्लैट दे देंगे। मैं बच्चों को तुरन्त यहाँ लाना चाहता हूँ...।"

टेलीफ़ोन का बज़र बजा, अफ़सर ने रिसीवर उठाकर अपने पी.ए. से कहा, "अभी नहीं, साठे से कह दो, आधा घंटे बाद फ़ोन करें।"

मैं कहता रहा, "आप जानते ही हैं...।"

कुर्सी पर फैलकर उसने पीठ पीछे टिका दी, दोनों हाथ गर्दन के पीछे बाँध लिये, आँखें मूँद लीं, कहा, "सारी! थक गया। उधर वे जुलूस लेकर आ रहे होंगे।" मैं चुप हो गया। अफ़सर ने हथेलियों से आँखें मलीं जिससे उसकी आँखें और गाल लाल हो गए। उसने कहा, "जब कॉरपोरेशन को सरकार ने हाथ में नहीं लिया था, तब इतना तो कम-से-कम था ही कि हड़तालिए अपना माँग-पत्र मेयर

को देते। तब नेता नेतागिरी करते थे, अफ़सर अफ़सरी। अब पूरे कॉरपोरेशन के अस्सी मेम्बरों की जगह अकेला मैं रह गया हूँ। कहने को सिटी एडमिनिस्ट्रेटर हूँ, पर कर क्या सकता हूँ? बस एक लेटरबॉक्स जैसा हूँ जिसमें जो भी चाहे, अपना माँग-पत्र डाल जाए...।"

मुझे मकान के विषय से टालने की कोशिश की जा रही थी, पर वह इतनी आत्मीयता, इतनी थकान से बोल रहा था कि सब कुछ समझते हुए भी कुछ देर के लिए मैंने उसके पक्ष में दल-बदल कर डाला। दूर पेड़ों की आड़ में नारेबाज़ी फिर से शुरू हो गई थी। अफ़सर ने थकान-भरी साँस खींची, बन्द ओंठों को कुछ और चौड़ा बना लिया, आँखें मूँद लीं, और एक हल्की विदूषकी मुसकान का प्रदर्शन किया—जैसे सारी नारेबाज़ी का यही जवाब हो। मैं खिड़की तक गया और वहाँ से लौटकर बोला, "वे इधर नहीं आ रहे हैं।" प्रदर्शनकारियों के लिए 'वे' कहते ही मुझे लगा कि मैंने पाली बदल ली है। मानसिक असुविधा से छुटकारा पाने के लिए मैंने कहा, "आज्ञा दें तो मैं चलूँ।"

"नहीं रुकिए। आपसे अभी बात तो हुई ही नहीं। चाय पिएँगे?"

मेरे इनकार करने और धन्यवाद कह चुकने पर उसने टेलीफ़ोन का रिसीवर उठाया और उसमें कहा, "दो कोकाकोला।" फिर मेरी ओर मुस्कराते हुए अपनी भुवनमोहन छवि प्रस्तुत की, मेरे साथ घनिष्ठता के अन्त:पुर की एक और ड्योढ़ी पार करते हुए कहा, "लोग समझ रहे हैं कि मैं आज शहर के बाहर गया हूँ, मुझे मिनिस्टर से मिलने जाना था भी, तभी आज सन्नाटा है।" आँखमिचौनी खेलने वाले बच्चों की तरह उसने किलकारी नहीं भरी, पर उसका धीमा, व्यवस्थित स्वर किलकारी से ज़्यादा उल्लासपूर्ण था। उसने कहा, "आपने संगीत में कोई डिग्री ली है?"

"जी नहीं। म्यूज़िक की मेरे पास कोई डिग्री नहीं। सितार मैंने अपने बाबा, यानी पिताजी से सीखा था। शायद आपने उनका नाम सुना हो—श्री नीलमणि बनर्जी।"

उसके सहसा भावहीन चेहरे से स्पष्ट था कि उसने यह नाम नहीं सुना है। मैंने उसे इसके लिए कोई दोष नहीं दिया। संगीत में उसकी चाहे जितनी रुचि हो, इतने वर्षों बाद किसी बाहरी आदमी से आशा नहीं की जानी चाहिए कि वह श्री नीलमणि बनर्जी को जाने। वे उन कलाकारों में थे जिन्हें प्राय: कलाकार ही जानते हैं और एक बार जिन्हें जानकर कभी भूलते नहीं हैं। संगीत-वाटिका के किसी उपेक्षित कोने में लहलहाते हुए वे एक ऐसे कुंज थे जिनके मुरझा जाने पर कुंदे और लट्ठे नहीं निकलते, जो मुरझाकर वहीं ज़मीन में मिल जाते हैं, और खाद बन जाते हैं। दरिद्रता, अहंकार और कला-साधना में उच्चतम मानकों का मेल किसी भी कलाकार को जनप्रिय नहीं बनाता, उसे सिर्फ़ कलाकारों की दुनिया में एक अजूबा बनाकर छोड़ देता है जिसकी उपयोगिता केवल शोध के एक विषय के रूप में रहती है

जिसे शोधछात्र पचास वर्ष बाद उठाते हैं। मेरे पिता श्री नीलमणि बनर्जी को मरे हुए केवल छब्बीस वर्ष हुए हैं।

"कल हम लोग यहाँ के संगीत महाविद्यालय के स्टाफ़ की चर्चा कर रहे थे। उसकी प्रबन्ध-समिति का अध्यक्ष होने के नाते मुझे उससे भी उलझना पड़ता है। समस्या यह है कि संगीतज्ञ तो बहुत हैं, पर ऐसे व्यक्ति जो संगीत में उच्चकोटि के हों और जिनकी शिक्षा-दीक्षा भी ऊँचे स्तर की हो, मुश्किल से मिलते हैं। आपने तो एम.ए. या एम.कॉम. किया ही होगा?"

सितार-शिक्षक बनकर बड़े अफ़सरों की निकम्मी बीवियों या शादी के इन्तज़ार में बेकार बैठी कन्याओं को दा-दिर-दा-रा-दा-दिर-दा-रा सिखाने का उत्साह मुझमें कभी नहीं रहा। मैंने अफ़सर से सधन्यवाद कहना चाहा कि सबसे अच्छी नौकरी नगर निगम के एकाउंट सेक्शन की है, जो मैं कर रहा हूँ; जिसमें कला की साधना, कामिनी-विलास, भगवद-भक्ति आदि के लिए समय की कमी नहीं है; जिसे करते हुए मैं सितार का इच्छानुसार अभ्यास कर सकता हूँ और जिसमें रहते हुए मेरा सेक्शन ऑफ़िसर अस्पताल की कैंटीन में दिन को ग्यारह बजे बैठकर अपनी प्रिय नर्स के प्रेम को गाढ़ से प्रगाढ़ बना सकता है। पर, बातचीत में अपने पिता का नाम आ चुकने के बाद मैं आत्म-संस्मरणों के लिए आकुल हो उठा था। इसीलिए मैंने अफ़सर के सीधे सवाल का सीधा जवाब दिया, "जी, मैंने एम.ए. नहीं किया है, सिर्फ़ बी.ए. किया था—अंग्रेज़ी, संस्कृत और भूगोल के साथ। मैं बी.ए. में था, तभी पिताजी का देहान्त हो गया। एक भयंकर दुर्घटना हुई थी। तब मैं अठारह-उन्नीस साल का था। संसार का मुझे कोई अनुभव नहीं था, केवल पढ़ने और सितार बजाने का शौक था। अचानक एक दिन...।"

"लीजिए, कोकाकोला पीजिए।" अफ़सर ने कहा और मैं उस दिन की घटना का विवरण पूरा नहीं कर पाया जिस दिन श्री नीलमणि बनर्जी को एक ट्रक ने टक्कर दी थी और उनके मूर्च्छित, क्षत-विक्षत शरीर ने सड़क के किनारे मुझे इस क्रूर संसार में प्रवेश की दीक्षा दी थी।

हम चुपचाप कोकाकोला पीने लगे। अपने अनमनेपन में पहले मुझे कोकाकोला की ठंडक और स्वाद का अनुभव नहीं हुआ, पर पुरानी यादों के झाड़-झंखाड़ को भिगोता हुआ वह अनुभव जब मन की सतह पर आया, तब मुझे मालूम पड़ा कि अफ़सर कुछ कह रहा है। वह कह रहा था, "आपने ज्योग्राफ़ी भी पढ़ी है! तब तो इसे देखिए।" उसने नीले काग़ज़ों को मेरी ओर बढ़ाया।

बहुत सुन्दर अक्षरों में लिखा हुए यह एक पत्र था। शुरू में लिखा था, "प्रिय बिल्ली"; अफ़सर ने कहा, "पढ़िए, कोई ऐसी बात नहीं है। बिल्ली मेरी लड़की का नाम है। वैसे तो उसका नाम उत्तरा है पर हम घर पर उसे बिल्ली कहते हैं।"

पत्र कुछ इस तरह से था :

"प्रिय बिल्ली,

तुम्हारा पत्र कल दिवसान्त बेला में हस्तगत हुआ। आशा ही नहीं, अपितु विश्वास है कि तुमने मेरे पिछले पत्र का तत्त्व हृदयंगम कर लिया होगा। अब इस पत्र में मैं ब्राज़ील के निकटवर्ती देश अर्जेंटिना, जिसका शुद्ध उच्चारण आर्हेन्तिना है, का परिचय दूँगा...।"

"देखा आपने?" अफ़सर कह रहा था, "मैं आजकल उसे पत्रों से भूगोल पढ़ा रहा हूँ। वह डलहौज़ी के एक कॉन्वेंट स्कूल में है। आठवें में पढ़ती है। पढ़िए... पढ़िए।"

...अर्जेंटिना का क्षेत्रफल दस लाख वर्गमील से किंचित् अधिक है! इस देश का बृहत्तर अंश सम जलवायु वाले क्षेत्र में है! यहाँ के अधिसंख्य निवासी योरोपीय जातियों की सन्तानें हैं। अतएव स्वभावत: परिश्रमी एवं स्फूर्तियुक्त हैं। देश में कोयला एवं अन्य खनिज सम्पत्ति नगण्यवत् हैं। पेट्रोल की सम्पूर्ति के लिए...।

अफ़सर कह रहा था, "इस तरह के मैं कई पत्र भेज चुका हूँ। आरम्भ अपने भारत देश से किया था। एशिया और आस्ट्रेलिया पूरा हो चुका है। आजकल दक्षिण अमेरिका चल रहा है। क्या विचार है आपका? इन पत्रों का संग्रह 'विश्व भूगोल की झलक' या किसी ऐसे ही शीर्षक से निकाल दिया जाए तो पूरी छात्रोपयोगी पुस्तक नहीं बन जाएगी? वैसे जिन प्रात:स्मरणीय महापुरुष से मैंने इन पत्रों की प्रेरणा ली है...।"

काग़ज़ चिकना होने के कारण मैं दूसरा पन्ना उलट नहीं पा रहा था और जीभ पर उँगली लगाने के बाद काग़ज़ों को अलग करना अफ़सर के कमरे में थूकने जैसा होता। अफ़सर ने कहा, "ठीक है, ठीक है, पूरा पढ़ना ज़रूरी नहीं है। जितना देख चुके हैं उसी से बताएँ, कैसा लगा?"

सिर्फ़ दो स्थितियों में मैं अपने को सँभाल नहीं पाता—या क्या पता! और भी स्थितियाँ हों जिनकी मुझे पहचान न हुई हो। पहली स्थिति वह है जब मैं आसन्न भूल में किए गए कामों को भी भूल जाता हूँ, लौट-लौटकर अपना ही बन्द किया ताला खटखटाता हूँ, अपने ही हाथ से रक्खे हुए चश्मे या चाभी को घंटों ढूँढ़ता हूँ, पर्स खोलकर बार-बार उसके नोट गिनता हूँ। दूसरी स्थिति वह है, जब वर्तमान का दृश्य मुझे किसी पुरानी घटना की पुनरावृत्ति जान पड़ता है और सामने का यथार्थ पिछले स्वप्नों में घुलने लगता है। पर इस स्थिति की कल्पना भी मुझे थका देती है और इसके बारे में कुछ न लिखा जाए, यही अच्छा है।

इस सबके विपरीत, अपनी सहज स्थिति में—या क्या पता मेरी सहज स्थिति वही हो, यह नहीं—मैं अपने को काफ़ी सतर्क और एक प्रकार से सभा-चतुर

मानता हूँ। पिछले घंटे से मैं अफ़सर के साथ जो बातें कर रहा था, वे विषय और विषयान्तर की दृष्टि से इतनी टेढ़ी-मेढ़ी और कटी-पिटी थीं कि कहीं-कहीं बिल्कुल बेतुकी हो गई थीं। कर्मचारियों का आन्दोलन, ओवरटाइम, मकान की समस्या, आर्थराइटिस, डॉ. मनचन्दा, श्री नीलमणि बनर्जी, मेरी शिक्षा-दीक्षा, प्रिय बिल्ली और अब यह अर्जेंटिना जिसका सही उच्चारण आर्हेन्तिना है—का भीषण भूगोल! और मन की ऊँची-नीची पथरीली सतह पर, जगह-जगह पत्थर के ढोकों के किनारे से निरन्तर टेढ़ी-मेढ़ी बहने वाली स्मृति की धाराएँ–उनमें से कोई दिल्ली में बीमार पत्नी को, कोई धूल खाते सितार को, कोई सड़क पर बेहोश पड़े नीलमणि बनर्जी को समर्पित! लगता है कि जिसे मैं अपनी सभा-चातुरी की सहज स्थिति मानता हूँ, वही मेरी सबसे ज़्यादा असहज स्थिति है। सहज तो यह होता कि प्रिय बिल्ली को लिखे गए पत्र को पढ़ते-पढ़ते मैं 'हो-हो' करके हँसने लगता, एक टाँग से नाचने लगता या ज़मीन पर गिरकर सिसकने लगता।

ऐसा कुछ न करके मैंने कहा, "बड़ी जानकारी भर दी है आपने, इस पत्र में। पूरा गागर में सागर है।"

'गागर में सागर' कहते ही मेरा निशाना 'बुल्स आई' के ठीक बीचोबीच जाकर बैठा। उसने मुस्कराकर कहा, "यह मैं अपने कई मित्रों से सुन चुका हूँ। गागर में सागर!"

"मगर," आलोचक की ईमानदारी से उसे प्रभावित करने की चेष्टा से मैं बोला, "ऐसी हिन्दी समझने में बेबी को क्या दिक़्क़त न होगी?"

"ज़रूर होगी। मैं यही चाहता हूँ। आप बिल्ली को जानते नहीं हैं न। अंग्रेज़ों जैसी बोलती है। पर हिन्दी—समझ लीजिए—उसका वाटरलू है! तभी मैं उसे जान-बूझकर कुछ क्लिष्ट भाषा में पत्र लिखता हूँ। उसे बार-बार शब्द-कोश पलटना पड़ता होगा। पर उसने लिखा है, भूगोल के साथ उसका हिन्दी शब्दों का ज्ञान भी बढ़ रहा है। पिछली छमाही परीक्षा में...।"

वह बिल्ली की छमाही परीक्षा का विवरण देता रहा। नारायण बनर्जी नामक कीड़े की दुर्गति, कर्मचारियों के आन्दोलन, नागरिकों की समस्याएँ, प्रशासन की गुत्थियाँ—इन सबसे निर्लिप्त रहकर वह इस समय योगस्थ भाव से नगर का शासन कर रहा है। मेरे सामने वह महाराज जनक की भाँति बैठा हुआ, दूर पेड़ों की आड़ में कभी-कभी उठने वाले नारों को अनसुना करके, अनासक्त भाव से अपनी कन्या की कथा कह रहा है, केवल इस नगण्य अन्तर के साथ कि कन्या का नाम उत्तरा है, सीता नहीं।

मैं भी अब नारायण नहीं रहा हूँ, जड़ भरत बन गया हूँ।

सुरंगें और तिलिस्म

एक

श्यामा के साथ जो लड़की आई थी वह साँवले रंग की थी। उसकी साड़ी का रंग काला और लाल था, उसके माथे पर काले रंग की गावदुम बिन्दी खिंची थी, बाल काले और ख़ूब घने थे और उन्हें रबर के बैंड में समेटकर बाँध लिया गया था। उसकी आँखें नुकीली और चमकीली थीं और काजल की कोर को दूर तक खींचकर उन्हें और भी नुकीला और चमकीला बनाया गया था। वह औसत क़द और हलके वज़न की लड़की थी, पर उसके वक्ष का भराव अनुपात से ज़्यादा था। नारायण के समाज की सादी-शालीन लड़कियाँ उसे देखकर आपस में उसकी छिछली रुचि की चर्चा कर सकती थीं।

वे सिनेमाघर में पिछले क़तार के कोने में बैठे थे। वहाँ धुँधलका कुछ और घना था। नारायण के एक ओर श्यामा और दूसरी ओर यह लड़की थी। श्यामा ने उसे सिम्मी कहकर पुकारा था और नारायण को आभास हुआ था कि यह उसका असली नाम नहीं है। इसे उसने फ़रेब समझा था और इसी से उसने अपने को सिम्मी के प्रति स्वच्छन्द और सब प्रकार के दायित्व से मुक्त मान लिया था। श्यामा ने कहा था कि यह मेरी बहुत प्यारी सहेली है और यहीं संगीत महाविद्यालय के चौथे साल में पढ़ती है। नारायण को सिम्मी में संगीत के मुक़ाबले नाटक की इफ़रात दीख पड़ी थी।

सामने पर्दे पर फ़िल्म चल रही थी और फ़िल्म के भीतर एक फ़िल्म का दृश्य का। फ़िल्म किसी साहित्यिक रुचि वाले ने कला की सेवा के नाम पर बनाई थी। इसलिए जैसे अब तक सिनेमा साहित्य को बिगाड़ता रहा था, नारायण की आँखों के आगे साहित्य सिनेमा को बिगाड़ने लगा था। कहानी यूँ चल रही थी कि हीरो और हीरोइन कुछ देर मानव की नियति और भीड़ के अकेलेपन जैसे विषयों पर उच्चस्तरीय वार्तालाप करते हुए एक निम्नस्तरीय फ़िल्म देखने जाते हैं। इस बहाने फ़िल्म के अन्दर एक दूसरी फ़िल्म की झाँकी आ गई थी जिसमें हीरोइन चमकीले बल्बों, सोने-चाँदी के खम्भों, रंगीन सीढ़ियों और हवा में तैरते झिलमिल बादलों के बीच–यानी ऐसे दृश्य में जिसे वह सपने में स्वर्ग समझ रही थी—गाते-नाचते

दिखाई गई थी। गाना जितना बुरा था, नाच उतना ही अच्छा था। इसीलिए फ़िल्म का यह भाग, जिसे लोकप्रिय हिन्दी फ़िल्मों का मखौल उड़ाने के लिए दिखाया गया था, नारायण को अपनी ओर खींचने लगा। शायद ऐसा ही सिम्मी के साथ भी हुआ। नारायण ने देखा, वह निष्क्रिय नहीं रह गई है। अभी तब अपनी सीट पर वह बेजान-सी पड़ी थी, पर अचानक उसका पैर—नारायण के घुटने को छूते-छूते न छूने वाला पैर—नाच की ताल पर थिरकने लगा। नाच बन्द होते ही वह फिर पहले की तरह निश्चल हो गया और नारायण के पैर के सहारे थम गया। सिम्मी ने अपनी ढीली गर्दन दूसरी ओर घुमा ली।

'अब यह गहरी साँस लेगी', नारायण ने दिलचस्पी से सोचा और सिम्मी ने गहरी साँस ली। फ़िल्म के भीतर चलने वाली फ़िल्म में राजकुमार-नुमा हीरो ने शराब और साक़ी वाला कोई शेर कहा, जो नारायण नहीं समझ सका पर इतना समझ गया कि इस वक़्त उसे भी शराब की ज़रूरत है। सिम्मी ने और भी गहरी साँस ली। नारायण ने झिझकते हुए अपना पंजा बढ़ाकर उसके हाथ को छुआ, फिर उसकी एक उँगली थाम ली। इसके बाद ही सिम्मी का हाथ अपने-आप मरी हुई गिलहरी की तरह नारायण के हाथ में आ गया।

श्यामा फ़िल्म को बड़े ध्यान से देख रही थी और नारायण से खिंचकर दूर बैठी थी। उसने अपने पाँवों और बाँहों को इस तरह समेट लिया था कि अपना इरादा जताए बिना नारायण उसे छूने का बहाना नहीं निकाल सकता था। सिम्मी का ठंडा, निश्चेष्ट हाथ अपनी हथेली में लिए हुए भी नारायण श्यामा की उपेक्षा से पराजित जैसा बैठा रहा। तभी सिम्मी ने कुर्सी पर करवट बदली और अपना सर उसके कन्धे पर टिका लिया। उसके चेहरे की निकटता नारायण को झुलसाने लगी। सिम्मी के हाथ पर उसकी जकड़ मज़बूत हो गई। श्यामा निरर्थक जान पड़ी।

सिम्मी की साँस से एक हलकी-सी भभक उठी, जिसमें सिगरेट और शराब की बासी गन्ध थी। नारायण को लगा, उसने लॉटरी जीत ली है। सिनेमा भी अब उसको निरर्थक जान पड़ा।

दो

फ़िल्म समाप्त होने के बाद बाहर की ठंडी हवा में घटिया फ़िल्म देखने की कुंठा, रिक्शे-ताँगे वालों की ओर से किराए की मनमानी माँग, शाम को पिये गए नशे का उतार—इन सब ने और सिम्मी की मौजूदगी ने उसे श्यामा से अनमना कर दिया। कुछ था, जिसने श्यामा को उससे भी ज़्यादा अनमना बना दिया था। तबीयत ठीक नहीं है, घर पर जल्दी पहुँचना है, माँ को सिर-दर्द था—नारायण नहीं समझा कि इनमें से क्या कहकर वह अकेली घर चली गई। सिम्मी ने उससे 'गुडनाइट' कहा

और उसके अधकचरे उच्चारण की नारायण पर कुल इतनी प्रतिक्रिया हुई कि वे दोनों अब अकेले हैं। उसने पूछा, "आप किधर जाएँगी?"

"मैं? मेरा कोई रास्ता नहीं है। मैं एक कटी पतंग हूँ।"

उन दिनों शहर के किसी सिनेमा-घर में 'कटी पतंग' नाम की फ़िल्म चल रही थी। नारायण ने फ़िल्म नहीं देखी थी, पर उसे मालूम हो गया कि सिम्मी ने ये बोल वहीं से उठाए हैं। भौंहों के असंगत और अनगिनत चढ़ाव-उतारों और आवाज़ की रूमानी उदासी से नारायण ने पहले ही सिम्मी के बारे में सोच लिया था कि उसने अपने को किसी फ़िल्मी ट्रेजेडी-क्वीन के ढाँचे में खपाने के लिए प्रशिक्षित किया है, पर स्वतः प्रशिक्षित लोगों की तरह उसे पता नहीं कि उस भूमिका में कहाँ रुकना चाहिए। जो भी रहा हो, सिम्मी के बनावटीपन से ऊबने के बजाय उससे उत्तेजित होकर नारायण ने कहा, "चलिए, मैं आपको घर तक पहुँचाए देता हूँ।"

"इस बेसहारा उड़ती कटी पतंग का आप कहाँ तक पीछा करेंगे?"

"कहीं तक भी—जहाँ तक ज़मीन होगी।" कहकर, और यह देखकर कि ट्रेजेडी-क्वीन फीकेपन से मुस्कुराई है, उसे ख़ुशी हुई कि मैं अब सिम्मी का खेल उसी की ज़मीन पर, उसी के बनाए नियमों के अनुसार खेल रहा हूँ।

जब तक वे सीधी-सपाट जगमगाती सड़क पर चलते रहे, उनकी बातें भी सीधी-सपाट, जगमगाते ढंग से चलती रहीं। पर सिम्मी के मकान को जाने वाली गली में उतारकर वे रह-रहकर ख़ामोश होने लगे। कुछ और आगे जाकर नारायण गली में खो गया, सिम्मी अपने-आप में खो गई।

इस गली को एक ओर पुराने मकानों की अटूट क़तार ने और दूसरी ओर किसी बालिका महाविद्यालय की जेलनुमा ऊँची चहारदीवारी ने घेर रखा था। साढ़े नौ बजे रात के अँधेरे में भी, जिसे कमज़ोर बल्बों की अनिश्चित फिटकियाँ कहीं-कहीं छेद रही थीं, यह आसानी से समझा जा सकता था कि वहाँ साढ़े नौ बजे सवेरे भी धूप न आ पाती होगी।

गली एक साथ आबाद और वीरान थी। लोग अभी से घरों के भीतर दुबक गए थे और पुराने ढंग के रोशनदानों और दरवाज़ों के नीचे की दराज़ से प्रकाश के धुँधले धब्बे गली में फैलकर एक सुरंग के आभास को तोड़ने के बजाय मज़बूत कर रहे थे। एकाध मकानों की दीवारों पर जड़े हुए प्राचीन नलों का पानी कभी-कभी चौंकाने वाली आवाज़ से नीचे नाली में गिरता था, उससे भी ज़्यादा चौंकाने वाली आवाज़ इक्का-दुक्का मूँगफली बेचने वालों की थी, जिन्हें देखकर लगता था कि उन्हें किसी प्रेतलोक में अपना बोझ सर पर लादकर घूमने और रह-रहकर चीख़ने की सज़ा दी गई है। उनके खोंचों पर ढिबरियाँ लगी थीं और उनसे उठता हुआ धुआँ किसी रहस्यमय, दुर्दान्त अनुष्ठान की याद दिलाता था। गली के उस पार, जिधर बालिका महाविद्यालय की दीवार थी, क़ब्रिस्तान का-सा सन्नाटा था। सिर्फ़ छिटपुट साइकिल

सवारों को देखकर, जो गली के मोड़ पर ख़तरनाक रफ़्तार से घंटियाँ बजाते हुए अकस्मात प्रकट होते थे, आश्वासन मिलता था कि यहाँ कहीं क़ब्रिस्तान नहीं है।

गली टेढ़ी हो रही थी और वहाँ से एक दूसरी गली फूटती थी जो उससे भी ज़्यादा सँकरी और दुमंज़िला मकानों की क़तार में दोनों ओर से पिसी हुई थी। नारायण को लगा, वह एक सुरंग से दूसरी सुरंग में घुस रहा है। यहाँ मूँगफली और दालमोठ और साइकिल वाले पीछे छूट गए और नालियों में पानी गिरने की आवाज़ दब गई। ख़ामोशी में एक अस्पष्ट गन्ध उभरी, जो दुर्गन्ध न होते हुए भी साँस के चढ़ाव-उतार पर चोट करती थी। यह एक अजीब-से बासीपन की गन्ध थी, जो वहाँ की ज़िन्दगी का नाक की मार्फ़त परिचय कराती थी।

नारायण कह रहा था, "कलकत्ते की संगीत-गोष्ठी में एक बार क्या हुआ कि मेरे साथ तबले पर महापुरुष मिश्र को बैठाल दिया गया। तब मैं इतना जमा नहीं था और बड़े-बड़े नामों से झिझकता था। मैंने सोचा...।"

एक छछूँदर रास्ता काटकर उसके पाँव को छूती हुई, दूसरी ओर नाली में निकल गई। नारायण 'सोचा' नहीं कह पाया; उसके मुँह से जो निकला, वह 'सोचा' भी था, एक चिहुँक भी थी। सिम्मी ने चौंककर उसकी ओर देखा; मामला समझना चाहा, नहीं समझ पाई, बोली, "यही मेरा मकान है।"

पर्स से चाभी निकालकर उसने ताला खोला और अन्दर दीवार में लगा हुआ स्विच दबाया। एक चौड़ा और साफ़-सुथरा ज़ीना उनके सामने था और यह श्यामा के घर के ज़ीने से कहीं ज़्यादा लुभावना था। पाँच-छह सीढ़ियों के बाद जीना दाईं ओर मुड़ गया था। वहाँ एक नीला बल्ब जल रहा था जिसके साथ सितार की धीमी गुंजार और किसी उत्सव का समापन जुड़ा हुआ हो सकता था। सिम्मी ने उसकी ओर भरी पलकें उठाईं, साँस खींचकर कहा, "अब यहाँ कोई नहीं...कोई नहीं आएगा।"

नारायण समझ नहीं सका कि इस दर्द और उकसाव-भरी आवाज़ के साथ उसे ऊपर आने से रोका जा रहा है या प्रोत्साहित किया जा रहा है। उसने मुस्कुराने की कोशिश की। सिम्मी ने उसकी कुहनी छूकर कहा, "चलिए न।"

ऊपर का कमरा ज़ीने जैसा साफ़ न था, दीवारों की सफ़ेदी बहुत पुरानी थी और उस पर रोशनी उभर नहीं पाती थी। कमरा काफ़ी बड़ा था, फ़र्श पर एक सस्ती दरी पड़ी थी, दो हलकी आराम-कुर्सियाँ थीं। दीवार से सटा हुआ एक बहुत बड़ा तख़्त था जिस पर मोटा गद्दा पड़ा था और उस पर एक न-मैली-न-साफ़ चादर बिछी थी। चादर पर धब्बे न थे, पर होते भी तो उससे वातावरण का कुछ न बिगड़ता। दो गावतकिए असम्भव कोणों पर लुढ़के हुए थे। तख़्त पर एक हारमोनियम खुला पड़ा था, उसके पास एक प्लेट में प्याज़ के कुछ मुरझाए हुए लच्छे थे। एक ख़ाली गिलास सामने की आलमारी पर रखा था और वहीं बेशुमार खिलौने भी रखे थे जिनमें बन्दर, भालू, हिरन और खरगोश की बहुतायत थी। उनके पीछे एक छोटी बोतल रखी थी।

नारायण ने ईमानदारी से कहा, "मैं भी एक ऐसे मकान की तलाश में हूँ।"

"इसे अपना ही समझिए।"

"समझ लिया", कहकर वह तख़्त के कोने पर बैठ गया।

सिम्मी ने अन्दर की ओर का दरवाज़ा खोला जिसके खुलते ही हवा आई और दूसरी ओर बरामदे और आँगन का धुँधलका दीख पड़ा। नारायण ने कहा, "आपको घर तक पहुँचा दिया। अब जाने की इजाज़त दीजिए।"

"पर मैं तो वह चीज़ पेश करने जा रही थी जिसे आप शायद ठुकराएँगे नहीं।" ट्रेजेडी-क्वीन का बाना उतारकर अब बड़ी चंचलता से बोल और चल-फिर रही थी। अन्दर बरामदे में जाकर वह दो गिलास ले आई, उन पर झलकती हुई पानी की बूँदें बता रही थीं कि उन्हें अभी-अभी धोया गया है पर पोंछा नहीं गया है। खिलौनों के पीछे आलमारी से उसने बोतल निकाली जिसके लेबल से विदित हुआ कि उसमें बाज़ार की सबसे सस्ती व्हिस्की है। सिम्मी ने बोतल का लगभग सारा द्रव, जो उसमें एक-तिहाई से ज़्यादा न होगा, एक गिलास में ढाला और नारायण की ओर बढ़ाया; बचा-खुचा दूसरे गिलास में डाल लिया। नारायण ने कहा, "आप इसका ज़िक्र कर रही थीं। मैंने कुछ और ही समझा था।"

"आपने क्या समझा था, जनाब? कि मैं अपने-आपको पेश करने जा रही हूँ?" उसने शरारत से भरी आँखें नारायण पर एक क्षण के लिए टिकाईं; फिर जैसे उसे याद पड़ा हो कि उसे उदास ही रहना चाहिए, उसने गम्भीरता से कहा, "मुझे सब मालूम है। मैं जानती हूँ कि आप क्या पसन्द करते हैं। ठहरें, मैं पानी ला रही हूँ।"

जब वह आँगन से चीनी मिट्टी के एक भोंडे बर्तन में पानी लेकर लौटी, नारायण का गिलास ख़ाली हो चुका था। सिम्मी ने कहा, "हाय! इतनी बेसब्री!"

नारायण उठकर खड़ा हो गया, बोला, "इसीलिए अब मुझे आपको अकेला छोड़ देना चाहिए।" उसने एक अनभ्यस्त 'शुक्रिया' निकाला, सिम्मी के ही उच्चारण से कहा, "गुडनाइट" और दरवाज़े की ओर बढ़ा। सिम्मी ने कहा, "गुडनाइट पर एक मिनट भी नहीं रुकेंगे?"

नारायण ने पेट में व्हिस्की की जलन और दिमाग़ में धुंध महसूस की। "नहीं, पर जल्दी ही मिलेंगे। गुडनाइट, गुडनाइट!" कहकर वह दरवाज़े से बाहर आ गया। सिम्मी अदब से एक किनारे खड़ी हो गई।

तीन

सिम्मी के मकान से निकलकर नारायण जैसे-जैसे आगे बढ़ता गया, सुरंग सँकरी होती गई। दुमंज़िले की किसी खिड़की से आती हुई रोशनी के ऊपर का धुएँ भरा आसमान दोनों ओर के ऊँचे मकानों को जोड़कर सीमेंट की छत जैसा जम गया।

नशे की काई को काटते हुए साँप जैसा यह सन्देह उसके मन की सतह पर तैरने लगा कि मैं ग़लत रास्ते पर हूँ, कि यह, वह रास्ता नहीं है जिससे मैं आया था। पर सही रास्ते पर चलते हुए भी ऐसा सन्देह कई बार हो चुका है : कुछ अपने-आप से उकताकर नारायण ने पाँवों की रफ़्तार बढ़ा दी।

...वे अब भी दफ़्तर की चहारदीवारी से टिके हुए बैठे होंगे। उनके सर पर टँगा हुआ पतला शामियाना हवा में हिल रहा होगा। आज भूख-हड़ताल का चौथा दिन है। कल सवेरे बारीन दा भी भूख हड़ताल पर बैठ जाएँगे। फिर वही पुराना दुश्चक्र, भूख-हड़ताल, कै, सर-दर्द, वजन में कमी, गिरफ़्तारियाँ, जेल, सामान्य हड़ताल, महँगाई-भत्ते में बढ़ोत्तरी, फिर महँगाई में बढ़ोत्तरी की माँग, बैठकें, बहस-मुबाहिसे, भूख-हड़ताल, कै, सर-दर्द...।

किसी ने बाईं ओर धड़ाम से दरवाज़ा खोला और वह चौंक पड़ा। कूड़े का एक ढेर बिल्कुल उसके सामने आकर गिरा। सुरंग की छत से टपका हुआ यह कोई अजगर का बच्चा नहीं है, अपना मखौल उड़ाने के लिए वह बुदबुदाया। खुले दरवाज़े पर उसे एक लड़की दिखाई दी। उसके बाल ऊलजलूल थे और जाड़ा न होते हुए भी वह अपनी सूती फ्राक में सिकुड़ रही थी और उसके कन्धे ऊपर उठकर कनपटियों को छूने लगे थे। नारायण ने चिढ़कर उससे कूड़ा फेंकने के बारे में कुछ कहना चाहा। तब तक लड़की ने कहा, "इधर किसके घर जा रहे हो?"

"किसी के नहीं, सड़क की ओर जा रहा हूँ।"

"पर आगे गली बन्द है।"

"तुमने कूड़ा बिल्कुल मेरे पाँव पर फेंका है।"

"आगे गली बन्द है।"

उसके लिए लड़की की बात उतनी ही ग़लत थी जितना कि उसका कूड़ा फेंकना। वह आगे बढ़ता गया। लड़की दरवाज़े के बाहर आधा जिस्म निकालकर उसे चुपचाप देखती रही। नारायण को बहुत आगे नहीं जाना पड़ा। एक ठोस दीवार, जिसमें कोई भी खिड़की या दरवाज़ा न था, उसका रास्ता रोक रही थी। उस पर बरसों की जमी हुई काई और दूर जलते हुए बल्ब की बहुत फीकी रोशनी से उसे जान पड़ा कि यह दीवार ईंट और सीमेंट की नहीं, किसी धातु की बनी हुई है।

तब उसने समझा कि सिम्मी के मकान से गली में उतरकर वह सचमुच ही उल्टी ओर मुड़ गया था। वह तेज़ी से वापस लौटा। लड़की अब भी दरवाज़े पर खड़ी हुई उसे किसी अचम्भे की तरह देख रही थी। इस बार नारायण ने कहा, "गली आगे बन्द है।" लड़की ने अपने को दरवाज़े के पीछे अँधेरे में छिपा लिया, फिर धीरे-धीरे दरवाज़ा बन्द कर लिया।

नारायण चलता रहा। उसकी निगाह लौट-लौटकर दाईं ओर के बन्द दरवाज़ों पर जाती रही जिनमें कोई सिम्मी का भी था। पर सभी दरवाज़े लगभग एक-से थे।

गली का मोड़ आने ही वाला था। सिम्मी का दरवाज़ा न पहचान सकने की उकताहट उसके गले तक भर आई, यह पहले पी गई रम और व्हिस्की के मेल की मिचली भी हो सकती थी। गली के मोड़ तक आते-आते उसे एक परिचित घबराहट ने घेर लिया कि इस गलीनुमा सुरंग में वह कई बार भटक चुका है और आज शायद उसके लिए यहाँ से निकलना मुश्किल होगा।

वह उस गली में आ गया था, जो बड़ी सड़क पर निकलती थी और जल्दी-जल्दी उठते हुए उसके पाँवों की आवाज़ उसका पीछा करने लगी थी। तभी साइकिल पर सवार एक काला-कलूटा आदमी उसका कन्धा छूता हुआ उसके पास से निकला और उसने साइकिल धीमी करके नारायण के चेहरे को ग़ौर से देखा। नारायण ने अपने को एक अजनबी दुनिया में गिरफ़्तार जैसा पाया।

आगे जाकर जब साइकिल-सवार ने सिनेमा का एक चालू गीत गाना शुरू किया तब नारायण ने खुलकर साँस ली; एक जादू-सा था, जो टूट गया। सड़क के मोड़ पर आकर उसने अपनी घड़ी में देखा, पौने ग्यारह बज रहे थे।

लौटते हुए वह जिस बस्ती से निकला, वह सम्पन्न और साफ़-सुथरे बँगलों वाला नया मुहल्ला था। वहाँ सड़कों से सड़कें फूटती थीं। एक चौराहे से दूसरे तक चार-चार या आठ-आठ बँगले छितरे थे। सभी के आगे लॉन थी, जाने-अनजाने फूलों का फैलाव था; उनमें कहीं-कहीं बाहर बत्तियाँ जल रही थीं जिनमें लताओं और पेड़ों की हिलती हुई टहनियाँ अपनी परछाइयों से सपनों जैसे चंचल अल्पजीवी छायाचित्र बना रही थीं। रोशनदानों और खिड़कियों से बाहर आने वाली रोशनी आड़ी-तिरछी एक-दूसरे को काटती हुई सड़क के यूक्लिप्टस, गुलमोहर, अमलतास के पेड़ों पर गिर रही थीं। रेडियो-संगीत के टुकड़े हवा में तिरते हुए, उनके कानों तक पहुँच रहे थे। और जिन कमरों से वह संगीत उभरकर आ रहा था उनके लिए नारायण के मन में लालसा उकसा रहे थे।

सुरंगें पीछे छूट गई थीं। क्या किसी तिलिस्मी दरवाज़े से निकलकर वह किसी शाही बग़ीचे में गया है जहाँ दूर के झरोखों से नाजुक बेगमें कुतूहल के साथ उसकी एक-एक हरकत देख रही हैं? इस अजनबी दुनिया के लिए, जिसके एक छोर पर सिम्मी की गली थी, उसके मन में एक आतंक-भरा आकर्षण उभरने लगा।

कुछ देर बाद उसे अपने दफ़्तर की इमारत दीख पड़ी जिसकी चहारदीवारी से टिके हुए उसके कुछ सहकर्मी भूख हड़ताल पर बैठे थे। नारायण समझ न पाया कि सीधे होटल न जाकर वह इधर से क्यों निकला है जब कि इस समय उसे इनसे मिलना नहीं है।

22 अक्तूबर, 1974—मंगलवार

नारायण

मेरी पत्नी का नाम मीनाक्षी है। एणाक्षी या कमलाक्षी होता तब भी उसकी सार्थकता कम न होती, क्योंकि उसका सबसे बड़ा आकर्षण उसकी आँखें हैं। विवाहित जीवन के मधु-काल में इन आँखों ने मुझसे कविताएँ तक लिखवाई हैं। उन दिनों, हम दोनों में एक खेल हुआ करता था। मैं मीनाक्षी को अपने सामने खड़ा करके उसके गालों को अपनी हथेलियों में ले लेता और इस तरह जकड़ता कि उसका चेहरा किसी ओर मुड़ न पाता, फिर कहता, "मेरी ओर देखो न!" मेरे ऐसा कहने पर उसकी निगाहें मेरे चेहरे को छोड़कर किसी भी ओर भागने की कोशिश करतीं। जब उसे मालूम हुआ कि उन बड़ी-बड़ी आँखों की तिर्यक् भंगिमा देखने के लिए ही मैं यह खेल करता हूँ, तब उसने मुझसे निगाहें बचाने की चेष्टा छोड़ दी। पर इससे उसकी आँखों में सीधे झाँकने का खेल मेरे लिए और भी उत्तेजक हो गया। ये बहुत पहले की बातें हैं। अब भी कभी-कभी मैं उस खेल को दोहराता हूँ, पर उन आँखों की पुरानी आलोक-भंगिमा देखने के लिए नहीं, सिर्फ़ इसलिए कि अब एक-दूसरे से ममता दिखाने के लिए अतीत के अनुभवों को वर्तमान में प्रतीक की तरह खींचना ज़रूरी हो गया है। पुराने अनुभव रेडीमेड गारमेंट की तरह सचमुच ही कई बार हमें नंगा होने से बचा लेते हैं।

कल रात सिम्मी के घर से वापस आने पर दरवाज़े के नीचे मुझे जो पत्र मिले थे उनमें एक मीनाक्षी का था, दूसरा स्वामी शान्तानन्द महराज के आश्रम का, जहाँ किसी धार्मिक समारोह के उपलक्ष में मुझे आज सितारवादन के लिए आमंत्रित किया गया था। यह पत्र केवल औपचारिक था, फ़ोन पर एकाध बार कलाकारों की तरह 'हाँ-नहीं-देखा जाएगा' कहकर वहाँ जाने के लिए मैं पहले तैयार हो गया था। वह पत्र मैंने केवल एक तिहाई बार पढ़ा। मीनाक्षी का पत्र कल रात से अब तक चार-पाँच बार पढ़ चुका हूँ।

इस पत्र में कोई बड़ा स्फूर्तिदायी सन्देश हो, ऐसी बात नहीं, पर पत्र के नीचे 'आपकी दासी—मीनाक्षी' पढ़कर मैं बार-बार अपने विवाहित जीवन के बसन्त

काल में पहुँचता रहा। 'आप की दासी' जैसे पुरातनपंथी आत्म-निवेदन में मुझे कोई रुचि नहीं है, फिर भी मैंने बार-बार पत्र खोला और घूम-फिरकर 'मी.' की तरफ़ देखा। 'मी.' में एक अलिखित सन्देश था, बँगला की आलंकारिक लिपि में 'म' पर लगी हुई दीर्घ 'ई' की मात्रा अक्षर के ऊपर उठती-गिरती लहर जैसी थी। वही मेरे लिए मीनाक्षी की आँखों की चमक बन गई जिसे मैं उसकी तरुण-भंगिमा में बरसों पहले देखता रहा था। यह पत्र कोई प्रेम-पत्र न था पर 'मी.' विशेषतया 'म' पर लगी दीर्घ 'ई' की मात्रा ने मुझे प्रेम-पत्र से भी ज़्यादा आन्दोलित किया। कल शाम सिनेमा देखने से लेकर सिम्मी के घर जाने और उसके बाद बिना सींग-पूँछ के जानवर की भाँति सड़कों पर घूमने की निरुद्देश्यता ने मुझे दबा लिया था, उसे इस पत्र ने चारों ओर से तोड़ दिया।

वैसे, दूसरों को यह पत्र कहीं-कहीं उबा तक सकता है। मीनाक्षी को घुटनों का दर्द तो था ही, पिछले सप्ताह उसे तेज़ बुख़ार भी आ गया था, जो यह स्पष्ट न होते हुए भी कि वह किस प्रकार इन्फ़्लुएंजा से भिन्न है, डॉक्टर की राय में इन्फ़्लुएंजा न था। पत्र से, छोटे-मोटे शारीरिक कष्टों के विवरण के बाद, स्पष्ट होता था कि बीमारी ने उसे छोड़ दिया है पर उसी ने बीमार हो चुकने के ग़ौरव को अभी नहीं छोड़ा है।

रोगों की हैसियत एक ज़ालिम मर्द जैसी है जिसकी मार खाकर भी पिटी हुई पत्नी उसके न रहने पर बड़े लगाव से उसकी याद करती है। मीनाक्षी ने आधे पत्र में अपनी बीमारी को उसी तरह याद किया था। उत्तरार्ध में उसके स्वास्थ्य-लाभ का विवरण भी उसकी बीमारी के विवरण से ज़्यादा भिन्न न था। उसके बाद पारिवारिक जीवन के संकटों की कथा थी, वह सब था, जो छह बच्चों की माँ कम आमदनी वाले पति को चिट्ठी में लिखती है और जो निरन्तर यह सोचने में पति का साथ नहीं देती कि परिवार में कम आमदनी का दौर अब ख़त्म ही होने वाला है।

निरुद्देश्यता की नाकेबन्दी टूट जाने के बाद मेरे मन में ममता की बाढ़ आई और उसमें परिवार के एक-एक व्यक्ति के लिए आवर्त, बुदबुद तरंगें आदि उठने लगीं। सबसे ऊँची तरंग छाया नाम की तुतलाती हुई बच्ची ने उठाई क्योंकि, पिछले पत्रों के विपरीत, इस पत्र में उसका नाम कहीं नहीं था। बात कुछ उलझाव-भरी हो जाएगी, पर यह सच है कि छाया की याद से उठने वाली तरंग ने मुझे दिवास्वप्न के समुद्र में बहुत गहरे जाकर फेंक दिया जिनमें मैं छाया-राग के स्वरों में, आरोह-अवरोह के अनुसार उतराता और डूबता रहा, सितार के खोल पर चढ़ी हुई धूल साफ़ करता रहा, मन-ही-मन निश्चय करता रहा कि आज की सन्ध्याकालीन गोष्ठी में मैं इन्हीं स्वरों से खेलूँगा, फिर किसी अधिक गम्भीर प्रकृति के राग के पक्ष में अपने निश्चय को बदलता रहा।

एक काल्पनिक छाया मेरे घुटनों से लिपटी हुई है। उसकी फ्रॉक कुछ मैली हो गई है। वह कह रही है, "पापा, तुम गन्दे हो। बोलो, तुमने मुझे कितने दिन से याद

नहीं किया?" उसे दूसरी फ्रॉक न देने के कारण मैंने अपने को धिक्कारा। फिर मुझे याद पड़ा, मैं उस फ्रॉक के विषय में सोच रहा हूँ, जो पिछली रात सिम्मी की गली में कूड़ा फेंकने वाली लड़की पहने हुए थी। छाया और वह लड़की और सिम्मी और मीनाक्षी आदि-आदि-आदि ने मिलकर मुझे उलझा दिया। अचानक मैं थक गया और मेरे लिए यही बचा कि मैं अपनी बेंत की टोकरी का निरीक्षण करने लगूँ जिसमें रम की आधी बोतल रखी है।

पर दूसरे पत्र के कारण जो स्वामी शान्तानन्द ने भेजा था, मैं यही नहीं करना चाहता था। डेढ़ घंटे के भीतर ही मुझे उनके आश्रम में पहुँचकर सितार बजाना था। मैं पीना चाहता था, पर सारी दुनिया मेरे ख़िलाफ़ थी, 'अ'कार और 'उ'कार से आरम्भ होने वाले कई तत्त्व, अर्थात आदत, अकेलापन, अतीत उल्लासहीनता और उदासी आदि—ये सब मुझे ज़बरदस्ती बोतल की ओर ढकेल रहे थे। किसी शराबख़ाने में गुंडों से घिरी हुई लड़की जैसा मेरा मन इनके सामने अन्तिम रूप से अपनी हार पहले ही स्वीकार कर चुका था, पर उस अन्तिम क्षण को कुछ देर टालने के लिए लड़ता जा रहा था। मैं, आश्रम, स्वामी शान्तानन्द, स्वामी विवेकानन्द, स्वामी रामकृष्ण परमहंस आदि का मन-ही-मन नाम लेकर बोतल के हमले से अपने बचाव का रास्ता खोजने लगा और उसी चेष्टा में अपने कमरे के बाहर आकर बरामदे की प्याज़-भरी, वज़नी हवा को चीरता हुआ सड़क के किनारे फ़ुटपाथ पर पहुँच गया।

शाम हो रही थी, पर सड़क की बत्तियाँ अभी नहीं जली थीं और चारों ओर सपने की-सी मटियाली रोशनी थी। आसपास कहीं पेड़ न थे, पर ठंडी हवा की लहरों में, जो मेरे चेहरे पर खेल रही थीं, मैं कुछ अनुपस्थित पेड़ों की टहनियों को लहराते देख रहा था। शाम की यह रोशनी मुझसे हमेशा छल करती है। आज भी मैंने वहाँ गन्दी ईंटों वाले फ़ुटपाथ पर खड़े-खड़े सड़क के धुएँ, रिक्शे, कोयले वाले ठेले, फटेहाल मज़दूर, मूँगफली और खोंचे वाले, बुर्क़ेवाली औरतें, मैले-कुचैले लड़के, आवारा कुत्ते—इन सब पर निगाह डाली और हवा में झुकते-झूमते पेड़ों का एक सपना देखा। ये पेड़ वीपिंग विलो के थे। वे एक फ़र्जी झील के किनारे लगाए गए थे जिसमें गहरा पारदर्शी पानी था और जिसके दूसरे किनारे पर रंग-बिरंगे फूलों की क्यारियाँ थीं। मैं मज़बूर हो गया। गन्दे फ़ुटपाथ पर खड़े-खड़े मैं एक रमणीक दृश्य सृजित कर चुका था और उसे बचाने के लिए लगभग भागता हुआ मैं कमरे में वापस आया। बेंत की टोकरी से रम की आधी ख़ाली बोतल निकालकर, जिसे आशावादियों की असम्भव भाषा में आधी भरी भी कहा जा सकता है, मैंने गिलास में इतनी रम डाल ली कि नशा न आने की गुंजायश न रही। फिर उसमें पानी मिलाकर अनगिनत काल्पनिक हितैषियों, धर्मोपदेशकों, परिवारवालों और दफ़्तर के बॉसों की निगाह बचाकर फुर्ती से पी गया। फिर सितार लेकर कमरे से बाहर निकल आया, ताला लगाकर सड़क के फ़ुटपाथ पर दुबारा खड़ा हो गया। एक बार वापस जाकर

कमरे का ताला फिर से झटकने की तबीयत हुई, पर मैंने अपनी तबीयत को ही झटक दिया, कहा कि ताला बन्द नहीं है, तो न हो, नारायण बनर्जी का सर्वनाश होना है, तो होता रहे, केवल उसका सितार उसके लिए बचा रहे। मेरा मदिरापूर्ण व्यक्तित्व एक साथ कलापूर्ण और वीरतापूर्ण बना हुआ फ़ुटपाथ को सम्राटों की तरह देखता रहा। वास्तव में मैं आश्रम से आने वाली मोटर की प्रतीक्षा करता रहा।

तब मैंने सड़क के दूसरी ओर वाले फ़ुटपाथ पर श्यामा को देखा। वह मेरी ही दिशा में आ रही थी। मैंने हाथ उठाकर इशारा किया, पर वह मेरी ओर ध्यान न देकर एक दुकान में घुस गई। सड़क के उस पार जाकर उससे मिलने की उत्कंठा को बलपूर्वक दबाते हुए और अपने उदर में हू-हू करती हुई रम नामक पिशाचिनी को इस उत्कंठा के लिए दोषी ठहराते हुए मैं ज्यों-त्यों अपनी जगह स्थिर खड़ा रहा और श्यामा के दुकान से बाहर आने की प्रतीक्षा करता रहा। मुझे पता भी नहीं कि आश्रम की मोटर फ़ुटपाथ के पास कब आकर खड़ी हो गई।

कार की पिछली सीट पर जो आदमी बैठा था उसकी देह गेरुए रंग की चादर से ढकी थी। माथे पर तिलक का मिटता हुआ चिह्न था। गेरुए वस्त्र मुझे बचपन से आतंकित करते आए हैं। उनमें मेरी जीवन-पद्धति की आलोचना लिखी मिलती है। मैंने अपने अविचार को धिक्कारा, जिसके बहाव में मैंने आज आश्रम का निमंत्रण स्वीकार कर लिया था। ड्राइवर सीट से उतर चुका था और मेरे लिए गाड़ी का पिछला दरवाज़ा खोल रहा था। गेरुए वस्त्र वाले व्यक्ति ने पूछा, "बहुत प्रतीक्षा तो नहीं करनी पड़ी?" मैंने ड्राइवर से कहा, "मैं अगली सीट पर बैठूँगा।" कहकर मुझे लगा कि मैंने गेरुए वस्त्र से अशिष्टता दिखाई है। शिष्टता की सारी क्षमता अपनी आवाज़ में भरकर मैंने कहा, "आगे सितार लेकर बैठने में सुविधा रहेगी।" उसने कहा, "आप चाहें तो इसे यहीं छोड़ दें। आश्रम में भी दो-चार सितार होंगे।" मुझे याद नहीं कि मैंने क्या उत्तर दिया। मेरी शिष्टता का ख़ज़ाना ख़ाली हो गया था, यह भी था कि मेरी निगाह उस दुकान पर थी जिसमें श्यामा थी।

ड्राइवर ने गाड़ी स्टार्ट की और श्यामा उसी समय दुकान से बाहर आई। उसने हमारी ओर देखा और इधर आने के लिए सड़क पार करने लगी। पर जब गाड़ी उसके पास से निकली तब उसने हमारी ओर आँख भी नहीं उठाई। मैंने खिड़की के बाहर सर निकालकर उसे पुकारा। मेरी आवाज़ के घेरे में होते हुए भी उसने हमारी ओर नहीं देखा। पिछली सीट से प्रश्न आया, "आप कुछ कह रहे हैं? रुकना है?"

"जी नहीं, चलिए।"

खिड़की के पीछे झाँककर मैंने देखना चाहा कि श्यामा कार की ओर अब भी देखेगी या नहीं, पर मैं अब स्वयं ही उसे नहीं देख सका। मैंने कहा, "ये एक इंजीनियर साहब की पत्नी हैं।" कहते ही मुझे लगा कि मेरी बात अधूरी है। पूरा किया, "इंजीनियर साहब अमेरिका में हैं।"

"कौन?" गेरुए वस्त्र वाले ने कुछ ज़ोर से पूछा। मैंने कोई जवाब नहीं दिया, न उसने अपना सवाल ही दोहराया।

हम शहर से बाहर पहुँच रहे थे। बिजली के खम्भे पीछे छूट गए थे। बाहर की खुली हवा अँधेरे में एकाकार होते पेड़ों और मैदानों पर सरसरा रही थी। शान्ति थी, मुझे अच्छा लगना चाहिए था; पर मेरे गले में उकताहट का सुपरिचित स्वाद फैल गया। मैं सोचता रहा कि श्यामा सचमुच ही वहाँ आई थी, या यह सपने का कोई दृश्य था। मैं यह भी सोचता रहा कि मेरे गले का कसैला स्वाद उकताहट के कारण है या रम के कारण; और रम, उकताहट, कसैलापन, श्यामा, कल्पना, स्वप्न, यथार्थ आदि की विवेचना में उलझा रहा। मैं तब तक सोचता रहा, जब तक कि आश्रम में आ नहीं गया। फिर स्वागत के शब्दों और अपने प्रत्युत्तर के शब्दांशों के बीच भी बराबर सोचता रहा। उसके बाद जब वे मुझे दूसरी मंज़िल के एक कमरे में बिछे हुए क़ालीन पर चारों ओर से घेरकर बैठ गए और मुझ पर सद्भावना और सम्मान का तीर्थजल गिराने लगे, तब भी मैं कुछ सुनता रहा, कुछ कहता रहा, ज़्यादातर सोचता रहा। पर यहाँ सोचने का विषय ज़्यादा ठोस हो गया, यहाँ के फ़र्श ने मुझे परास्त कर दिया।

इस कमरे का फ़र्श पालिशदार धातु जैसा था। ऐसा फ़र्श मैंने बरसों से नहीं देखा है, पर पिछले तीन महीनों में दूसरे प्रकार के दर्जनों फ़र्श देख चुका हूँ। पिछले महीनों में निस्सम्बल घूमते हुए मैं इस शहर में कभी उनके यहाँ भी पहुँचता रहा हूँ जिनसे मेरी कोई घनिष्ठता नहीं है। और इस प्रकार मैं विभिन्न प्रकार के फ़र्शों का विशेषज्ञ बन गया हूँ। उदाहरणार्थ :

एक फ़र्श परसों देखा था। मेरे एक दफ़्तर के साथी का नाम—या जाति–उपाध्याय है। वह शहर के एक बड़े घने मुहल्ले में रहता है जिसका नाम झाड़ू वाली गली है। वह मुझे अपने घर ले गया था, वादा था कि रास्ते में मुझे वह एक ख़ाली मकान दिखाएगा, जो वास्तव में ख़ाली नहीं निकला। उसके घर पर चीनी मिट्टी के मोटे, भोंड़े मग्गों में चाय पीते हुए, ढीली अरदावन वाली चारपाई में (जिसकी पट्टियाँ घाट जैसी थीं और जो, किसी अज्ञात कवि की कविता के अनुसार, विराट तलैया बन चुकी थी) धँसते हुए मैं उपाध्याय के घर के टूटी ईंटों वाले ऊबड़-खाबड़ फ़र्श को देखता रहा था। वह फ़र्श न था, जेठ के महीने में फावड़े से गोड़ी हुई क्यारी थी जिसे पहली वर्षा ने और बाद के अकाल ने कड़ा और असमतल बनाकर छोड़ दिया है। (ऐसे फ़र्श पर, ऐसी चारपाई पर, ऐसे कमरे में भी, ऐसी निस्स्वादु चाय पीते और पिलाते हुए भी, उपाध्याय हँसता रहा था; वह किसी फ़िल्म का कथानक सुना रहा था, फ़िल्म के कैबरे नाच की प्रशंसा कर रहा था। नाचने वाली अभिनेत्री का नाम लेकर बता रहा था, "सिनेमा में उससे अच्छा कैबरे कोई नहीं करती। मैं तो उसका नाच सैकड़ों बार देख चुका हूँ। सच पूछो तो उसकी नंगी जाँघें जितना

देख चुका हूँ, उतना तो इन्होंने भी मुझे नहीं दिखाया!" उसने अपनी पत्नी की ओर इशारा किया था। पत्नी ने प्रसन्नतापूर्वक सुना था, प्रेमपूर्वक शिकायत की थी, "वाइफ को घर में छोड़कर अकेले-अकेले फ़िलिम देखते हो मिश्टर!" जीवन-देवता! तुम्हारी जय हो!)

या, वह फ़र्श जो बूढ़ी मस्जिद के पास टीले पर बनी कोठरियों का है। उनमें नगर निगम के कुछ चपरासी रहते हैं, एक हमारे एकाउंट्स सेक्शन का भी है। उसने सत्यनारायण की कथा सुनी थी और उसके बुलाने पर मैं वहाँ यूँ ही चला गया था। वहाँ का सीलन और गन्ध-भरा कच्चा फ़र्श कभी नहीं भूलेगा; सत्यनारायण स्वामी ने मुझे आस्तिक बनाने के लिए ही इस भाव से उस फ़र्श की सृष्टि की होगी कि फ़र्श के साथ मैं उनका भी स्मरण करता रहता हूँ। उस पर चिपके हुए दो कनखजूरे मेरे ही सामने पकड़े गए थे और धर्म-भावना के कारण उन्हें बिना मारे हुए दूर ले जाकर छोड़ दिया गया था।

या, वह फ़र्श जो अपने यहाँ के टाइपिस्ट के घर का है। वह नूरगंज मुहल्ले में है। उस पर कोयला, राख, पानी, बच्चों का पेशाब, तेल का चीकट और न जाने क्या-क्या छितरा है। या, जिसे कल देखा है, सिम्मी के घर का फ़र्श; जिस पर बिछी हुई दरी फ़र्श की मटमैली सीमेंट के रंग की हो गई है।

...या ख़ुद सिम्मी ...सिम्मी का नाम कौंधते ही वहाँ केवल सिम्मी रह गई। बिजली की कौंध के बाद अँधेरा पहले से ज़्यादा घना हो जाता है, वैसे ही मेरे मन के अँधेरे में अब उपाध्याय, चपरासी, टाइपिस्ट आदि के मकान अलक्षित हो गए और मैं सिर्फ़ सिम्मी को लेकर बैठ रहा। ऊपर से मैं सुन रहा था, मेरे आसपास बैठे भद्रजनों और साधुओं में संगीत-रस की सात्त्विक चर्चा चल रही है। केवल सर हिलाने की क्रिया से मैं उसमें सक्रिय योग दे रहा था। पर मन में इस समय सिम्मी थी और सिम्मी में मेरा अनुरक्त-विरक्त मन था।

रहस्य की बात यह है कि कल सिनेमा देखते हुए और उसके बाद सिम्मी के साथ उसके घर तक जाते हुए मैं विजय के गर्व से फूला हुआ था। श्यामा ने पहले से ही उसे मेरे बारे में सब-कुछ बता रक्खा होगा, तभी उसने शुरू के ही दो-तीन वाक्यों से मुझे बता दिया था कि वह मुझे महान कलाकार समझती है। बाद में, जब उसने अँधेरे में मेरे कन्धे पर सर टिकाकर सिनेमाघर का वह उपयोग किया, जो नर-नारियों में असंख्य जोड़े असंख्य देशों में असंख्य से भी अधिक बार कर चुके हैं, तब मैंने समझा कि संसार में केवल यह मेरे साथ हुआ है। तभी सिम्मी के घर तक पहुँचते-पहुँचते मेरी गर्दन पूरे तौर से तन गई थी। इस समय मुझे किसी कक्षा में पढ़ा हुआ भारवि का एक छन्द याद आ रहा है जिसमें उन्होंने शरत्काल की फ़सल खाकर छके हुए, गर्दन ताने साँड़ का वर्णन किया है। भारवि को वह साँड़ 'सविग्रह दर्प' जैसा प्रतीत हुआ था। सिम्मी के घर तक पहुँचते-पहुँचते कल

मैं भी, अपनी क्षीण काया को भुलाते हुए, किरातार्जुनीय का साँड़ बन गया था। पर ऊपर के उसके कमरे में पहुँचते ही मुझे आशंकाओं ने घेर लिया। मुझे सहसा लगा कि आज शाम से ही सिम्मी जिस आकस्मिक ढंग से मेरी छेड़-छाड़ का प्रत्युत्तर दे रही है और जता रही है कि वह मेरी नि:शुल्क दासी है, उसके पीछे कोई गहरी चाल भी हो सकती है। कमरे में घुसते हुए मुझे लगा कि मैं किसी अनजाने जंगल में घुस रहा हूँ जिससे बाहर निकलने की शायद ही कोई राह हो। मेरे मनोनुकूल बनने के लिए सिम्मी जैसी तत्परता दिखा रही थी, उससे मुझे डर लगने लगा। अब यह हास्यास्पद जान पड़ता है, पर मुझे शराब पिलाने के लिए जब उसने गिलास उठाया और मैं गद्‌दे के कोने पर बैठा, तब मुझे लगा था कि मुझे तख़्त पर पूरी तौर से न बैठना चाहिए, नहीं तो मैं दलदल में फँस जाऊँगा। भीतरी दरवाज़ा खोलकर जब वह बरामदे की ओर पानी लेने के लिए गई, तब मैं डर गया—यह एक निश्चित प्रकार का डर था। मैं सोचने लगा कि इस अँधेरे दरवाज़े से अब सिम्मी नहीं आएगी, बल्कि उसकी जगह कोई दानव दरवाज़े पर आकर खड़ा हो जाएगा। अपनी कल्पना में मैंने दो प्रकार के दानव भी देख लिए। एक तो महाभारत का घटोत्कच था जिसके नाम से ही मुझे बचपन में डर लगता था। दूसरा अलिफ़ लैला का एक दैत्य था जिसके चेहरे पर सिर्फ़ एक आँख थी और वह भी उसके माथे पर थी। मुझे उस समय भी अपनी कल्पना की अनर्गलता का पता था जैसा कि इस समय है, फिर भी उस समय मेरी कल्पना मुझ पर तथ्य की तरह हावी हो गई थी। इसीलिए पानी की प्रतीक्षा किए बिना ही मैंने सिम्मी की व्हिस्की गटक ली थी और उसके गद्‌दे पर क़ायदे से बैठे बिना उसकी निगाह में चला, और अपनी निगाह में भाग आया था।

आश्रम के बड़े स्वामीजी, श्री शान्तानन्दजी महाराज कमरे में आ गए हैं। मुझसे कह रहे हैं, "कहिए नारायणजी, आप कुशल से तो हैं?"

मैं कुछ भी नहीं कह पाता हूँ; केवल अचकचाकर औरों के साथ खड़ा हो जाता हूँ। उनका चरणस्पर्श करूँ या केवल हाथ जोड़कर उन्हें नमस्कार करूँ, इस असमंजस में एक क्षण—जो अभिवादन का एकमात्र क्षण था—बीत जाता है। स्वामीजी कहते हैं, "विराजिए।"

कुछ औपचारिक और भली बात कहनी चाहिए, इस व्यग्रता में कालीन पर बैठते-बैठते मैं कहता हूँ, "आने में देर हुई, क्षमा करेंगे।"

"नहीं तो, देर कहाँ हुई? अभी तो सवा सात ही बजे हैं। क्या गाड़ी देर से पहुँची थी?"

मेरे साथ आए हुए साधु ने कहा, "जी नहीं।"

किसी ने कहा, "हम लोग नीचे ही क्यों न चलें? समय हो रहा है।"

स्वामीजी बोले, "आप नारायणजी को जलपान भी न करने देंगे?"

मेरी इच्छा रम पीने की थी, इसके बिना सब-कुछ मुझे तन्द्रापूर्ण जान पड़ रहा था। मैंने कहा, "जलपान की इच्छा नहीं है।"

"तो फिर नीचे ही चलें", किसी ने अपनी बात दोहराई; पर शान्तानन्द जी नहीं उठे, इस कारण कोई नहीं उठा। स्वामीजी ने पूछा, "रहते कहाँ पर हैं, नारायणजी?"

इसके बाद के वार्तालाप को पूरा-पूरा याद रखना कठिन है क्योंकि इस प्रश्न ने न जाने कितनी सूक्तियों और दार्शनिक विवेचनाओं की सृष्टि की। मैंने कहा था, "मेरा कोई ठिकाना नहीं है।" इस पर स्वामी जी ने हँसकर कहा था, "तब तो आपकी स्थिति परिव्राजकों जैसी है।" मैंने मकान न होने के कारण अपनी दुर्दशा का विवरण दिया, पर वह बात वहीं छूट गई। एक संन्यासी ने बताया, "अवधूत मकान के बिना ही रहता है। भागवत में कहा है 'एकचार्यनिकेतः स्यात्।' तभी देखिए न, दत्तात्रेय ने सर्प को अपना गुरु बनाया है। साँप बिना मकान के रहता है, कहीं भी दुबककर काम चला लेता है। मकान का काम बड़े झंझट का है : गृहारंभोऽतिदुःखाय।"

मैंने कहा, "स्वामीजी, दत्तात्रेय की कथा आपके लिए है, मेरे लिए नहीं। मैं अवधूत नहीं हूँ, गृहस्थ हूँ, पत्नी है, छह बच्चे हैं, वे...।"

शान्तानन्द महाराज ने कहा, "रहने की उचित व्यवस्था न हो, तो कुछ दिनों के लिए यहीं आ जाइए।"

मेरे पेट में रम कसमसाई, इस झिलमिल फ़र्श वाले मकान में, जहाँ धूलि के कणों की त्रसरेणुओं तक की गम्यता नहीं है, आकर बसने की कल्पना ने मुझे हलका बना दिया। मैंने कहा, "यहाँ आप मुझे संन्यासी बना डालेंगे।"

मेरे हँसने पर वे हँसे नहीं, बोले, "संन्यासी तो आप पहले से ही हैं। आपके संगीत की तन्मयता बड़े-बड़े योगियों को भी कहाँ मिल पाती है।"

इस प्रशंसा से मैं अपने ही रचे हुए नाटक का नायक बन गया, पर दर्शक की जगह अपने को बैठालते ही खलनायक जैसा दीखने लगा। बात को मोड़ देकर मैं मकान की समस्या पर आ गया और अफ़सर के आश्वासनों का उल्लेख करने लगा। उस पर व्यंग्य और वक्रोक्ति के सहारे एकाध प्रहार भी किए। स्वामीजी ने पूछा, "सिटी एडमिनिस्ट्रेटर महोदय से आपका काम हो सकता है क्या? तब तो वे आपकी अवश्य ही सहायता करेंगे। बड़े सज्जन और उदार हैं—बड़े कलाप्रेमी!" इस निरर्थक कविता का आनन्द लेते हुए हम लोग नीचे की संगीत-गोष्ठी में पहुँचे।

इतने दिनों बाद नियमित रूप से सितार बजाने का यह पहला अवसर मिला था। उस अनुभव से इतना अभिभूत हुआ, और अब भी हूँ, कि इतनी ताज़ी घटना होते हुए भी मैं उसे विस्तार से लिपिबद्ध नहीं कर पाता।

श्रोताओं की प्रतिक्रिया मुझे स्पष्ट रूप से याद है। कमरे का शून्य अवकाश सितार की पुंजीभूत झनकार बन गया था। उसी झनकार की सान्द्रता श्रोताओं में भी

व्याप्त है, यह उनकी मुद्रा से ही देखा जा सकता था। वे अलग-अलग व्यवसाय और हैसियत के लोग थे; उनमें साधु-संन्यासी, गृहस्थ, महिलाएँ, संगीत के शिक्षक और छात्र, अफ़सर-क्लर्क, व्यापारी सभी थे जिनकी हर स्थिति के बारे में प्राय: अलग-अलग प्रतिक्रियाएँ होती हैं। पर उनकी नि:शब्दता ही मेरे लिए सामूहिक साधुवाद थी। वहाँ 'वाह-वाह' कहना किसी निचले लोक की भाषा जैसा जान पड़ता था और मेरी कला का तिरस्कार 'वाह-वाह' बोलकर ही किया जा सकता था।

मेरी पलकें संगीत-मद से बोझिल हो रही हैं। वे जब-जब श्रोताओं की ओर उठती हैं, मैं केवल उनकी मुँदी हुई पलकें देखता हूँ। फूलों की गन्ध से छकी हुई मधु-मक्खियों की तरह वे अपना गुंजार भूल चुके हैं, उनके निश्चल शरीर से लगता है कि उनकी साँस संगीत के स्वरों को सुवासित हवा की भाँति पी रही है। मेरी कला की इतनी उत्कट अभ्यर्थना आज तक नहीं हुई।

तबले पर संगत करने वाले देवीदासजी भी असामान्य व्यक्ति हैं। सफ़ेद लुंगी, सफ़ेद कुरते और हलके सिलेटी रंग की चादर में वे साधु जैसे ही जान पड़ते हैं, वैसे वे एक विधुर गृहस्थ हैं। वे स्थिर और शान्त बैठे हुए हैं, कुहनी के नीचे उनके हाथ तबले पर मशीन की-सी नियंत्रित गति से चल रहे हैं। उनकी आँखों में प्रोत्साहन और प्रशंसा भरी हुई है। जब मैं कोई जटिल स्वर-संघात निकालता हूँ, तो उनकी अधखुली आँखें अचानक पूरी खुल जाती हैं और प्रत्येक सही अवसर पर उनकी इस चेष्टा से व्यंजित हो जाता है कि उन्हें ताल की ही नहीं, पूरे संगीत-तंत्र की सही पकड़ है। अपनी कला को नाटकीय बनाए बिना वे इस प्रकार संगत कर रहे हैं जैसे उनकी कला पहली बार मेरे सितार के सम्पर्क में सार्थक हुई है।

ऐसा अनुभव रोज़-रोज़ नहीं मिलता। संगीत के मायावी रास्तों से मैं कई बार गुज़रकर उस उत्कर्ष को छू चुका हूँ जो केवल उँगलियों के अभ्यास का फल नहीं है, जिसे सब इन्द्रियों की चरम सुखानुभूति एक साथ मिलकर भी नहीं दे सकती। पर सितार-वादन के आनन्द का आवेश तरल आवर्तों में घूमते-घूमते मेरे मन को एक सघन जड़ता में बाँध रहा है, मुझे लगता है कि उसके कुछ और सघन होते ही कुछ ऐसा हो जाएगा जिसे मैं सह न पाऊँगा। अपने चरम बिन्दु पर पहुँचकर आनन्द और पीड़ा की अनुभूति का स्वरूप एक-सा हो गया है। मुझे पता भी नहीं चलता कि द्रुततम लय में स्वरों का अविरल धारा-सम्पात कब और कैसे थमा, उँगलियों ने तारों को आख़िरी बार कब झिंझोड़ा, विराम के झटके में नाव की तरह सारा कमरा लहर से ऊपर कब उठा, फिर नीचे आकर कब स्थिर हुआ।

तबलावादक ने मुँह का पसीना पोंछा, कहा, "अद्भुत! किससे सीखा आपने।"

किसी ने कहा, "आप उस्ताद विलायतख़ाँ के शिष्य हैं।"

मैं कई बार ऐसे अवसर पर चुप रहा हूँ। आज बोला, "मेरे पिता श्री नीलमणि बनर्जी थे। उन्होंने मुझे सिखाया था।"

स्वामी शान्तानन्द मेरे पिता की धन्यता की, मुझ पर साक्षात् माँ की अनुकम्पा होने की बात कर रहे थे। श्रोताओं में से किसी ने कहा, "मैं नीलमणिजी को जानता हूँ।"

मैंने आशंका से उसकी ओर देखा। मेरे पिता का उपहास करने वालों की कमी नहीं रही। उसने हाथ जोड़कर माथे से लगाया, कहा, "वे योगी थे। मैंने उनका सितार भी सुना था। महान संगीतज्ञ तो वे थे ही, सबसे पहले वे महापुरुष थे।"

उन्हीं महापुरुष को एक ट्रक ने एक दिन चींटे की तरह कुचल दिया था। दुर्घटना के दिन तक वे बहुतों की निगाह में विक्षिप्त हो चुके थे। उनके अन्तिम दिनों में उनके प्रशंसक उनसे उदासीन हो गए थे, उनके संगीत-क्षेत्र के प्रतिद्वंद्वी उनके विषय में अनेक रोचक कथाओं का अनुसंधान या सृजन करके उनका प्रचार करने में लगे थे। उन्हें महापुरुष और महान कलाकार मानने वाले भी उनके लिए सबके सामने बोलते हिचकते थे। आज इतने वर्षों बाद भी कोई उनके लिए नि:संशय होकर महापुरुष जैसे विशेषण की घोषणा कर सकता है, सोचते ही मुझे अपनी आँखें गीली होती हुई जान पड़ीं। अपना मुँह दूसरी ओर फेरना पड़ा।

भावुकता में मैं कोई भी निर्णय ले सकता हूँ। फिर, इन क्षणों में तो मेरा सम्पूर्ण कायान्तरण हो गया था। मैंने मन-ही-मन कई निर्णय लिए जिनकी परिधि में श्यामा, सिम्मी, शराब, सितार—सभी कुछ आ गया। स्वामीजी से कहा, "सितार मैं यहीं छोड़ जाऊँगा। वहाँ कुछ हो नहीं पाता। कुछ दिन यहीं आपके चरणों में अभ्यास करूँगा।"

ख़ुमार

जागते हुए भी, बिस्तर पर लेटकर और दोनों बाँहों में अपना सर छिपाकर, सवेरे से न जाने कितने सपने देखे होंगे और उसके सामने अब सबसे बड़ा सवाल यह था कि जिस्म पर तेल की मालिश करके अच्छी तरह नहाया जाए या रस्मी तौर पर यूँ ही नहा डाला जाए। तभी होटल के छोकरे ने कमरे में आकर कहा, "किन्हीं मेम साहब का फ़ोन है।"

आज के दिन कोई स्थानीय छुट्टी थी। इन दिनों नारायण के लिए छुट्टी का दिन किसी ऐसी बरसाती शाम जैसा था जिसमें उसे लगता कि उसे एक नाव के फ़र्श पर गीले तिरपाल के नीचे लिटा दिया गया है जिसके भीतर क़ायदे से लेटा भी नहीं जा सकता; बाहर बूँदा-बूँदी में निकला भी नहीं जा सकता। पर यह दिन पिछली रात की वर्षा से धुली क्यारियों और फूलों का था जिनकी चमक, हरियाली और ख़ुशबू सवेरे से उसे आह्लादित कर रही थी।

सरदार के कमरे में पहुँचते ही नारायण को उसकी कड़ी निगाह झेलनी पड़ी, आवाज़ भी। हाथ उठाकर उसने नारायण को टेलीफ़ोन का रिसीवर दिखाया, छोकरे को बताया कि जिस-तिस को फ़ोन सुनने की ज़रूरत नहीं है।

फ़ोन पर श्यामा ने कहा, "बधाई, मास्टर साहब!"

"यह किस बात की बधाई है?"

"आप ख़ुद बताएँ। कल के प्रोग्राम की तारीफ़ की जाए या आज के फ़ोटो की?"

"कैसी फ़ोटो?"

"आपने अख़बार में फ़ोटो नहीं देखा?"

"किस अख़बार में?"

"आप कौन-सा अख़बार पढ़ते हैं?"

"अभी तो कोई नहीं पढ़ा, पर यह फ़ोटो...।"

"बोतल पर क्या इतना ख़र्च बढ़ गया कि अख़बार भी नहीं खरीद पाते?"

"मान गई कि आपको कुछ नहीं मालूम। तो सुनिए, आज का हेराल्ड देख लीजिए। आश्रम वाले प्रोग्राम की ख़बर आई है। बस समझ लीजिए कि अख़बार में आप-ही-आप हैं। और फ़ोटो भी कैसी शानदार है! सितार पर झुके हुए, आँखें

मूँदे हुए—बिलकुल रविशंकर के डुप्लीकेट लगते हैं। कमाल कर दिया आपने, मास्टर साहब!"

श्यामा मज़ाक़ में बोल रही थी पर उसकी बोली से लगता था कि वह इस घटना से सचमुच ही बहुत ख़ुश है।

"थैंक्यू, श्यामा! अब तुम बात बन्द करो तो मैं कहीं से अख़बार माँगकर पढ़ लूँ।"

"मुबारक हो, मास्टर साहब! अफ़सोस, मुझे पहले ख़बर न हुई। वरना मैं वहाँ पहुँचती।"

इस नई आवाज़ ने उसे चौंकाया। फिर बोला, "शुक्रिया सिम्मी। तुम भी यहीं हो?"

"बिल्कुल यहीं। हम लोग आज आपसे मिलना चाहते हैं। एक बार हमें भी सितार सुनाइए न! श्यामा के घर पर या मेरे ही यहाँ।"

"तुम बोल कहाँ से रही हो?"

"श्यामा के घर के पास से। आप ख़ाली हों तो हम लोग आ जाएँ। या आप जैसा कहें। या क्यों न शाम को आप श्यामा के घर पर या मेरे घर पर या सुनिए, ऐसा क्यों न करें...?"

"हम लोग शायद आज नहीं मिल सकते। आज शाम को भी मुझे आश्रम जाना है। मैं कह आया हूँ।" कहकर उसे मालूम पड़ा कि वह बोलने में सिम्मी से भी ज़्यादा अटक रहा है।

"तो ऐसा क्यों न करें? आश्रम जाने से पहले श्यामा के यहाँ हो लें।"

"मुझे बिल्कुल उलटे रास्ते पर आना होगा।"

सिम्मी की फ़िल्मी साँस—गहरी और सोज़ भरी—टेलीफ़ोन के तार पर फैलती हुई आई। उसने कहा, "फिर बताइए न, कब मिलेंगे?"

"आज चार बजे तुम गांधी पार्क में क्यों न आ जाओ? हम लोग साथ-साथ चाय पिएँ। फिर मैं उधर ही से बस पकड़कर आश्रम चला जाऊँगा।"

टेलीफ़ोन रखते ही उसने देखा, सरदार उस पर आँखें गड़ाकर मुस्कुरा रहा है। नारायण ने कहा, "अख़बार होगा?"

उसके चेहरे से निगाह हटाए बिना उसने एक कुर्सी की ओर इशारा किया; वहाँ अख़बार के पन्ने टेढ़े-मेढ़े पड़े थे। नारायण ने उठाकर देखना शुरू किया, तीसरे पृष्ठ पर उसका फ़ोटो था। आश्रम के समारोह में उसके सितार-वादन की प्रशंसा छपी थी। रिपोर्टर को संगीत का कुछ ख़ास पता नहीं है, इसका पता ख़बर पढ़ते ही चल जाता था। उसने अपनी रिपोर्ट में अनावश्यक ढंग से संगीत-तंत्र की शब्दावली घुसेड़ी थी और ग़लत बातों के लिए बड़ी मूढ़ और मुग्ध शैली में नारायण को आज का उत्कृष्ट और कल का उत्कृष्टतम कलाकार माना था।

सरदार ने कहा, "कोई खास बात है?"

नारायण ने अख़बार उसकी ओर बढ़ा दिया, इस तरह, जैसे ऐसा रोज़ ही होता हो, कहा, "कल मेरा एक प्रोग्राम था। उस पर अख़बार में छपा है।"

सरदार ने उसकी तस्वीर को ग़ौर से देखा; सितार पर झुका हुआ था, उसके बाल माथे पर छितर गए थे, चेहरे पर गहरी तन्मयता और उदासी थी। सरदार ने कहा, "ये फ़ोटोग्राफ़र भी ख़ूब होते हैं।"

23 अक्तूबर, 1974—बुधवार

नारायण

पार्क की बेंच पर बैठे हुए मुझे एक घंटे से ऊपर हो गया है। घड़ी में साढ़े पाँच बज रहे हैं। श्यामा और सिम्मी का कहीं पता नहीं है।

शाम शहर की ऊँची इमारतों पर धुएँ की कालिख पोतने लगी है और आने वाला अँधेरा मेरे लिए न जाने कितनी दुश्चिन्ताएँ समेटकर ला रहा है। मैं एक-एक को गिनता हूँ : श्यामा और सिम्मी और देर से आईं तो हमारी शाम का क्या भविष्य होगा? क्या मैं आज फिर सिम्मी के घर जाऊँ और गली की सुरंग पार करके उसके कमरे में एक आँख वाले दानव के निकलने का इन्तज़ार करूँ? या, अभी आश्रम चला जाऊँ और कल के क्षणों को जिलाने की असम्भव चेष्टा करूँ? या, अब से ग्यारह बजे तक रम का सहारा लिए बिना, बाज़ारों और सड़कों और ढाबों से अपना मनोरंजन करूँ? या, श्यामा के घर जाकर लम्पटता का कोई नया प्रदर्शन करूँ। मेरा मन एक केंचुए जैसा हो रहा है, जो बिना घास-फूस की गीली ज़मीन में पड़ा है, जिसके लिए किसी ओर बढ़ने की रोक-टोक नहीं है और आसपास ज़मीन के निर्बाध विस्तार के आतंक में वह किसी भी दिशा में न बढ़कर अपनी जगह पर टेढ़ा-मेढ़ा हो रहा है।

यह पार्क काफ़ी बड़ा और चौकोर है। घास हरी और दबीज़ है। गर्मी की शाम में सैकड़ों लोग यहाँ आते हैं और टेढ़े-मेढ़े होकर योगासन की-सी असंख्य मुद्राओं में और लेटने-बैठने की अनेक असम्भव स्थितियों में पड़े रहते हैं। अब शामें ठंडी होने लगी हैं और दूब का मैदान लगभग ख़ाली है। चहल-पहल सिर्फ़ उस कोने में है, जहाँ मैं बैठा हूँ। यहाँ एक लम्बा-चौड़ा चौकोर चबूतरा बना है। जिसके बीचोबीच एक बड़ा-सा मंडप है। उस तक पहुँचने के लिए चारों ओर संगमरमर की सीढ़ियाँ बनी हैं। यह शानदार चबूतरा, ये संगमरमरी सीढ़ियाँ, यह मंडप कभी पंचम जार्ज की राजदंड-मुकुटयुक्त प्रतिमा के लिए बनाया गया होगा, पर आज उसमें महात्मा गांधी की काँसे की प्रतिमा खड़ी है। तभी ऐसा है कि गांधी-प्रतिमा की सीढ़ियों के आसपास जो भीड़ बिखरी हुई है, उसमें सम्राट पंचम जार्ज की

भूतपूर्व प्रजा का रूप ज़्यादा विकसित हुआ है, गांधी के आश्रम वासियों का कम। भिखारी और भिखारिनें, जिनमें से बहुतों की शक्ल से लगता है कि अँधेरा होते ही यही गुंडे और वेश्याएँ हो जाएँगी, चाट वाले, मूँगफली, तेलमालिश वाले, आवारा नौजवान, निरर्थक बुजुर्ग, कुछ मज़दूर, कुछ असली पर्यटक चारों ओर छितरे हुए हैं। मैं चबूतरे के एक कोने में बेंच पर योगियों की तरह शान्त और निश्चल बैठा हूँ और भीतर मेरा मन केंचुए की तरह लगातार टेढ़ा-मेढ़ा हो रहा है।

तरह-तरह के मानवीय स्वरों के बीच—जो मिलकर समरस हो गए हैं—'तेलमालिश' 'तेलमालिश' की कर्कश आवाज़ें बार-बार अँधेरे में लपट की तरह उठती हैं और मेरे कानों को झुलसाती हैं। मुझे यहाँ चार बजे आना था और आने में मुझे कुछ मिनटों की देर हो गई थी। बार-बार सोच रहा हूँ कि कहीं वे ठीक चार बजे यहाँ आई हों और मुझे न पाकर चली गई हों।

मुझे न पाकर उनकी क्या प्रतिक्रिया हुई होगी? कलाकार को दी जाने वाली छूट के साथ वे मुझ पर हँसी होंगी, या नाराज़ होकर मुझे फूहड़ गालियाँ दे रही होंगी, या श्यामा ने मेरी कबूतर जैसी पिचकी हुई छाती और गाल की उभरी हड्डियों का पुराना मज़ाक़ दोहराया होगा! श्यामा कुछ भी कर सकती है। सच तो यह कि ऐसे मामलों में अपनी पत्नी जैसा कोई नहीं। वही है, जिसके अपमान से पुरुषत्व को चोट नहीं लगती; शायद इसीलिए कहावत है कि 'औरत पाँव की जूती है'। भले ही इस कहावत को लोग उल्टे-सीधे ढंग से कहते रहें, मैंने मीनाक्षी को एक बार समझाया था कि पाँव और जूती का सम्बन्ध चिरन्तन घनिष्ठता का सम्बन्ध है। मेरे लिए मीनाक्षी एक ऐसी जूती है जिसकी खाल तलुए में भले ही चुभती रहे, मैं जानता हूँ कि चुभन सिर्फ़ खाल तक रहेगी और उसे पहने हुए मैं पूरी यात्रा बिना किसी जोखिम के पूरी कर लूँगा। मीनाक्षी ने यह सब सुनकर अपनी बड़ी-बड़ी आँखों से देखा था और मेरी ओर मुक्का तानकर कहा था, "ऐसी आलतू-फ़ालतू बात करोगे तो मार पड़ेगी।" ये भी हमारे विवाहित जीवन के मधु-काल की बातें हैं।

अब छह बज रहे थे और धुँधलका होने लगा था। मैंने सोचा, अगर आश्रम जाना है तो मुझे तुरन्त उठना चाहिए। उधर जाने वाली बसें एक के बाद एक निकली जा रही थीं। पर मुझे एक भारीपन दबा रहा था जो बहुत कुछ शारीरिक भी था। बेंच पर बैठकर जो ढेरों मूँगफलियाँ मैंने खाई थीं, वे पेट पर असुविधाजनक बोझ बनी हुई थीं। वैसा ही बोझ गले और फेफड़ों के बीच—ठीक-ठीक कहाँ, पता नहीं—अटक गया था, क्योंकि मुझे यक़ीन होने लगा था कि सिम्मी और श्यामा पार्क में अब न आएँगी। थोड़ी देर के लिए मैंने श्यामा को भुला दिया और अपना सारा मनोयोग सिम्मी पर केन्द्रित कर दिया। अपने कन्धे पर उसके गाल की जलन का अनुभव करते हुए मैं मन-ही-मन उसकी क्रूरता से मखौल उड़ाता रहा। न जाने कितने विशेषणों से मैंने उसे कोसा, जो उसके काले रंग, दुबले चेहरे और बातचीत

की थिएटरी मुद्रा से निकलते थे और फिर उन्हीं में अस्त होते थे। तभी महात्मा गांधी की लट्ठधारी प्रतिमा के ऊपर एक बल्ब जला और सिम्मी को कोसने का क्रम खंडित हो गया। अनमनेपन से तब मैंने अपने-आपको कोसा, विशेषत: इसलिए कोसा कि इस समय आश्रम के निष्कलुष फ़र्श पर सितार का अभ्यास करने के बजाय इस कूड़ाघर में आहत प्रेम का अभ्यास कर रहा हूँ।

अँधेरा होते ही पार्क का यह हिस्सा सचमुच की कूड़ाघर बन गया। मेरे पास की बेंच पर एक मज़दूर जैसे दिखने वाले व्यक्ति के सर पर तेलमालिश हो रही थी। मालिश ख़त्म होते ही वह लेट गया, अपनी जाँघ से कपड़ा हटाकर उसने एक काली-काली सूखी टाँग बेंच पर फैला दी और मालिश वाला लड़का उसे दबाने लगा! उसी के साथ आदमी के गले से चौपायों जैसी आनन्द प्रकट करने वाली आवाज़ें निकलने लगीं। मुझे यह सब एकदम अश्लील और असहनीय जान पड़ा और मैं वहाँ से जाने के लिए उठ खड़ा हुआ।

मालिश करने वाला एक दूसरा लड़का मेरे पास आया और मुझसे सटकर, जैसे किसी आतंकवादी षड्यंत्र का संकेत कर रहा हो, बोला, "मालिश कराइएगा, साहब?"

उसे अनसुना करके मैं चबूतरे के नीचे उतरने लगा। लड़का मेरे साथ चल रहा था। इस बार उसने मेरी कोहनी छू कर कहा, "क्या कहते हैं, साहब? मालिश कर दी जाए? पैर-वैर भी दबा दूँगा।"

मैं छिटककर उससे दूर खड़ा हो गया। लड़का पन्द्रह-सोलह साल का होगा। उसका चेहरा गोरा और मुलायम था—लगता था, बड़े लाड़-प्यार से पाला गया है। वह आधी बाँह की रंगीन बुश्शर्ट और हाफपैंट पहने हुए था जिससे उसकी सुडौल जाँघें और पाँव बाहर निकले हुए थे। वह नंगे पैर था। कुल मिलाकर यह लड़का, जो मेरे बड़े लड़के पिंटू से दो-तीन साल छोटा होगा, उस पार्क में विधाता की सृष्टि का बड़ा असंगत प्रदर्शन जैसा जान पड़ा।

मुझे अपनी ओर देखता हुआ देखकर वह लड़का अजीब ढंग से मुस्कराया और मुझे अपने दिल की धड़कन थमती-सी जान पड़ी। मेरे मन में एक घबराहट-भरा विचार, रेत पर तिलमिलाते हुए साँप की तरह प्रकट हुआ कि मैं इस लड़के को जानता हूँ, इससे कहीं पहले भी मिल चुका हूँ, यह मुस्कुराहट कहीं और भी देख चुका हूँ। लड़के ने कहा, "सिर्फ़ पचहत्तर पैसे देने होंगे, साहब।"

मुझे लगा कि मैं शायद ऐसा पहले भी सुन चुका हूँ; उसे कोई जवाब दिए बिना मैं पार्क के फाटक की ओर बढ़ा। लड़का 'तेलमालिश' की चिढ़ती-सी आवाज़ के साथ मेरा पीछा करता हुआ फाटक तक आया, फिर वापस लौट गया। सड़क के फ़ुटपाथ पर खड़े होकर मैंने ज़ोर की साँस ली।

पुलिस की एक मोटर लाउडस्पीकर पर दफा 144 की घोषणा करती हुई मेरे सामने से निकली और तब मुझे याद आया कि इसी सप्ताह नगर निगम के

कर्मचारियों का इसी पार्क में जमाव होना है। शायद हड़ताल होकर ही रहेगी और इस बार हड़ताल में सफ़ाई मज़दूर भी भाग लेंगे। अब दफा 144 लग गई है और इस सभा का क्या होगा?

पर सच तो यह है कि तेलमालिश वाले लड़के के साक्षात्कार का असमंजस और कर्मचारियों के आन्दोलन की दुश्चिन्ता पानी की सतह पर उठने वाले बुलबुले-भर थे। नीचे, मन की अतल गहराइयों में एक साँवली जलपरी की हुकूमत थी और उसका नाम श्यामा नहीं, सिम्मी था। पुलिस की गाड़ी पर लगे लाउडस्पीकर से दफा 144 की घोषणा के अस्पष्ट शब्द अब भी मेरे कानों में पड़ रहे थे, पर निगाह सड़क की उसी दिशा पर टिकी हुई थी जिधर से सिम्मी को आना था।

उधर से सचमुच ही एक लड़की काली साड़ी पहने हुए आ रही थी और पहली निगाह में लगा कि वह सिम्मी है। मैं जानता था कि वह सिम्मी न होगी, पर अपने से छद्म करते हुए मैंने निश्चय किया कि यदि वह सिम्मी हुई तो उसके साथ कहीं चाय पर आधा घंटा बिताकर मैं अब भी स्वामी शान्तानन्द के आश्रम चला जाऊँगा और अगर न हुई तो मन में जो आवेगा, करूँगा और तब मैं किसी का पाबन्द न रहूँगा।

लड़की मेरे पास से निकली, कुछ दूर जाकर वापस लौटी और जैसे उसे बताना हो कि देख लो, मैं सिम्मी नहीं हूँ, इस बार अपने पल्ले से मुझे छूती हुई पार्क के अन्दर चली गई। चबूतरे पर पहुँचकर उसने एक बार मंडप के चारों ओर चक्कर लगाया, फिर उस बेंच पर जाकर बैठ गई जिसे मैंने अभी-अभी ख़ाली किया था।

मैं बड़ी आसानी से और पूरी तौर से स्वतंत्र हो गया। मुझे यह निर्णय लेने में किसी जटिल ऊहापोह का सामना नहीं करना पड़ा कि पास के बार में बैठकर अब मुझे रम पीनी चाहिए।

अर्जेंटिना से ईक्वैडोर

एक

दफ़्तर के सारे लोग तीन बजे से ही उठकर पार्क की ओर जाने लगे थे। दफ़ा 144 लग जाने से काफ़ी सनसनी थी और वैसे जो लोग यूनियन की मीटिंग में न जाकर इन दो अतिरिक्त घंटों को घर जाकर आटा पिसाने या चारपाइयों की अरदावन कसने में बिताते, वे भी कायरता के आरोप से बचने के लिए पार्क की ओर चल रहे थे।

नारायण कुर्सी छोड़ने ही वाला था कि अफ़सर के पी.ए. का फ़ोन आया; मालूम हुआ, अफ़सर ने उसे बुलाया है। सेक्शन ऑफ़िसर बोला, "यह इस वक़्त लोगों को बुला-बुलाकर अपने पास बैठा रहा होगा, ताकि वे मीटिंग में न जा सकें।" उसने अफ़सर के लिए प्रचलित कई विशेषण दोहराए; उसे काइयाँ, खुर्राट, घिसा हुआ बताया फिर : 'कोई बात नहीं जी, सीना तानकर जाओ और चाहे जो हो, आज साले से मकान की बात न उठाओ। देखना, उसका चेहरा कैसा हो रहा है। इस मीटिंग की ख़बर से उसकी रंगत कितनी बदली है, ज़रा हमें भी बताना।'

अफ़सर के चेहरे की रंगत वैसी ही थी। आज वह नीले काग़ज़ पर कुछ लिख रहा था; नारायण समझ गया, हमेशा बिल्ली को लिखा जाने वाला ख़त है। अर्जेंटिना के बाद अब बोलिविया, पेरू या ब्राज़ील का नम्बर आ गया होगा; या दूसरी ओर से चले हों तो अब चिली या योरुग्वे...।

मेज़ पर एक मोटी किताब खुली थी। अफ़सर ने उसे बन्द किया, फाउंटेन पेन मेज़ पर रक्खा, दोनों हाथ...की उँगलियों को फँसाकर उनका एक त्रिकोण बनाया और नारायण को कुर्सी पर बैठने का इशारा किया।

अब तक वहाँ चारों ओर पुलिस फैल गई होगी; पार्क को उन्होंने जेल का आँगन जैसा बना दिया होगा। गांधी-मंडप की सीढ़ियों पर बैठकर वे लोहे के टोप लगाए और डंडे लिये हुए जो कुछ कर रहे होंगे, वह वहाँ की सायंकालीन अश्लीलता का दूसरा पहलू-भर होगा। इस साफ़ सुथरे और दोस्ताना कमरे में, जिसमें बाहर से धूल और तनाव नहीं घुस पाते, यह नीले काग़ज़ पर बोलिविया या योरुग्वे के बारे में

लिख रहा है। इस ख़त के लेटर-बॉक्स में गिरते-गिरते वहाँ पार्क में लाठीचार्ज होने लगेगा, लोग टेढ़े-मेढ़े होकर भागेंगे या ज़मीन पर गिरने लगेंगे...।

अफ़सर ने कहा, हेराल्ड में आप पर बहुत अच्छी टिप्पणी आई थी, बधाई। दरअसल आपको उसी वक़्त फ़ोन करना चाहता था पर ऐसा फँसा कि...।

नारायण ने अचकचाकर धन्यवाद जैसा कुछ कहा, तब तक अफ़सर कहने लगा था, "आश्रम के उत्सव में मुझे भी जाना था, पर मैं चूक गया। यही आप लोगों की यूनियन के पचड़े में...।"

नारायण ने कहा, "आपने याद किया था। क्या आज्ञा है?"

"आज्ञा? क्यों? क्या किसी काम में फँसे थे? मैंने तो केवल बधाई देने के लिए...।"

"जी, कोई ख़ास काम तो नहीं था, पर मैं भी पार्क की ओर जा रहा था।"

अफ़सर ने समझदारी से सिर हिलाया; कहा, "अब वहाँ जाने की ज़रूरत नहीं। महँगाई-भत्ता बढ़ाने का फ़ैसला हो चुका है। सरकार की मंज़ूरी अभी-अभी आई है।"

"तो दफा 144...?"

"उठा ली गई है। बारीन हालदार अब मीटिंग करें या न करें, एक ही बात है।" वह हँसने लगा, "पर इतना गम्भीर दिखने की क्या ज़रूरत है नारायणजी?"

वह गम्भीर नहीं, हलका हो रहा था। बोला, "धन्यवाद। आपने बड़े अच्छे ढंग से इस समस्या को...।"

"अब वह बात ख़त्म हुई, छोड़िए इन बातों को। कहिए, श्याम कल्याण बजाया था न आपने आश्रम में?"

अफ़सर के लिए नारायण का अनुराग घना होने लगा। बोला, "जी हाँ। पहले श्याम कल्याण, फिर...।"

"मुझे श्याम कल्याण बहुत पसन्द है। मेरे पास इस राग के कई टेप हैं। एक बहुत उम्दा रिकार्ड भी है—छोटा वाला। सितार पर...।"

"विलायत ख़ाँ का होगा, 78 आर.पी.एम. वाला।"

"बिल्कुल वही। क्या कहूँ, पूरा गागर में सागर है। शुरू में ही तबले की गमक के साथ...।"

"पर यही कमज़ोरी है। तबला ज़्यादा उभर आया है।"

"यह सब तो आप समझें! मैं तो संगीतमात्र का भक्त हूँ।" कहते-कहते वह उठ पड़ा, बोला, "हाँ, और बताइए, आपके मकान का क्या हुआ?"

"मैं क्या बता सकता हूँ, सर? उसके बारे में तो आप बता सकते हैं।"

अफ़सर ने कहा, "आप बैठिए, उसकी भी बात करूँगा। आज सवेरे स्वामी शान्तानन्दजी का भी फ़ोन आया था।"

"मेरे मकान के लिए?"

"हाँ। पर मैं अपनी ओर से ही चेष्टा कर रहा हूँ...आप बैठिए न; और तब तक इसे देखिए, बताइएगा कैसा है।" उसने नीले काग़ज़ों की ओर इशारा किया और बाथरूम का दरवाज़ा खोलकर उसके अन्दर चला गया।

नारायण ने पढ़ा :

"प्रिय बिल्ली!

(वह अर्जेंटिना से काफ़ी दूर निकल गया है, यात्रा दक्खिन से उत्तर को हो रही है।)

> इक्वैडोर एक अद्‌भुत देश है। हिमाच्छादित कोटापॉक्सी, 9350 फीट की उच्चता पर स्थिर क्विटो नगर, उसके ऊपर जाज्वल्यमान ज्वालामुखी के शिखर! क्विटो ही यहाँ की राजधानी है। ज्वालामुखी के अनेक विस्फोटों, भूकम्पों और स्पेनवासियों तथा अन्य बाह्य आक्रमणकारियों की विनाश-लीला झेलकर भी यह शान्त एवं सुस्थिर है। दूसरा महत्त्वपूर्ण नगर ग्वायाक्विल है। देश के उत्तर में कोलम्बिया, दक्षिण में पेरू, पश्चिम में प्रशान्त महासागर।

नारायण ने अनमनेपन से पढ़ना शुरू किया था पर इक्वैडोर की प्राकृतिक सम्पदा उसके थके मन को धीरे-धीरे उकसाने लगी। भूगोल पढ़ते हुए कभी उसने इन देशों के सपने देखे थे। उनकी पुनरावृत्ति शुरू हुई। नौ हज़ार फुट की ऊँचाई के नगर, ज्वालामुखी, दुर्गम जंगल, झीलें, केले के बग़ीचे, काफ़ी, धान के खेत, जंगलों में बसे हुए तथाकथित 'इंडियन', मेस्तिज़ो और मुलैटो, हब्शी और स्पेनी गोरे, अबोध्य बोलियाँ और शान्त प्रशान्त महासागर...।

दो

धोती, कुर्ता, सदरी, टोपी—यानी नेता की पोशाक पहने हुए एक नेता इसी बीच नारायण के पास आकर कुर्सी पर बैठ गया। पर वह कुर्सी अफ़सर के ज़्यादा पास थी। नारायण ईक्वैडोर वाला पत्र पढ़ता रहा। नेता ने कहा, "आप नारायण बनर्जी हैं?" नारायण ने उदासीनता से सर हिलाया और वैसे ही पत्र पढ़ता रहा। नेता ने कहा, "आपका फ़ोटो अख़बार में देखा था।" नारायण ने दोबारा सर हिलाया। नेता ने कहा, "आप तो हमारे ही यहाँ नौकरी करते हैं।"

नारायण ने सर उठाकर नेता की ओर देखा और जब कुछ बोला, तो न चाहते हुए भी उसकी आवाज़ में हिचक आ गई। बोला, "मैं इसी कॉरपोरेशन में असिस्टेंट एकाउंटेंट हूँ।" नेता ने कहा, "तब तो आप मुझे जानते होंगे। मैं पुत्तन बाबू हूँ। जब कॉरपोरेशन सुपरसीड नहीं हुआ था, तब मैं भवानीगंज वार्ड से कॉरपोरेटर था।

एजूकेशन कमेटी और लैंड एलॉटमेंट कमेटी का चेयरमैन रह चुका हूँ।" नारायण ने खड़े होकर नेता को नमस्कार किया। जब वह बैठ गया, तो नेता ने कहा, "बैठ जाइए।" फिर पूछा, "यहाँ कैसे बैठे हैं?" नारायण ने कहा, "कई महीने हो गए, दिल्ली में डेपुटेशन से लौटकर अपनी जगह वापस आया हूँ, पर अभी तक मकान नहीं मिला है। बीवी-बच्चे सब दिल्ली में हैं। बीवी बीमार है। इधर-उधर पड़ा रहता हूँ। साहब के पास मकान के लिए आया हूँ।" नेता ने कहा, "तुम अपने साहब को नहीं जानते। ये तुम्हें सब-कुछ देंगे, बस मकान नहीं देंगे।"

नारायण ने कहा, "आश्वासन तो दे रखा है।" नेता ने जेब से हाथ निकालकर बँधी हुई मुट्ठी उसकी ओर बढ़ाई, कहा, "आश्वासन से काम चल जाए, तो लीजिए, मुट्ठी-भर आश्वासन मेरी ओर से भी ले लीजिए।" नारायण हँसने लगा। नेता ने कहा, "तुम्हारे साहब बड़े गुरुघंटाल हैं। बस! बातों के बताशे चुवाना जानते हैं।" नारायण ने कहा, "मुझे तो बड़े सरल और सज्जन पुरुष जान पड़ते हैं।" नेता बोला, "सभी को जान पड़ते हैं; पर सीधे हैं नहीं। इनकी खोपड़ी बड़ी चक्करदार है। इनके सर के बीच एक सादी कील ठोंक दो, निकालकर देखोगे तो कील नहीं रहेगी, स्क्रू बन जाएगी।"

इस बार नारायण खुलकर हँसा, बोला, "कील तो आप ही ठोंक सकते हैं। मैं तो सिर्फ़ निवेदन कर सकता हूँ, वही करता हूँ।" नेता ने कहा, "तुम रोज़ निवेदन करते रहोगे, ये तुमको रोज़ टालू मिक्स्चर पिलाते रहेंगे। कोई ऊँची सिफ़ारिश हो तो एक दिन में तुमको मकान दे देंगे। मुझे ही देखिए। मैं भी एक मकान चाहता हूँ; अपने लिए नहीं, एक बेवा के लिए। उसका नौजवान पति लड़ाई में मारा गया है। मैं मकान की बात करने आता हूँ तो ये चाय पिला देते हैं और चलता करने की कोशिश करते हैं। आज मैं चाय नहीं पियूँगा...।"

तीन

तब तक अफ़सर बाथरूम से निकलकर कमरे में आ गया। वहाँ उसने अपने बाल फिर सँवार लिए थे, टाई की गाँठ सीधी कर ली थी और उसका व्यक्तित्व अब पहले से भी ज़्यादा धुला-पुँछा दिखने लगा था। उसने लपककर नेता से हाथ मिलाया और उसके हालचाल पूछे। अफ़सर के सवालों के जवाब में नेता ने जो बताया उससे नारायण को मालूम हुआ कि नेता का लड़का जनवरी के पहले हफ़्ते में अमेरिका जा रहा है और उसके पहले दिसम्बर के आख़िरी हफ़्ते में उसकी शादी हो रही है, नेता की लड़की को मेडिकल कॉलेज में प्रवेश नहीं मिला था, पर हाईकोर्ट में एक याचिका दायर करके उसने सात अन्य उम्मीदवारों के प्रवेश पर रोक लगवा दी है, नेता की बीवी को दमे से कुछ राहत मिली है, नेता के पुराने वार्ड में जहाँ-जहाँ

कहा गया था, वहाँ-वहाँ सड़क पर ट्यूबलाइट लग चुकी हैं—अनेक धन्यवाद। नेता ने घरेलू तौर पर कहा कि आज आपके दफ़्तर में बड़ा सन्नाटा है, रोज़ तो मिलने वालों के ठठ लगे रहते हैं। अफ़सर ने कहा कि लोग यह समझकर वापस चले गए हैं कि दफ़ा 144 के चक्कर में मैं शहर में घूम रहा हूँ। नेता ठठाकर हँसा, बोला, "उसकी न कहिए। यह आपकी ही सूझबूझ है। महँगाई-भत्ता दिया—सो दिया, पर बारीन हालदार की नेतागिरी का कबाड़ा कर दिया।" अफ़सर ने मँजे हुए नेता की तरह कहा, "उसकी न कहिए। मैं हालदार की बड़ी इज़्ज़त करता हूँ। बड़ा सिंसियर वर्कर है।" नारायण भौचक्का होकर दोनों को देखता रहा।

अफ़सर की घंटी पर चपरासी उसके पास आ चुका था। अफ़सर ने कहा, "दो चाय लाओ।" नारायण ने हकलाते हुए अपने लिए 'नहीं' कहा। अफ़सर ने कहा, "तो तीन चाय लाओ। नारायणजी की ख़ातिर मैं भी पी लूँगा।" नेता ने कहा, "मेरे लिए चाय न मँगवाइए। पहले मेरी बात सुन लीजिए।" वह दोस्ताना अन्दाज़ में हँसा, "बोला, जब तक आप मिसेज़ शंकर को मकान नहीं एलॉट करेंगे, मेरी-आपकी बात नहीं होगी। चाय-वाय बन्द।" अफ़सर ने कुछ सुना, कुछ नहीं सुना, चपरासी से कहा, "तब चाय नहीं, तीन कोकाकोला ले आओ।" नेता ने कहा, "पहले मेरी बात सुन लीजिए, मिसेज़ शंकर के मकान के लिए...।" पर चपरासी तब तक जा चुका था।

"मकान मिसेज़ शंकर को भी मिलेगा, पर ज़रा धीरज से काम लें, अफ़सर ने समझाना शुरू किया, "देखिए, यह नारायणजी हैं। आप इनसे मिलिए, इतने बड़े सितार-वादक हैं, आपके नगर निगम में ही...अच्छा, आप पहले से जानते हैं। मुझे भी सोचना चाहिए था, इन्हें कौन नहीं जानता? इतने मशहूर कलाकार हैं। चार-पाँच महीने से मकान के बिना घूम रहे हैं। इनको मकान देना इन्हीं की नहीं, जनहित की भी बात है। मकान हो जाए तो न सिर्फ़ ये मन लगाकर निगम का काम करेंगे, बल्कि अपनी कला की साधना सुचारु रूप से कर सकेंगे। पर मेरी मज़बूरी देखिए, इन तक को मकान नहीं दे पा रहा हूँ। मकान इतने कम हैं कि बस वही, एक अनार सौ बीमार! पर इनके और मिसेज़ शंकर के लिए मैं चिन्तित हूँ, कुछ-न-कुछ जल्दी ही करूँगा।"

नेता ने कहा, "अच्छा चलिए, मिसेज़ शंकर को अभी छोड़िए। पहले इन्हीं को मकान दे दीजिए। किसी को तो मिले!"

"पहले-पीछे की कोई बात नहीं, दोनों को मिलेगा।"

"इस हफ़्ते तो आपने सिर्फ़ डॉक्टरों और इंजीनियरों को मकान दिए हैं। पर आप यह भूल गए कि मिसेज़ शंकर का हस्बैंड भी इंजीनियर था। कैप्टेन शंकर के बलिदान को आप बिलकुल ही भूल गए।"

अफ़सर सर झुकाकर किसी दार्शनिक गुत्थी में खो गया था। कुछ पलों बाद नेता और अफ़सर—दोनों साथ-साथ बोले, नेता चुप हो गया, अफ़सर कहता रहा, "वास्तव में मकानों की समस्या बहुत उलझी हुई है...।"

नेता ने गर्दन बढ़ाकर कुछ कहना चाहा, पर अफ़सर की झुकी गर्दन ने इस विघ्न को नहीं पहचाना। वह कहता रहा, "इस शहर की आबादी अब हो गई है ग्यारह लाख, तेईस हज़ार, सात सौ। यानी लगभग दो लाख चौबीस हज़ार परिवार हुए। मकानों की संख्या है क़रीब एक लाख पचासी हज़ार। सही-सही कहें तो एक लाख, छियासी हज़ार, तीन सौ अड़तालीस मकान हैं। इस आबादी के ऊपर हर साल कम-से-कम दस हज़ार आदमी यहाँ रोज़ी की तलाश में आते हैं। ये आबादी के आँकड़ों में शामिल नहीं हैं। हमारा आवास-विभाग साल में मुश्किल से दो सौ मकान बनवा पाता है। निगम के अपने मकानों की कुल संख्या अभी केवल ग्यारह सौ चौहत्तर है। हम चाहते हैं कि हम कोई बड़ा प्रोग्राम लें पर एल.आई.सी. और हाउसिंग ऐंड अर्बन डवलपमेंट कॉरपोरेशन ने अब तक कुल पाँच करोड़ रुपए ऋण के बारे में...।"

नेता ने कहा, "कमाल है साहब, हम समाधान माँगने आए हैं, आप हमें समस्या दे रहे हैं।"

पर अफ़सर को कुछ नहीं हुआ। हरी घास पर जैसे पतझर के पहले एक-दो पत्ते चू पड़े, नेता की बात से अफ़सर की निरुद्विग्न सौम्यता पर कोई असर नहीं पड़ा। दोनों हाथों की सुघर उँगलियों के सिरों को एक-दूसरे से छूते हुए वह धीरे-धीरे अपने आँकड़े देता रहा, आवास-समस्या की गहराइयों में एक ज़ीने से दूसरे ज़ीने पर उतरता रहा। एक हूक के साथ नारायण ने समझ लिया कि उसे नगर निगम का कोई मकान न मिलेगा।

नेता कोकाकोला की बोतल ख़त्म कर चुका था। बोला, "मकानों के एलॉटमेंट का काम बड़े झमेले का है। आप यह काम अपने हाउसिंग अफ़सर पर क्यों नहीं छोड़ देते? पहले भी यह काम वह करता था। जो उलझनें आप बता रहे हैं, वे तो हैं ही, पर वह किसी तरह खींच-खाँचकर गाड़ी निकल लेता था।"

"उसमें भी उलझनें थीं। पहले यह काम वाजपेयी करते थे न? वे बड़े सिद्धान्तवादी हैं, काम क़ायदे से करते थे। पर हुआ क्या? आपके ही साथियों ने बाद में उनकी दुर्गत करनी शुरू कर दी। उनके कई एलॉटमेंट मुझे ही मंसूख करने पड़े। कई लोग तो हाईकोर्ट में रिट लेकर चले गए। आज भी सत्रह मुक़दमे चल रहे हैं, बल्कि सोलह कहिए, एक का परसों फ़ैसला हो गया है। पिछले साल हमारा मुक़दमेबाजी का ही ख़र्च एक लाख, उन्तीस हज़ार, सात सौ नवासी रुपए था...।

"पर लोग कहते यही थे कि वाजपेयी खटाखट करता है।"

"ज़रूर कहते होंगे। इसी खटाखट में मुक़दमेबाज़ी के चक्कर में फँसना पड़ा है। और यह मत सोचिए कि उन दिनों मुझे कोई ख़ास आराम था। मेरे लिए तब भी यही झमेला था। हर सिफ़ारिशी टट्टू अपना घोड़ा मेरे ही यहाँ दौड़ाता था। उसके बाद, वाजपेयी कोई ग़लती कर दें तो उसे सुधारने का काम मेरा! न ग़लती करें तब

भी अपील सुनने का काम मेरा! तभी मैंने सोचा, जब करना मुझी को है तो एक जूनियर अफ़सर को इसमें फँसाने से क्या फ़ायदा?"

नेता अब ठंडा पड़ रहा था। अफ़सर ने कहा, "एक बात और बताऊँ, आपसे क्या छिपाना? एक-एक मकान के लिए ऊपर से सत्तर-सत्तर सिफ़ारिशें आती हैं। दिल्ली तक से फ़ोन घनघनाता है। मेरा सिद्धान्त है कि सिफ़ारिश मानना हो तो आपकी सिफ़ारिश मानूँगा। आप कुछ कहेंगे तो यहाँ के हालात समझकर कहेंगे। पर वी.आई.पी. को इससे क्या मतलब? तभी मैं वी.आई.पी.-शी.आई.पी. के चक्कर में नहीं पड़ता। आज का सेवा-धर्म तो यह है कि काम आप क़ायदे का करें, पर वी.आई.पी. समझे कि जो हो रहा है, वह उसी के हुक्म से हुआ है। वाजपेयी में यही नहीं था। ऊपर से पहली सिफ़ारिश सुनते ही वह खटाखट फ़ैसला करता था और फ़ाइल में सिफ़ारिश का ज़िक्र भी कर देता था। हाईकोर्ट यही सब तो मुसीबत पैदा कर रहा है। और नतीजा क्या हुआ? वी.आई.पी. ख़ुश होने के बजाय नाराज़ हो रहे हैं। झेल मैं रहा हूँ।"

नारायण ने सुनना बन्द कर दिया था। खिड़की के बाहर मुरझाती हुई धूप ने उसे कुरेदा : मैंने बहुत दिन से मधुवन्ती नहीं बजाई। कुर्सी से उठते हुए वह बोला, "मुझे आज्ञा हो तो...।"

"आप रुकिए, कुछ बात करनी है।"

"तो मुझे चलने दीजिए," नेता ने कहा, "और मिसेज़ शंकर का काम इसी हफ़्ते हो जाना चाहिए, जनाब!"

नेता की अफ़सराना आवाज़ पर अफ़सर ने उसे ठिठकी निगाह से देखा। फिर अचानक खड़े होकर कहा, "इधर आइए।"

दोनों एक कोने में जाकर बात करने लगे। नेता फुसफुसाकर बोल रहा था, पर अफ़सर की सहज आवाज़ नारायण के कान में पड़ रही थी, "कोई ख़ास बात नहीं है। यूँ ही किसी ने मिनिस्टर को एक झूठी शिकायत पकड़ा दी है। वही, सेक्टर 'डी' के प्लॉटों के एलॉटमेंट की शिकायत है जिसे लोग तरह-तरह से दोहराते हैं। आप जाकर मिनिस्टर से मिल लीजिए, उनकी ग़लतफ़हमी दूर हो जाए।"

फुसफुसाना बेकार समझकर नेता ने सहज ढंग से कहा, "शिकायत क्या है?"

वे कोने से लौटकर बाहर दरवाज़े की ओर बढ़े और रास्ते में खड़े होकर बातें करने लगे। अफ़सर बोला, "कुछ भी तो नहीं। कहा है कि अपने चेयरमैनी के दिनों आपने सेक्टर 'डी' के सबसे अच्छे प्लॉट अपने भतीजों को दे दिए। आपका तो शायद कोई भतीजा ही नहीं है। मैं तो किसी भतीजे को नहीं जानता।"

"नहीं, भतीजे तो मेरे पाँच-छह हैं। पर एलॉटमेंट तो पूरी कमेटी ने किया है। अकेले मुझसे क्या मतलब?"

बेईमानों को भाई-भतीजावाद के आरोप से उबारने के लिए जितने तर्क ईजाद किए गए हैं, अफ़सर उनका जान-बूझकर इस्तेमाल करता रहा। नारायण देखता

रहा कि नेता फिर भी बराबर दुबकता चला जा रहा है। अफ़सर ने अब तक नेता को और दूर से सुनते हुए नारायण को स्पष्ट कर दिया था कि नेता की शिकायत उसी के पास जाँच के लिए आई है। अफ़सर कहता रहा, "आप ठीक ही कहते हैं। भतीजों के नाम एलॉटमेंट तो कमेटी ने किया है, सब काम क़ायदे से हुआ है। कमेटी के चेयरमैन होने के नाते आप अपने भतीजों को देश-निकाला तो दे नहीं देंगे! फिर उन्हें भी कहीं-न-कहीं रहना ही है। सबको मकान के लिए प्लॉट मिल सकता है, तो उन्हें क्यों न मिले? भले ही उनके साथ रिआयत न हो, पर एक नागरिक के नाते उन्हें जो मिलना चाहिए, उसे तो छीना जा नहीं सकता...। आप जाकर ऊपर मिल लीजिए, समझा दीजिए, वे आपके सगे भतीजे थोड़े ही हैं!"

इस बार नेता लगभग रो दिया, बोला, "हैं तो सगे ही, पर जैसा कि आपने कहा, उन्हें मैं फाँसी पर थोड़े ही चढ़ा दूँगा। रहना तो उन्हें भी यहीं है।"

"जाकर समझा आइए, कोई ऐसी ख़ास बात तो नहीं है। तब तक मैं अपनी रिपोर्ट रोके हुए हूँ।" कहकर अफ़सर कोकाकोला की ख़ाली बोतल की ओर देखने लगा।

"तो मैं चलता हूँ," चलते-चलते नेता ने कहा, "नमस्कार।" फिर वह नारायण की ओर घूमा, बोला, "नमस्कार, नारायणजी।" नारायण जब तक कुर्सी से उठकर प्रतिनमस्कार करे, मिसेज़ शंकर का जोशीला पैरोकार मिसेज़ शंकर को भूलकर कमरे के बाहर पहुँच चुका था।

अफ़सर बोला, "बैठिए, बैठिए।"

नारायण बैठ गया, कुछ झिझककर कहने लगा, "आप बता रहे थे कि मेरे मकान के विषय में स्वामी शान्तानन्दजी ने...।"

पर वह रुक गया। अफ़सर नीले काग़ज़ों को पलट रहा था, फिर उन्हें मोड़कर हाथ में पकड़े रहा। उसकी आँखें स्वप्नशील हो गई थीं, जैसे वह गोद में किसी ख़रगोश को सहला रहा हो। अचानक उसने नारायण से पूछा, "इस ईक्वैडोर वाले पत्र पर आपका क्या मत है, नारायणजी?"

26 अक्तूबर, 1974—शनिवार

नारायण

अफ़सर के कमरे से निकलकर मैं मन-ही-मन उसकी भूरि-भूरि प्रशंसा करने लगा। नेता के चले जाने के बाद मुझे दस मिनट तक रुकना पड़ा था और ईक्वैडोर का भूगोल हमारे सम्मेलन का मुख्य विषय बन गया था। उसका अपच भुलाकर मैंने मन में अफ़सर-नेता कांड को दोहराया। क्या चुस्ती थी मेरे शेर में! जिस दाँव से उसने नेता का टेंटुआ दबाकर उससे म्याँव निकलवाई और जिस तरह नेता की म्याँव-म्याँव उसके जाते-जाते 'नमस्कार, नारायणजी' में बदल गई, यह मँजे हुए उस्तादों का ही काम था। अजब नहीं कि नेता के ख़िलाफ़ शिकायत भी हमारे चाणक्य महाराज ने ही भिजवाई हो और उसकी जाँच का काम अपने लिए प्राप्त कर लिया हो। सच तो यह कि मेरे मन में अफ़सर के लिए एक नए सम्मान का उदय हुआ। ऐसे-ऐसे दाँवों और पैंतरों का विशेषज्ञ होते हुए भी उसने आज तक मेरे ऊपर सचमुच का कोई दाँव नहीं लगाया और मेरे सामने अपने तीखे नाख़ून और दाँत छिपाकर कछुए की तरह बैठा रहा, यह उसका अनुग्रह ही तो है। वह यह भी कर सकता है कि जब मैं उससे मकान के लिए निवेदन करूँ तब वह मेरी ओर एक काग़ज़ बढ़ाकर कहे कि इसमें नारायणजी आपके ख़िलाफ़ सिम्मी नामक लड़की के साथ दुराचरण की शिकायत है। और बताइए आपको क्या कहना है? तब मैं सिवाय इसके कि नेता की तरह म्याँव-म्याँव करने लगूँ, और क्या कर सकूँगा? मुझे विश्वास होने लगा कि हो न हो, यह अफ़सर सचमुच ही मुझे चाहता है। यदि वह मकान के मामले में मेरी सहायता नहीं कर पाता, तो इसका यही कारण होगा कि उसके जन्म के समय तब दूसरों की सहायता करने की प्रथा चली न होगी।

पर वहाँ से पार्क की ओर जाते हुए अफ़सर के नाम पर दौड़ता हुआ मेरा उत्साह लँगड़ाने लगा और पार्क तक आते-आते धम से बैठ गया। महँगाई-भत्ते की एक नई क़िस्त देने का फ़ैसला हुआ है, इसे सुनकर नेता ने कहा था कि इससे बारीन हालदार की नेतागिरी का कबाड़ा निकल गया। इससे मैं अफ़सर के कमरे में ही आशंकित हो गया था और पार्क तक आते-आते मेरी आशंका निश्चित भय में

परिवर्तित हो गई। इन शकुनि, जयद्रथ, दुश्शासनों ने मिलकर बारीन दा के ख़िलाफ़ कोई क्रूर चाल चली है, इस दुश्चिन्ता के कीड़े, जो अफ़सर के सामने उसकी सौम्यता की हरियाली में छिपे थे, अब मेरे मनस्थल पर इधर-से-उधर रेंगने लगे।

पार्क वीरान था। फाटक पर कुछ लोग इधर-से-उधर टहल रहे थे, पर उनकी चाल दूर से ही लक्ष्यहीन लगती थी। चहल-पहल केवल गांधी-प्रतिमा के पास थी और वहाँ कैसे लोग होंगे, यह मुझे नए सिरे से जानने की ज़रूरत न थी। एक मौलाना, जिन्हें मैं नगर निगम के कर्मचारियों में पहचानता था और जो हमारे बीच अपनी उर्दू और सामयिक कविताओं के लिए विख्यात थे, मेरी ओर आ रहे थे। मैंने पूछा, "मीटिंग नहीं हुई न?"

"नहीं, अब मीटिंग न होगी।"

प्रश्न और उत्तर एक में मिलाते हुए मैंने कहा, "हमारी डी.ए. वाली माँग तो मान ली गई?"

"हाँ, मान ली गई, पर ख़ुदा दरोग़गोई न कराए, यकीनन वह माँग हमारी न थी।"

मौलाना ने इसी के साथ एक लम्बी बात कही। वे अपने चुचके गालों और दन्तहीन मुँह से बड़ी राजसी उर्दू निकाल रहे थे, जो मैंने दिल्ली में भी नहीं सुनी थी। वे अफ़सर से नाराज़ थे और उनकी भाषा की तथा अलंकारपूर्ण शैली की बाधाएँ पार करके जब मैं उनकी बात कुछ समझ पाया तो प्रकट हुआ कि वे अपनी ही नहीं, मेरी नाराज़गी को भी व्यक्त कर रहे हैं। अफ़सर के लिए कुछ कठिन शब्दों का प्रयोग करके, जो मेरी समझ में नहीं आए, उन्होंने कहा, "कल रात वह हरामुद्दहर बारह बजे तक अपने गुर्गों के साथ बैठा रहा और दग़ाबाज़ी और फ़रेब के मंसूबे बनाता रहा और आज दोपहर बाद उसने ऐलान कर दिया कि उसने यूनियन के नुमाइन्दों के साथ कई घंटे मीटिंग की है। आपको इल्म होगा कि यह यूनियन कौन है और उसके बदगुहर नुमाइन्दे कौन हैं।"

"यानी उसकी बात बारीन-दा से हुई ही नहीं? समझौता उसके पिट्ठुओं ने किया है?"

"महज़ समझौता नहीं साहब, हरामज़ादों ने आज लिखकर दे दिया है कि महँगाई-भत्ते की इस क़िस्त के एवज़ में निगम के मुलाज़मीन आइन्दा दो साल तक किसी क़िस्म की तहरीक़ न करेंगे।"

कर्मचारियों के आन्दोलनों में मेरी सीधी दिलचस्पी नहीं है। मेरी सारी दिलचस्पी बारीन-दा में है और यह उन्हीं के सत्संग का फल है कि वे सारे आन्दोलन, जो अब तक मेरी चेतना से दूर थे, अब मेरे अन्तरंग बनते जा रहे हैं और नारों की आवाज़ अब सिर्फ़ मेरे कानों से नहीं, दिमाग़ से भी टकराने लगी है। बारीन-दा के साथ हुए विश्वासघात पर मुझे इतना क्षोभ हुआ कि मैं मौलाना से बात न कर सका। मौलाना कुछ पल खड़े होकर मुझे देखते रहे, फिर शायद मेरा नाम भी गद्दारों की सूची में

अंकित करके विक्षुब्ध हैदराबादी उर्दू में आसमान को सम्बोधित करते हुए चले गए और उनके दल में होते हुए भी मैं उनके साथ नहीं जा पाया।

अब शाम के पाँच बज गए थे। यही वह क्षण है, जब मेरे मन में आजकल संग्राम शुरू होते हैं। केवल देवासुर-संग्राम नहीं, इन संग्रामों में देव, असुर, यक्ष, गन्धर्व विद्याधर, अप्सरागण—सभी एक दूसरे पर अपने-अपने पारस्परिक अस्त्र-शस्त्रों का प्रयोग करने लगते हैं। अन्तिम विजय प्राय: यक्षों के राजा कुबेर की होती है जिनके हाथ में सदैव मदिरा का पात्र रहता है। यक्षराज के विजय-ध्वनि करते ही या तो मैं किसी मदिरालय में पहुँच जाता हूँ जिसे वकीलों और शराबियों की भाषा में बार कहते हैं, या अपने कमरे में बेंत की टोकरी टटोलने लगता हूँ। कभी-कभी यक्षराज गन्धर्वों को अपने साथ मिला लेते हैं। तब मैं रम पीकर संगीत-साधना के लिए लालायित हो उठता हूँ। कभी अप्सराएँ असुरों की सहायता से देवों के विरुद्ध विजयश्री प्राप्त कर लेती हैं। तब मैं श्यामा और सिम्मी की ओर भागता हूँ। कभी-कभी एक सुदर्शन चक्र प्रकट होता है जिसे देखकर सारे विपक्षी ध्वस्त हो जाते हैं और केवल स्वामी शान्तानन्दजी महाराज का आश्रम रह जाता है। जो भी हो, इस समय मैं थका हुआ था और कोई भी संग्राम झेलने से कतरा रहा था। अचानक मुझे मीनाक्षी और छाया याद आने लगी थीं और डर था कि इन यादों का अन्त कहीं नीलमणि बनर्जी की अमिट छाप से न हो, क्योंकि इतनी पुरानी यादों के घेरे को ताड़ने का काम कुबेर का सुरा-पात्र ही कर सकता है, पर उसमें यह ख़राबी है कि वह मुझे आधी रात तक निष्क्रिय बनाए रहेगा। फिर कल सवेरे से आत्मपीड़न, निष्क्रियता और थकान का दौर शुरू होगा, जो दोपहर के बाद तक बड़े-बड़े उदात्त निर्णयों की मेहराबों से गुज़रकर शाम आते-आते मुझे उसी बिन्दु पर खड़ा कर देगा जहाँ मैं इस समय खड़ा हुआ हूँ।

मैं रेडियो स्टेशन की ओर चल पड़ा। एक पल के लिए कोशिश करनी पड़ी कि मन में यक्षराज कुबेर अपने आपानक-पात्र के साथ जो धमाचौकड़ी कर रहे हैं, उससे उन्हें रोकूँ। कोशिश की और सफल भी हुआ। रेडियो स्टेशन की ओर चलने पर सब-कुछ आसान हो गया। फ़िल्मी गाने, लॉटरी फ़रोशों के व्याख्यान भिखारियों की रिरियाहट—इन सबको पीछे छोड़कर मैं उस सड़क पर आ गया जहाँ भीड़ और शोर घट गया था। रेडियो स्टेशन जैसे-जैसे नज़दीक आ रहा था, मुझे लग रहा था कि बहुत दिन बाद मैं अपने परिचित शहर में लौट रहा हूँ। मैंने जो हिन्दी फ़िल्में देखी हैं उनके आधार पर एक बात निश्चित है। यदि मैं किसी फ़िल्म का हीरो होता, तो संगीत-निर्देशक निश्चय ही इस समय मेरे क़दमों की लय से लय मिलाकर सितार की गत ज़ोर-ज़ोर से बजवाता। मेरी मनोदशा को प्रतीक रूप से व्यक्त करने की यह निकृष्ट पद्धति होती, पर तथ्य के रूप में यह बिल्कुल सही होता, क्योंकि रेडियो स्टेशन से जुड़ी विचार-संगति के कारण मैं अब सचमुच ही

सितार की एक गत सुनने लगा था। मुझे उस काल्पनिक संगीत का राग भी याद है। वह मधुवन्ती था और मैं जोड़ में बराबर लय की गति बढ़ाता जा रहा था। मुझे लग रहा था कि कहीं अँधेरे जंगल से, सारे टकराव और तनावों के शिलाखंडों के किनारे से, या उनके नीचे से रिसकर टेढ़ी-मेढ़ी राह बनाते हुए संगीत की अजस्र धारा मुझ तक पहुँच रही है, मुझे गीला कर रही है। रेडियो स्टेशन की ओर आने के लिए मैंने अपने को धन्यवाद दिया।

इस बार शहर में आने के बाद आज मैं पहली बार इधर आया था। अब तक इधर क्यों नहीं आ सका, इसे समझना और समझाना—दोनों मुश्किल है। तभी संगीत के प्रोड्यूसर इरशाद अहमद ने जब उपालम्भ के साथ मेरा स्वागत किया, तो मज़ाक़ के सिवाय मेरे पास कोई अच्छा जवाब नहीं निकला। उसने कहा, "सुनते हैं एक कोई नारायण बनर्जी साहब कई महीने से इस शहर में तशरीफ़ रखते हैं।" और उसके तुरन्त बाद, "रहते कहाँ हो मियाँ?"

इसका जवाब मैं कई जगह इसी तरह दे चुका था, बोला, "जहन्नुम में।"

तब वार्तालाप कुछ इस प्रकार से हुआ—

"जहन्नुम में तो भई हम लोग रहते हैं। तुम भी वहीं होते तो अब तक कहीं-न-कहीं ज़रूर मिलते।"

"तभी तो मिला हूँ।"

"चार महीने बाद!"

"फिर भी मिलने मैं आया, तुम नहीं।"

"हमें क्या पता कि तुम कहाँ रहते हो।"

"तब तुम जहन्नुम में नहीं रहते।"

"बड़ी अच्छी उर्दू बोल रहे हो। पहले बोलते थे तो बंगालीपन झलक आता था। अब ग़ायब हो गया है।"

"दिल्ली जाकर सब लोग बारह साल भाड़ ही नहीं झोंकते।"

"पर वापस आकर दोस्तों को भाड़ में झोंक देते हैं। ख़ैर, तुम्हारे दफ़्तर के पते से तुम्हारे प्रोग्राम का एक कांट्रेक्ट भेजा है। झोंक में वापस न कर देना।"

"कब भेजा?"

"कल।"

"यानी अख़बार में मेरे प्रोग्राम की बाबत पढ़ने के बाद। कमाल है!"

"कमाल तो है ही, क्योंकि अब दोस्तों की ख़बर सिर्फ़ अख़बार से मिलती है। बहरहाल, चलो तुम्हें चाय पिलाया जाए। मैं दफ़्तर से उठ रहा हूँ।"

मैंने कहा, "तुम जाओ, मुझे अपने लायब्रेरियन के पास छोड़ दो। मैं कुछ टेप सुनकर आऊँगा।"

"और कभी सुन लेना। तुम्हें लगता नहीं कि आज देर हो गई है?"

"आज सुनूँगा।"

"अब इस वक़्त लोगों को परेशान मत करो। रात दस बजे रेडियो पर देवव्रत चौधरी का सितार सुन लेना।"

"ग़रीब आदमी हूँ। मेरे पास रेडियो नहीं है। एक ट्रांजिस्टर है, जो दिल्ली में बच्चों के पास है।"

लायब्रेरी तक आते-आते इरशाद अपनी पिछले महीने की उपलब्धियों को प्रोड्यूसरों की उल्लासपूर्ण भ्रान्ति के साथ नाटकीय और विस्तारपूर्ण शैली में सुनाता रहा। मैं सुनता रहा, उसके उत्साह के आगे अपनी पिछले दिनों की उत्साहहीनता से संकुचित होता रहा। उसने बताया कि विलायत ख़ाँ का एक टेप हाल ही में रिकार्ड हुआ है, उसमें एक नायाब मोती भी है—कॉफ़ी की एक ठुमरी बहुत पुरानी बन्दिश है। किसी ज़माने में विलायत ख़ाँ का स्वतः नियुक्त निःशुल्क जन-सम्पर्क अधिकारी बन चुकने पर भी मैंने यह टेप नामंज़ूर कर दिया, एतराज किया कि स्टेज पर वे बीच-बीच में गाते क्यों हैं, क्या वादन का मीडियम अपने-आप में काफ़ी नहीं है? बलराम पाठक का भी टेप है, बहुत अच्छा है। ज़रूर अच्छा होगा, कभी सुनूँगा। तुमने अब्दुल हलीम जाफ़र ख़ाँ की हंस-ध्वनि सुनी है? नहीं सुनी! इरशाद भाई, और न इस वक़्त सुनूँगा। इतने सही ढर्रे वाला सितार इस वक़्त सुनने का मूड नहीं है। तब पंडित रविशंकर का एक टेप है, न सुना है, तो सुन लो—राग हेमन्त वाला। ना भाई, इस वक़्त पंडितजी के सामने जाने की मेरी हिम्मत नहीं है, शाम के वक़्त नहीं। वे इतने बड़े हैं कि उनकी एक-एक मीड़ पर पाउडर और लिपस्टिक पुती जान पड़ती है, उसके लिए कम-से-कम सौ पावर वाला बल्ब होना चाहिए।

"क्या बक रहे हो? आख़िर सुनना क्या चाहते हो?"

इसके जवाब में कहता हूँ, "एक कोई नारायण बनर्जी हैं, उनका कोई पुराना टेप पड़ा हो...।"

लगभग पाँच साल पहले, जब मैं यहाँ आया करता था, तब का लायब्रेरियन अब तक बदल गया था। उसकी जगह एक लड़की बैठी थी। उसने पूछा, "किसका?"

"नारायण बनर्जी का टेप। कई साल पहले उन्होंने यहाँ विहाग बजाया था। शायद हाल में उसे फिर से ब्राडकास्ट किया गया है।"

इरशाद ने लड़की से कहा, "चित्रा तुम इन्हें नहीं जानतीं? ये ख़ुद नारायण बनर्जी हैं। कभी मेरे दोस्त होते थे।"

उसने आत्मीयता से सर हिलाया। वह बोल कम रही है, पर आसानी से मुस्कुराती थी। मुझसे बोली, "अभी सुनेंगे?" अपनी करीने से बनाई हुई भौंहें उसने घड़ी की ओर उठाईं, साढ़े पाँच बज रहे थे। इरशाद ने चित्रा का कंधा थपथपाया, मुझसे कहा, "मैं जा रहा हूँ। चित्रा को ज़्यादा परेशान न करना। भूलना नहीं, तुम्हारी तरह यह निठल्ली नहीं है। इसे भी घर जाना है।"

चित्रा मेरी ओर पीठ करके आलमारी में टेप देखती रही, फिर मशीन ठीक-ठाक करती रही। एक क्षण ऐसा आया, जब कुर्सी पर ढीली देह के साथ बैठकर मुझे लगा, मेरे मन से भावों की एक-एक बूँद खींच ली गई है, मैं निर्विकारता के शून्य में हूँ। पर यह भ्रम था। टेपरिकॉर्डर पर लगा हुआ विहाग बहुत धीरे-धीरे एक जादू-भरे, धुन्ध-भरे अतीत को मिज़राव की उँगली से जगाने लगा था। आलाप में खुलते हुए स्वरों के विस्तार के साथ बार-बार अपने में कुछ अप्रत्याशित पाने की मेरी उत्कंठा का भी विस्तार होता गया। आधे घंटे तक मैं अपने ही हाथों बनाए और तिरस्कृत किए गए लोक में भूला रहा, अपने ही हाथों तोड़ी गई आत्म-सम्भावनाओं की चोट से टूटता रहा। आलाप समाप्त होने पर गत में जाते हुए, हर सम पर बार-बार अपने से कहता रहा, "यह मैं हूँ। मैं यही हूँ।" सब मिलाकर क्या सोचता रहा और क्या अनुभव करता रहा—कहना मुश्किल है। इतना स्पष्ट है कि टेप समाप्त हो जाने पर मैंने अपनी आँखों का गीलापन चित्रा से छिपाना चाहा था और उसने धीरे से मेरा कंधा छू कर इशारा किया था कि टेप समाप्त हो चुका है।

आन्दोलन गिरफ़्तार नहीं होता

एक

बारीन हालदार ने कहा—

"नहीं, जो हुआ है, उसमें कुछ भी नया नहीं है। ये खेल की जानी-बूझी चालें हैं। उसने कुछ भाड़े के टट्टुओं को पकड़कर एक यूनियन बना ली है। उन्हीं को वह कर्मचारियों का प्रतिनिधि बताता है, उन्हीं से सुलह करता है, उन्हीं से झमेला न करने का काग़ज़ भराता है, उन्हीं के सहारे अपने से ऊपर वालों को समझाता है कि बारीन हालदार की यूनियन का कबाड़ा निकल गया। और फिर होता क्या है? वही भाड़े के टट्टू कुछ दिन बाद असली यूनियन की तरह बात करने लगते हैं। उनभें और बारीन हालदार में कोई अन्तर नहीं रहता। जिस बारीन को दफ़न करने के लिए इतना बड़ा नाटक रचा था, उनके जैसे पचहत्तर बारीन इन्हीं भाड़े के टट्टुओं से निकल आते हैं। वे इस काले-कलूटे बारीन के-से ठंडे दिमाग़ वाले नहीं होते; वे चीते की तरह छलाँग लगाते हुए आते हैं और इस ग़ुस्से के साथ अपने शिकार पर टूटते हैं कि उन्हें चरका दिया गया है, उनका उन्हीं के ख़िलाफ़ इस्तेमाल किया गया है। यह बारीन हालदार मुआफ़ भी कर देगा, पर ये दूसरे बारीन हालदार सब-कुछ करेंगे पर जिसके अधकचरे दिमाग़ की वे उपज हैं, उसे कभी ये एक बार अपने को पहचानकर मुआफ़ नहीं करेंगे। घबराओ नहीं नारायण, अभी तो खेल शुरू भर हुआ है। देखते जाओ और चैन से सितार बजाओ।"

वे शहर के एक नए मुहल्ले से गुज़र रहे थे; पर उसे मुहल्ला कहना उतना ही ग़ैरमुनासिब है जितना सूट-बूट पहने, मुँह में सिगार लगाए किसी अफ़सर को 'पंडिज्जी' या 'लालाजी' कहना, भले ही वह बाभन या बनिया हो। वास्तव में, आवास-विकास के नाम यहाँ सम्पन्न शहरी समाज के लिए एक उपनगर बसाया गया था जिसे मुहल्ला नहीं कॉलोनी, एनक्लेव, एक्सटेंशन, स्क्वेयर गार्डेन आदि कहा जाता है।

अख़बार में दो कमरों के ख़ाली होने का विज्ञापन छपा था। मकान-मालिक बारीन हालदार का परिचित था। इसलिए यह जानते हुए भी कि नारायण की हैसियत रवीन्द्रनगर एक्सटेंशन में रहने की नहीं है, वे दोनों मकान-मालिक से मिलने चले आए।

नारायण ने कहा, "सितार बजाने में अब चैन कहाँ, बारीन-दा! उसकी याद करना भी एक यातना है।"

"ऐ भाई, कविता मत बोलो। उधर देखो, तुम्हारे कमरे वहाँ हैं। वहाँ मकान-मालिक के आगे भी यह यातना-वातना मत खोल बैठना वर्ना किराया ड्योढ़ा कर देगा।"

काफ़ी दूर आगे, जहाँ सड़क टेढ़ी हो रही थी, एक बड़े बँगले की चहारदीवारी थी जिस पर गुलदावदी के गमले सजे हुए थे। बारीन ने उधर इशारा किया।

वे आराम से चलते रहे। बारीन कहता रहा, "जब मैं आन्दोलन की फतेह की बात करता हूँ तो डींग नहीं हाँकता। मुझे अपने साथियों की हालत का पता है और यह भी पता है कि इंसान ऐसी हालत बहुत दिन नहीं सह सकता।

"तुम्हें याद होगा, जब यूनियन के जलसे में तुमने सितार बजाया था तब शामियाने के नीचे ही एक बुड्ढा मेहतर खड़ा होकर गाने लगा था। उसे लोगों ने रोका, पर वह रुका नहीं। वह नशे में था, गाते-गाते नाचने लगा, फिर रोकने वालों को गाली देने लगा। बाद में वह एक कोने में कै करके वहीं लेट गया। शायद तुमने यह सब देखा भी नहीं। पर जिन्होंने देखा, वे उसके लिए मुझे कोसते रहे कि तुम्हारी महफ़िल में मैंने कैसे-कैसे नमूने बुला रक्खे हैं।

"पर उस मेहतर का काम तुम्हें नहीं मालूम; बहुतों को मालूम नहीं। वह मेनहोल में घुसकर दस-बारह फीट नीचे तक गहराई में जाता है और वहाँ के पानी में अगर कोई रुकावट हो, तो उसकी सफ़ाई करता है। वहाँ ज़हरीली गैसें भरी होती हैं। बदबू और सड़ाँध में थमा हुआ गाढ़ा पानी बराबर बजबजाता रहता है। इस नरक में मेहतर को ठेलने के पहले उसे एक बोतल ठर्रा दिया जाता है जिसे पिये बिना वह वहाँ घुस नहीं सकता। वह एक कान से दूसरे कान तक मुँह पर मैली पट्टी बाँध लेता है, दोनों हाथ के अँगूठे कानों में जमाकर और बीच की उँगली से नथुने दबाकर वह पहले जानवरों जैसी आवाज़ निकालता है और फिर मेनहोल में गोता लगाता है। एकाध गोताखोर कभी-कभी मेनहोल ही में रह गए हैं, पर हमारा यह पट्ठा अब तक सत्तावन साल की उम्र में बिना साँस तोड़े अन्दर जाकर बाहर आ जाता है।

"अब हमारे निगम के सफ़ाई-विभाग को एक चिन्ता सता रही है। मेनहोल का यह काम करने वाले मेहतरों के बस अब दो-तीन परिवार बचे हैं। उनके बुज़ुर्ग ठर्रा पीकर अभी तक कुम्भीपाक में कूद रहे हैं, पर उनके जवान लड़के दूसरी जगहों पर नौकरी करने लग गए हैं। वे रेलवे में हैं या फ़ौज में चले गए हैं। नगर निगम वाले चिन्तित हैं कि इन बुड्ढों के मर जाने के बाद कुम्भीपाक में कौन जाएगा?

"मज़ाक़ देखा तुमने? हम आसमान में उपग्रह उड़ा सकते हैं, पर इस निगम के सीवेज़ के लिए मशीनों का जुगाड़ नहीं कर सकते। यहाँ सीवेज़ की सफ़ाई के लिए तो बलि का बकरा चाहिए पर बिस्कुट बनाने के लिए यहाँ नई-से-नई मशीनें मौज़ूद हैं जहाँ हाथ से छुए बिना ही बिस्कुट बन जाता है।

"ऐसी सैकड़ों बातें हैं दोस्त, जिससे लगता है कि आदमी आज भी बहुतों की निगाह में गाजर-मूली-कुकुरमुत्ता—कुछ भी हो, बस आदमी नहीं है।"

"जब तक ऐसा समझा जाता है तब तक के लिए हमारा आन्दोलन सुरक्षित है। उसे तब तक तोड़ा नहीं जा सकता, गिरफ़्तार नहीं किया जा सकता।"

सार्वजनिक सभा में ऐसे व्याख्यान के अन्त में तालियों की गड़गड़ाहट कई मिनट तक चल सकती थी। दो लोगों के बीच इस व्याख्यान से सिर्फ़ ख़ामोशी पैदा हुई। वे जब गुलदावदी के गमलों के पास पहुँचे तब भी ख़ामोश थे।

दो

उन्होंने पहुँचते ही देख लिया कि लम्बे-चौड़े बँगले के एक हिस्से में 'अमरूद विकास का क्षेत्रीय कार्यालय' नामक सरकारी दफ़्तर है और गुलदावदी के गमले, बँगले के आगे की मुलायम दूब और गुलाब और नैस्टर्शियम की ताज़ी क्यारियाँ दफ़्तर की समृद्धि का अंग हैं, क्योंकि बँगले के जिस हिस्से में दफ़्तर न था, वहाँ यह सब भी न था। उन्होंने यह भी देख लिया था कि मकान-मालिक बँगले के दुमंज़िले पर कुछ कमरों में रहता है। पहली मंज़िल में अमरूद-विकास के दफ़्तर से सटे हुए दो कमरे थे जिनके आगे अंगूर की लताएँ किसी पोर्टिको की छत की तरह बाँस के हरे ढाँचे पर फैली थीं। हरियाली में डूबे हुए इन कमरों में रहने की कल्पना ने नारायण को उत्कंठित किया, पर उसके मन ने उसे वहीं टोका कि यह कल्पना कभी यथार्थ नहीं होगी। उसके बाद ही कुछ लतरों के बीच से झाँकते हुए एक साइनबोर्ड से पता चला कि इन कमरों में भी एक दफ़्तर है। साइनबोर्ड में लिखा था : 'कार्यालय—जिला मत्स्य क्रय-विक्रय अधिकारी।'

मकान-मालिक ने मिलते ही ग़लत, किन्तु निस्संशय अंग्रेज़ी में बताया कि दोनों कमरे कल ही उठ चुके हैं, उन्हें डिस्ट्रिक्ट फिश मार्केटिंग आफ़िसर साहब ने चार सौ रुपए माहवार किराए पर ले लिया है। आप पहले आ गए होते तो इनकार थोड़े ही था; किराए में दस-बीस कम मिलते तब भी कोई हर्ज़ न था। बारीन ने कहा कि तब भी आना बेकार होता क्योंकि नारायण की तनख़्वाह तो मुश्किल से पाँच सौ रुपया है। मकान-मालिक बोला कि तब आपको रवीन्द्रनगर या रवीन्द्रनगर एक्सटेंशन में मकान न ढूँढ़ना चाहिए। सरकारी एलॉटमेंट या नगर निगम का कोई फ़्लैट मिले, तभी आपका काम चल सकता है क्योंकि "सत्तर रुपए महीने में तो अब संडास तक नहीं मिलता।" संडास का उल्लेख कर चुकने पर मकान मालिक ने अपने लड़के को चाय लाने का हुक़्म दिया।

मकान-मालिक और बारीन हालदार मकानों की समस्या पर बात करने लगे पर अचानक विचित्र ढंग से उनकी भूमिकाएँ उलट गईं। बारीन हालदार ने कहा,

कि मकान तो आपने बनवा लिया पर सरकारी क़र्ज़े की क़िस्तें और ब्याज चुकाने में, पानी और मकान के टैक्स में और इनकम टैक्स में पूरा किराया साफ़ हो जाता होगा, आपके हाथ तो बस झंझट ही लगता होगा। इसके विपरीत मकान मालिक ने कहा कि चाहे जितना टैक्स देना पड़े, कुछ जेब से थोड़े ही जाता है; क़र्ज़ की क़िस्तों और टैक्सों के बाद भी कुछ-न-कुछ बच ही रहता है और सच पूछो तो इस तरह आठ-दस साल के बाद पूरा मकान फोकट का हो जाएगा।

उसने कहा, "तुमसे क्यों चोरी, बारीन-दा मुझी को देखो! मेरे बाप की भी दम न थी कि इतनी बड़ी कोठी बनवाता। वे तो कक्कड़ साहब थे जिन्होंने एक रात मुझे फ़ोन किया। बोले, "राजिन्दर, तू एक प्लॉट चाहता था न? कल से नगर निगम के प्लॉट एलॉट होने वाले हैं। जो पहले दरख़ास्त लगा देगा, उसी को मिलेंगे। कल सवेरे यहाँ दफ़्तर में हज़ारों की भीड़ लग जाएगी और तू टापता रह जाएगा। देख, तू ऐसा कर, तू अपनी दरख़ास्त इसी वक़्त मेरे पास भेज दे। तेरा नाम नम्बर तीन या चार पर दर्ज करा दूँगा, तुझे क्यू में नहीं लगना पड़ेगा।' मैंने कहा कि 'साहब, दरख़ास्त के साथ दो हज़ार रुपए का चेक भी लगाना पड़ता है। ये रुपया मैं किसकी जेब काटकर ले आऊँ!' वे बोले कि 'हाउसिंग इंजीनियर होकर भी एक प्लॉट तेरे लिए नहीं दिला पाया तो लानत है मुझ पर! देख, तू ऐसा कर कि एक चेक मेरे पास भेज दे। बैंक में रुपया हो या न हो, तू फ़िक्र न कर। मैं दो-तीन महीने तेरा चेक रुकवाए रहूँगा और उसे बैंक में तभी भेजूँगा जब तू इसके लिए हरी झंडी दे देगा।' इस तरह से तो बारीन-दा, प्लाट मिला। फिर क़र्ज़ का झंझट! किसी तरह सरकारी क़र्ज़ा भी मिला, कुछ एल.आई.सी. वालों ने दिया और तब यह बँगला बनकर तैयार हुआ। आपकी दुआ से सरकारी दफ़्तरों ने किराए पर ले लिया है। चलो, एक काम होना था, हो गया। अब महकमे वाले नौकरी से जबरन रिटायर करने पर तुले हैं। मैं भी सोचता हूँ कि कर दें रिटायर! कोई मेरा किराए का सोलह सौ रुपया तो छीन नहीं लेगा। इसी कुटिया में पड़ा रहूँगा और ज़िन्दगी के बाक़ी दिन हाईकोर्ट की रिट लड़ने में काटूँगा। हुँह! बिना मुक़दमें लड़े यूँ ही रिटायर थोड़े ही हो जाऊँगा!"

कमरा काफ़ी बड़ा था। हलके रंग के मोज़ेक के फ़र्श पर नया फ़र्नीचर डाला गया था। नीचे कमरों के किराए पर उठ जाने की बात सुनकर नारायण इस मकान और मकान-मालिक से उदासीन हो गया था; पर बारीन उससे मकान बनने की समस्याओं पर विस्तार से बात करने लगा था। नारायण उस दीवान को देखता रहा। देखते-देखते उसे लगा कि वह यहाँ पहले भी आया है और इस दीवान पर बैठकर सितार बजा चुका है।

बारीन और मकान-मालिक को एक किनारे खिसकाकर नारायण ने एक समानान्तर लोक की रचना की जिसमें सवेरा था, घने पेड़ों को बींधकर सूरज की धूपछाँही रोशनी कमरे में घुल रही थी। सवेरा था, पर सवेरे की परिचित

आवाज़ नहीं थी। वह दीवान पर सितार लिए बैठा था। चारों ओर घना नीरन्ध्र सन्नाटा था...।

अहीर भैरव की गत तोड़ते हुए बारीन हालदार ने कहा, "चलो भई, तुम तो यहीं बैठकर सोने लगे।"

मकान-मालिक ने उन्हें मुदित मन विदा दी; वादा किया कि इधर कोई कमरा ख़ाली हुआ तो बताऊँगा, "वैसे इस तरफ़ किराए बहुत बढ़ गए हैं। सरकारी दफ़्तरों वाले एक-से-एक नफ़ीस बँगले चार-चार हज़ार रुपए माहवार पर लेने लगे हैं। कोई अब पुराने ढंग की इमारत में बैठना ही नहीं चाहता; सब दफ़्तर के लिए मोज़ेक का फ़र्श और झिलमिलौआ बाथरूम माँगते हैं। और ये जो सरकारी कम्पनियाँ हैं न, ऊँट कॉरपोरेशन और हाथी कॉरपोरेशन—ये इतनी शाहदिली से किराया देती हैं कि लेने वालों तक के दिल लरज उठते हैं। तब तुम्हीं बताओ बारीन-दा, इस कॉलोनी में प्राइवेट मकान लेने की भला हिम्मत होगी किसी मामूली आदमी की?"

सड़क पर आते ही चारों ओर नई-नई काट के बँगलों और हरी-भरी फुलवारियों ने नारायण को अहीर भैरव की गत की ओर दुबारा खींचा, पर बारीन हालदार के चेहरे ने उसे रोक लिया। उसका मुँह छाती पर हिलग आया था और लगता था कि उसकी आँखें किसी अन्दरूनी नाटक के दुःखान्त दृश्य में खोई हुई हैं। नारायण ने सोचा कि यह राजनीति में अफ़सर से मात खाने का सदमा है। जिसके धमाके का असर बारीन-दा पर इतनी देर बाद हो रहा है। उसने चाहा, पर कुछ कहकर बारीन को उस त्रासद मुद्रा से उबारने का साहस नहीं बटोर सका।

पर वह बारीन के लिए यूँ ही आशंकित हो रहा था। बारीन की खुली हँसी ने उसे चौंका दिया। अपने काले-कलूटे गाल को जोकरों की तरह रगड़ता हुआ वह कह रहा था, "कभी यह कहावत सुनी है, मियाँ की जूती मियाँ के सर? इसका मतलब जानते हो? नहीं जानते तो सुनो!"

तीन

हँसी, मखौल, उदासी, अफ़सोस, नाराज़गी के बार-बार बदलते मौसम में तब बारीन हालदार ने रुक-रुककर कहा...

"मेरी बात समझने के लिए हरिजनों, सफ़ाई-मज़दूरों या छोटे आदमियों के लिए बनवाई गई दस-पाँच बड़ी बस्तियों को भूल जाओ। जैसे कुछ तांत्रिक लोग शराब पीने के पहले माँ-काली के नाम पर दो-चार बूँदें ज़मीन पर छिड़क देते हैं, वैसे ही हाउसिंग की पूरी-की-पूरी स्कीम गटकने के पहले चतुर लोग हरिजनों के नाम पर दस-बीस छोटे प्लॉट निकाल देते हैं। और गटकते कौन हैं? पैसे वाले लोग, जो पैसे वालों के लिए बहुत पैसे वाले मकान बनवाते हैं।

"हर बड़े शहर में नई बस्तियाँ दूर-दूर तक फैली हुई हैं। यह ऐसा मनी प्लांट है जिसकी जड़ पर लोगों की निगाह नहीं जाती, निगाह सिर्फ़ हरी-हरी पत्तियों पर है। इस मनी प्लांट की जड़ सार्वजनिक निधियों में है और इस तरह और गहरे जाकर वह जड़ हमारी-तुम्हारी जेब में पहुँची हुई है।

"जैसे ये बस्तियाँ—जैसी कि यह रवीन्द्रनगर एक्सटेंशन है—नाम से बड़ी भोली-भाली लगती हैं। नाम सुनते ही मन पवित्र हो जाता है। किसी का नाम गौतमपल्ली है, लगता है कि गौतमबुद्ध का त्याग और तपस्या यहाँ के ज़र्रे-ज़र्रे में झलक रही होगी। एक जगह किसी ने सर्वोदय नगर बसाया है, जैसे वहाँ घर-घर में विनोबा भावे रहते हों। किसी बस्ती का नाम है राम-कृष्ण पुरम्, किसी का नाम है ताँत्याटोपे नगर जो शायद ईंट-गारे से नहीं, ख़ून और शहादत से बनाई गई होगी। पर इन बस्तियों में रहने वाले हैं कौन? वही अपने जाने-पहचाने साहब-बीबी-गुलाम! वही अफ़सर, वही नेता, वही व्यापारी!

"नाम तो महापुरुषों के ऊपर रख लिये पर हालत यह है कि राम-कृष्ण पुरम् और ताँत्याटोपे नगर कहते हुए ज़बान अटकती है। आदत तो ग्रीन पार्क और क्ले स्क्वेयर की पड़ी है। तभी वहाँ वाले बड़े सपाटे से उन्हें आर.के. पुरम, टी.टी. नगर कहकर फुरसत पा लेते हैं। अपने यहाँ भी तो यही हुआ! जहाँ हम लोग भंगियों की एक शानदार कॉलोनी बनवाना चाहते थे, वहाँ हमारे आवास-विभाग ने बनवा डाला—अमर शहीद पंडित जटाशंकर अवस्थी नगर! और जब अमर शहीद का इतना बड़ा नाम लेने में जीभ लड़खड़ाने लगी, तो उसे कहने लगे ऐस्पानगर! फिर भी बस्ती बनी उसी ढर्रे पर, जिसका शहीद से कोई सरोकार नहीं। दो सौ फ़्लैट अपने पिट्ठुओं को किराए पर देने के लिए नगर निगम ने बनवा लिये और बाक़ी हज़ारों प्लॉट फिर उन्हीं साहब-बीबी-गुलामों में बाँट दिए गए।"

नारायण ने कहा, "मैंने भी ऐस्पानगर में एक फ़्लैट के लिए ख़ुशामद शुरू की है।"

"करते रहो, पर उससे कुछ नहीं होता! ख़ैर, पूरी बात सुन लो। इन शहराती बस्तियों के बनने का भी एक तरीक़ा है। पहले खेतिहरों से उनकी ज़मीन ली जाती है, नगर के प्रसार का कागभगोड़ा खड़ा कर के उन्हें भगा दिया जाता है। फिर वह ज़मीन किसी नगर या परिषद् या सोसायटी के हत्थे चढ़ती है। तब उसके टुकड़े करके उसे बाँटा जाता है और घूम-फिरकर सभी प्लॉट साहब-बीबी-गुलाम के हाथ में आ जाते हैं। फिर बैंकों से या जीवन-बीमा निगम से या इधर-उधर से किसी-न-किसी तरह मकान बनाने के लिए क़र्ज़ लिया जाता है। इस तरह चतुर लोग दूसरे की ज़मीन पर दूसरे के पैसे से अपना मकान बनवाते हैं। यही नहीं, वे उसे मनमाने किराए पर उठाते हैं और कोशिश रहती है कि मकान किसी सरकारी या अर्धसरकारी संस्था को दिया जाए ताकि किराए की वसूली में सुभीता रहे। जिसके पैसे से मकान

बनवाया, कोशिश रहती है कि उसी से किराया लेकर उसका पैसा चुकता कर दें, ऊपर से कुछ बचा भी लें। यही है मियाँ की जूती और यही है मियाँ का सर!

"रह गए भंगी-चमार, उनके लिए एक-एक कमरे वाली बैरकें बनवा दो, चाहे उनके घर में एक आदमी हो या ग्यारह! बस, इतने से आर.के. पुरम और टी.टी. नगर का कलंक धुल जाएगा!"

नारायण ने कहा, "यह सब तो ठीक है बारीन-दा, पर ऐस्पानगर में मुझे कैसे फ़्लैट मिलेगा? इतने अच्छे व्याख्यान के बाद कुछ काम की बात भी तो बताओ।"

"सिफारिश कराओ।"

"मेरे लिए स्वामी शान्तानन्द ने कहा है।"

"उससे कुछ नहीं बनता, कलाकारजी! स्वामीजी तो ख़ुद इन दिनों ऐडमिनिस्ट्रेटर की ख़ुशामद में लगे हैं। वे, जो कॉलिज का नया ब्लॉक बनवा रहे हैं न, उसके लिए उन्हें नगर निगम से पैसा लेना है।"

"तब कैसा चलेगा, बारीन दा।"

"घबराओ नहीं, एक महीना और देख लो। इस एडमिनिस्ट्रेटर के हटते ही शायद काम में कुछ आसानी हो जाए।"

"एक महीने में वह कैसे हट जाएगा?"

"बताऊँ? हम लोग हटाएँगे। एक महीने में नगर निगम में वो-वो आतिशबाजियाँ छूटेंगी कि देखना, तुम्हारा एडमिनिस्ट्रेटर अस्पताल में ब्लड प्रेशर लेकर पड़ा होगा। या, क्या पता, बड़ा आदमी है : हार्ट अटैक ही हो जाए।"

3 नवम्बर, 1974—रविवार

नारायण

ओ रे अभागे नारायण! इस प्रौढ़ वयस में, जब तेरे कर्णमूल के निकट के केश उज्ज्वल होने लगे हैं, तू किशोरों की-सी प्रणय-विह्वलता से किसी चारुकेशी, तन्वंगी नायिका को खोज रहा है! इस पावन शरत्काल का क्या तेरे लिए कोई दूसरा अर्थ नहीं है? ...

बचपन में देखे गए नाटकों में सफ़ेद दाढ़ी-मूँछों वाला जो पात्र नायक-नायिकाओं को समय-समय पर उद्बोधित करता रहता था, वही थिएटरी मुद्रा में उँगली उठाकर मुझे श्यामा के घर जाने से रोक रहा था। बात सही है कि कनपटी पर सफ़ेद बाल दिखने लगे हैं और आँखों की कोरों पर एकाध झुर्रियाँ खिंच गई हैं। पर क्या इतने से ही इस बूढ़े पात्र का उद्बोधन सही मान लिया जाए? शरत्काल के ये अन्तिम अपराह्न मुझे हमेशा अनमना बना देते हैं, मन अपरिभाषित आकांक्षाओं से भर जाता है। तब, सुनहरी धूप और चंचल हवाओं का खेल यदि मुझे किसी लॉन पर लेटने, सोने या सपने देखने के लिए उकसाए, तो मुझे आत्म-ग्लानि क्यों हो? यदि आज इस होटल की जगह मैं अपने घर पर होता तो ग्यारह बजे से ही सितार पर सारंग के विभिन्न प्रकारों की अवतारणा कर रहा होता जिन्हें न बहुत दिनों से मैंने बजाया है, न किसी को बजाते सुना है। पर इतवार के इस असहनीय अवकाश में इस निकृष्ट होटल में पड़े हुए मैं सितार छू नहीं सकता। कुछ भी न कर सकने के कारण दोपहर से ही अपनी बेंत की टोकरी का सहारा लेकर बैठ गया हूँ और किसी चारुकेशी की चिन्ता में लीन हूँ।

चार बजे के लगभग झलझलाती धूप पर जब मेरी नींद खुली तब गाढ़े रम का घनान्धकार छँट चुका था, पर ख़ुमार का कोहरा मेरे तन-मन को आच्छन्न किए था। यह समय श्यामा से मिलने के लिए बहुत उपयुक्त है, ऐसा सोचकर मैं उसके घर की ओर चला। नींद अगर दो घंटे बाद टूटी होती तो शायद मैं सिम्मी के घर की ओर जाता। पर ये क्षण श्यामा के थे। मार्ग का निर्मल आकाश और ठंडी हवा मेरे दिमाग़ का कोहरा छाँटते रहे, मुझे आश्वस्त करते रहे कि ये क्षण श्यामा के हैं।

कुछ दिन पहले श्यामा और सिम्मी ने पार्क में आने का वादा करके मुझे भुला दिया था; या, न भुलाया हो तब भी मुझे वह सब सहना पड़ा था, जो भुलाए जाने पर सहता। उस दिन मैंने एक बार में छककर रम पी और स्वामी शान्तानन्द के आश्रम के ताजे अनुभव के आधार पर अपने को अवधूतों के आसन पर बैठाल लिया। आश्रम में मुझे दत्तात्रेय द्वारा सर्प को गुरु बनाने का आख्यान सुनाया गया था और उपदेश दिया गया था कि सर्प से बिना मकान के रहने की शिक्षा लेनी चाहिए। पर उस दिन बार में रम पीते हुए मैंने अपने को उस गणिका का आख्यान सुनाया जिसकी नैराश्य-सम्बन्धी उक्ति सुनकर दत्तात्रेय ने उसे भी अपना गुरु बना लिया था।

वह सारे शृंगार करके सारी रात अपने प्रेमी की निष्फल प्रतीक्षा करती रही थी और सवेरा होने पर उसने निष्कर्ष निकाला था कि आशा ही परम् दुःख है, नैराश्य ही परम सुख है। बार में बैठे-बैठे मैंने रम के घूँट के साथ इस उपदेश को भी पेट में डाल लिया और अपने को समझाया कि यह कैसी दुर्बलता है कि इस नगर की दो घटिया स्त्रियाँ चार बजे शाम को पार्क में मिलने का वादा करके मुकर जाएँ और इस पर तुम तिलमिलाने लगो! आश्चर्य है कि रम तो पेट से दूसरे दिन ग़ायब हो गई पर गणिका का यह उपदेश इतने दिन टिका रहा और तभी मैं आज तक उन दोनों से मिलने नहीं गया। एक दिन सिम्मी ने मुझे फ़ोन किया और बताया भी कि उस दिन पार्क में न मिलने की बड़ी मजबूरी थी जिसे वह मिलने पर ही बताएगी। पर मैंने सुन लिया और गणिका के उपदेश पर अटल रहा। आज दोपहर को रम का इतना नशा चढ़ने के बाद इस उपदेश का नशा उतरा है और इसका मुझे खेद नहीं है। थिएटर में उद्बोधन देने वाला बूढ़ा कंचुकी या साधु या पितामह—वह जो भी हो—मेरी भर्त्सना करता है तो करता रहे; मैं श्यामा से आज बिना किसी बहाने के मिलना चाहता हूँ। बूढ़ा जाए जहन्नुम में!

पर बूढ़ा इतनी आसानी से जहन्नुम जाने को तैयार नहीं है। मेरे मन में उसने 'पावन शरत्काल' की बात डाल दी है; इसलिए यह साफ़-सुथरी हवा और निरभ्र आकाश, जिसके साथ पूजा-अवकाश और हवन-गन्ध की पुरानी यादें जुड़ी हैं, मेरे प्रति मौन असहमति व्यक्त कर रहे हैं। उन्हें मेरी रम, उसका खुमार और श्यामा के घर की राह पसन्द नहीं है। मैंने इसकी परवाह न की और श्यामा के दरवाज़े पर घंटी का बटन दबाया; कई पलों तक दबाए रहा।

दरवाज़ा खुलने पर जो श्यामा दिखी, वह तन्वी न थी। देह के सहज भारीपन पर अब सात महीने के गर्भ का असंदिग्ध भारीपन जुड़ गया था। खुले दरवाज़े की चौखट पर खड़े होकर उसने अपने हाथ दोनों ओर फैलाए और पल्लों पर टेक दिए। शायद इसके बाद ही उसने मेरी ओर देखा। इस तरह खड़ी होकर वह कैसी दिख रही है, इससे वह बेख़बर थी; इससे और भी बेख़बर थी कि इस तरह से उसने मुझे अन्दर जाने से रोक रखा है। वह बोली, "ओह! मास्टर साहब! अच्छा खेल किया

आपने। उस दिन मैं आपके होटल के पास से निकली थी, पर मोटर पर बैठने का यह रौब कि आपने मुझे देखकर भी अनदेखा कर दिया।"

इस अवसर पर मुझे लगा कि थिएटरवाला काल्पनिक बुड्ढा मेरी पसलियों में अपनी छतरी की नोक चुभो देगा और विदूषकों की तरह उछलकर 'खी-खी' करने लगेगा। श्यामा को इस रूप में देखकर मेरी भावुकता को जैसा झटका लगा और जितनी कुढ़न हुई, उस पर इसी तरह हँसा जा सकता है। सच तो यह है कि रास्ते में एक पार्क के पास से निकलते हुए ऋतु के प्रभाव से मैंने कविगुरु रवीन्द्र का एक गीत गुनगुनाना शुरू कर दिया था : 'किछू बोलो बोले ऐशेछिलेम, रइनू चेये न बोले।' कुछ कहने के लिए आया था, पर बिना कुछ कहे ही ताकता रह गया। इतनी भावुक कविता श्यामा के इस बेहूदा पोज़ पर किस प्रकार नष्ट हुई होगी, इसे वही समझ सकते हैं जिन्होंने कविगुरु के इस सम्पूर्ण गीत का आनन्द लिया है। श्यामा मेरे आगे कविगुरु की संवेदना की पैरोडी जैसी खड़ी थी। गीत की नायिका की गोद में जूही की कलियाँ हैं, सारा आकाश उसके सौन्दर्य को निर्निमेष देख रहा है, बादलों को बेधकर आने वाला प्रकाश उसकी अलकों को आलोकित कर रहा है। हवा में उसकी केशराशि उड़ रही है; गीत की नायिका ऐसी है और मेरी गर्भवती पृथुकलेवरा नायिका दरवाज़े की चौखट पर दोनों हाथ गरुड़ के पंख की तरह फैलाए हुए कह रही है, "ओह! मास्टर साहब!" मैं कुछ कहने के लिए आया था और बिना कुछ कहे ही ताक रहा हूँ।

अन्त में मैंने कहा, "दरवाज़े के पल्लों से हाथ गिराकर बात करो।" मैंने चाहा था कि वह हाथ गिराकर सीधी खड़ी हो जाए ताकि उसकी आकृति में कुछ सामान्यता दीख पड़े। पर उसे शायद याद पड़ा कि उसने मेरा रास्ता रोक लिया है। हाथ हटाकर एक किनारे होते हुए उसने कहा, "सारी!" फिर "अन्दर आइए न! मैं भी कैसी हूँ!" फिर, उच्चहास!

मैंने उस दिन की सफ़ाई देते हुए कमरे में प्रवेश किया; कि मैंने उसे फ़ुटपाथ से देखा तो था पर यह नहीं पता था कि उसने भी मुझे देखा है, कि मैंने गाड़ी से उसे पुकारा भी था, आदि-आदि। फिर शिकायत का कोई आभास दिए बिना, अनासक्ति का अच्छा अभिनय करते हुए, मैंने पूछा कि तुम दोनों उस दिन कहाँ रह गई थीं। श्यामा ने कहा, "अरे! उस दिन! उस दिन हम लोग कैसे आ सकते थे? उस दिन अचानक सिम्मी के यहाँ अनवर मियाँ आ गए। जब सिम्मी नहीं आई तो मैं ही आकर क्या करती?" "क्यों? तुम्हारे आने में क्या दिक़्क़त थी?" मैंने पूछा। श्यामा ने कहा, "मेरा क्या आना?" "तुमने यह नहीं सोचा..." मैंने कड़ाई से शिकायत करनी चाही पर अनासक्ति के अभिनय ने मुझे रोक लिया। श्यामा ने कहा, "सोचा क्यों नहीं था? आप पार्क में बैठे रहे होंगे, पर शाम का वक़्त था। आप बोर थोड़े ही हुए होंगे!" आख़िर में मुझसे रुका नहीं गया, मुँह से शिकायत निकल ही गई, "तुम किसी को पार्क में दो-तीन घंटे इंतज़ार करा सकती

हो, पर फ़ोन से सॉरी नहीं कह सकतीं?" उसने कहा, "अपने होटल वाले से बात कीजिए। फ़ोन करो तो तुरन्त कह देता है, उनके कमरे में ताला लगा है।"

इस विषय को खींचना बेकार था। मैंने कमरे के कैलेंडरों और तस्वीरों का निरीक्षण शुरू कर दिया, श्यामा से पूछा, "ये अनवर मियाँ कौन हैं? सिम्मी से इनका क्या रिश्ता है? एक अनवर हुसैन साहब तो मेरे होटल के मालिक भी हैं। वही तो अनवर मियाँ नहीं हैं?"

उसने मेरे सवाल पर ध्यान नहीं दिया; सिर्फ़ इतना कहा, "होंगे कोई।" उसकी दिलचस्पी कहीं और थी। सामने का बड़ा कमरा पार करके वह अन्दर के दूसरे कमरे में गई, बोली, "आइए, यहीं बैठेंगे।" दूसरे कमरे में जाते समय अपने आगे चलती हुई श्यामा को देखकर मुझे लगा कि मैंने उसके साथ ज़्यादती की है। वह अब भी आकर्षक है, पीछे से उसकी चाल का अल्हड़पन आँखों को अब भी अच्छा लगता है, उसे एकदम से कविगुरु के गीत की पैरोडी नहीं माना जा सकता। सच तो यह है कि अब भी उसे देखकर यह गीत गाया जा सकता है, उसकी केशराशि को हवा में उड़ता देखकर अब भी मुग्ध हुआ जा सकता है, मैंने यह सब सोचा और यह भी सोचा कि ऐसा सोचकर अब मैं घपले में पड़ने जा रहा हूँ।

यह कमरा माँ का कमरा था—श्यामा की माँ का नहीं, जिसका भी हो, वह सबसे पहले और सबसे अन्त में माँ थी। दीवारों पर अलग-अलग आयु वाले बच्चों के चार-पाँच फ़ोटो लगे थे! मुझे उनकी ओर देखता हुआ पाकर श्यामा ने कहा, "आप कहीं मुझे पाँच बच्चों की माँ न समझ लें, इसलिए पहले ही बता दूँ। ये सभी फ़ोटो अतुल के हैं।" उसने मज़ाक़ में कहा था पर सतह पर उसका मज़ाक़ नहीं, अतुल का स्नेह छनकर आया। एक छोटी मेज़ और किताबों की ठिगनी आलमारियों पर भी फ्रेम किए फ़ोटो रखे थे। उन सबमें अतुल था; एकाध में श्यामा और उसका इंजीनियर पति भी था। दीवार पर टँगे हुए कैलेंडरों में भी बच्चों की कई तस्वीरें थीं, जो सब चार-छह महीने के होंगे। एक ओर दीवार से सटी हुई कॉफ़ी-टेबुल पर एक रिकॉर्ड-प्लेयर और कुछ रिकॉर्ड रक्खे थे। कमरे के बीच में एक साधारण पलंग था, दो आराम कुर्सियाँ थीं। उनके बीच एक छोटी मेज़ पर चाय के बर्तन लगे हुए थे और दो तश्तरियों में अविश्वसनीय मात्रा में रसगुल्ले और काजू रक्खे हुए थे।

मेज़ से चाय का एक अधपीया प्याला उठाकर वह पलंग पर बैठ गई, मुझे कुर्सी पर बैठने का इशारा करके बोली, "आपके काम की चीज़ तो यहाँ मिलेगी नहीं, मास्टर साहब! न हो तो एक प्याला चाय ही पी लीजिए।"

रम के घटते हुए खुमार में मुझे सचमुच ही चाय की ज़रूरत थी। मैंने कहा, "जो भी पिलाओगी, पी लूँगा।"

वह उठकर दूसरा प्याला ले आई, चाय ढालते हुए बोली, "सच्चा प्रेम इसी को कहते हैं। ज़हर भी पीना पड़े, तो इनकार नहीं।" तब मैंने वह प्रश्न किया जो यहाँ

आते ही करना चाहता था, "माँ कहाँ हैं?" उसने उत्तर दिया, "वे पापा के साथ किसी शादी में गई हैं। घर पर मैं बिल्कुल अकेली हूँ। अब तो आप ख़ुश हैं न?" काजू की प्लेट बढ़ाकर उसने कहा, "इसे लीजिए। इसके खाने से वज़न बढ़ता है। सबूत के तौर पर मुझे देख लीजिए।"

मकान में उसे अकेली जानकर मैं सचमुच ही ख़ुश हुआ। वही मैं, जो कविगुरु के एक ऋतुपरक गीत की नायिका के कुप्रभाव में अभी-अभी श्यामा को हेय मान बैठा था, उसे हाथ नीचे करने की ड्रिल कराने लगा था, इस घरेलू कमरे के एकान्त में, सिर्फ़ अवसर मिल जाने से उस पर एकदम मुग्ध हो गया। मैं उसके लिए इतना लालायित हुआ कि चाय की घूँट से मेरा गला रुँध गया। अपनी लालसा को छिपाने के लिए मैंने कुछ काजू प्लेट से उठा लिए और बच्चों के-से निष्कपट भाव से पूछा, "सिम्मी अकेली रहती है?"

"आप इतना अनजान क्यों बन रहे हैं?" उसने पूछा और मुझे अपने ऊपर सचमुच ही विस्मय हुआ : जिसका गाल मेरे कन्धे पर टिका रहा है, जिसके घर जाकर मैं उसकी व्हिस्की पी आया हूँ, जिससे मन-ही-मन इतने सम्बन्ध बना चुका हूँ, उसके बारे में मैं सचमुच ही कुछ नहीं जानता! श्यामा धीरे-धीरे कहने लगी, "हाँ, आजकल वह अकेली ही है। पहले उसका भाई उसके साथ रहता था। अब उसकी बदली हो गई है। सिंचाई में जूनियर इंजीनियर है न! पहले भाई-बहन ठाठ से रहते थे, अब अकेली रह गई है। अकेला होना कितना ख़ौफ़नाक है, मास्टर साहब! मैं यहाँ सिर्फ़ दो घंटे अकेली रही और न जाने क्या-क्या सोच डाला। अच्छा हुआ आप आ गए।"

"सिम्मी के माँ-बाप?"

"तो आप अब भी उसी थीम पर हैं। कोई बात नहीं। उसके माँ-बाप बहुत पहले मर चुके हैं। माँ पहले पुल के उधर वाले मुहल्ले में रहती थी। इसका मतलब समझते हैं न? कुछ लोग अब भी उसे रंडी की औलाद कहते हैं। कहा करें! मुझे तो बहुत प्यारी लड़की मालूम होती है। गाती भी बहुत अच्छा है। आपने गाना सुना? देखिएगा, बहुत आगे जाएगी। इधर पता नहीं क्यों उसकी तबीयत ठीक नहीं रहती। पेट में दर्द होता रहता है, कभी-कभी बुख़ार भी आ जाता है।"

"उसे शराब नहीं पीनी चाहिए।"

"आपने भी क्या बात कह दी, मास्टर साहब! यानी कि आप शराब न पीने की हिदायत दे रहे हैं वह भी सिम्मी को! कमाल है! ज़रा ख़ुद अपनी साँस सूँघिए।"

"मज़ाक़ नहीं, श्यामा...।"

"मज़ाक़ नहीं, तो सच यह है कि वह पीती-वीती नहीं, आप लोगों की सोहबत में भले ही पी ले। दरअसल जिस बोलत की शराब आपको पेश की गई थी, वह उसकी नहीं थी, अनवर मियाँ की थी।"

"अनवर मियाँ उसके कौन होते हैं?"

"उसके सरपरस्त हैं, मेहरबान हैं; वैसे नहर और पी.डब्ल्यू.डी. में बड़े-बड़े ठेके लेते हैं।"

"साफ़-साफ़ उसका आशिक़ क्यों नहीं कहतीं?"

"क्यों कहूँ? जो सिम्मी कहती है, वही मैं भी कहती हूँ।"

श्यामा की बातें मैं उत्सुकता से सुन रहा था पर उत्सुकता से भी प्रबल मेरी लम्पटता थी, जो मुझे कुर्सी से उछलकर श्यामा के पलंग पर बैठने को उकसा रही थी। मैंने खड़े होकर फिर से दीवार की तस्वीरों का निरीक्षण शुरू किया। श्यामा कहती रही, "सिम्मी की सबसे बड़ी मुसीबत उसका मुहल्ला है। जब उसका भाई यहाँ था, तब की बात और थी। अकेले में अब उसे चारों ओर गुंडे-ही-गुंडे दीख पड़ते हैं। वे सीटी बजाने वाले कॉलेज के छोकरे नहीं हैं, वे लड़कियों को छेड़ते नहीं हैं, पर उनके मन में आ जाए तो उनकी कलाई पकड़कर घसीट सकते हैं। यह दूसरी बात है कि अब अनवर मियाँ के डर के मारे उनकी हिम्मत नहीं कि वे सिम्मी की ओर ताक भी लें। हम सभी चाहते हैं...।"

मैंने दीवार की तस्वीरों का नक़ली निरीक्षण समाप्त कर लिया था। अब मैं पलंग पर श्यामा के पास आकर बैठ गया, उसकी जाँघ पर धीरे से हाथ रखा। वह कहती रही, "अच्छा हो कि वह किसी भले मुहल्ले में आ जाए और संगीत का डिप्लोमा ले ले। शादी तो उसकी क्या होगी, पर उसके बाद उसे नौकरी पाने में आसानी हो जाएगी...।"

उसकी जाँघ पर मेरे हाथ के दबाव से सिम्मी के इतिहास का कोई सम्बन्ध न था, फिर भी मेरा हाथ रुक नहीं रहा था। श्यामा ने अपनी बात काटकर कहा, "छोड़िए भी मास्टर साहब, मज़बूर न कीजिए।"

मेरा मुँह उसकी गर्दन और पीठ के बीच के निर्वस्त्र मैदान में कुछ खोजने लगा था। अपने बेतुकेपन का पता होते हुए भी मैं अपने को रोक नहीं पा रहा था। श्यामा ने अपना दूसरी ओर वाला हाथ पीछे ले जाकर मेरे बालों को छुआ, कहा, "सिम्मी से यह सब न कीजिएगा; वह मर जाएगी।"

मैंने कहा, "श्यामा!" मैं इस आरोप-भरी सलाह का खंडन करना चाहता था, पर मेरे मुँह से केवल यह एक शब्द प्रेमातुर सिसकी की तरह निकला। वह उठकर खड़ी हो गई और मन्थर गति से कमरे के बाहर चली गई। दहशत में कोई बेतुकी बात मेरे मुँह से निकलती, इसके पहले ही दरवाज़े पर मुड़कर उसने सहज ढंग से कहा, "मैं अभी आ रही हूँ।" उसके चले जाने के बाद मैंने भगवान रजनीश की 'सम्भोग से समाधि तक' वाली व्याख्यानमाला का स्मरण किया और धीरे-धीरे कई बार साँस खींची और छोड़ी, खींची और छोड़ी। इससे तुरन्त आरोग्य-लाभ हुआ। तब अपनी जगह से उठकर टहलता-टहलता मैं रिकॉर्ड-प्लेयर तक गया और कई रिकॉर्डों के बीच से चुनकर भीमसेन जोशी का एक दीर्घायत गायन का, अर्थात लाँग-प्ले रिकॉर्ड लगा दिया। जोशीजी का गायन शुरू होने के पहले कहीं बाथरूम में फ्लश

की जंजीर खींचने की आवाज़ आई, कहीं किवाड़ बन्द हुए। मैं आश्वस्त हुआ कि मेरी लम्पटता से आजिज़ आकर रिवाल्वर में गोलियाँ भरने के बजाय श्यामा इस समय रोज़ के मानवीय व्यापारों में ज़्यादा रुचि ले रही है। जब वह कमरे में आई, भीमसेन जोशी के पूरिया कल्याण का आलाप कमरे में चारों ओर गूँज रहा था।

मैं रिकॉर्ड-प्लेयर के पास खड़ा था और यह पूरिया कल्याण के आलाप की गरिमा थी कि श्यामा जब मेरे पास आकर खड़ी हुई, तब भी मैं रिकॉर्ड की धीमी आवृत्तियों को देखता रहा। श्यामा मेरा हाथ पकड़कर मुझे पलंग तक लाई, फिर उसके किनारे बैठकर तटस्थ आवाज़ में बोली, "अब बताइए, क्या इरादा है?"

भीमसेन जोशी का आलाप अब तार के स्वर को छूने लगा था और कमरे में प्रशासक स्निग्धता भर गई थी। श्यामा ने कहा, "मेरे ससुर कल आ रहे हैं। मैं उनके साथ दिल्ली जाने वाली हूँ। आपके लिए बस आज का ही दिन है।" मैं समझ नहीं सका कि मेरे लिए व्यंग्य है, या क्रोध है, या निमंत्रण है, या सीधी-सादी घृणा है, या वह स्वयं अपने आवेग को हलकेपन से ढँकने की चेष्टा कर रही है। फिर भी मैंने अनिश्चय से उसकी पीठ पर हाथ फेरा।

उसने कहा, "तो ठीक है। आख़ीर में आपके ही मन की हो जाय!" उसने साड़ी का पल्ला नीचे गिरा दिया।

तब उसकी साँवली, चिकनी देह का अपरूप फैलाव मेरी आँखों के आगे उद्घाटित हो गया। ब्लाउज के भीतर बहुत वज़नी दिखने वाले स्तनों ने मुझे दो जीभ निकाले हुए शिशुओं की याद दिलाई, जो पालने से बाहर निकलने को उतावले हो रहे थे। उनके नीचे पेट, कमर और नितम्बों का पर्वतीय विस्तार होगा—मेरी साँस रुक-सी गई।

मैंने साड़ी का पल्ला श्यामा के कन्धों पर लपेट दिया और उसके चेहरे की ओर देखा। उसमें थकान-सी थी। दोनों हाथों में उसका मुँह लेकर मैंने उसे चूमा और कहा, "मुझे तुमसे क्षमा माँगनी चाहिए।"

हम दोनों पलंग से पैर लटकाए हुए पास-पास बैठे रहे। मैं बहुत कुछ कहना चाहता था; कुछ कहने के लिए मैंने मुँह खोला पर वह बोली, "कुछ कहने की ज़रूरत नहीं है, मास्टर साहब! आप अब आराम से लेटिए और गाना सुनिए।"

मैं पलंग पर लेटकर भीमसेन जोशी की अविश्वसनीय रूप से जटिल और लम्बी तानों को सुनता रहा। वह कुर्सी खींचकर मेरे पास बैठ गई थी, कह रही थी, "मैं परसों दिल्ली जा रही हूँ। शायद वहीं से अमेरिका चली जाऊँगी। पता नहीं, आपसे कब मुलाक़ात हो। एक सलाह सुन लीजिए। मज़ाक़ नहीं, अपने मन की बात कह रही हूँ। आप तो ज़िन्दगी में बहुत सुख पा चुके हैं। अब दूसरों के सुख में दस्तंदाज़ी करने की आदत छोड़ दें।"

श्यामा में इतनी गम्भीरता मैंने कभी नहीं देखी थी। मुझे विश्वास नहीं हो रहा था कि मेरा ही लिखा हुआ प्रहसन सचमुच ही इस प्रकार के संवाद पर टूट रहा है।

गलियाँ जो गलियाँ जैसी थीं

दफ़्तर में किसी साथी ने उसे एक ख़ाली मकान दिखाने का वादा किया था। शाम को नारायण उसके साथ हो लिया।

यह साथी अपने काम से काम रखने वाला आदमी मशहूर था। वह बात बहुत कम करता, ठेकेदारों से रिआयत या कड़ुवाहट दिखाए बिना हर एक बिल पास करने की नियमित दस्तूरी लेता, चाय और समोसे का शौकीन था जिसके कारण हर दो घंटे बाद, और बहुमूत्र के कारण हर एक घंटे बाद उसे अपनी कुर्सी छोड़नी पड़ती। आदमी भला था। धोती और बन्द गले का कोट पहनता था। सुबहें दातून और पूजा करते, शामें घर पर बच्चों को हिसाब पढ़ाते, बड़े दामाद के गुन गाते, छोटे दामाद की फ़िक्र करते, 'जय जगदीश हरे गातें' और बीवी को अच्छा खाना बनाने की निरन्तर हिदायत देते हुए बिताता था।

पेशाब घर, चाय-समोसे की टाल, पान की दुकान, कर्मचारियों की एक नुक्कड़ी मीटिंग को पीछे छोड़कर वे एक बस पर चढ़े और जब उससे उतरकर एक गली में मुड़े तो शाम के धुएँ में सड़क के कमज़ोर बल्बों की रोशनी और भी कमज़ोर हो गई थी। यह गली काफ़ी चौड़ी थी, या कहा जा सकता है कि यह सड़क काफ़ी सँकरी थी और अगर आवारा गायों, रिक्शों-साइकिलों और उधर के एक पुराने मुहल्ले में रहने वाले सूदखोर सेठों की मोटरों क़ा उलझाव न होता तो उस पर आसानी से चला जा सकता था। वे दोनों इस भीड़-भाड़ से कतराकर सड़क के किनारे निकले हुए नाजायज़ चबूतरों का सहारा लेकर चल रहे थे।

उन चबूतरों के नीचे गन्दे पानी की खुली नाली थी जिसकी सफ़ाई करके मेहतरों ने पचास-पचास क़दम पर गीले कूड़े के छोत लगा दिए थे, जिन्हें समेटने वाली कूड़ागाड़ी अब तक, शायद हस्बमामूल नहीं आई थी। आगे-पीछे सवारियों के कारण दोनों को हर छोत के पास ठिठकना पड़ता था और उस समय नारायण का साथी धोती ऊपर समेटने में व्यस्त हो जाता था। नारायण ने कहा, "क्या अभी दिल्ली दूर है?"

"दिल्ली?"

"यानी वह मकान।"

"तो मकान कहो न। उसके लिए उस खम्भे के पास से दाईं ओर मुड़ना होगा।"

"गली में?"

"गली कहो या सड़क–फ़र्क़ क्या पड़ता है।"

"मकान कैसा है?"

"बताया तो था। उतना अच्छा तो नहीं, पर घर-गिरस्तीदार के लिए अच्छा ही है?"

"तुम ही कहते थे कि तीन कमरे हैं।"

"तीन नहीं, साढ़े तीन। बरामदे का कोना घेर लो तो कमरा ही बन जाता है।"

वे लोग खम्भे के पास आ गए। साथी ने समझाकर कहना शुरू किया, "असली चीज़ मकान नहीं, उसकी लोकैलिटी होती है, जैसे यहाँ। घनी बस्ती है। चोर-डाकू का डर नहीं। आसपास ख़त्रियों और बनियों के घर हैं। सब अपने काम से काम रखते हैं। गली के उधर निकल जाओ तो मुन्नीलाल रस्तोगी लेन पड़ती है। उसमें पूरा-पूरा बाज़ार है। परचून की दुकानें माहवारी उधार पर सौदा भी दे देती हैं। सब्ज़ी, मिठाई, दूध, दही, सब कुछ मिलता है। बच्चा भी जाकर सौदा ले आए। लड़कियाँ भी चली जाएँ तो कोई हर्ज़ नहीं। पुरानी चाल के लोग हैं, यहाँ गुंडागर्दी नहीं होती। वो जो ऐस्पानगर वाले फ़्लैट हैं न, उनमें यही आफ़त है। जंगल में फ़्लैट बनवा दिए हैं। दिन-दहाड़े चोरी होती है। डेढ़ मील तक कोई बाज़ार नहीं। कोई मेहमान आ जाए तो चाय के साथ दो समोसे नहीं खिला सकते।"

वे लोग गली में मुड़ गए। उसमें आगे बढ़ना और भी मुश्किल था। सर्दी पड़ने लगी थी पर लोगों ने चबूतरों से सटाकर सँकरी चारपाइयाँ रास्ते में डाल रखी थीं जिन पर बच्चे शोर कर रहे थे और कुछ बूढ़े-बूढ़ियाँ ओढ़े-बेढ़े पड़ी थीं। कहीं-कहीं संडासों के किवाड़े टूटे या खुले हुए पड़े थे जिनके पीछे बदबू की अँधेरी गुफ़ाएँ थीं। कहीं चटकते कोयले की धुआँती अँगीठियाँ सुलगने के लिए रास्ते में रख दी गई थीं। एक गाय भटककर यहाँ आ गई थी जिसके कारण गली भी और सँकरी, और भी टेढ़ी-मेढ़ी हो गई थी।

नारायण ने कहा, "यहाँ तो बड़ी गंदगी है।"

"मुहल्लों में ऐसा होता ही है, कह चुकने पर साथी को शायद लगा कि अभी कुछ और सफ़ाई की ज़रूरत है। बोला, "आगे गली ठीक हो गई है। दरअसल, इधर से आना ही नहीं चाहिए। इसका सही निकास उधर मुन्नीलाल रस्तोगी लेन पर है।"

नारायण चुपचाप चलता रहा। जब रास्ते की एक चारपाई से कतराने के लिए उसे चबूतरे की एक सीढ़ी से टकराना पड़ा, तो उसके साथी को फिर कुछ बोलने की ज़रूरत जान पड़ी। बोला, "तुम्हारा परिवार तो भगवान की कृपा से भरा-पूरा है। देख लो, मकान अच्छा है। काफ़ी जगह है।"

गली में चारपाइयों और अँगीठियों की अड़चनें अब सचमुच ही कम होने लगी थीं और गली की चौड़ाई पहले जैसी होते हुए भी अब बढ़ी हुई लगती थी। टट्टियों

की बदबू हवा में अब भी थी, पर उसके स्रोत अब निगाह की ओट में थे। किनारे के मकान अब ज़्यादा नियमित और मज़बूत दिख रहे थे।

नारायण ने कहा, "आपकी कृपा से यह मकान मिल जाए तो बड़ी राहत मिलेगी। फिर किसी दिन फेमिली के साथ आइए। बढ़िया व्हिस्की पिलाऊँगा।"

उसका साथी ठिठक गया। बोला, "तुम शराब पीते हो?"

"नहीं, यूँ तो नहीं पीता, पर कभी-कभी, ख़ास-ख़ास मौक़ों पर...।"

साथी ने ढील देकर कहा, "मैं भी पहले कभी-कभी खींच लेता था, पर घर में जब से लड़कियाँ जवान हुईं, औरत ने क़सम खिला दी।" अनावश्यक जोश से उसने कहा, "अब शराब पीयूँ तो समझ लो गाय का ख़ून पिया!"

नारायण कुछ नहीं बोला। साथी ने अपनी बात अन्तिम रूप में पूरी की, "आदमी को पीना नहीं चाहिए।"

नारायण ने कहा, "तो व्हिस्की की बात छोड़िए। म्यूज़िक का प्रोग्राम रहा। मकान मिल जाने पर आपको ऐसा सितार सुनाऊँगा कि आप भी क्या कहेंगे! रविशंकर कि याद न आ जाए तो कहिएगा!"

साथी धोती को टखनों तक अकारण ही समेटकर चल रहा था। उसे छोड़ते हुए तटस्थता से बोला, "हाँ, सुना तो है। तुम सितार भी बजाते हो? अच्छा बाजा है। हमारे मुहल्ले में एक चुन्नीलाल करके हैं...।"

"आपने भी किसकी बात कही! अजी मैं असली सितार बजाता हूँ। बरसों से बजा रहा हूँ। बड़ी-बड़ी ऑल इंडिया कॉन्फ्रेंसों में बजाया है। रेडियो पर मेरा प्रोग्राम होता ही रहता है। अख़बारों में...।"

"यही है।" उसके साथी ने इधर-उधर झाँककर एक दरवाज़े की ओर इशारा करते हुए कहा। वह काफ़ी पहले से बाईं ओर के दरवाज़ों को ग़ौर से देखता आ रहा था। चबूतरे पर चढ़कर उसने बन्द किवाड़ों पर थाप दी; बराबर थाप देता रहा।

नारायण भी चबूतरे पर चढ़ आया। गली में आने-जाने वाले अब इक्के-दुक्के ही थे। मकानों के दरवाज़े ज़्यादातर बन्द थे। नारायण के आस-पास का धुँधलका घना हो गया था, क्योंकि पीछे का बिजली का खम्भा बहुत पीछे छूट गया था और आगे वाला खम्भा गली के अचानक मुड़ जाने से दीख नहीं पड़ता था। सिर्फ़ उजाले का आभास मोड़ के पास दीवार के ऊपर इस तरह पड़ता था कि मालूम हो जाए, वहाँ एक दीवार है।

उसका साथी वहाँ से हटकर पड़ोस के दरवाज़े को खटखटाने लगा। तब तक नारायण ने दुबारा अपने चारों ओर देखा। ऊपर आसमान कितनी दूर था, इसका पता नहीं चला, क्योंकि धुएँ के कारण तारे नहीं दीख पड़ते थे।

सहसा नारायण को यह सब जाना-पहचाना, पहले का देखा हुआ-सा लगा। उसकी घबराहट बढ़ने लगी, बढ़ती गई। तब तक पड़ोस का दरवाज़ा खुल गया

था और एक अधेड़ महिला एक पिनपिनाता हुआ बच्चा गोद में लिए चौखट पर आकर खड़ी हो गई थी। महिला का हाथ बच्चे को थपथपा रहा था और वह उसके साथी की बात ध्यान से सुन रही थी। कुछ देर महिला से बात कर चुकने पर वह नारायण के पास आया और बोला, "मकान अन्दर से बन्द है। इसका एक दरवाज़ा बहनजी के मकान में खुलता है। उसी में ताला लगा हुआ है। चाभी रामलोचन भाई के पास है, पर वे अभी लौटे नहीं हैं। बहनजी को पता नहीं कि कब लौटेंगे। ऐसा करो तुम कि बहनजी के मकान में झाँक लो। यह मकान भी वैसा ही है। क्यों बहनजी, ठीक रहेगा न?"

उस महिला के मकान के अन्दर झाँकने और बाहर वापस आने में नारायण को देर नहीं लगी। उसके मन पर दो-एक सीलन-भरी कोठरियों और गीले आँगन की छाप जम भी नहीं पाई थी कि वह बाहर चबूतरे पर लौट आया। जब तक वह चबूतरे पर आ नहीं गया, उसके साथी ने कोई बात नहीं की। शिष्टता शायद मकान में झाँकने तक ही थी, वहाँ रुककर बात करने से वह खंडित हो सकती थी।

महिला ने कहा, "उधर भी ऐसा ही है। सिर्फ़ वहाँ बरामदे का फ़र्श ईंटों का है। अपने यहाँ हमने इसे सीमेंट का करा लिया है, अपने पैसे से।"

नारायण ने सर हिलाकर इस सूचना को ग्रहण किया, अपने चारों ओर देखा। महिला उसे सुना रही थी, "यह मकान हमारे देवर के नाम से है। वह आजकल बच्चों को लेकर देहात चला गया है। पहले यहाँ नौकरी करता था, पर छूट गई। अब फिर वहीं खेती करेगा। रेंट कंट्रोल वालों को मालूम हो जाए तो यह मकान कल किसी को उठा देंगे। इसीलिए हम इसे अपने ही किसी आदमी को देना चाहते हैं। जब तक देवर को इसकी ज़रूरत नहीं पड़ती, आप लोग इसमें रह लें। कोई पूछे तो कह दीजिएगा कि रिश्तेदार हैं—अच्छा तो आप बंगाली बाबू हैं! कोई बात नहीं, कह दीजिएगा कि कुछ दिनों के लिए मेहमानी में आए हैं। किराया भी आपस में तय हो जाएगा। उनको लौट आने दीजिए, किराए की बात वही करेंगे...।"

नारायण ने हाथ जोड़े, कहा, "अच्छी बात है, बताऊँगा।"

उसका साथी नारायण के ठंडेपन को सन्देह से देख रहा था। बोला, "अब देखना क्या है। आ जाओ तड़ाक से! किराए की बात कल रामलोचन भाई से कर लेंगे।"

गली में उतरकर कुछ क़दम चल लेने के बाद उसने फिर कहा, "भाई, पूछो तो कोई ठाठदार मकान तो है नहीं। पर आदमी को अपनी हैसियत देखकर चलना चाहिए। उस हिसाब से तुम्हें इससे अच्छा मकान नहीं मिलेगा। क्या सोच रहे हो?"

नारायण ने कहा, "एक बार इस मकान को अन्दर से भी देख लेना चाहता था। तभी किराए की बात की जाए।"

वह कुछ देर नारायण को देखता रहा। शायद अपने अनुभव की पिटारी में नारायण का ख़ाना ढूँढ़ता रहा और यह समझने की कोशिश करता रहा कि इस

बेवकूफ़ को हुआ क्या है, जो रात में ही इस मकान का क़ब्ज़ा नहीं ले लेता। बोला, "जो भी करो, कल सवेरे तक इस मकान में आ जाओ, नहीं तो हाथ से निकल जाएगा। कई लोग मँडरा रहे हैं। वह तो रामलोचन की बात है, मेरी वजह से अब तक उन्होंने इसे रोक रखा है।"

गली के मोड़ पर कोई बाज़ारू कुत्ता बड़े ज़ोर से पें-पें करने लगा, किसी ने खींचकर उसे डंडा मारा होगा! नारायण ने चौंककर उधर देखा, कहा, "चलें न अब?"

"ऐसा करो कि तुम तो इधर से ही निकल जाओ। गली के मोड़ से कुछ और आगे बढ़ते ही मुन्नीलाल रस्तोगी लेन पड़ेगी। उस पर बाएँ मुड़कर चलते रहो तो वही सड़क आ जाएगी। वहाँ से तुम्हारा होटल बहुत दूर नहीं है। मैं यहाँ से लौट जाऊँगा। मेरे लिए इधर से उल्टा पड़ेगा न!"

गली के किनारे-किनारे वही मोहरबन्द दरवाज़े, अधखुली खिड़कियाँ, ऊँची दुमंज़िला दीवारें और ऊपर अभेद्य धुआँ-भरा आसमान था। मुन्नीलाल रस्तोगी लेन के मुहाने तक पहुँचते-पहुँचते नारायण को लगभग भागना पड़ गया क्योंकि तिलिस्म में फँस जाने का डर अब उसके मन को मुट्ठी में लेकर दबाने लगा था।

15 नवम्बर, 1974—शुक्रवार

नारायण

आश्रम में जब मैंने पूरिया कल्याण बजाना शुरू किया, सूरज पूरा-पूरा डूबा न था। तब खिड़की के बाहर फूलों के रंग, नदी की धारा, हवा आदि की अपनी सत्ता थी। पर आलाप के स्वर जैसे-जैसे गहन होते गए, वैसे-वैसे इन सबकी, और कमरे में बैठे व्यक्तियों की अर्थात बचे-खुचे बाह्य जगत की सत्ता समाप्त हो गई। सितार के तारों पर होने वाले घात-प्रतिघात ने प्रत्यक्ष संसार को चारों ओर से आविष्ट करके एक दूसरा संसार बना लिया जिसका एकमात्र स्वामी मैं था।

मुझे पता नहीं कि उस दिन मैंने सितार पर कितनी देर तक पूरिया कल्याण बजाया। बाद में मुझे बताया गया कि यह क्रम दो घंटे से अधिक चला था। वास्तव में आलाप के बाद जोड़ में मैंने कुछ महफ़िली काम भी किया था। सामने बैठे हुए दो रसज्ञ श्रोताओं को अपने शिल्प से रिझाने के लिए मैंने ठहर-ठहरकर और अपनी आदत के ख़िलाफ़ व्याख्या दे-देकर, कुछ काम दिखाया; पर बाद में केवल अपने लिए सितार बजाया, और इस तरह से बजाया कि क्षणों की अन्तहीन निरन्तरता में सब क्षण ठहरे हुए जान पड़े; केवल एक क्षण रह गया। वादन के इसी अंश ने श्रोताओं को शायद पूरी तौर से अभिभूत किया।

मैं लिखने जा रहा था : "पूरी तौर से परास्त किया" पर इतनी हलकी बात न कहने का एक कारण है। अपने उस वादन से मैं ख़ुद पूरा-पूरा अभिभूत हूँ। पूरिया कल्याण समाप्त होने पर मैं चाहता था कि बिना अन्तराल दिए मैं एक नई चीज़ बजाना शुरू कर दूँ। इस बार मैं तिलक कामोद की एक दुर्लभ गत बजाना चाहता था, जो मैंने अपने पिता से सुनी और उन्हीं से सीखी थी। पर यह अन्तराल कुछ लम्बा हो गया; प्रसाद के नाम पर मिठाई और चाय माँग ली गई; इधर-उधर पांडित्यपूर्ण बेतुकेपन की बातें होने लगीं और मेरा अवमूल्यन हो गया; इतने श्रम और तन्मयता से जिस संसार के ऊपर मैंने अपना संसार आरोपित कर दिया था, वह नीचे से उभर आया और मुँह फैलाकर मुझे लील गया।

अतः शराब से दूर रहकर, अत्यन्त सच्चरित्रतापूर्वक चाय पीते हुए मेरा ध्यान इधर-उधर भटकने लगा। मेरे आसपास बड़े शास्त्रीय ढंग से सांस्कृतिक-आध्यात्मिक-

दार्शनिक बातें हो रही थीं। एक स्वामीजी मेरी प्रशस्ति में कहकर मुझे उबा रहे थे, "नाद ब्रह्म है; नाद से बड़ा कोई मंत्र नहीं है, समष्टिगत आनन्द का अभिव्यक्त रूप ही नाद है। और यह नारायणजी जैसे गुणीजनों का ही काम है कि उस आनन्द का हमें सीधा अनुभव करा देते हैं।"

मैं नाद-ब्रह्म और संगीत के आध्यात्मिक पक्ष की बातें सुनने का आदी हूँ, हर भारतीय संगीतज्ञ ऐसी बातें सुनने का आदी हो जाता है। पर इस समय, चाहे पीने का मौक़ा न मिलने के कारण हो या सितार-वादन में इस अवांछित अन्तराल के कारण मेरे भीतर एक मूर्तिभंजक गदा उठाकर खड़ा हो गया। मैंने मन-ही-मन कहा, "स्वामीजी, हम कलाकारों से सौन्दर्य की बात करो, कहो कि संगीत सौन्दर्य की चरम अनुभूति तक पहुँचाता है। पर इसमें ब्रह्म-शम्म मंत्र-वंत्र जोड़कर इसे सनातनधर्मी न बनाओ। मेरे इस संगीत को कभी-कभी नास्तिक बनने की भी जगह छोड़ दो।"

पर स्वामीजी मान नहीं रहे थे। मिठाई-चाय का यह नतीजा निकला कि सितार भुला दिया गया था और पुस्तकीय शब्द भर बचे थे। स्वामीजी कह रहे थे, "स्मृतियों में कहा गया है कि स्वरों के आनन्द की सृष्टि करने वाला दूसरों का ही मार्ग प्रशस्त नहीं करता, वह स्वयं जीवनमुक्त होता है। यह ब्रह्मलीनता की स्थिति है। नारायणजी को ही लें...।

अवश्य लें। मानव-मन की विलक्षणता देखनी हो तो कोई मेरा उदाहरण ले ले। स्वामीजी ब्रह्मलीनता की बात कर रहे थे और अपने सामने चौकी पर बैठे हुए स्वामी शान्तानन्दजी महाराज के पार्थिव शरीर को मैं ध्यान से देख रहा था। वे किसी से धीरे-धीरे कुछ कह रहे थे और मैं चाय पीते हुए उनकी कुछ अत्यन्त व्यक्तिगत समस्याओं में उलझ गया था।

मैंने स्वामी शान्तानन्द की व्याख्यान वाली वाणी की याद की और पाया कि उसमें ओज है अर्थात आज से तीस साल पहले के सफल अभिनेताओं की नाटकीयता है। मैंने देखा कि उनका रंग साँवला है, चौड़े माथे पर छोटी-छोटी आँखों से डेढ़ इंच ऊपर किसी पुराने घाव का कटावदार निशान है जो संन्यासियों के बजाय छुरेबाज़ों के माथे पर ज़्यादा शोभा देता; घुटे हुए सिर पर खिचड़ी बालों की कीलें फूट रही हैं। मैं सोच रहा हूँ कि इनकी जगह अगर अंग्रेज़ी-कट के बाल होते और इन्हें कोट-पैंट पहनाकर कॉरपोरेशन के दफ़्तर में किसी कुर्सी पर बिठा दिया जाता, तो कैसा रहता! क्या वे ऑक्ट्राय सुपरिंटेंडेंट वर्मा जैसे न दिखेंगे?

दूसरा स्वामी कह रहा था, "नाद स्वयंभू है, नाद कल्याणकर है...।"

"इनके चेहरे की खाल कितनी चिकनी है! क्या इन्होंने कभी वैनिशिंग क्रीम लगाई होगी? या, यह चमक सिर्फ़ तेल चुपड़ने से आ सकती है? इनकी शादी कभी हुई थी या नहीं? अपनी पत्नी के साथ ये कैसी बातें करते होंगे? अगर इन्हें सिम्मी के साथ उस मैली चादर वाले तख़्त पर छोड़ दिया जाए तो...।

“सिम्मी के बारे में सोचना ख़तरनाक हो सकता था, पर मैं रुका नहीं। स्वामी शान्तानन्द के ओंठों का एक कोना बोलते समय तिरछा हो रहा है।...जब मुँह के तिरछे कोने से किसी को इन्होंने चूमना चाहा होगा, यदि सिम्मी को...।

“स्वामीजी ने बड़ी सौम्यता से मेरी ओर देखा और कहा, नारायणजी बहुत थके हुए दीख रहे हैं। एक प्याला चाय और न लेंगे?”

ग़नीमत है कि मैं सकपकाकर उनसे क्षमा नहीं माँगने लगा। धन्यवाद के नाम पर कुछ भुनभुनाकर मैंने दूसरा प्याला ग्रहण किया। मन-ही-मन मैं अपनी भक्तिशून्यता के लिए अपना तिरस्कार करने लगा। अपनी बड़ी भर्त्सना की, पर मन की मूढ़ता में सिम्मी की जो चुम्बनबद्ध मूर्ति बस गई थी, उसे नहीं निकाल सका।

इसका एक कारण है। श्यामा के दिल्ली जाने के बाद मैं सिम्मी के घर चार-पाँच बार जा चुका हूँ और आजकल सिम्मीमय हो रहा हूँ। उसके यहाँ दूसरी बार जाने पर युवतियों को फुसलाने की विशेष निपुणता दिखाए बिना ही, मैं उसे चूमकर प्रफुल्लित हुआ था और फिर अपने आनन्द में स्वभाववश आत्मपीड़न की मिलावट करते हुए, अर्थात उसके अकेलेपन का नाजायज़ फ़ायदा उठाने के लिए अपने को धिक्कारते हुए इस इत्मीनान से वापस लौटा था कि यहाँ फिर जल्दी ही आना है। तब से सिम्मी मेरे दिमाग़ में दिन-रात छाई हुई है। यही नहीं, कोई अनवर मियाँ हैं जिन्हें मैंने देखा नहीं है, पर उनसे ईर्ष्या करने लगा हूँ। मैंने यह भी मान लिया है कि मेरे होटल के मालिक मौलाना अनवरहुसैन और सिम्मी के सरपरस्त अनवर मियाँ, सी.पी.डब्ल्यू.डी. ऐंड आई. (अर्थात कांट्रेक्टर पब्लिक वर्क्स डिपार्टमेंट ऐंड इरिगेशन) एक ही व्यक्ति हैं; वैसे आधिकारिक रूप से इसकी पुष्टि आज तक नहीं हुई है। जो भी हो, अनवर मियाँ का भूत आजकल सिम्मी के साथ मेरे सर पर इस तरह चढ़ा हुआ है कि कल शाम मैंने मौलाना अनवर हुसैन के भाई को अपने होटल में देखकर उन्हें अनवर मियाँ समझ लिया और उनके साथ की एक लड़की को सिम्मी समझकर पुकारते-पुकारते बचा।

कल शाम आफ़िस से वापस आकर मैंने रेडियो स्टेशन को फ़ोन करना चाहा। सवेरे से ही मैं सिम्मी से मिलने को तरस रहा था और अपने आपको अपनी निगाह में महान साबित करने के लिए उससे न मिलकर इस कोशिश में था कि शाम किसी दूसरी तरह पार हो जाए। तभी मैंने रेडियो स्टेशन जाकर अपने को उलझाना चाहा और उसके पहले इरशाद को फ़ोन करने के लिए सरदार के कमरे में गया। वहाँ मैंने सरदार की कुर्सी पर एक वयोवृद्ध मुसलमान को बैठे हुए पाया और न जाने किस झोंक में पूछा, “आप मौलाना अनवर हुसैन साहब हैं?”

“जी नहीं। वे मेरे बड़े भाई हैं।”

न जाने क्यों मुझे लगा कि यही अनवर हुसैन होटल वाले हैं और सिम्मी वाले अनवर मियाँ हैं और वे जान-बूझकर मुझे धोखे में रखना चाहते हैं। मुझे आशंका हुई कि मेरे ख़िलाफ़ कोई गहरी चाल चली जा रही है।

वे पचपन-छप्पन साल के होंगे। उनके सर पर दुपल्ली टोपी थी जिसके नीचे से उनके क़रीने से सँवरे हुए खिचड़ी बाल झाँक रहे थे। उनकी आँखों पर काले फ्रेम का चश्मा था; शरीर पर टेरीकाट का लम्बा कुरता और पाँवों में अलीगढ़ी पायजामा था। इस वेश-भूषा के कई लोग मुझे फैशनेबुल दुकानों के मालिक की हैसियत से क़ीमती कालीन या क्राकरी-कटलरी का धन्धा करते हुए मिले हैं और होटल के कारोबार में भी उनका होना ठीक ही था; पर गड़बड़ी उनके चश्में में थी। वे जब नीचे देखते थे तो वे किसी दार्शनिक जैसे दीखते थे और जब सामने देखते थे, तो उनकी निगाह ख़ुफ़िया पुलिस के किसी अफ़सर की-सी हो जाती थी जिससे अपनी निगाह छिपाने का मन होने लगता था।

उन्होंने टेलीफ़ोन पर मेरी बात सुन ली होगी। उधर इरशाद ने मुझे बताया कि चित्रा आज छुट्टी पर है और वह घर जा रहा है, फिर कभी मुलाक़ात होगी; बाई; और हाँ, अपना प्रोग्राम रिकॉर्ड कराने कब आ रहे हो? नहीं, तुम्हीं कोई तारीख़ तय कर लो। मैंने कहा कि सोचकर बताऊँगा और रिसीवर रख दिया। जब कमरे से बाहर जाने लगा तो मेरी निगाह उस आदमी पर पड़ी, जो अपने-आपको अनवर हुसैन का भाई बताता था, पर जो मेरी निगाह में न सिर्फ़ ख़ुद अनवर हुसैन बल्कि उसी के साथ सिम्मी का तथाकथित संरक्षक अनवर मियाँ भी था। वे महाशय मेरी ओर ध्यान से देख रहे थे और शायद बहुत पहले से इसी तरह देख रहे थे। इस विश्वास के साथ कि जब वे मुझे ताक रहे हैं तो मैं कमरे से बाहर नहीं जा सकूँगा, उन्होंने एक कुर्सी की ओर इशारा किया और बोले, "तशरीफ़ रखिए।" मैं बैठ गया। जैसे उन्हें कभी समय की कमी न हुई हो, इस इत्मीनान से उन्होंने धीरे-धीरे मुझसे पूछा, "आप इरशाद साहब को जानते हैं?"

मैंने इसका सही-सही सविस्तार उत्तर दिया—सविस्तार इसलिए कि वे चश्मे के पीछे की बड़ी-बड़ी आँखों से मुझे ताकते जा रहे थे और उन्हें अपनी ओर ताकते देखकर, और इस कल्पना से उलझकर कि वे अनवर हुसैन होटल वाले के भाई नहीं, बल्कि ख़ुद अनवर हुसैन तथा सिम्मी के अनवर मियाँ हैं, मैं उन्हें अपना ताक़तवर प्रतिद्वन्द्वी मानकर उनके सामने असहज होता जा रहा था। वे एक-एक करके मेरे जन्मस्थान, आयु, व्यवसाय, विवाहित स्थिति आदि के बारे में छोटे-छोटे आसान सवाल करते रहे। फिर वे मेरे सितार के बारे में पूछताछ करने लगे। बहुत देर बाद मुझे अनुभव हुआ कि इस तरह के सवाल मेरे बारे में पूरी-पूरी जानकारी लेकर ही किए जा सकते हैं। मैं घबरा गया और कमरे के बाहर जाने को बेचैन हो उठा। तब उन्होंने कहा, "मेरा नाम अशफ़ाक हुसैन है। यह होटल मेरे बड़े भाई ज़नाब अनवर हुसैन साहब का है। कोई तकलीफ़ हो तो बताइएगा।"

इस समय सबसे बड़ी तकलीफ़ यही थी कि मैं उनके प्रश्नों की शरशैया पर पड़ा था। मुझे घबराहट हो रही थी कि यह शख़्श अपने बारे में झूठ क्यों बोल रहा

है, यह क्यों नहीं कहता कि वह ख़ुद अनवर हुसैन उर्फ़ अनवर मियाँ है? मैं यह भी डर रहा था कि अपना परिचय देकर अब वह मुझसे पूछने ही वाला है कि तुम्हारे और सिम्मी के क्या तआल्लुक़ात हैं। पर मेरी बुद्धि में अभी इतनी क्षिप्रता बची थी कि सब-कुछ भूलकर मैं उनको तुरन्त कोई तकलीफ़ बताऊँ और उससे छुटकारे का वरदान माँग लूँ। मैंने कहा, "आपके मैनेजर ने रोक लगा रखी है कि मैं यहाँ सितार नहीं बजा सकता। बस यही तकलीफ़ है।"

वे नीची निगाह करके दार्शनिकों की तरह सोचते रहे और बोले, "हमारा मैनेजर बेवकूफ़ है। आर्ट नहीं समझता। देखिए, भाई साहब से बात करूँगा।"

तभी एक अप्रत्याशित घटना घटी, जो बताती है कि अनवर मियाँ भले ही मेरी एक काल्पनिक बीमारी हों, पर सिम्मी यथार्थ में आजकल मेरे तन-मन पर छाई हुई है और जहाँ उसके होने की दूर-दूर तक कोई सम्भावना न हो, उसे मैं वहाँ भी पा लेता हूँ। तथाकथित अशफ़ाक हुसैन की कुर्सी के पीछे बाथरूम था। उसका दरवाज़ा खोलकर एक लड़की बाहर आई और मुझे देखकर दरवाज़े पर ठिठक गई। मैंने अचकचाकर मुँह खोला, पुकारने को हुआ 'सिम्मी' तभी घूँसे की-सी धमक के साथ मुझे अनुभव हुआ कि वह सिम्मी नहीं है। अशफ़ाक हुसैन ने कहा, "आप कुछ कह रहे थे?" लड़की ने ठुड्डी को हलका झटका देकर मेरी मौज़ूदगी को निरस्त कर दिया और अशफ़ाक हुसैन की कुर्सी के पीछे खड़ी हो गई। मुझसे कोई जवाब न पाकर और शायद मेरी आँखों का विस्मय देखकर अशफ़ाक हुसैन ने पीछे की ओर सर घुमाया और मुझे लगा कि वे सोच रहे हैं कि मैं इस लड़की को पहले से जानता हूँ। अशफ़ाक मियाँ ने लड़की से सरपरस्ताना मुलायमियत से कहा, "पाँच मिनट के लिए बैठ लो। ताँगा आ रहा होगा, तुम्हें घर छोड़ आएगा।" फिर मुझे देखकर वे मुस्कराए, बोले, "कभी मुझे भी सितार सुनने का मौक़ा दें।" मैंने कहा, "आप लोग यहाँ बजाने का तो मौक़ा दें।" कहकर मैं अपने-आप से सन्तुष्ट हुआ कि इस छद्मवेशी की बात का जवाब मैंने इतनी सहजता से दे दिया है। उन्हें सलाम करके, जैसे ऐसा सलाम मैं रोज़ करता होऊँ, मैं कमरे के बाहर चला आया।

अपने कमरे में आकर मैं बिस्तर पर लेट जाता हूँ और इस कल्पना से घबराता रहता हूँ कि अगर सिम्मी से अलग करके मैं इस लड़की को नहीं देख सका तो मेरा आगे क्या होगा। इस लड़की की सिम्मी से कोई समानता नहीं थी, सिवाय इसके कि यह भी साँवली थी। बिस्तर पर पड़े-पड़े मेरा अनमनापन घटने लगता है, सिम्मी के बारे में मैं अपनी राय बदलने लगता हूँ, सोचता हूँ कि मैंने अब तक उसे सही ढंग से नहीं देखा है और वास्तव में वह बहुत आकर्षक है। जिस तरह अशफ़ाक हुसैन (?) के कमरे वाली लड़की बिस्कुटी रंग की साड़ी और वैसा ही ब्लाउज पहने थी, जिस ढंग से उसने बाल सँवारे थे, वैसे ही साड़ी-ब्लाउज में, और बालों की वैसी ही सज्जा में सिम्मी उससे कहीं ज़्यादा मोहक दिखेगी। करवट बदलकर मैं

तय करता हूँ कि सिम्मी को मैं ऐसी ही रूप-सज्जा में अपने साथ कहीं ले जाऊँगा। पर यह सोचकर मेरा अनमनापन बढ़ जाता है कि यदि अशफ़ाक हुसैन ही अनवर मियाँ हुए और उन्होंने किसी सिनेमाघर के पास सिम्मी को मेरे साथ देख लिया, तो क्या होगा? बहुत देर तक इन कल्पनाओं से जूझने के बाद मुझे काली घटा में विद्युल्लता की भाँति यह सुखद याद आती है कि शायद इस कमरे में मैं अब सवेरे उठकर बिना किसी रोक-टोक के सितार बजा सकूँगा।

थोड़ी देर में मैंने खिड़की से देखा कि सरदार अपने कमरे की ओर जा रहा है। शायद वह उसी ताँगे से आया था जिसके लिए वह लड़की रुकी हुई थी। सरदार के अन्दर जाने के कुछ पलों बाद वह लड़की कमरे से बाहर आई। आँगन पार करके वह बाहर के दरवाज़े की ओर जा रही थी, पर कुछ क़दम चलकर वह पीछे लौट पड़ी। तेज़ी से वह मेरे कमरे की ओर आई और उसके सामने से निकल गई। लौटते समय वह मेरी खिड़की के पास ठिठकी; गर्दन ऊँची करके उसने अन्दर की ओर झाँका। एक क्षण के लिए हमारी निगाहें मिलीं और उसके बाद ही वह बाहर के दरवाज़े की ओर अदृश्य हो गई।

इस बार फिर मैंने उसे सिम्मी कहकर पुकारना चाहा और उसी के साथ अपनी मानसिक दशा से आतंकित हो उठा, क्योंकि मुझे लगा था कि सिम्मी ही मेरी खिड़की से झाँक रही है। और इस समय, यहाँ आश्रम में पूरी घटना के बारे में सोचते हुए, कुल्हड़ से चाय की आख़िरी बूँद पीते हुए, मैं सिम्मी के लिए फिर से लालायित हो उठता हूँ, मेरा मन उसके लिए व्याकुल होकर छटपटाने लगता है।

तब शान्तानन्दजी की स्नेह-भरी वाणी मुझे वर्तमान में वापस खींचती है। वे पूछ रहे हैं, "नारायणजी, आपको मकान मिल गया न? एडमिनिस्ट्रेटर साहब ने कहा था...।"

सन्धि-प्रकाश के क्षण

एक

श्यामा ने लिखा था कि मास्टर साहब, अब तक तो आपको मकान मिल गया होगा, भाभीजी वग़ैरह वहाँ आ चुकी होंगी; पर आपके हाल-चाल न मिलने से डर लगता है कि आप अब भी उसी तरह कटे कनकौवे जैसे न उड़ रहे हों। अब आपसे सही-सही बात कह दूँ, मुझे आपकी यह हालत अच्छी नहीं लगती। आप जैसे भी हों, बड़े हैं, न डाँट सकती हूँ, न नसीहत दे सकती हूँ। पर जो भी हो, तन्दुरुस्ती ठीक रखिए और ज़्यादा पीने-वीने का झंझट न पालिए। चीज़ बुरी है, बड़ों-बड़ों को तबाह कर देती है। हज़ारों लोग हैं, जो बिना पिये रह लेते हैं। हमारे इंजीनियर साहब ने तो अब तक अमेरीका में भी नहीं छुई; इसे नहीं छुआ, और चाहे जो कुछ छुआ हो। मुझे ही देखिए, कौन-कौन-सी मायूसियाँ नहीं झेलीं और फिर भी बिना पिये जी लेती हूँ। पर मायूसियों की बात आप से क्यों करें? दो मिनट थमकर आपने कभी पूछा ही नहीं कि श्यामा तू कैसी है; आपकी दुनिया में तो बस आप ही आप हैं पर इसकी भी क्या शिकायत, कौन किसका हाल पूछता है! इंजीनियर साहब का खानदान दो महीने के भीतर ही बढ़ने वाला है। पर बोझ के मारे अभी से मेरा बुरा हाल है। अनीमिया ज़ोर पर है। इंजीनियर साहब की अम्मा परेशान हैं कि कहीं लड़की न हो जाए। मैं चाहती हूँ कि लड़की ही हो; एक प्यारी-प्यारी लड़की चाहिए जिसे बड़ी होने पर सितार में ऑल इंडिया बनाया जाए। अपनी लड़की होगी तो देखिएगा, एक ही चोट में बड़े-बड़े आर्टिस्टों को चित करेगी। मैं तो कुछ कर नहीं सकी, उन्तीस साल की उम्र में ही उनहत्तर साल की बुढ़िया की तरह बिसूरती रहती हूँ। अपनी लड़की ही कुछ करके दिखाए तो इस ज़िन्दगी की घिस-घिस का कुछ मतलब निकले! सच, मास्टर साहब! आप भी मनाइए कि लड़की ही हो। और बताइए, क्या हालचाल हैं? सिम्मी ने अपने हालचाल लिखे हैं। उसके पेट की तकलीफ़ फिर बढ़ गई है। एक बार उसके यहाँ हो आइए। पर क्या पता, आप वहाँ जाते ही रहते हों और मुझसे छिपाया जा रहा हो! बस यही कि उसके साथ कुछ अंड-बंड न कर बैठिएगा। बुरा न मानिएगा, उसने कोई शिकायत नहीं की है। पर मैं आपको जानती हूँ न, इसलिए

घरेलू सलाह दे रही हूँ। इधर आपका कोई प्रोग्राम हुआ या नहीं? और आपका वह जो लॉन्ग-प्ले रिकॉर्ड बनने वाला था, उसका क्या हुआ? जो भी हो, उसमें पहाड़ी वाली ठुमरी ज़रूर डालिएगा। लीजिए, आपकी बजाई हुई पहाड़ी की याद आई नहीं कि मैं बेचैन हो गई! हाय मास्टर साहब! यह कैसा शहर है और यह कैसी ज़िन्दगी है जिसमें पहाड़ी की एक धुन सुनने के लिए जी तरस जाता है...।

दो

"मुझे ग़ज़ल अच्छी नहीं लगती। सभी ग़ज़लें मुझे एक-सी जान पड़ती हैं। सभी एक ही साँचे की ढली, एक ही फैक्टरी की बनी हुईं। दूसरे, उनकी शायरी मेरे पल्ले नहीं पड़ती। जब कोई ग़ज़ल गाता है, तो मुझे सिर्फ़ दादरा या कहरवा की ठाँय-ठाँय सुन पड़ती है। और अगर कोई उसमें राग-रागिनी आलापता है, तो बात और भी बिगड़ जाती है! ग़ज़ल और वह भी रागबद्ध! बस आनन्द ही आनन्द है! जान पड़ता है कि किसी बकरी को रस्सी से बाँध दिया गया है, जो खूँटे के चारों ओर उल्टे-सीधे दौड़ रही है, सुस्ता रही है, फिर दौड़ रही है, सुस्ता रही है।"

सिम्मी ने कहा, "आप बंगाली हैं न, तभी आपको ग़ज़ल की पकड़ नहीं है!"

"पकड़ किसको कहते हैं?"

"आप पकड़ नहीं समझते?"

नारायण ने सिम्मी का हाथ पकड़ लिया। कहा, "यही न?"

बड़ी उदासी से मुस्कुराते हुए उसने धीरे से अपना हाथ छुड़ा लिया। उस बड़ी उदासी में और उस मुस्कुराने में साफ़ बनावट थी, पर नारायण को यह सब अच्छा लगा। सिम्मी ने कहा, "यही तो अफ़सोस है। सिर्फ़ किसी की कलाई पकड़ लेने से आप उस इंसान को नहीं पकड़ सकते। इसके लिए आपको उसकी हस्ती के साथ घुल जाना पड़ेगा। ग़ज़ल को समझने के लिए भी आपको यही करना पड़ेगा।"

सिम्मी अपने कमरे के बिछे हुए तख़्त पर बैठी थी। उससे कुछ हटकर नारायण वहीं बड़े तकिए को छाती से दबाकर पेट के बल लेटा हुआ था। मटमैली चादर और तकिए में तम्बाकू और रम की बासी गन्ध न जाने कितने गहरे जाकर बसी होगी जो हवा के झोंकों पर बार-बार उभरती थी। खुली खिड़की के पार तरह-तरह की आवाज़ें थीं—सुअरों की, गायों की, मुर्गियों की, खिड़की के नीचे किसी बुढ़िया के रह-रहकर कराहने की, कुत्तों के लगातार भूँकने की, निरन्तर चलने वाली गाली-गलौज की जिसमें चार-छह आदमी शामिल जान पड़ते थे।

ये आवाज़ें सामान्य शहरी आवाज़ों से भिन्न थीं। ये किसी शहर और गाँव के सीमान्त की आवाज़ों से भी भिन्न थीं, कुल मिलाकर वे एक आवाज़ में बदल गई थीं और वह उस तरह की निरर्थक आवाज़ थी जिसे तालाब में डूबता हुआ व्यक्ति

अवचेतन की सीमा पर सुनता होगा। सहसा, गाली-गलौज में शब्दों के गुत्थमगुत्थे से हटकर एक आदमी की आवाज़ साफ़-साफ़ सुनाई देने लगी और अपनी बहक और भारीपन में वह इतनी ऊपर उभरी कि उस आदमी के पिये होने में शक कि कोई गुंजायश नहीं रही। सिम्मी ने अपना गाल खिड़की के पल्ले से टिका लिया, नारायण ने अपनी जगह से हटकर खिड़की के बाहर झाँका और हवा ने इस बार कहीं पकते हुए गोश्त में तेज़ मसाले का एहसास कराया। सिम्मी ने कहा, "जब से नब्बन मियाँ जेल से लौटे हैं, रोज़ शाम यही होता रहता है।"

उसने खिड़की बन्द कर दी, बाहर आवाज़ें घुमड़-घुमड़कर उसके पल्लों से टकराती रहीं।

सिम्मी कुछ देर फ़र्श की ओर देखती रही फिर गुनगुनाने लगी। धीमी आवाज़ में मध्य लय के साथ उसने कुछ गाया। गाना बन्द हो जाने पर भी नारायण चुप रहा। सिम्मी ने कहा, "ज़िगर साहब की यही ग़ज़ल लीजिए जिसे मैं अभी सुना रही थी। ग़ज़ल की पकड़ के बिना आप उनका यह लाजवाब शेर नहीं समझ सकते कि, 'अब इस सूरत से क्या आएँ तेरे आईनाख़ाने में, तेरी तस्वीर बनकर ही तेरी तस्वीर देखेंगे।' और देखिए हमारे कॉलिज के उमर साहब ने इस ग़ज़ल की पूरिया में बन्दिश करके इस शेर को और भी क़ातिल बना दिया है। देखिए न...।"

उसने पूरिया की उठान का एक संक्षिप्त आलाप लिया और यही शेर गाकर सुनाया। पहला मिसरा ख़त्म करके उसने कुछ तानें लीं जो साफ़-सुथरी थीं, पर अभ्यस्त सुनने वाला आसानी से देख सकता था कि वे राग में पैठकर नहीं उठी हैं, बल्कि उन्हें उठाकर राग में पैठाने की कोशिश की जा रही है।

नारायण ने कहा, "यहीं रुक जाओ। ये तानें बेकार हैं। इनके सहारे कोई राग में भीग नहीं सकता। तानों का काम तो बहुत बाद का है। मैं इसका एक रूपक दे सकता हूँ। यूँ समझो कि राग का समुद्र सामने लहरा रहा है। तानें वे लहरें हैं जो किनारे पर खड़े हुए आदमी को लुभाने के लिए नहीं होतीं। वे उसके लिए हैं, जो पहले से पानी में उतरा हुआ है और तैर रहा है। ये लहरें उसको ऊपर-नीचे हिलोरें देने के लिए आती हैं; तभी उसे समुद्र की निस्सीमता का, उसकी अतल गहराई का धीरे-धीरे अनुभव होता है। वह कुछ देर के लिए समुद्र का ही हो जाता है। तुमने कभी पंडित भीमसेन जोशी से या उस्ताद अमीर ख़ाँ से पूरिया सुना है?"

"नहीं। मैं तो इतनी बदकिस्मत रही कि उस्ताद अमीर ख़ाँ साहब को देख ही नहीं पाई।"

"उनका तुमने गाना सुना होता, तो इस राग के लिए ज़्यादा इज़्ज़त दिखातीं, तब तुम इस ग़ज़ल की बन्दिश पर इतनी आसानी से सर न धुनतीं। जो तानें तुम लगा रही हो न, वे बच्चों को बहलाने के लिए खिलौनों की क़तार भर हैं। देखो, पूरिया का स्वरूप मैं बताता हूँ। ख़ास तौर से मन्द्र के स्वरों का काम देखना।"

उसने पूरिया का आलाप शुरू किया और जैसे-जैसे वह स्वर-विस्तार करने लगा, सिम्मी के सूखे-साँवले चेहरे पर आश्चर्य का रंग गाढ़ा होता गया। अजाने ही वह उस्ताद अमीर खाँ की तरह स्वरों की जादू-भरी भूल-भुलैया तैयार करने लगा। सिम्मी की आँखें अधमुँदी होकर दृश्य और अदृश्य के बीच ठिठक गईं। बाद में, जब स्वरों का ताना-बाना दुरूह होने लगा, सिम्मी की चेष्टाएँ मुखर हो गईं और जब एक बार नारायण ने तान की शुरुआत तार सप्तक के एक अप्रत्याशित स्वर से की, तो वह महफ़िली ढंग से वाह-वाह करने लगी।

नारायण ने उसे घूरकर कहा, "पूरिया की यह एक झलक भर है। तुम बेवकूफ़ हो और अपने से भी बड़े बेवकूफ़ों की सोहबत में फँस गई हो। तभी तुम एक पिटी हुई ग़ज़ल को पूरिया जैसे राग से पीटने की हिम्मत कर रही हो। तुम्हें संगीत कभी नहीं आ सकता।"

इसी झल्लाहट को झेलना मुश्किल था। फिर भी सिम्मी ने हाथ बढ़ाकर उसका हाथ छुआ। बोली, "आप ठीक कहते हैं, पर अब मेरी सोहबत दुरुस्त हो रही है।"

नारायण इस कोमलता से अछूता बना रहा। अपना हाथ खींचकर बोला, "गाना सीखना है, तो मेहनत करो। इन उमर-शुमर जैसे बेवकूफ़ों के साथ तुम्हें कुछ नहीं आएगा।"

उसकी नाराज़गी को न समझ पाने के कारण सिम्मी उसे हैरत से देखती चली जा रही थी। पर भीतर-ही-भीतर घुमड़ती हुई रुलाई से उसका गला रुँधने लगा। नारायण कहता रहा, आठ-आठ, दस-दस, बारह-बारह घंटे रोज़ बैठकर इन स्वरों को सितार पर घिसा है, तब कहीं जाकर राग का स्वरूप छू पाया हूँ। कुछ पता भी है मेम साहब आपको? यह हाथ देखिए, इसकी क्या हालत हुई है।"

उसके दाएँ हाथ में अँगूठे की जड़ के पास कलाई के मोड़ पर कड़ी-कड़ी गिल्टियाँ स्थायी रूप से निकल आई थीं। उसने अपना हाथ सूखी टहनी की तरह हवा में हिलाया। सिम्मी ने उस पर छिछली निगाह डाली और मुँह फेर लिया। वह सिम्मी के आँसू नहीं देख सका, पर जिस तरह उसने अचानक बोलना शुरू किया था, वैसे ही अचानक चुप हो गया।

सिम्मी ने खिड़की खोल दी और इस बार, पकते हुए मसाले और सड़ते हुए गोबर की बू के बावजूद, उसे हवा में ताज़गी जान पड़ी—नारायण को भी। वह सहज होकर बोला, "सितार होता तो उस पर इस वक़्त पूरी तबीयत से तुम्हें पूरिया सुनाता।"

"चलिए, आपके होटल से ले आएँ।"

"वहाँ नहीं है।"

"फिर कहाँ है?"

वह स्वामी शान्तानन्द के आश्रम का नाम नहीं ले सका। जवाब में वह सिम्मी को सिर्फ़ देखता रहा।

26 नवम्बर, 1974—मंगलवार

नारायण

बारीन-दा मेरे साथ जब रवीन्द्रनाथ एक्स्टेंशन का मकान देखने गए थे, उन्होंने भविष्यवाणी की थी कि उनके आन्दोलन से घबराकर हमारा अफ़सर महीने-भर में ही अस्पताल में पड़ा मिलेगा। अभी महीना पूरा नहीं हुआ है और अस्पताल वाली भविष्यवाणी सही निकली है पर उसमें दो बड़े संशोधन हो गए हैं। पहला संशोधन यह है कि अस्पताल में अफ़सर के बजाय ख़ुद बारीन-दा को भरती होना पड़ा है। दूसरा संशोधन कुछ ज़्यादा क्रूरतापूर्ण है। उन्हें रक्तचाप आदि के कारण नहीं, लाठी की चोटों के साथ अस्पताल में भरती किया गया है। अब स्थिति यह है कि अफ़सर तो अपनी पूरी गरिमा और महिमा के साथ दफ़्तर में बैठा हुआ नीले काग़ज़ पर क्यूबा का भूगोल लिख रहा है और बारीन-दा यहाँ अस्पताल में लेटे हुए अपने सर की ओर इशारा करते हुए मुझसे कह रहे हैं, "अस्पतालों और अख़बारों में इतना सम्मान मुझे कभी नहीं मिला। यह सब इसी फूटी खोपड़ी की बदौलत है।"

इस वक़्त बारीन-दा अख़बार में छपे हुए अपने फ़ोटो जैसे ही लग रहे हैं। पुलिस के लाठी-चार्ज में उनकी कमर, कन्धों और कुहनियों पर भी चोटें आई हैं और वे शायद सर की चोट से ज़्यादा गहरी हैं पर इस समय पत्रकारों के कैमरे के लिए सबसे अधिक लुभावना दृश्य उनके सर का ही है। सर पर पट्टियाँ बँधी हैं। बिस्तर के सिरहाने तकियों के सहारे टिके हुए, आँखों और ओंठों से व्यंग्य और वक्रोक्ति की छटा छिटकाते हुए, पट्टी बँधी खोपड़ी को अर्थपूर्ण कोण पर तिरछा किए हुए बारीन-दा की यह मुद्रा अख़बारों से, और बाद में यूनियन के एक पोस्टर से दुकानों, कारख़ानों और सड़कों तक पहुँच चुकी है।

मैं दा-दिर-दा-रा टाइप आदमी इन आन्दोलनों का रहस्य ज़्यादा नहीं समझता। फिर भी इतना समझ रहा हूँ कि बारीन-दा ने जिस प्रकार के आन्दोलन की भीष्म-प्रतिज्ञा की है, उसका कोई बहुत बड़ा प्रभाव नहीं है। उस आन्दोलन से नगर निगम के काम में अटकाव तो आया है, पर ऐसा कुछ नहीं हुआ है कि जनता में 'त्राहि माम्' 'त्राहि माम्' होने लगे, या पूरा शहर पानी के बिना कर्बला बन जाए,

या गली-गली में संडासों की बदबू सिविल लाइन्स की सड़कों और पार्कों तक फैल जाए। आन्दोलन का स्वरूप कुछ वैसा ही रहा कि लोग सब बातें कर चुकने के बाद कहते हैं, 'उधर कर्मचारियों का आन्दोलन भी चल रहा है।' जहाँ तक आन्दोलन की हैसियत की बात है, गड़बड़ी इसी 'भी' में है।

आन्दोलन के दिनों में मैं बारीन-दा से दो-तीन बार ही मिल पाया और उनके आशावाद से चकित होता रहा। बारीन-दा की हर चाल नाकाम होती जाती थी और वे हर बार उसमें अपनी सफलता का कोई-न-कोई रेशा देख लेते थे और घंटों बटकर उसकी रस्सी बनाने की कोशिश करते रहते थे। इसके विपरीत, कुछ ही दिन हुए, मैं एक शराबख़ाने में दत्तात्रेय की भाँति गणिका को गुरु बनाकर 'आशा हि परमं दुःखं, नैराश्यं परमं सुखम्' का जीवन-दर्शन अपना चुका था। मुझे लगता था कि बारीन-दा की रणनीति ख़ुद उनके प्रचार से प्रभावित हो गई है और मुझे उनके आशावाद पर भरोसा नहीं हो रहा था। तभी उन्होंने लगभग दो सौ लोगों के साथ दफ़्तर में अफ़सर के कमरे का घेराव किया, लाठी-चार्ज हुआ और उन्हें घायल होकर अस्पताल आना पड़ा। अचम्भा यह है कि इस घटना के बाद उनका आशावाद और भी फूल उठा है।

अस्पताल की ओर जाने के पहले मुझे अपनी पीठ पर कर्तव्य-बोध के सौ कोड़े लगाने पड़ते हैं। जिनके मन में फ्लोरेंस नाइटिंगेल की ज्योति जाग रही है, उनको शत्-शत् प्रणाम। मैं रक्त, मांस, मज्जा, हड्डी आदि के दृश्य से घबराता हूँ। कई बार मैंने कोशिश की है कि किसी के घाव की सफ़ाई होते, उस पर पट्टी बाँधते देख लूँ, पर कुछ पलों में ही मेरा सर चकराने लगता है। अस्पतालों के वार्ड में दवाओं और विभिन्न प्रकार के छिड़कावों की बू से, जिसे कुछ लोग ख़ुशबू समझते होंगे, मेरा जी मतलाने लगता है और मेरी इच्छा होती है कि वहीं सबसे नज़दीक वाली बेड पर लेट जाऊँ। ख़ून और मवाद से लिथड़े हुए रुई के टुकड़ों को मैं बरदाश्त नहीं कर सकता। ये कमज़ोरियाँ मुझमें बहुत पहले से थीं, पर जिस दिन मैंने अपने पिता नीलमणि बनर्जी का कटा-कुचला शरीर सड़क पर देखा था और उनके साथ अस्पताल और श्मशान की यात्रा की थी, उस दिन से मैंने समझ लिया कि मानवीय शरीर की दुर्दशा देखने की अनिवार्य सज़ा मैंने पूरी तौर से भुगत ली है और आगे के लिए अपने ऊपर फिर से ऐसी सज़ा लादने की अब कोई अनिवार्यता नहीं है। फिर भी, कभी-न-कभी अस्पताल आना ही पड़ता है, ख़ून और मरक्यूरोक्रोम से रँगी हुई रुई और पट्टियाँ देखनी ही पड़ती हैं। कभी-कभी मैंने हिम्मत बाँधकर सर्जिकल वार्ड का चक्कर भी लगाया है और देखना चाहा है कि मेरी स्थिति में कोई सुधार हुआ या नहीं, पर हर बार मुझे अपने से निराशा ही हुई है।

जो भी हो, मैं बारीन-दा को देखने के लिए कल आया था और कल का अनुभव बुरा न था; इसलिए आज फिर आया हूँ। उस दिन जब मैंने उनके घायल होने की

ख़बर सुनी और अपने साथियों को अस्पताल की ओर भागते देखा, मैं अपने को यह समझाकर उधर नहीं गया कि अभी वे बेहोश होंगे और मेरा जाना और न जाना एक जैसा है। बाद में मैंने अस्पताल न जाने के लिए और भी अच्छे-अच्छे तर्क सोचे जिनमें एक यह था कि बारीन-दा के लिए कुछ करना है तो अस्पताल जाकर भीड़ क्यों लगाई जाए और क्यों न उनके घर जाकर वहाँ की कठिनाइयों को दूर किया जाय। तर्क बहुत अच्छा था और इसके अनुसार लाठी-चार्ज के बाद तीन दिन तक मैं अस्पताल नहीं गया, पर मैं बारीन-दा के घर भी नहीं गया क्योंकि उनके यहाँ मेरा किसी से परिचय न था। इस तरह तीन दिन टालकर जब मुझे निश्चय हो गया कि अब मुझे बारीन-दा का क्षत-विक्षत शरीर न देखना पड़ेगा और पट्टियों की सफ़ेदी पर लाल-पीले धब्बे न होंगे, तब मैं यहाँ आया। बारीन-दा से मिलकर मुझे बड़ी ख़ुशी हुई, कुछ ज़्यादा ही ख़ुशी हुई क्योंकि मैंने अस्पताल-यात्रा का कठिन काम इतनी आसानी से पूरा कर लिया था।

और आज मैंने अस्पताल की यह दूसरी यात्रा की है जिसके लिए मुझे इस वार्ड के लता-कुंज-द्रुमी परिवेश ने विशेष रूप से प्रोत्साहित किया है। यह वार्ड अस्पताल की मुख्य इमारत के भीड़-भक्कड़ से दूर है। इन प्राइवेट वार्डों को छोटे-छोटे बँगलों की तरह अलग-अलग बनाया गया है और ये प्राय: सम्पन्न मरीज़ों के ही काम आते हैं। चारों ओर लता-वितान वाला वातावरण है। ऊँचे-ऊँचे परम्परागत पेड़ों के अलावा शोभा के लिए लगाए गए नए-नए वृक्षों की वीथियाँ भी हैं। साफ़-सुथरी सीमेंट-कांक्रीट की गलियों के किनारे-किनारे जवाकुसुम की तराशी हुई बाड़ है। दूर से इसे देखकर टूरिस्टों के लिए बनवाई गई किसी समुद्र-तटवर्ती आमोदपूर्ण बस्ती का भ्रम होता है। इन वीथियों पर चलते हुए इतना अच्छा लगता है कि आज दोबारा यहाँ आने के लिए मुझे किसी बड़े संकल्प-विकल्प का सामना नहीं करना पड़ा।

बारीन-दा तकियों के सहारे टिके हुए मेरे ऊपर आशावाद का निर्मल गंगाजल गिराते जा रहे हैं और मैं उनके पास मोढ़े पर शिवलिंग की भाँति निश्चल बैठा हूँ। प्रच्छन्न गर्व के साथ वे मुझे आन्दोलन के एक-एक चरण से परिचित करा रहे हैं; लगता है, जैसे एक के बाद एक ग्रह पर उतरकर वे अपनी वैजयन्ती गाड़ते चल रहे हों। वे मुझे समझा रहे हैं कि उनके अस्पताल आ जाने के बाद आन्दोलन अब मामूली हड़ताल से ऊपर उठ चुका है, अब बार-बार घेराव होंगे, दफा 144 तोड़कर सैकड़ों लोग जेल जाने को तैयार हो रहे हैं, उनकी पत्नियाँ भी जेल-यात्रा करेंगी! सोचो तो, मामूली बाबुओं के परिवारों तक में इतनी चेतना आ गई है कि...।

बाहर से मैं शिवलिंग की तरह शान्त और स्थितप्रज्ञ हूँ, या दूसरों की निगाह में शायद दफ़्तर के काम से थका हुआ हूँ, पर भीतर मैं अब भी सिम्मी के साथ उसके गद्दे पर लेटा हुआ हूँ। कल शाम ही की तो बात है—और मेरे साथ यह शाम आज शाम तक खिंच आई है। सिम्मी की अधकचरी गायकी से खीझकर

और ग़ज़लों के लिए अपनी सारी खीज़ उस पर उतारकर मैं डर गया था कि मैंने उसे नाराज़ कर दिया है। वास्तव में उससे अपने सितार के अभ्यास की कठोरता का ज़िक्र करके मैंने अपने मन में पिंडोरा का बॉक्स खोल दिया था और उसके कुछ कनखजूरे और बिसखोपर रेंगकर सिम्मी के पास तक पहुँचने लगे थे। अपने पिता के देहान्त के बाद जिस निष्ठा से एकलव्य की भाँति मैंने दिन-दिन, रात-रात बैठकर तारों पर अपनी उँगलियाँ घिसी हैं, उसकी याद मुझे आज भी आतंकित कर जाती है। इसीलिए मैं किसी कलाकार को संगीत से लम्पटतापूर्ण छेड़-छाड़ करते देखकर जल उठता हूँ। जो अगम समुद्र को बर्फ़ का जमा हुआ मैदान मानकर उस पर स्केटिंग ही नहीं, चहलक़दमी करना चाहते हैं, उनकी मूढ़ता मुझे अधीर कर देती है। तभी मुझे सिम्मी की पूरिया के साथ की गई छेड़छाड़ असहनीय हो गई थी और मैं खीझ उठा था।

बाद में मैंने उसे सहज बनाने की बड़ी-बड़ी कोशिशें कीं, उसे एक ठुमरी की दुर्लभ बन्दिश बतानी चाही, श्यामा का पत्र पढ़ाया; पर उसकी वाचालता वापस नहीं लौटी। तब मैंने कहा, "सिम्मी, इधर आओ।"

"क्यों?"

जवाब में मैंने उसे तख़्त पर अपनी ओर खींच लिया। इस तरह की खींच-ताँच में मैं विशेष प्रवीण नहीं हूँ। विलास-कलाओं में सिम्मी के साथ पिछले दिनों मैंने अच्छी प्रगति की थी, पर इस प्रकार सहसा उसे खींचने की हिम्मत शायद मैं न दिखा पाता; किन्तु इन दिनों मेरा मनोबल बढ़ा हुआ था। श्यामा से छेड़छाड़ कर चुकने पर, और बिना तमाचा खाए उसके प्रेम का खट-मिट्ठा फल छू लेने से ही मैं अब सिम्मी के मैदान में जीवन-संग्राम का एक नया मोर्चा खोल देने के लिए पूरी तरह से तैयार हो गया था।

सिम्मी अपने उदास, भावहीन चेहरे के साथ मेरे पास लेट गई। मैंने उसके साथ कुछ छेड़छाड़ शुरू की, रुका; छेड़छाड़ को कुछ आगे बढ़ाया और फिर एकदम से रुक गया। जैसे सिलिंडर से गैस का आख़िरी क़तरा निकल चुका हो; मैं उसी सिलिंडर की तरह तख़्त पर पड़ा रहा। मुझे कुछ हो गया था। प्रणय-प्रसंग का राजपथ मेरे आगे खुला हुआ था; वहाँ से मुझे जो कुछ भी दीख पड़ा, वह मुझे कुंठित करता चला गया।

पहली बाधा सिम्मी के कमरे ने ही पैदा की। मुझसे कुछ दूरी पर तख़्त के किनारे नकली बालों की एक चोटी पड़ी हुई थी। वहीं कुछ क्लिप और काँटे भी फैले हुए थे। इसके बाद मुझे सिम्मी के असली बाल मोटे और कान्तिहीन जान पड़े। मैंने सोचा, आस-पास कहीं मोटे पैड वाली कोई चोली भी पड़ी होनी चाहिए। ग़नीमत थी कि यह सब सोचकर भी मैं सिम्मी से एकदम उदासीन नहीं हुआ। उसने अपना चेहरा मेरी छाती में छिपा लिया था और उसका दुबला-पतला हाथ भले ही

मेरी पीठ पर ढीला पड़ा हो, उसकी साँस तेज़ हो गई थी। अपनी कमीज़ के नीचे मुझे उसके ओंठों के गीलेपन का अनुभव हुआ और इस बार प्यार का आवेग मुझे सचमुच ही मन के कहीं बहुत गहरे से उमड़ता हुआ जान पड़ा। पर तब तक एक दूसरी बाधा आई; यह बाधा मैं ख़ुद था।

सिम्मी का सर मेरी छाती से गड़ा था और उसके ऊपर मेरी आँखें अपने चारों ओर देखने को स्वतंत्र थीं। मेरे सामने दीवार पर एक बड़ा आईना लगा था। उसमें मुझे अपना प्रतिबिम्ब दिखाई दिया। मैंने देखा कि अपने दुबले-पतले चेहरे की साँवली कमनीयता के बावजूद मैं इन कपड़ों में बहुत दीन और दुःखी दीखता हूँ। मेरे पास एकाध अच्छे कपड़े भी हैं जिन्हें मैं संगीत-आयोजनों के लिए बचाए रखता हूँ। इस समय मैं जो कोट पहने था, वह भले ही कभी कत्थई रंग का शानदार ट्वीड रहा हो, पर घिस-पिटकर अब वह मरे हुए चूहे के रंग पर आ गया था। पिछले कुछ दिनों से ठंडी हवा बह रही थी और जुकाम से बचाव के लिए मैंने गले में मफ़लर लपेट रखा था। अब वह मुझे मिट्टी और तेल में सना हुआ जान पड़ा। उसके बाद बात कपड़ों ही तक नहीं रही। शीशे में दिखते हुए प्रतिबिम्ब की साधारणता और जीवन के असाधारण सपनों के बीच फैले हुए रीतेपन ने मुझे अचानक सब तरफ़ से रीता बना दिया। मैं पाँच वर्षों से एक नया कोट बनवाना चाह रहा हूँ, पर बनवा नहीं पा रहा हूँ इस असमर्थता के अनुभव ने हज़ारों असमर्थताओं के मुर्दों को जिलाकर मुझे किसी प्रेतलोक में पहुँचा दिया। मेरा एक हाथ सिम्मी की पीठ को घेरे हुए था। वहाँ उसकी रीढ़ की हड्डी मुझे चुभने लगी।

मैं कुछ देर उसी तरह लेटा रहा; सिम्मी की साँस का चढ़ाव-उतार अपनी छाती पर महसूस करता रहा। उसकी साँस पर मेरी निष्क्रियता का असर पड़ा था। वह धीरे-धीरे नियमित और सहज हो गई थी। कुछ देर बाद मैंने उसे अपनी बाँहों से मुक्त किया, उसका गाल थपथपाकर शालीनता का अभिनय दिखाया, जैसे आज हम प्रेम-पन्थ पर जितना चल चुके थे उससे आगे जाने का हमारे मन में कोई विचार ही न आया हो; उसके बाद मैं तख़्त पर बैठ गया। वहाँ से मैंने देखा कि अपनी पिछली हड़बड़ी में मैंने तख़्त का कुछ और सामान फ़र्श पर गिरा दिया है।

इस समय अस्पताल में बारीन-दा के साथ बैठकर, और आन्दोलन की सफलता और 'सत्यमेव जयते' पर उनका व्याख्यान सुनते हुए मैं जितनी आसानी से कल के दृश्यों को पुनर्गठित कर रहा हूँ—उस समय यह सब उतना साफ़ न था। तब मैं स्थितियों और घटनाओं के एक बेतुके उलझाव को झेल रहा था और अनुभव कर रहा था कि सिम्मी को इतना निकट पाकर भी उसके लिए मेरी लालसा धीमी हो गई है। उसी समय फ़र्श पर गिरी हुई एक मोटी किताब के कारण मेरे विचारों में एक विचित्र नाटकीय मोड़ पैदा हुआ।

इस मोटी किताब का नाम 'भातखंडे संगीतशास्त्र' (चौथा भाग) है। निश्चय ही यह सिम्मी की संगीत-कक्षा की पाठ्य-पुस्तक होगी। मैंने फ़र्श पर औंधी पड़ी किताब को उठाया और उसका नाम देखते ही उसे माथे से लगाया। इसके बाद मैंने पुस्तक के पन्ने पलटने शुरू किए और अकस्मात भैरवी रागिनी का भव्य दर्शन प्राप्त किया।

असंगति इस प्रकार की थी : टेढ़ी-मेढ़ी गन्दी गलियों में एक गुमनाम-सा पुराना मकान है। ऊपर की मंज़िल पर सफ़ेद पुता हुआ एक कमरा है जिसकी सफ़ेदी मटमैली हो गई है। एकाध जगह छत का प्लास्टर उखड़ गया है; दीवारों को कैलेंडरों और भोंडी आलमारियों ने विकृत कर दिया है। जहाँ दीवार का कोई अंश ख़ाली है वहाँ कील ठोकने के असफल प्रयासों से भद्दे-भद्दे छेद हो गए हैं। फ़र्श पर एक मैली दरी पड़ी है। दो तख़्तों को जोड़कर उन पर मोटा गद्दा बिछाया गया है और उस पर धब्बेदार चादर पड़ी है, जो कभी सफ़ेद रही होगी। कमरे की एकमात्र खिड़की बन्द है। तख़्त पर खुरदरे कम्बल से अपने गले तक को ढँके हुए रूखे मुँह वाली एक दुबली, पतली, काली लड़की आँखें मूँदे लेटी हुई है। उसके नक़ली बालों की चोटी फ़र्श पर पड़ी है। लड़की की फ़िल्मी बातें सुनकर डर लगता है कि किसी परिचित के सामने उसे क्या कहकर परिचित कराऊँगा। सैकड़ों निकृष्ट फ़िल्मों के उच्छिष्ट वाक्य ही इसकी भावनाओं की अभिव्यक्ति करते हैं, इसका प्रिय गायन ग़ज़ल है, इसके लिए सबसे बड़े गायक उमर साहब हैं, यही मेरी प्रेयसी है। यही आगे चलकर मेरे जीवन की प्रकाश-वर्तिका होगी, यह मेरी अमर संगीत-साधना की प्रेरणा बनेगी!

'भातखंडे संगीतशास्त्र' का जो पन्ना मेरे सामने खुला हुआ है उसमें संस्कृत छन्दों के नीचे मेरी प्रियतमा रागिनी का रूप-वर्णन है। रम्य पर्वत शृंग के ऊपर स्फटिक-पीठ पर आसीन, पिकस्वर से मनोहरण करने वाली, कमनीय हरिणी की-सी आँखें, बिम्बाधर, पीतवर्णा, आयतनेत्रा, चन्द्रमा की-सी चारुप्रभा वाली! यह सब पढ़ना अपने आप में एक उपलब्धि है। पढ़ते ही मेरी आँखों के आगे कमरे की रोशनी एक पल के लिए धीमी हो गई और उससे भी कहीं ज़्यादा पीली, सोने के-से उद्दीप्त रंग वाली लपलपाती बिजलियाँ कौंध गईं। मैं स्वयं अपने लिए अजनबी बन गया और लगा कि वह जो सितार के तारों पर निरन्तर इस रूपराशि का संस्पर्श पाता रहा है, और वह, जिसकी छाती में कमीज़ के ऊपर सिम्मी के ओंठों से गीला धब्बा बना है, वे दो अलग-अलग व्यक्ति हैं। किताब को किसी तरह आलमारी में लगाकर, सिम्मी के गालों को दुबारा थपथपाकर मैं ज्यों-त्यों करके, जल्दबाजी दिखाए बिना, उसके ज़ीने से गली में उतर आया।

तब से अब तक मैं कल के बारे में सोचता रहा हूँ, अब भी सोच रहा हूँ और सोचकर मैंने कुछ बड़े सरल निष्कर्ष निकाले हैं; यह कि सिम्मी मुझसे दूर होते ही मेरे लिए असाधारण रूप से आकर्षक हो जाती है, कि उसके आकर्षण का मेरी

संगीत-साधना से कोई विरोध नहीं है, कि किसी पुस्तक में लिखे हुए दो श्लोकों से किसी के व्यक्तित्व को तिरस्कृत करना पागलपन भर है; और यह कि कल शाम सिम्मी के यहाँ मेरे विचित्र व्यवहार का सबसे बड़ा कारण यह है कि मैं दफ़्तर से थककर सीधे उसके घर गया था, बहुत भूखा था और बहुत प्यासा था—'प्यासा' रेखांकित है!

बारीन-दा पूरी व्याख्या के साथ अपने आन्दोलन की सफलता के लक्षण गिना रहे हैं : देखो, यह शकुनि मारा गया, उस दु:शासन की जाँघ टूटी, वहाँ जयद्रथ-वध हुआ, आदि-आदि। वे बता रहे हैं कि उनकी यूनियन का किस-किस यूनियन और कौन-कौन-सी पार्टी से समझौता हो चुका है, राज्य और अखिल भारतीय स्तर के कौन-कौन-से नेता बीच में पड़कर सुलह कराने आ रहे हैं, केन्द्र शासन की ओर से किसको क्या लिखा गया है, अफ़सर को यहाँ से हटाने और उसका दर्ज़ा घटाने के लिए मंत्रि-परिषद् में क्या-क्या बातें हुई हैं...।

उनका इतना पुराना प्रशंसक और हितैषी होते हुए भी मैं इन बातों से ऊबने लगा हूँ क्योंकि वे बार-बार मेरे मन में सिम्मी की उभरती हुई कमनीय छवि को मिटा देती हैं। इसके पहले कि वह छवि एकदम से मिटे, मैंने जल्दी से तय किया कि कल शाम मैं उसके यहाँ ज़रूर जाऊँगा, उसके साथ अपने प्रणय-प्रसंग का सारा उधार, साधारण और चक्रवृद्धि ब्याज के समेत चुकता करूँगा और उसने सहयोग दिया तो, प्रयोग के तौर पर उसे एक ठुमरी भी सिखाऊँगा। यह तय कर चुकने के बाद मैंने बारीन-दा से कुछ झल्लाकर कहा, "अफ़सर के ख़िलाफ़ तो यह हो जाएगा; पर तुम्हारे ख़िलाफ़ जो यह मुक़दमा क़ायम किया गया है, उसका क्या होगा?"

बारीन-दा ने कहा, "उसका क्या होना है? झेलूँगा।"

मैंने यहाँ आते ही देखा था, बाहर बरामदे में एक आदमी खम्भे से टिका हुआ खड़ा है और आलस से सिगरेट फूँक रहा है। यह अलस-दर्प-मुद्रा अस्पताल के किसी कर्मचारी की नहीं हो सकती, इस प्रकार के तर्क-मार्ग से निकलकर मैं इस निष्कर्ष पर पहुँचा था कि सादी पोशाक में वह पुलिस का सिपाही है। बारीन-दा से जब मैंने इसका संकेत किया तो उन्होंने कहा, "मेरे इस वार्ड में रहने से सभी को सुभीता है; मुझे भी, पुलिस को भी। जनरल वार्ड में उन्हें और भी कड़ा पहरा लगाना पड़ता।"

"इनका पहरा हटेगा नहीं?"

"हट जाएगा। यहाँ से हटाकर मुझे जैसे ही जेल के वार्डरों के सिपुर्द किया जाएगा, इनकी छुट्टी हो जाएगी।"

"पर इसके पहले शायद ज़मानत ही हो जाए।"

बारीन-दा ने कहा था, "शायद! सब-कुछ सिटी एडमिनिस्ट्रेटर पर है। वह अगर कहता है कि हम लोग उसके कमरे में घुसकर उसकी जान लेना चाहते थे,

तो फिर कैसी ज़मानत? अगर वह सच-सच बोले, कहे कि हम लोग उसके कमरे का घेराव करके उससे सिर्फ़ बात करना चाहते थे, तो ज़मानत हो जाएगी।"

"आदमी वह बहुत बना हुआ है, बारीन-दा; पर शायद इतना झूठ न बोले।"

"झूठ न बोलेगा, तो लाठी-चार्ज का जवाब क्या देगा?"

बाहर खम्भे के सहारे टिककर सिगरेट फूँकने वाला सिपाही सीढ़ियों पर खड़े होकर किसी से बात कर रहा था। कोई दोहा, चौपाई या फ़िल्मी गीत गुनगुनाता हुआ, पर धुन से प्रकट करता हुआ कि उसके गायन का सम्बन्ध भक्ति-मार्ग से है, वह हमारे कमरे की ओर आने लगा। दरवाज़े पर खड़े होकर उसने अपना गीत रोक दिया और बिना मेरी ओर देखे हुए बारीन-दा से कहा, "बड़े डॉक्टर साहब आने वाले हैं। बाहरी लोगों को हटा दीजिए।"

बाहरी लोगों में मैं ही था। वास्तव में मेरे यहाँ आने के समय तीन-चार कार्यकर्ता बारीन-दा को घेरकर बैठे हुए थे और मेरे आ जाने पर उठकर चले गए थे। हम लोगों ने सिपाही की बात सुन ली। उसके लौट जाने पर बारीन-दा ने कहा, "बैठो भी। इस डॉक्टर का मुखारबिन्द भी देख लो।"

सिपाही ने खम्भे के पास जाकर दूसरी सिगरेट जला ली थी और सीढ़ी पर बैठकर धुआँ निकालने लगा था। मैंने कहा, "चलो, तुम्हारी हिरासत के बहाने इनकी मौज है। यहाँ बैठकर छुट्टी मना रहे हैं।"

मैं जानता था कि यह कहकर मैंने बारीन-दा के एक अत्यन्त प्रिय विषय को छू लिया है। उन्हें पुलिस के सिपाहियों से बड़ा लगाव है और वे उनकी निन्दा नहीं सुन सकते। इसका मुख्य कारण यह है कि उनका एक साला हावड़ा में पुलिस कांस्टेबुल है। उसका शुभनाम विमल है और विमल की जीवन-गाथा बारीन-दा की समझ में सारे पुलिस-समाज की जीवन-गाथा है। बारीन-दा विमल-सम्बन्धी जानकारी के आधार पर पुलिस-पुराण के कई प्रकरण मुझे सुना चुके हैं, सुनाते ही रहते हैं; और हर नए प्रकरण के साथ यह पुराण मेरे लिए और भी नया हो जाता है। कालिदास ने सौन्दर्य की परिभाषा में कहा है कि वही रमणीयता का असली रूप है जो प्रतिक्षण नई जान पड़े। पुलिस को थोड़ा भी जानने वाले जानते हैं कि पुलिस का यही असली सौन्दर्य है। जो भी हो, बारीन-दा ने कहा, "इन्हें इतनी आसानी से छुट्टी नहीं मिलती जी! अपने विमल को ही लो। उसकी दुर्दशा देखकर दया आती है। सवेरे घर से निकला तो समझो बस, निकल गया। उसकी बहू को दिन झींकते ही बीतता है। सारी दुनिया समझती है कि पुलिस में है, घर में लक्ष्मी बरस रही होगी; पर कांस्टेबुल की हैसियत ही क्या? कितना कमा लेगा? इतनी कड़ी ड्यूटी देता है पर रोज़ एक पाव दूध तक नहीं पी सकता। माना कि घूस भी लेता है, पर अब घूस की भी क्या बिसात? जो भी उल्टा-सीधा कमाया, उसी गिरस्ती में खप जाता है। बात यह है कि छोटे आदमी को अब कोई तबीयत से घूस भी नहीं देता। सब

टरकाने के चक्कर में रहते हैं। और सुनो, हमारे इन्हीं विमल महाशय का लड़का इस साल बी.एम-सी. में भरती हुआ है। छोकरा बड़ा तेज़ है। घूस की कमाई से लड़के की फीस तक नहीं निकल पाती। पिछली जुलाई में इसी ग़रीब बारीन हालदार को चिट्ठी भेजकर उन्होंने रुपए मँगाए, तब बेटा का काम चला। क्या समझे?"

बरामदे में लोगों के आने की आहट हो रही थी। मैंने खड़े होते हुए कहा, "समझा यह कि अबकी बार स्वस्थ होकर तुमको घूस की दरें बढ़ाने का आन्दोलन चलाना है।"

"तुम यही तो समझोगे!" कहकर बारीन-दा तकिए का सहारा ठीक करके कुछ और आराम से बैठ गए।

अस्पताल के सीनियर सुपरिंटेंडेंट साहब बहादुर साहब अब आने ही वाले हैं। पहले एक नर्स कमरे में घुसकर हमें चुप हो जाने का इशारा करती है, उसके बाद एक वार्ड-ब्वाय आकर चारों ओर निगाह दौड़ाता है कि कहीं कुछ गड़बड़ी तो नहीं है। ग़नीमत है कि वह बिस्तर के नीचे झाँक-झाँककर छिपे हुए बमों और हथियारों की खोज-ख़बर नहीं लेने लगता।

अस्पतालों के वार्ड में सबसे बड़े डॉक्टर का राउंड एक दर्शनीय घटना है। जिसे मैं आज दूसरी बार देखने जा रहा हूँ। कई साल पहले इसी शहर के एक बहुत बड़े अस्पताल में मैंने वहाँ के सुपरिंटेंडेंट को राउंड लगाते देखा था। मैं जनरल वॉर्ड के एक मरीज को, सामाजिक व्यवहार की बहुत बड़ी मज़बूरी होने के कारण देखने गया था। वहाँ से निकलकर मैं बरामदे में आया ही था कि सुपरिंटेंडेंट साहब की अगवानी का शोर मचा। मुझे याद नहीं कि उन्होंने किसी मरीज़ के सीने पर स्टेथस्कोप छुआया भी था या नहीं, पर ख़ुद उनका राकेट जैसा फूला हुआ सीना मुझे आज भी याद है। मैं बरामदे से वार्ड में झाँककर देख रहा था; उस दिन भी कोई नर्स, कोई सिस्टर, कोई मेट्रन इसी तरह आई थी और हर एक ने मरीज़ों को चुप रहने का ऐसा ही अनावश्यक संकेत किया था। फिर कुछ जूनियर डॉक्टर आए, वार्ड-ब्वायों और मेहतरों की भगदड़ तेज़ हो गई। वे इधर-उधर फ़र्श पर गिरे हुए काग़ज़ और रुई के टुकड़े बीनने लगे। तब तक अनेक विशेषज्ञों से घिरे हुए सुपरिंटेंडेंट ने वार्ड में प्रवेश किया। उसके साथ के हर डॉक्टर का चेहरा 'बाअदब, बामुलाहिज़ा होशियार' बजाने वाली तुरही की तरह लटका था। एक मेहतर फ़र्श पर गिरे हुए थूक को जल्दी में साफ़ नहीं कर सका था। वह उसी पर खड़ा हो गया और जब तक विपत्ति निकल नहीं गई, उस पर खम्भे जैसा खड़ा रहा। उधर सुपरिंटेंडेंट की मरीज़ों से जो बात हुई, वह मरीज़-डॉक्टर की नहीं, बल्कि पापी-धर्मगुरु के सम्बन्धों का आभास देती थी। किसी मरीज़ ने कहा, "डॉक्टर साहब, रात भर पसली में दर्द होता रहा।" जवाब मिला, "वह तो होगा ही।" "डॉक्टर साहब, मेरे टाँकों में चिलकन हो रही है, मवाद तो नहीं पड़ गया?" "पड़ जाएगा

तो उसका भी इलाज़ किया जाएगा।" अस्पताल के दृश्यों से इतनी उलझन होने के बावजूद मैं उत्सुकतावश सुपरिंटेंडेंट का राउंड देखता रहा। अचानक थूक पर खड़ा हुआ मेहतर उछलकर दूसरी ओर चल दिया। यह राउंड ख़त्म होने का ऐलान था। डॉक्टर साहब दूसरे वार्ड में प्रवेश कर रहे थे।

यहाँ जनरल वार्ड नहीं है और मरीज़ भी एक ही है; फिर भी मैं किसी मनोरंजक दृश्य की उत्कंठापूर्वक प्रतीक्षा करने लगता हूँ। नर्स चिन्तित होकर बाहर की ओर देखती है और तीन-चार डॉक्टरों से घिरे हुए सुपरिंटेंडेंट महाशय कमरे में प्रवेश करते हैं। वे ठिगने और मोटे हैं; उनका गोलमटोल चेहरा प्रसन्नता से फूला हुआ है। आते ही वे बारीन-दा की कलाई पकड़ते हैं, बंगला में कहते हैं, "अब कैसे हैं महाशय?" बारीन-दा अपनी तकलीफ़ों को कुछ विस्तार से कहने लगते हैं, सुपरिंटेंडेंट संक्षेप में अपने साथ के डॉक्टरों को कुछ निर्देश देते हैं और बारीन-दा से कहने लगते हैं, "अब इस आन्दोलन में दोनों ओर से सुलह हो जानी चाहिए, हालदार महाशय।" इसके बाद अजीब-सी पैंतरेबाज़ी शुरू होती है जिसमें श्रमिक नेता रोगों की और डॉक्टर आन्दोलनों की बात करता रहता है। सहसा डॉक्टर अतिरिक्त प्रसन्नता दिखाते हुए रोगी की ओर से मुँह फेर लेता है और स्वगत भाषण के रूप में कहता है, "ऐडमिनिस्ट्रेटर साहब आ गए।"

यह अस्पताल भी नगर निगम का है और प्रफुल्लित मुखड़े वाला यह डॉक्टर भी अफ़सर का वैसा ही मातहत है, जैसे रोग-शोक-जरा-मरण का संकट भोगने वाले हम दूसरे कर्मचारीगण। सुपरिंटेंडेंट उछलकर दरवाज़े से पहले ही हटा हुआ पर्दा कुछ और हटा देता है और ललककर कहता है, "आइए सर!" तब हमारा अफ़सर पूरे कमरे को अपने व्यक्तित्व से भासमान करता हुआ अन्दर आता है। वह हमेशा की तरह साफ़-सुथरा है, चुस्त-दुरुस्त है, सर पर उज्ज्वल केश-राशि का एक रेशा भी अपनी जगह से इधर-उधर नहीं है। सदा कि भाँति वह अपने आप से परम आश्वस्त है। पर्दा उठाए हुए सुपरिंटेंडेंट से वह उसकी ओर देखे बिना 'थैंक्यू' कहता है, बारीन-दा के पलंग की ओर बढ़ता है। महाभारत और पुराणों में देवताओं के ऐसे आकस्मिक अवतरण के सैकड़ों आख्यान हैं, पर इसे दैवी घटना समझते हुए भी इस समय उनमें से कोई उपमा के रूप में मुझे नहीं याद पड़ता। वास्तव में, उसके वहाँ अचानक प्रकट हो जाने से मेरा हृदय आश्चर्य के अतिरेक में एक क्षण के लिए मूर्च्छित हो गया है।

अफ़सर के चेहरे पर गम्भीरता, मृदुता और चिन्ता का घोल पुता हुआ था और मैं समझ रहा था कि यह घोल अभिनय की रूपसज्जा का एक अंश मात्र है। बारीन-दा के पास जाकर वह मोढ़े पर बैठ गया और क्षणभर चुप रहकर बोला, "जो कुछ हुआ है उसके लिए मुझे बड़ा खेद है, हालदार साहब। बताएँ, अब कैसे हैं?" बारीन-दा ने उससे भी ज़्यादा मँजे हुए अभिनेता की तरह कहा, "आप देख

ही रहे हैं। मैं बिस्तर पर पड़ा हूँ और आप मोढ़े पर बैठे हैं। पर अनेक धन्यवाद! आपके दर्शन से अब ठीक हो गया हूँ।"

मैं दरवाज़े के पास जूनियर डॉक्टरों की भीड़ में खड़ा था। अफ़सर की निगाह अभी मेरे ऊपर नहीं पड़ी थी, या पड़ी भी हो, तो उसने इसका आभास नहीं दिया था। मैं इस समय उसे बारीन-दा से सार्वजनिक रूप से माफ़ी माँगते हुए देखकर प्रसन्न हुआ, मन-ही-मन खीझा। मुझे वह मक्कारी और कायरता का पुतला जैसा जान पड़ा। सरकार में इसके ख़िलाफ़ कोई कड़ी कार्रवाई हो रही होगी और निश्चय ही यह अपना ओहदा बचाने के लिए बारीन-दा से माफ़ी माँगने आया है। सोचते ही अफ़सर के ख़िलाफ़ मेरे मन में यही आरोप नहीं रहा कि उसने बारीन-दा और दूसरे निहत्थे लोगों पर पुलिस से लाठी-चार्ज कराया है; अफ़सर के ख़िलाफ़ मकान वाली मेरी पुरानी शिकायत भी इस आरोप से जुड़ गई। मैंने सोचा : यही है, जिसने मुझे चाय पिलाकर, मेरी संगीत-कला की चापलूसी करके, मुझे भूगोल में उलझाकर इतने दिनों तक बेवकूफ़ बनाया है। सैकड़ों ख़ाली मकान इसकी क़लम के नीचे दबे हुए हैं, पर यह मुझे जान-बूझकर सड़कों पर भटका रहा है। इसी के कारण मैं एक गन्दे कमरे में रम की बोतल के साथ पड़ा हुआ हूँ, स्वच्छ पारिवारिक सुख से वंचित होकर गर्भिणी और टकहिया रंडियों के पीछे-पीछे घूम रहा हूँ, संगीत की अलौकिक झनकारों की जगह ट्रांजिस्टरों की भाँय-भाँय सुनता हूँ, अधकचरी ग़ज़लों पर सर पीटता हूँ, साँप की तरह भटकता हूँ, दूसरों के गन्दे-गन्दे बिलों में सर डालकर झाँकता रहता हूँ...।

मैंने बार-बार अफ़सर के ख़िलाफ़, इन और ऐसे आरोपों को मन-ही-मन दोहराया पर न जाने क्यों इनके आधार पर मेरे मन में जितने भयंकर खलनायक की तस्वीर बननी चाहिए थी, वह नहीं बनी; और जो बनी भी, उसकी सामने बैठे हुए अफ़सर से कोई ख़ास संगति नहीं बैठ पाई। खीझकर मैंने सोचा कि जिस जगह यह मक्कार बैठा हुआ हो वहाँ से मुझे चला जाना चाहिए, उस कमरे का मुझे बहिष्कार कर देना चाहिए। अचानक अफ़सर की निगाह दरवाज़े की ओर उठी और मुझे लगा कि मेरे बहिष्कार के निर्णय को निरस्त कराने के लिए वह पूछने ही वाला है, 'कहिए नारायणजी, आप कैसे हैं?' मैंने पास खड़े हुए एक अपरिचित से बुदबुदाकर कहा, 'साला मक्कार है', और बिना यह जानने की चेष्टा किए कि उसने मेरी बात सुनी है या नहीं, कमरे के बाहर चला आया।

आते समय मुझे लगा कि अफ़सर ने मुझे देख लिया है और मुझे संतोष हुआ कि उसने देखा तो सही कि मैं किस तरह उसे नमस्कार किए बिना कमरे से निकल आया हूँ। पर बरामदे की सीढ़ियाँ उतरकर लता-वितान वाली रमणीक गली में आते-आते मैं अपने बारे में इतना आश्वस्त नहीं रहा। मुझे लगा कि कमरे से बाहर आते समय मेरी चाल में उपेक्षा और अकड़ की मात्रा काफ़ी नहीं थी

और शायद किसी ने मेरे वॉक-आउट पर ध्यान नहीं दिया है। इस विचार से मैं खिन्न हो गया।

जैसे-जैसे मैं गली में आगे बढ़ता गया, मेरी खिन्नता बढ़ती गई। मेरा यह सन्देह धीरे-धीरे विश्वास बन गया कि अफ़सर के दिमाग़ पर मैं अपनी जिस बग़ावत की छाप छोड़ना चाहता था उसका उसे आभास भी नहीं हुआ है। एक-एक क़दम पर मेरी यह कचोट बढ़ती गई कि अफ़सर को अपमान का असंदिग्ध अनुभव नहीं हो पाया है। अन्त में मैं वापस लौट पड़ा।

लौटकर मैं बरामदे में दुबारा आ तो गया, पर वहाँ आकर अगली चाल के बारे में मेरा निश्चय स्पष्ट नहीं हो सका। तब तक लोग कमरे में जमकर बैठ चुके थे। पर्दे के पीछे कई लोगों के हँसने-बोलने की आवाज़ें आ रही थीं। मुझे बारीन-दा से खीझ हुई कि वे ख़ुद अफ़सर से क्यों नहीं कहते कि जाओ, मैं मक्कारों से बात नहीं करना चाहता। थोड़ी देर तक मैं अचकचाहट के साथ बरामदे में खड़ा रहा। तब नगर निगम के एक वर्दीदार चपरासी ने आकर मेरा काम आसान कर दिया। उसने कहा, "अन्दर ऐडमिनिस्ट्रेटर साहब बैठे हैं। अभी वहाँ जाना मना है।"

उत्तरायण

एक

अस्पताल में बारीन ने कहा था, "नारायण, भूल न जाओ तो एक काम है—बल्कि दो। इला को कुत्ते ने दाँत लगा दिए हैं। उसे इंजेक्शन लगने थे। पता नहीं कि लगने शुरू भी हुए हैं या नहीं। मिसेज़ हालदार सवेरे आई थीं; उनसे मैं पूछना भी भूल गया। ज़रा देख लेना, ज़रूरत हो तो तुम्हीं इला के साथ अस्पताल चले जाया करना। कुछ तुम्हारा भी फ़ायदा होगा—घर-गिरिस्ती के कामों की आदत बनी रहेगी।"

इला बारीन हालदार की लड़की थी; मिसेज़ हालदार उसकी पत्नी, जिसे वह दूसरों के आगे इतनी औपचारिकता से मिसेज़ हालदार कहता कि कभी-कभी लोग उसे किसी दूसरे की पत्नी समझ बैठते।

नारायण ने पूछा था, "और दूसरा काम?"

"वह तो तुम्हीं कर सकते हो। कभी फ़ुरसत से आना तो अपना टुन्न-फुन्न भी इधर लेते आना।"

"यानी कि हालदार महाशय अब हवालात में म्यूज़िक सुना करेंगे?"

"बशर्ते कि सुनाने वाला वहाँ कहीं ठर्रा पीकर लेट न जाए!"

वादा तो कर दिया था, पर चार दिन बीत जाने पर भी नारायण इला का हालचाल लेने के लिए बारीन के घर नहीं जा सका। जाड़े की सायंकालीन धूप में चमकती हुई बेंच पर बैठने का, रेडियो स्टेशन के चक्कर लगाने का, सिम्मी के घर जाने का और रम के गिलास चढ़ाने का उसके पास काफ़ी समय था, पर बारीन के घर जाने की बात सोचते ही उसे ऐसे संकल्प-विकल्पों से जूझना पड़ता जो उसे प्रायः अस्पताल की ओर जाने में झेलने पड़ते थे, न जाने क्यों इसके लिए उसे समय की कमी जान पड़ती। अन्त में, पाँचवें दिन, इतवार को बहुत सवेरे वह बारीन के घर पहुँचा।

इसके पहले वह यहाँ कभी नहीं आया था और न मिसेज़ हालदार से मिला ही था। उनके बारे में उसके मन में किसी ऐसी अधेड़ महिला की तस्वीर थी जो अपने पति की गिरफ़्तारी पर रोती हुई आएगी, मैली धोती से लगातार अपने आँसू पोंछेगी और बार-बार बच्चों की बीमारी का हवाला देगी। पर जब उसने एक

साफ़-सुथरी, हँसमुख, असंदिग्ध रूप से सुन्दर और अपेक्षाकृत जवान महिला को देखा, तो उसे और ख़ुशियों के साथ यह ख़ुशी भी हुई कि इस प्रकार की मिसेज़ हालदार इला को इंजेक्शन लगवाने के लिए नारायण नामक किसी अपरिचित के भरोसे न बैठी रहेंगी।

वही हुआ भी था। मिसेज़ हालदार ने कहा, "ओ बाबा, आपका दोस्त भी बड़ी मुसीबत करता है। वहाँ अस्पताल में पड़े-पड़े वह न जाने कितने लोगों से इला के इंजेक्शन की बात कर चुका है। हर दूसरे दिन उसका कोई-न-कोई साथी पूछने आता है कि लड़की को इंजेक्शन लग रहे हैं या नहीं। आपके दोस्त को पता नहीं कि इला को दो इंजेक्शन पहले ही लग चुके थे और जिस दिन उसकी खोपड़ी फूटी है, उसे तीसरा इंजेक्शन लगा था। अस्पताल जाइएगा तो उससे पूछिएगा कि पहले वाले दो इंजेक्शन किसने लगवाए थे। या ठहरिए, मैं ख़ुद पूछूँगी।"

वह हँस रही थी; मनचाहा पति पाकर ही इस तरह हँसा जा सकता है! नारायण हलके मन से वापस लौटा।

हलकापन ज़रूर था, पर उसके लिए पिछली रात अभी तक ख़त्म नहीं हुई थी। वह उसकी शिराओं में किसी सुरूर की तरह या ख़ुमार की तरह नहीं थी। दाँत के हलके दर्द की तरह वह बराबर अपनी सत्ता की याद दिला रही थी। इस समय, दिन के कच्चे उजाले में, सिम्मी की याद उसके लिए उपलब्धि नहीं बन पा रही थी, वह एक अनावश्यक उलझाव-भर थी, जिससे छूटने के लिए उसने अचानक तय किया कि उस दिन अस्पताल में जो भी सोचा हो, आज अफ़सर से उसके घर पर मिलना चाहिए और देखना चाहिए कि वह क्या कहता है।

दो

बँगले के लम्बे-चौड़े बरामदे में कई लोग बैठे थे। एक चपरासी बार-बार दोहरा रहा था, 'आज इतवार है, साहब किसी से नहीं मिलेंगे', पर बहुत कम लोग उठकर जा रहे थे। नारायण ने कहा, "मेरा नाम नारायण बनर्जी है। जाकर अपने साहब से बता दो। मुझसे वह मिल लेंगे।" चपरासी अन्दर चला गया। पास की कुर्सी पर बैठे हुए एक सेठनुमा आदमी ने उसे इज़्ज़त से देखा। अस्पताल में बारीन के कमरे में अफ़सर को देखकर जो कड़ुवाहट उसके मन में आई थी, उसका बचा-खुचा स्वाद जबान पर लाकर नारायण ने उस आदमी को सुनाया, "इतवार होने से ही क्या होता है। पब्लिक का काम है। मिलेंगे कैसे नहीं?" इस बार सेठनुमा आदमी ने उसे हिकारत से देखा और मुँह बिचकाया, जैसे कह रहा हो : तुम बदतमीज़ हो।

चपरासी ने लौटकर कहा, "इधर से चले जाइए। साहब पिछवाड़े लॉन में बैठे हुए हैं।"

"बिल्ली को मेक्सिको पर पत्र लिख रहे होंगे", वह भुनभुनाया और बँगले के पीछे की ओर चला।

पीछे की लॉन सामने से भी ज़्यादा बड़ी थी। उसके मखमली आभिजात्य ने नारायण को चकाचौंध कर दिया। पर लॉन के आतंक को अफ़सर के परिचित चेहरे ने तोड़ा। बँगले की चहारदीवारी के पास जहाँ वह बैठा था, वहाँ धूप-छाँह की मनपसन्द मिलावट थी। उसने घनिष्ठता से हाथ हिलाकर नारायण को अपनी ओर बुलाया। वहाँ बेंत की कुछ कुर्सियाँ और एक मेज़ थी जिस पर पड़े हुए अख़बार का कोना कुत्ते के कान की तरह हवा में उठ-गिर रहा था। अफ़सर पढ़ नहीं, कुछ लिख रहा था। नारायण ने नीले काग़ज़ पर लिखा हुआ एक नया पत्र पढ़ने के लिए अपने को तैयार किया, "प्रिय बिल्ली, मेक्सिको न केवल भौगोलिक विविधता की दृष्टि से, अपितु ऐतिहासिक गवेषणाओं के सन्दर्भ में भी एक अत्यन्त रोचक देश है...।"

पर वह पत्र नहीं, किसी फाइल पर टिप्पणी लिख रहा था। कई फ़ाइलें एक ट्रे में लॉन पर रखी हुई थीं। एक जेबी ट्रांजिस्टर वायलिन पर बिलासख़ानी तोड़ी निकाल रहा था। अफ़सर से कुछ दूर हटकर छाँह में एक लड़की कुर्सी के पास खड़ी थी। उसके ओंठ बन्द थे, पर उसके जबड़े धीरे-धीरे—शायद च्यूइंग गम पर—चल रहे थे। लड़की हवाई बन्दूक़ तोड़कर उसकी नली का ध्यान से निरीक्षण कर रही थी। अफ़सर ने कहा, "बैठिए," फिर लड़की की ओर इशारा करके कहा, "यह उत्तरा है—हमारी बिल्ली।"

तीन

नारायण ने नमस्कार किया, पर सर टेढ़ा करके बालों को झटका देने के सिवाय बिल्ली ने उसे स्वीकार करने का कोई लक्षण नहीं दिखाया; वह बन्दूक़ के निरीक्षण में व्यस्त रही। अफ़सर ने कहा, "क्या लेंगे? चाय या कॉफ़ी?" नारायण को सान्त्वना मिली कि अफ़सर ने उस दिन अस्पताल में की गई बेअदबी पर ध्यान नहीं दिया है। अनावश्यक विनम्रता से उसने बताया कि वह कुछ नहीं लेगा। अफ़सर ने ट्रांजिस्टर पर आती हुई बिलासख़ानी तोड़ी की तारीफ़ करके, जिसे ख़ुद नारायण अधकचरा मान रहा था, कहा, "अभी-अभी स्वामीजी आए थे।"

"कौन?"

"शान्तानन्दजी महाराज। आपके मकान की बात भी कर रहे थे।"

वह अफ़सर से मकान की बात करना ज़रूर चाहता था, पर अपनी ओर से नहीं। साँस रोककर उसने अगले वाक्य की प्रतीक्षा की। अफ़सर ने कहा, "स्वामीजी बिल्ली से मिलने के लिए स्वयं आते हैं। यह भी परसों ही आई है।"

नारायण ने छाँह की ओर देखा। बिल्ली ने मुँह चलाना बन्द कर दिया था, पर भौंहें सिकुड़ी हुईं, आँखें बन्दूक़ पर केन्द्रित थीं। नारायण की साँस भीतर-ही-भीतर जम गई : क्या ऐसा भी हो सकता है? कोई इतना भी सुन्दर हो सकता है क्या?

"स्वामीजी की हम पर बड़ी कृपा है। बिल्ली को तो वे बेटी की तरह मानते हैं। उन्होंने ही इसका 'उत्तरा' नाम रक्खा है। पर मुझे बिल्ली ही अच्छा लगता है।"

यह वह नहीं था जिसने सात-आठ दिन पहले निहत्थे मज़दूरों और बाबुओं पर अपने दफ़्तर में लाठी-चार्ज कराया था। उसके मुँह से निकलने वाला एक-एक अक्षर चाशनी की बूँद जैसा चू रहा था। इस भरे ओंठ, अलसाई आँखें, कुँआरे वक्ष और मखमल की-सी त्वचा वाली किशोरी से इस समय वह तुतलाकर भी बोल सकता था, घुटनों के बल घास पर रेंगकर उसके साथ घोड़ा-घोड़ा खेल सकता था।

"बिल्ली, इधर आओ बेटा, नारायणजी से मिलो।"

बन्दूक़ को वहीं कुर्सी पर रखकर वह उनकी ओर आई; उकताया चेहरा उठाकर उसने नारायण की ओर देखा और अफ़सर के कान में कुछ कहा। अफ़सर ने कहा, "नहीं बेटा, आज नहीं कल चलेंगे।"

बिल्ली ने सर झटककर इस फ़ैसले का विरोध किया। जो भी बात रही हो, उसे हलका करने के लिए अफ़सर मुस्कुराया। बिल्ली की निगाह नारायण के मटमैले कोट और मफ़लर पर पड़ी। नारायण को सहसा अपने जूतों में पालिश की कमी महसूस हुई।

"ये नारायणजी हैं। हमारे कॉरपोरेशन में ही हैं।"

बिल्ली ने इस बार उसके कोट और मफ़लर को आँख भर देखा। वयस्कों की तरह कहा, "हलोऽऽ।" आवाज़ धीमी और खसखसी थी।

"ये सितार बहुत अच्छा बजाते हैं। रेडियो पर इनका प्रोग्राम होता रहता है। बड़े मशहूर...।" अफ़सर जैसे अपना सब-कुछ दाँव पर लगाकर नारायण को प्रतिष्ठित करना चाहता हो। पर बिल्ली ने उसी तरह धीमी, सधी हुई आवाज़ से कहा, "ऐसाऽऽऽ?"

"इनके सितार के रिकार्ड भी बनने वाले हैं।"

"ऐसाऽऽऽ?" उसने फिर उसी तरह आधे अविश्वास, आधे विस्मय से दोहराया और मुड़कर कुर्सी पर पड़ी हुई बन्दूक़ की ओर देखा। बावजूद इसके कि नारायण तिरस्कार की चोट से तिलमिला रहा था, गर्दन के उस सहज मोड़ की कमनीयता ने उसके मन में सुई-सी चुभो दी। बिल्ली की निगाह नारायण के कोट और मफ़लर पर लौट आई। दाँव हारे हुए खिलाड़ी जैसा अफ़सर पूरी तौर से पस्त दीखने लगा। तब बिल्ली ही ने हालत सँभाली, उसने अफ़सर से अंग्रेज़ी में पूछा, "क्या नाम बताया आपने इनका?"

"मिस्टर नारायण बनर्जी। ऐसा लगता है कि क्लासिकल म्युज़िक में तुम्हारी दिलचस्पी बिल्कुल ख़त्म हो गई।"

आँखें दबाकर, तिरछी निगाह से ऊपर की ओर देखते हुए उसने अफ़सर की शिकायत को अनसुना कर दिया; ऐसा लगा, जैसे आसमान पर खिंचे किसी नक्शे में आतशी शीशे के सहारे वह नारायण बनर्जी की जगह ढूँढ़ रही है। फिर उसने तटस्थ ढंग से कहा, "एक्सक्यूज़ मी" और बन्दूक़ उठाने के लिए कुर्सी की ओर चली गई। उसकी निगाह की आख़िरी लपेट में इस बार कोट और मफ़लर ही नहीं, बिना पालिश के जूते भी आ गए।

बिलासख़ानी तोड़ी का वादन अब समाप्त हो गया था और रेडियो पर कोई चुस्त करकरी आवाज़ में गन्ने की खेती की तरकीबें समझा रहा था। अफ़सर ने ट्रांजिस्टर की ओर देखा पर उसे बन्द नहीं किया, सिर्फ़ आवाज़ घटा दी; नारायण ने कहा, "शान्तानन्दजी महाराज इतने असाधारण हैं कि शुरू-शुरू में हमेशा धोखा हो जाता है। इतने विद्वान् हैं पर...।"

बग़ल में बन्दूक़ लटकाए हुए वह संतुलित क़दमों से लॉन पार कर रही थी। एक नागिन थी, जो फन उठाकर चिकनी चाल से धीरे-धीरे सरक रही थी और घास में पड़े हुए कीड़ों, मकोड़ों और भुनगों का उसके लिए अस्तित्व न था। लॉन के दूसरे छोर पर पहुँचकर वह बरामदे के खम्भे के सहारे खड़ी हो गई और मुड़कर उधर देखा, जिधर नारायण और अफ़सर की कुर्सियाँ थीं। फिर आँखों पर हाथ की छाँह देकर उसने एक सिरे से दूसरे सिरे तक पेड़ों की ऊँची क़तार और आसमान को देखा।

मध्ययुग होता तो इसका हाथ थामने की लालसा में दो-चार राष्ट्र अब तक तहस-नहस हो गए होते; नारायण ने दलित योद्धा की तरह सोचा। बरामदे के कोने में एक खुला दरवाज़ा पार करके वह कमरों के सुखद धुँधलके में खो गई।

चार

अफ़सर के बँगले से काफ़ी दूर निकल आने के बाद नारायण को पता चला कि वह सड़क पर उल्टी ओर चला आया है और होटल पहुँचने के लिए उसे पीछे लौटना होगा। पर वह पीछे नहीं लौटा।

साफ़-सुथरी सड़कों, बँगलों और शानदार दफ़्तरों वाला शहर छोड़कर वह वहाँ पहुँच रहा था जहाँ तीखी गन्धों वाले कारोबार थे और ऐसी दुकानें थीं, जो नागवार होते हुए भी ज़रूरी होती हैं। सड़क चौड़ी थी, पर सवारियों की बेतरतीब भीड़ ने उसे दुर्गम बना दिया था। सड़क से भी ज़्यादा मुश्किल फ़ुटपाथ पर चलना था जहाँ खोंचे, साइकिलें, माल की ख़ाली पेटियाँ या दुकानों का फ़ालतू माल—सभी कुछ गँजा पड़ा था।

कुछ करने के लिए या अपने-आप से बचने के लिए उसने आसपास की दुकानों को देखना शुरू किया। बाँस और बल्लियों की टाल, रँगरेज़, घड़ी-साज, थोक पर नमकीन बनाने और बेचने वाले, एक गुनमान-सा प्रिंटिंग प्रेस, रुई धुनकने की मशीन, कबाड़ी, ढाबे, आटाचक्की, ठठेरे, लुहार और मोची, चाट की दुकान, चाट की दूसरी और तीसरी दुकान, यतीमख़ाने का फाटक, होम्योपैथी दवाख़ाना, चिक के पीछे से झाँकता हुआ बकरे के गोश्त का ढेर, लईया-चना-सत्तू, बिसातख़ाना, कॉपी-क़लम-किताब, फिर 'यहाँ अंग्रेज़ी शराब बिकती है।' वह वहाँ रुका, फिर तेज़ी से आगे बढ़ गया। बग़ल में किसी बैंडमास्टर की दुकान से एक अकेले पाइप पर कोई ज़ोरदार फ़िल्मी धुन निकली। धूप में सूखने के लिए कई रंगीन दरियाँ फ़ुटपाथ पर फैली थीं। एक बेहिचक आवाज़ ने कहा, "इस पर पैर मत रक्खो।" नारायण सड़क की भीड़ में उतर गया। उसका शरीर और मन अब भी सुन्न था।

दूसरी ओर सड़क के किनारे एक चार-पाँच साल का बच्चा खड़ा हुआ था। दोनों ओर से आती हुई सवारियों के रेले को उसने तटस्थता से देखा और सड़क पार करने लगा। लगभग नब्बे अंश का कोण बनाकर एक साइकिल-रिक्शा बच्चे के जिस्म को छूते-छूते कतराकर निकल गया। नारायण जहाँ था, वहीं ठिठक गया। घबराहट ने उसके पाँव वहीं जकड़ दिए। दूसरी ओर से एक मोटर आ रही थी। अपने पर काबू पाकर नारायण बच्चे की तरफ़ चलने को हुआ। पर वहाँ तक जाने की ज़रूरत नहीं पड़ी क्योंकि तब तक लोग चीख़ने लगे थे। कुछ-एक साइकिलों को छोड़कर सड़क पर सभी सवारियाँ रुक गई थीं और सड़क पार करने के लिए बच्चे को एक अस्थायी गलियारा मिल गया था। बच्चा पूरे शोरगुल से बेख़बर बना हुआ धीरे-धीरे सड़क पार कर गया।

नारायण ने रुक-रुककर साँस छोड़ी। पास एक नीम का पेड़ फ़ुटपाथ पर उगा था। उसके नीचे खड़े होकर उसने सिगरेट सुलगाई।

बच्चा अब इस ओर के फ़ुटपाथ पर आ गया था और खड़ा होकर इधर-उधर देख रहा था। 'मुझे इस तरह कोई नहीं बचाएगा', उसने कहना चाहा, 'मेरे साथ भी ऐसा ही होता तो जीना कितना आसान हो जाता।' पर घड़घड़ाती हुई गाड़ियाँ हमेशा किसी की जान बचाने के लिए नहीं रुकतीं, और यह कहने की बात नहीं थी।

आज छुट्टी के दिन भरे बाज़ार में आवारागर्दी करते हुए उसने सिम्मियों और अफ़सरों और बिल्लियों से घिरी दुनिया में अपने बचाव की ज़रूरत का जैसा अनुभव किया, वैसा पहले कभी नहीं किया था।

यहीं से एक नए संकल्प का आरम्भ हुआ।

2 दिसम्बर, 1974—सोमवार

नारायण

फिर वही अस्पताल, प्राइवेट वार्डों का वही रमणीक मुहल्ला बारीन-दा के कमरे का वही बरामदा। बरामदे में सन्नाटा है, पुलिस का सिपाही तक नहीं। मैं पर्दा उठाकर अन्दर झाँकता हूँ। कमरे में एक टेबुल लैम्प जल रहा है जिसके शेड से छनकर आने वाली रोशनी में बारीन-दा को सोता हुआ पाता हूँ। पट्टी-बँधा सर छोड़कर उनका सारा शरीर लाल कम्बल में ढँका हुआ। मुझे झटका-सा लगता है क्योंकि पहली निगाह में मुझे बिस्तर पर किसी लाश के होने का भ्रम होता है। स्टूल पर बैठी हुई ख़ामोश नर्स मुझे सर उठाकर देखती है। दीवार के पास एक सीधी पीठ वाली कुर्सी पर बैठी हुई मिसेज़ हालदार उठकर मेरे पास आती हैं, बाहर बरामदे में आने का इशारा करती हैं। हम लोग एक बेंच पर बैठते हैं। बैठते समय मेरे सितार का एक सिरा मेरे पाँव से टकराता है। और कपड़े के खोल के भीतर ढँकी-मुँदी झंकार होती है। मैं सोचता हूँ; मिसेज़ हालदार मुझे मुस्कुराकर देखती हैं, जैसे उन्हें किसी खेल में शामिल कर लिया गया हो। कहती हैं—"मिलने आए थे न? पर आज थोड़ी-सी परेशानी है। सर के टाँकों में मवाद पड़ गया है, बुख़ार भी है। किसी तरह मार्फ़िया देकर सुलाया गया है।"

फिर भी वे कल की ही तरह निश्चिन्त और निरालस दीख रही हैं। उनके आसपास ताजे फूलों और महकती धूपबत्तियों की ज़रूरत नहीं है। बस, वे कल की तरह हँस नहीं रही हैं।

मैंने कहा, "मेरी ज़रूरत हो तो...।"

"आप या मैं—कोई भी क्या करेगा? भुगतना तो इन्हें ही है।"

बारीन-दा के लिए वे अब भी नक़ली लापरवाही दिखा रही थीं; पर मैंने आज उनको 'इन्हें' कहते सुना। कल उन्होंने बारीन-दा को 'वह', 'उसे' जैसे सर्वनामों से याद किया था; आज वे उनके लिए आदरसूचक बहुवचन का प्रयोग कर रही थीं। मुझे लगा, वे जितना बता रही हैं, विपत्ति कुछ उससे ज़्यादा गहरी है।

मैंने कहा, "पिछली बार यहाँ पुलिस का पहरा लगा था।"

"आपको नहीं मालूम? वे परसों से हट गए हैं। इनकी हालत पर दया करके ज़मानत ले ली गई है।"

"पिछले मंगलवार को ऐडमिनिस्ट्रेटर बारीन-दा से जब माफ़ी माँगने आया था। तभी मुझे लगा था...।"

मिसेज़ हालदार ने मुझे झिड़कते हुए कहा, "आप भी बच्चों जैसी बात कर रहे हैं। आप उसे नहीं जानते! वह बड़ा धूर्त है...।"

वे मुझसे उम्र में दस साल छोटी होंगी। किसी अच्छे अवसर पर मिला होता तो ऐसी मीठी झिड़की खाकर 'कामिनीप्रसादनोपायचतुर:' की भूमिका में कोई मज़ेदार जवाब देता; पर इस समय मैं केवल इतना कह पाया, "ऐऽसाऽऽऽ?"

मैं एक काम में बड़ा कुशल हूँ। अचानक कोई मूर्खता कर बैठता हूँ और फिर उस पर सारे दिन पछताता हूँ। यह वैसा ही मूर्खता का क्षण रहा होगा जब मैंने कल सवेरे अफ़सर के घर जाने का फ़ैसला किया था। आज से पाँच दिन पहले मैंने अफ़सर के लिए इसी जगह इतना बड़ा आरोप-पत्र तैयार किया था, उसे बारीन-दा की और अपनी दुर्दशा का ज़िम्मेदार ठहराया था. उसका इम्पीचमेंट करते हुए तय किया था कि उसे कभी क्षमा नहीं किया जाएगा; और इस सबके बाद कोई-न-कोई बहाना निकालकर मैं कल उसके घर चला ही गया। बहाने इस प्रकार के थे : देखना चाहिए कि अफ़सर पर मेरे तिरस्कार की क्या प्रतिक्रिया हुई है; पता लगाना चाहिए कि कर्मचारी संघ से झगड़ा करके वह कितनी गहरी विपत्ति में पड़ गया है और उसका तबादला हो रहा है या नहीं। वहाँ जाने के लिए मेरे पास ये और ऐसे ही दो-चार बहाने थे, पर मैं जानता था कि ये बहाने ही हैं, इन बहानों का कोई निश्चित आधार नहीं है। एक तरह से मैं ऐसी ज्योमेट्री का प्रोफ़ेसर बन गया था जो बिन्दुओं के अस्तित्व के बिना ही रेखा खींचने की कला सिखाती है।

सच तो यह है कि अफ़सर को पता ही न था कि किसी ने बारीन हालदार के कमरे में उसका तिरस्कार किया है; और यह सच है कि यदि तबादला हो रहा होगा या ओहदा गिराया जा रहा होगा तो निश्चय ही वह मुझ जैसे दा-दिर-दा-रा टाइप से इस समस्या पर विचार-विमर्श न करेगा। तब बचा क्या? यही न कि मैं उसे मधुकैटभ-हिरण्यकशिपु-कंस-तैमूर-नादिरशाह-और डायर की कोटि में रखकर भी इतवार के दिन उसके पास मकान की भीख माँगने पहुँचा था। अच्छा ही हुआ कि उसकी बिल्ली-नामक नागिन कन्या च्यूइंग गम चबाती, 'ऐऽसाऽऽ' 'ऐऽसाऽऽ' कहती, तुम्हें कीड़ा-मकोड़ा-भुनगा समझती, तुम्हारी छाती को रौंदती हुई चली गई!

मैं जानता हूँ कि यदि बिल्ली में इस्पात जैसे मन को पिघलाकर दहकता हुआ द्रव बना देने वाला सौन्दर्य न होता, तो उसकी बेरुखी से मैं अपने को इतना तिरस्कृत न मानता। चाहे किशोरी हों या प्रौढ़ा, कुरूप स्त्रियाँ दर्प दिखाकर दूसरे को नहीं,

अपने को ही हास्यास्पद बनाती हैं। पर बिल्ली ने कुछ न कहकर भी मुझे अपने सामने अकिंचन बना दिया था, मुझे अपनी निगाह में गिरा दिया था। अफ़सर की चाटुकारिता के चक्कर में फँसने का यह शायद दैवी दंड था। पर यह भी अच्छा ही हुआ क्योंकि वहाँ मुझे फिर एक बार नई तीक्ष्णता के साथ अनुभव हुआ कि नारायण, जब तक तुम्हारे हाथ में सितार है, तभी तक तुम्हारा सिर पानी के ऊपर है; तभी तक तुम्हारे जीवन में श्री है, कान्ति है, रमणीयता है; उसके बिना तुम्हारे लिए केवल अनर्गलता है, अकिंचनता है, तमिस्त्रापूर्ण पाताल है!

तभी मैं कल शाम स्वामी शान्तानन्दजी के यहाँ से अपना सितार ले आया और आज शाम बारीन-दा को अपना टुन्न-फुन्न सुनाने आया हूँ। पर वे मार्फ़िया के नशे में, लाल कम्बल में लिपटे हुए सो रहे हैं!

कल शाम भी आश्रम के एक अकेले कमरे में मैंने सितार बजाया था। उस समय स्वामी महाराज कुछ अमरीकी जिज्ञासुओं को वेदान्त का रहस्य समझा रहे थे और अमरीकियों की भंगिमा से लगता था कि वे ख़ूब समझ रहे हैं। मुझे बाहर जाने के लिए अपने सितार के साथ उसी कमरे से निकलना था जहाँ खड़े-खड़े वे 'स्वतः प्रमाणम् परतः प्रमाणम्' की सीख दे रहे थे। अमरीकी के सामने से सितार लेकर निकलना उतना ही विपदाजनक है जितना बाघों के भरे वन में एक भैंसे के गले-बँधी रस्सी थामकर चलना। मुझे डर लगा कि ये विदेशी यदि वेदान्त के जिज्ञासु हैं तो पंडित रविशंकर के भक्त भी हो सकते हैं और उस स्थिति में अजब नहीं कि मेरा सितार देखते ही वे मुझ पर टूट पड़ें और राग 'चैंड्रानैडान' की फ़रमायश कर बैठें! अतः मैं लौटकर ऊपर के एक एकान्त कमरे में चला गया और इतने दिन से मेरे मन में जो घुमड़ रहा था, उसे सितार पर विमोचित करने लगा। तीन घंटे तक यही क्रिया चलती रही। पुरानी कथाओं में संगीत से ब्रह्मराक्षसों तक को प्रसन्न करने की बात कही गई है। मैंने उन्हें प्रसन्न नहीं किया, तीन घंटे में उन्हें पीटकर दूर भगा दिया। जैसे किसी रूपकथा के राजकुमार ने आगे बढ़ते हुए दानव का रास्ता रोकने के लिए आँधी की पुड़िया खोल दी हो, मेरे रास्ते में भूत-प्रेत-बेताल-राक्षस-डाकिनी-शाकिनी आदि की जो विरूप छायाएँ बढ़ती आ रही थीं, उन्हें स्वरों के प्रखर वात्याचक्र में मैंने उड़ा दिया। बाद में जब देवीदासजी मेरे लिए चाय लेकर आए तब मैंने कहा कि आप चाय नहीं, तबले की जोड़ी लेकर आ जाएँ।

सितार-वादन में अन्तराल देकर जब मैं थोड़ी देर के लिए खिड़की के पास आकर खड़ा हुआ, तो मुझे अपने घुटनों में दर्द जान पड़ा। कभी मैं सारी रात जाग-जागकर एक ही आसन पर बैठा हुआ सितार बजाया करता था। इस दर्द ने मुझे सहसा अपनी शारीरिक असमर्थता की आशंका से झकझोरा, जैसे रूप के लिए विख्यात किसी अभिनेत्री ने पहली बार अपने सर में सफ़ेद बाल देखा हो। मैंने निश्चय किया कि अब सितार-वादन का यह दैनिक क्रम टूटने नहीं दूँगा।

इसलिए आज से मैंने तीन दिन की छुट्टी ले ली है, आज छुट्टी का पहला दिन है। इन तीन दिनों में अपने दैनिक अभ्यास के ढर्रे पर मुझे फिर से वापस लौटना है। उत्तरा उर्फ़ बिल्ली, तुम्हें धन्यवाद! गणिका के बाद अब तुम मेरी नवीनतम गुरु हो। तुमने मेरे बिछुड़े कलाकार से मेरा फिर से संगम करा दिया है। पुनः-पुनः धन्यवाद। ख़ूब प्रसन्न रहो! हमेशा च्यूइंग गम चबाती रहो और जगत्प्रसिद्ध कलाकारों से 'ऐऽसाऽऽ' 'ऐऽसाऽऽ' बोलती रहो।

मिसेज़ हालदार कह रही हैं, "...उस धूर्त के लिए बड़ी-बड़ी ख़बरें उड़ी हैं। कोई श्रम-मंत्री है, जो हालदार साहब का साथी रहा है। उसका फ़ोन आया था; कह रहा था कि यह धूर्तराज जल्दी हट रहा है। उधर धूर्तराज भी पूरी दौड़-धूप कर रहा है। मुझे तो लगता है कि वह यहीं रहेगा, चिकनी-चुपड़ी बातें करेगा और इन्हें जेल की हवा खिलाए बिना न मानेगा।" उनकी हँसी लौट आई थी, बोलीं, "हालदार साहब को पहली बार बराबरी का जोड़ मिला है। ए ग्रीक मीटिंग ग्रीक।"

मैंने मिसेज़ हालदार के जीवन्त साहस की मन-ही-मन सराहना की, पर भीतर जो आदमी लाल कम्बल में लाश जैसा लिपटा पड़ा है, उसे पहलवान मानने का जी नहीं हुआ। सच पूछो तो जी अनमना हो गया। मैंने कहा, "मैं फिर आऊँगा। अभी चलता हूँ।"

वे खड़ी हो गईं। मेरे सितार की ओर इशारा करके बोलीं, "किसी संगीत-गोष्ठी में जा रहे हैं न? आज ही ये आपके हाथ की तारीफ कर रहे थे।"

कल जब से आश्रम में बैठकर मैंने सितार के तारों को छुआ है, मुझे प्रेतों से डर नहीं लग रहा है। नहीं तो इस समय मेरी जेब में जो पिंटू का पत्र पड़ा है, मैं उसी से हड़बड़ाया होता। वैसे, पत्र में कोई ख़ास बात नहीं है, सिवाय इसके कि पिंटू ने बड़े दिन की छुट्टियाँ यहाँ मेरे साथ बितानी चाही हैं और अपनी वर्तमान दशा में मैं अपने लड़के को अपने साथ रखने के लिए तैयार नहीं हो पाया हूँ। पर चूँकि प्रेत भाग रहे हैं इसलिए मुझे इससे कोई घबराहट नहीं है और मुझे विश्वास है कि मैं इसका कोई-न-कोई समाधान ढूँढ़ लूँगा।

सीमेंट-काँक्रीट की गली से निकलकर मैं एक चौकोर मैदान में आ गया हूँ जिसके तीन ओर अस्पताल की नई इमारतें हैं। मैदान के किनारे-किनारे बिजली के खम्भे हैं और बेंचें पड़ी हैं। एक बेंच पर बैठकर मैं पिंटू का पत्र फिर से पढ़ता हूँ। पत्र से लगता है कि कभी नशे में मैंने पिंटू को कोई डींग-भरा पत्र लिख मारा है जिसमें मैंने अफ़सर को अपना मित्र बताया है, उसके साथ चाय और कोका-कोला पीने का उल्लेख किया है। जो भी हो, मुझे उस पत्र की याद नहीं है। जवाब में पिंटू ने लिखा है, "पपा, (वह, जैसे 'पापा' को 'पपा' कहता है, वैसे ही लिखता भी है) माँ और हम सब बहुत ख़ुश हैं कि तुम्हारे बॉस से तुम्हारी इतनी छनने लगी है। (माँ बोलती है कि उससे झगड़ा न कर लेना)। तो अब मकान जल्दी मिलना

चाहिए। हम लोग पपा, यहाँ बोर हो गए हैं और चाहते हैं कि बड़े दिन के पहले ही वहाँ आ जाएँ। अब तुम बोर न करना—मकान ले ज़रूर लेना। न लोगे, तब भी मैं बड़े दिन की छुट्टी में वहाँ अकेला आऊँगा। पर माँ बोलती है कि तुम बहुत-बहुत चेष्टा करके पहले ही कोई मकान ले लो और हम सबको यहाँ से ले जाओ। छूटी ईर्ष्या के मारे जली जा रही है; बोलती है कि तुम उसे वैसी लम्बी-लम्बी चिट्ठियाँ क्यों नहीं लिखते, जैसी तुम्हारा बॉस अपनी बेटी को लिखता है। देश-विदेश का भूगोल नहीं, बस अपने शहर के हाल-चाल लिख दिया करो। और पपा, पोस्टेज की कंजूसी मत करो; चिट्ठियाँ डालते रहा करो। एक बात और, लड़कियों का ऑल-इंडिया क्रिकेट वहाँ हुआ था न; कैसा रहा? यहाँ भी एक एक्ज़िविशन मैच हुआ था, बोर रहा।" यह सब लिख चुकने पर इन्लैंड लैटर में उसने अपने नाम के लिए भी जगह नहीं छोड़ी थी।

आज दोपहर को होटल के छोकरे ने खाने के साथ यह चिट्ठी भी लाकर दी थी। तब तक मैं ऐसे-ऐसे काम कर चुका था जो मैंने बरसों से नहीं किए थे। सवेरे मैंने कमरे के साफ़ किए गए फ़र्श को फिर से अपने हाथों बुहारा था, फर्नीचर को पोंछा-चमकाया, कहीं से कुछ फूल माँगकर लाया और उन्हें एक गिलास में सजाया, रम की बोतल वाली बेंत की टोकरी पलंग के नीचे खिसका दी, धूपबत्तियाँ जलाईं, तीन दिन पुरानी दाढ़ी बनाई, नित्यप्रति का कौवा-स्नान छोड़कर नए साबुन की बट्टी घिस-घिसकर जी-भर नहाया; फिर दरवाज़ा बन्द करके, सरदार की चिन्ता छोड़कर सितार बजाया और एक बजे दोपहर तक लिहाफ़ ओढ़कर सोता रहा।

यह सब पढ़कर कोई सोच सकता है कि बारीन-दा की बीमारी को छोड़कर इस समय मेरे मन के उत्साह के लिए कहीं कोई रोक नहीं है, पर बात ऐसी नहीं है। प्रेत भाग रहे हैं, फिर भी एकाध की छायाएँ रास्ते पर पड़ती जाती हैं, यह दूसरी बात है कि प्रेतों की लोककथाओं के अनुसार कोई छाया नहीं होती। जो भी हो, जीवन-संग्राम का यही क्रम है। उसमें जब हम एक मोर्चा जीतने वाले होते हैं तभी किसी दरकी हुई चहारदीवारी के उस पार से दुश्मन की गोलाबारी शुरू हो जाती है और हमारे ख़िलाफ़ एक दूसरा मोर्चा खुल जाता है। यह सही है कि मेरे मन में कल शाम से उत्साह का पम्पासर लहरा रहा है, पर इस प्रकार के नए मोर्चे का, दरकी चहारदीवारी का भय उस तड़ाग में भीतर-ही-भीतर तैरते हुए किसी साँप की तरह मुझे त्रस्त किए हुए है। संक्षेप में, यूँ समझ लें कि सिम्मी की याद इस समय मेरे लिए इसी साँप की तरह है।

हुआ यह कि आज दो बजे दिन को जब मैं खाना खाने बैठा तो होटल के छोकरे ने बताया कि एक लौंडिया आई थी।

"कौन?"

"एक लौंडिया—दुबली-पतली, काली-काली थी। तब तुम सो रहे थे; वह आई और पूछकर चली गई।"

"कुछ कहा था?"

"बस, तुमको पूछा, मैंने दरवाज़ा खटखटाया पर तुम जगे नहीं। वह चली गई।"

"अपना नाम बताया था?"

"नाम नहीं बताया, दुबली-पतली, काली-काली थी।"

मैं जानता हूँ, सिम्मी का होटल में मुझसे मिलने आना किसी उलझन का संकेत है। यह जानता हूँ कि आज की शाम यहाँ न आकर यदि मैं सिम्मी के यहाँ गया होता तो कोई-न-कोई उलझन लेकर ही वापस लौटता। इतना तो होता ही कि कल से दूर-दूर भगी हुई पिशाच-पिशाचिनियों की टोली नए जोश से मेरे ऊपर टूट पड़ती। तभी आज की शाम मैंने बारीन-दा को अर्पित कर दी है। पर कठिनाई यह है कि वे उसे स्वीकार नहीं कर रहे हैं और शाम अभी शुरू भर हुई है।

मैं अपना सितार बग़ल में रखकर मैदान की बेंच पर बैठा हूँ। जाड़े की क्षीण कोहरे वाली रात घिर आई है। चिड़ियाँ तक पेड़ों पर अपने पंख समेटकर चुपचाप सो गई हैं पर मेरा मन अभी भी किंगफिशर की तरह अंतरिक्ष में एक ही जगह टिका हुआ अपने डैने हिलाता है और बार-बार गोता लगाकर नीचे पानी में चोंच मारता है। सिम्मी की दुश्चिन्ता नीचे झील की तरह फैली है। इस समय अकेले में कुछ भी मेरे मन को सिम्मी से दूर नहीं खींच पा रहा है। मैं बार-बार सोचता हूँ—वह होटल में क्यों आई थी?

रात के पहले पहर का यह वह क्षण है, जब शंकर-पार्वती तीनों लोक के दुःख-सुख का समाधान करके कैलाश पर वापस जाते हैं और ड्यूटी से छूटी हुई अस्पताल की नर्सें नहा-धोकर, अपनी नाममात्र की वार्डरोब से कोई भद्रजनोचित पोशाक पहनकर मैत्री-भाव से निकलती हैं और यदि दिन को कोई वादा किया हो, तो उसे निभाने का विचार करती हैं। इस प्रकार की तीन नर्सें उतने ही नवयुवकों के साथ मैदान से निकलीं और उन सबने पहले मेरे सितार को और फिर मुझको बड़े ध्यान से देखा। मेरे सितार पर साफ़-सुथरे क़ीमती कपड़े का खोल है, पर मैं ख़ुद उसी मुर्दा चूहे के रंग वाले कोट और कान तक लपेटे हुए अधमैले गफ़लर में बैठा हुआ हूँ। पूरा गिरोह किसी जड़ पदार्थ की तरह मेरा निरीक्षण करता हुआ मेरे सामने से निकल गया; पर शायद उनकी उत्सुकता उनकी सायंकालीन योजना से ज़्यादा ताक़तवर हो गई क्योंकि उनमें से एक नर्स और दो छैले—जो डॉक्टर, फ़ार्मेसिस्ट, लैब-असिस्टेंट, मरीज़ या मरीज़ों के रिश्तेदार—कुछ भी हो सकते थे—लौटकर मेरे पास खड़े हो गए। नर्स ने पूछा, "क्या आप सितार बजाते हैं?"

मैंने सवाल के जवाब में सवाल करना ही उचित समझकर कहा, "क्या आपको शास्त्रीय संगीत अच्छा लगता है?"

उसने शास्त्रीय संगीत का नाम न सुना होगा क्योंकि उसने मदद के लिए अपने साथियों की ओर देखा। तब एक छैले ने नर्स की बाँह पकड़कर उसे नेपथ्य की ओर खींच लिया और मुझसे पूछा, "आप यहाँ कैसे बैठे हैं?"

मैं बोला, "मुझे कैजुएलिटी वार्ड जाना है। आप बता सकते हैं कि किधर है?"

इस प्रकार, एक अंग्रेज़ी कहावत के अनुसार, बिल्ली झोले के बाहर आ गई।

आज प्रेत-बाधाओं के निवारण का दिन है। तब सिम्मी की खिच-खिच को एक किनारे करके एक पुराने प्रेत से ही क्यों न जूझा जाए? अस्पताल के प्रेत से, जो मुझे इतना आतंकित किए हुए है कि किसी सहज काम से भी अस्पताल जाने के लिए मुझे सत्तर बार सोचना पड़ता है, क्यों न दो-दो हाथ कर लिये जाएँ? और, संस्कृत की एक कहावत के अनुसार विष की औषधि विष ही है। इसलिए अस्पताल के प्रेत को पछाड़ने के लिए कैजुएलिटी वार्ड को ही संग्राम-भूमि के रूप में क्यों न चुना जाए? छैला के बताए हुए निर्देशों के अनुसार अब मैं कैजुएलिटी वार्ड की ओर चल पड़ा।

सौभाग्यशाली हैं वे, जिनकी ज़िन्दगी थाना, कचहरी और अस्पताल की शरण लिए बिना ही पार हो जाए; अर्थात हममें कोई भी सौभाग्यशाली नहीं है। यूँ तो और भी अवसर आए हैं, पर अस्पताल की वास्तविक शरण मुझे तब लेनी पड़ी थी, जब मैं अठारह-उन्नीस वर्ष का था।

तब मेरे पिता श्री नीलमणि बनर्जी वृद्ध हो चले थे। एक छोटे-से शहर के बालिका विद्यालय में संगीत-शिक्षक के पद से रिटायर होकर वे वहीं एक छोटे-से मकान में रहने लगे थे। सन्तान में सिर्फ़ मैं था और मेरी बहन थी। वे विपन्नता के दिन थे। पिता से सितार सीखने के लिए कुछ शिष्य घर पर आ जाते थे। कुछ तो उनसे सीखने के लिए ही अपना घर-बार छोड़कर उस शहर में रहने लगे थे। पर पिता उन सबको शिक्षा देना ट्यूशन नहीं मानते थे। दक्षिणा के नाम पर वे, जो भी मिले उसे ले नहीं लेते थे। कभी ले लेते थे, कभी शिष्य को 'गधा' और 'मूर्ख' कहकर उसके दुस्साहस की भर्त्सना करने लगते थे कि वह गुरु की शिक्षा का मूल्य देना चाहता है?

मैं सोलह वर्ष का हो गया था और अपने पिता के एक सम्मानित कलाकार के पद से उतरकर एक 'कैरेक्टर' बनने की स्थिति समझने लगा था। उनके बात करने की शैली, बात-बात पर समकालीन कलाकारों की धारा-प्रवाह निन्दा, बार-बार 'गधा' और 'मुक्ख' का प्रयोग, सिखाने के तरीक़ों का मनमानापन—इस सब ने उनकी लोकप्रियता को घटाना शुरू कर दिया था। अब दूर-दूर के संगीत-प्रेमी नौजवान हमारे घर के बाहरी बरामदे में धुले हुए, चिकने तख़्त पर घंटों बैठकर पंडित नीलमणि बनर्जी की प्रतीक्षा नहीं करते थे, स्थानीय शिष्य 'गधा' और 'मूर्ख' सुनकर नाक-भौं सिकोड़ने लगे थे और कला की एकनिष्ठ उपासना में आठ-आठ दस-दस साल बिताने को उत्सुक न थे। उन्हीं दिनों पिता ने मुझे शिष्य के रूप में

ग्रहण किया और पूरे मनोवेग में मेरी सितार-शिक्षा शुरू की, और—विस्मयों में परम विस्मय—मैं कभी उनका गधा या मूर्ख नहीं बना, उन्हें जिस आदर्श शिष्य की प्रतीक्षा थी, मैं वही साबित हुआ।

अब मैं उन्हें प्रातः बाहर बरामदे में धुले हुए तख़्त पर अधमैली, पर धुली हुई धोती पहने देखता। न जाने कैसे, मुझे उनकी दाढ़ी हमेशा छह-सात दिन बढ़ी हुई लगती। गर्मियों में नंगे बदन पर सूती चादर डाले और जाड़ों में मोटे ऊनी कुरते पर ऊनी दुशाला ओढ़े, जो उन्हें किसी रियासती सम्मान में मिला था—वे तख़्त पर बैठे हुए मुझे सितार सिखाते, रह-रहकर अपने समकालीन संगीतज्ञों की निन्दा करते, कोई संगीत-प्रेमी आ गया तो ज़ोर-ज़ोर से उसे समझाते कि आज का कला-जगत रसातल में चला गया है और अकेले होने पर ललित कंठ से शंकराचार्य की चर्पटपंजरिका, जयदेव की अष्टपदी या गोविन्ददास की पदावली गाते। पहले वे संगीत-गोष्ठियों में प्रवर की हैसियत से बैठते थे, सांस्कृतिक समारोह में संगीत की गरिमा पर भाषण देते थे, दूर-दूर तक संगीत की परीक्षाएँ लेने जाते थे; अब उनके शब्दकोष में समकालीन संगीतज्ञों, जिज्ञासुओं और प्रशंसकों के लिए सिर्फ़ दो शब्द थे—मूर्ख और गधा!

देखते-देखते पिता के प्रशंसक तक उन्हें सनकी और विक्षिप्त समझने लगे। परिवार की विपन्नता बढ़ती गई। पर वे इससे बेख़बर थे। वे मुझे बैठाकर संगीत के प्राचीन ग्रंथों के आधार पर विभिन्न रागों के विकास का इतिहास बताते और उसी क्रम में यह कहते जाते कि अमुक वादक ने परसों रेडियो पर जो अमुक राग बजाया था, उसमें अमुक स्वर त्रुटिपूर्ण था, अतः वह वादक (भले ही वह इस आलोचना से असम्पृक्त होकर अखिल भारतीय स्तर पर संगीत-सम्राट बना हो) गधा और मूर्ख है। मैं एक महान कलाकार की इस दुर्गति को समझने लगा था।

जो कलाकार कला में नई-नई उद्‌भावनाओं के प्रति असहिष्णुता दिखाता है, वह कला और आनन्द के अपरिमित आयतन से जान-बूझकर अपने को निर्वासित कर देता है। यह मैं अपनी आँखों से देख रहा था, पर उनसे कुछ कहने के लिए मेरे पास शब्द नहीं थे।

जो भी हो, 'गधा' और 'मूर्ख' का भयावह प्रदर्शन एक दिसम्बर के प्रातःकाल में देखना मेरे भाग्य में लिखा था। कुछ दिनों से उनके पेट में दर्द रहने लगा था और पेट के सामान्य विकारों की लगभग सभी दवाएँ उन्हें दी जा चुकी थीं। उन्हें डॉक्टरी दवाओं पर उतना भरोसा न था, पर मुझसे हारकर वे मेरे साथ शहर के बड़े अस्पताल जाने के लिए तैयार हो गए। मैं उन्नीस साल का हो रहा था और उनका पुत्र ही नहीं, ऐसा आदर्श शिष्य भी था जिसे सितार-वादन की कला में निष्णात करने के लिए वे बरसों से खोज रहे थे। मैंने ही उन्हें चलने के लिए तैयार किया, उनका नया कुरता और शाल लाकर तख़्त पर रक्खा; मैं ही उन्हें साइकिल

के कैरियर पर बैठालकर शहर के बड़े अस्पताल ले गया और एक जूनियर डॉक्टर के मित्र-का-मित्र होने के सहारे उन्हें वहाँ के बड़े डॉक्टर के पास परीक्षा के लिए ले जाकर खड़ा कर दिया।

अब मैं कैजुएलिटी वार्ड के पास पहुँच गया हूँ। सितार मेरी बग़ल से चिपका हुआ है। आसपास की सभी पुरानी इमारतों की जगह नई इमारतें बन गई हैं। पर कैजुएलिटी वार्ड आज भी उन्नीसवीं सदी की एक पुरानी इमारत में चलाया जा रहा है। न जाने क्यों, यहाँ आसपास सब-कुछ रूखा है; एक भी हरा पेड़ या पौधा नहीं है, और, न जाने क्यों, इस समय यहाँ हरियाली के एक तिनके तक का अभाव पूरे अन्धविश्वास के साथ मेरे मन को किसी त्रासद अनुभव के लिए तैयार कर रहा है। नीली रोशनी के बड़े बल्ब, जो मन में स्निग्ध कविता उपजाते हैं या ट्यूबलाइटें, जिनसे शान्ति और सन्तोष का प्रकाश झरता है, पीछे छूट गई हैं। एकाध कम रोशनी वाले बल्ब पुरानी मेहराबों और वायुरहित बरामदों के आगे मुँह जैसा चिढ़ा रहे हैं। वायरलेस से लैस पुलिस की एक गाड़ी वहाँ खड़ी हुई है। अपना बोझा उतारकर एक ऐम्बुलेंस गाड़ी सड़क के किनारे तिरछी खड़ी हो गई है। कुछ ड्राइवर और क्लीनर और निठल्ले लोग खड़े-खड़े बीड़ियाँ पी रहे हैं, मोटे-मोटे मगों से चाय की चुस्की ले रहे हैं, एक-दूसरे के कन्धे पर हाथ मार-मारकर हँस रहे हैं। मैं उस मेहराब की ओर चलता हूँ, जहाँ अंग्रेज़ी में सफ़ेदी पर काले अक्षरों में लिखा है...'कैजुऐलिटी वार्ड।'

न चाहते हुए भी मैं मन में पंडित नीलमणि बनर्जी की डॉक्टरी परीक्षा के दृश्य में उलझा हुआ हूँ। बड़ा डॉक्टर उनकी ज़बान देखता है, आँखों के नीचे की मांस-पेशी खींचता है, उनके पेट और पीठ की स्टेथस्कोप से परीक्षा करता है, उँगली पर उँगली ठोंककर अन्दर की आवाज़ें सुनता है, उनके ख़ून, पेशाब, पाख़ाने आदि की जाँच की सलाह देता है, उनके खान-पान, दिनचर्या आदि का विवरण पूछता है और बाद में सवाल करता है, "आप शराब पीते हैं?"

इसी पर हंगामा खड़ा हो गया, पेट और पीठ की परीक्षा के लिए उन्होंने कुर्ता उतार दिया था। पतली और कुछ फटी बनियाइन पहने हुए, जिसके नीचे उनका जनेऊ साफ़ दीख पड़ता था, और मोटी धोती को समेटते हुए, वे हाथ उछाल-उछालकर चीख़ने लगे, "मैं? शराब पिऊँगा! मैं? नीलमणि बनर्जी? पंडित विधुधर बनर्जी का पुत्र? मैं शराब पीऊँगा! मूर्ख! गधा! गधा! मूर्ख! यह कैसा डॉक्टर है जी! यह तो महामूर्ख है! गधा है! मुझसे कहता है...।"

मैंने उन्हें बहुत रोका, पर वे आपे से बाहर हो गए थे। कुर्ते और शाल को कन्धे पर डाले हुए, पतली बनियाइन के नीचे अपनी पसलियाँ दिखाते हुए वे मेरा हाथ पकड़कर तेज़ी से बाहर आए, साइकिल-स्टैंड तक बकते गए, "मूर्ख! गधा! मैं शराब पिऊँगा?" मेरा मन रोने को हो आया।

मैं उन्हें साइकिल के कैरियर पर बैठाकर घर के लिए वापस लौटा और तभी यह दुर्घटना हुई। तब दूसरा विश्वयुद्ध समाप्त हो चुका था, पर सड़कों पर तब भी फ़ौज़ी ट्रकों की हुकूमत थी। उनमें से बहुतों को अमरीकी गोरे चलाते जिनके लिए यहाँ की सड़कें बड़ी सँकरी पड़ती थीं। वे कैरियर पर बैठे हुए कुछ बुदबुदा रहे थे और मैं एक अप्रिय प्रसंग को समाप्त करने की जल्दी में उन्नीस साल के नवयुवक की तेज़ी के साथ साइकिल चला रहा था। तभी पीछे से एक फ़ौजी ट्रक के मडगार्ड ने हमें छुआ, या पता नहीं क्या हुआ! मैं सड़क के किनारे नाली में गिर गया था, साइकिल सड़क पर थी और उसका पहिया पहचान में नहीं आता था; वहीं कुर्ते और शाल में लिपटे हुए पंडित नीलमणि बनर्जी आख़िरी साँसें ले रहे थे।

आज भी वह याद करके एक कचोट उठती है कि मैं ही ग़लत ढंग से साइकिल चला रहा था। वैसे, सड़क के क़ायदों से ऐसा कुछ नहीं निकलता जिससे आत्मग्लानि की दुरन्त स्थिति में भी मैं समझूँ कि मेरे कुछ और सावधान होने से यह दुर्घटना रुक सकती थी। पर यह कैसे भूल सकता हूँ कि उस प्राणघाती घड़ी में साइकिल मैं ही चला रहा था। छब्बीस साल से ऊपर हो रहे हैं, विस्मृति पर विस्तृति की पर्तें जमती जाती हैं; सब सीखा-पढ़ा भूलता जाता हूँ, पर यही नहीं भूलता!

याद नहीं कि किसने मुझे उठाया, किसने घर का पता पूछा, कैसे पुलिस आई, किसने ऐम्बुलेंस बुलाई और हम कैसे फिर उसी अस्पताल पहुँचे। सिर्फ़ इतना याद है कि पिता का अर्धमृत शरीर देखकर बड़े डॉक्टर ने बंगाली उच्चारण की नक़ल करते हुए कहा था, "अरे! यह तो अपना 'गाधा' और 'मुक्ख' वापस आ गया!" उस डॉक्टर ने सचमुच ही ऐसा कहा!

मैंने उस दिन पहली बार एक क्षत-विक्षत देह देखी थी—पसलियाँ टूटकर निकली हुईं, आँतों का ढेर बाहर निकलकर सड़क को छूता हुआ! पता नहीं किस तरह ऐम्बुलेंस वालों ने अस्पताल में इस सबको मेरी आँखों से ओझल कर दिया था। अस्पताल हम केवल यह जानने के लिए गए थे कि उस अज्ञात फ़ौजी ट्रक की चोट ने उनके जीवन की कोई सम्भावना नहीं छोड़ी है और उनका देहान्त ऐम्बुलेंस पर ही हो चुका है; यह भी जानने के लिए गए थे कि बड़े डॉक्टर के पेट का आकार जितना विकृत है, उसका हास्यबोध उससे भी ज़्यादा विकृत है।

अब, आज 2 दिसम्बर, 1974 को इस कैज़ुएलिटी वार्ड की ओर मैं इस भय और विक्षोभ के पिशाच को नष्ट करने आया हूँ! क्या कुचली हुई पसलियों और बाहर निकली हुई आँतों से सारी उम्र डरा जाएगा? मानवीय यातना क्या इससे भी भयानक दृश्यों में प्रकट नहीं होती? और मिस्टर बनर्जी, ये मेहतर, वार्डब्वाय फार्मेसिस्ट, नर्स, डॉक्टर आदि-आदि—ये इन स्थितियों का किस तरह मुक़ाबला करते हैं? क्यों नहीं मानते कि तुम कलाकार होने का इतना बड़ा इनाम चाहते हो कि तुम्हें ख़ास तौर से रोग और दुर्घटना के दृश्यों से दूर रक्खा जाए! ऐसा क्यों

हो? नारायण मोशाय, यथार्थ को पहचानो, तुम भी उसे औरों की तरह ग्रहण करो। देखो, इस ऐम्बुलेंस में कौन आया है?

पर उस दिन, इतने दृढ़ संकल्प के बावजूद, मैं यही नहीं कर पाया। ऐम्बुलेंस से एक ऐसा आदमी उतारा गया था जो रसोईघर में गैस में आग लग जाने से जल चुका था। उसके बचने की उम्मीद न थी, फिर भी डॉक्टरों की टीम उसका उपचार कर रही थी। उसकी ओर देखने की मुझ में हिम्मत न थी; फिर भी अपने पर ज़ोर डालकर एक क्षण मैं उसका जला हुआ चेहरा देखता रहा, जिसके बाल, भौंह, बरौनियाँ आदि ख़त्म हो चुकी थीं। चेहरा एक विकृत लोथड़ा भर रह गया था। जले हुए मानव-मांस की अपरिचित गन्ध पहचानने में मुझे देर न लगी। एक निगाह में ही मानवीय यातना का साक्षात्कार करने की मेरी ठसक पूरी हो गई। लड़खड़ाते हुए बाहर आकर मैं एक खम्भे के पास सर पकड़कर बैठ गया। दो-चार लोग मेरे पीछे-पीछे आए; उन्होंने पूछा, "आप ठीक तो हैं?" मैंने कहा, "हाँ।" मेरे मूर्च्छित होने के पहले किसी ने पूछा, "मरीज़ आपका भाई है?" मुझे याद नहीं कि मैंने क्या कहा; शायद अपने पिता का उल्लेख किया हो क्योंकि कोई हँसा; वहाँ भी कोई हँसा! "मरीज़ तो मुश्किल से पचीस साल का होगा।" मैंने सुना और फिर कुछ नहीं सुन पाया। उस दिन भी कम-से-कम एक प्रेत मेरे हाथ से बचकर निकल गया।

छुट्टी का दूसरा दिन—और तीसरा

एक

शाम के अनोखे अनुभवों के बावजूद छुट्टी का पहला दिन कुल मिलाकर सार्थक रहा था। दूसरा दिन और भी सार्थक रहा। अधिकांश समय सितार बजाने में बीता; बीच में बाधाएँ भी आईं, जो ज़्यादातर अच्छी लगीं।

कमरे का दरवाज़ा खोलकर पहली बाधा कब अन्दर आई, इसका नारायण को पता नहीं चला। पर जब उसने सर उठाकर सामने देखा, तो होटल के मैनेजर को कुर्सी पर बैठा हुआ पाया। एकाध दुरूह तोड़े निकालकर उसने सितार से हाथ खींच लिया और कहा, "अभी तो दिन है सरदारजी, इस वक़्त भी बजाना बन्द करना पड़ेगा क्या?"

सरदार कलाई के झटके से अपनी तर्जनी सितार की लय के अनुसार ऊपर-नीचे कर रहा था। उँगली को उसी मुद्रा में नीची करके बोला, "अब रुको नहीं उस्ताद, इसे खींचे चलो।"

नारायण वैसे ही बैठा रहा। अपनी ओर उसे ताकता हुआ पाकर सरदार ने कहा, "तुम पुराने कस्टमर हो गए हो। अब तुम पर कोई रोक नहीं है।" उसने धीरे से दाहिनी आँख दबाई, फिर पूरी की पूरी खोल दी, कहा, "नहीं समझे?"

"थैंक्यू सरदारजी" कहकर उसने सितार उठा लिया और अपना आसन बदला। सरदारजी ने कहा, "तुम कुछ नहीं समझे। अनवर साहब का पैगाम आया है कि तुम्हारे म्यूज़िक में कोई रोक-टोक न की जाए।"

"अनवर साहब?"

"उन्हें नहीं जानते? चौधरी अनवर हुसैन। हमारे होटल के मालिक। उनके भाई से तो तुम यहीं मिल चुके हो।"

"पर मैंने तो अनवर मियाँ को कभी देखा नहीं।" कहकर वह संकुचित हुआ क्योंकि अनवर मियाँ का नाम अब भी उसके लिए किसी गोपनीय संसार का भाग था।

"उससे क्या फ़र्क़ पड़ता है जी! तुम उनके किसी रिश्तेदार को म्यूज़िक सिखाते हो न! उसी ने सिफ़ारिश की होगी।"

"मैं किसी को म्यूज़िक-वूजिक नहीं सिखा रहा हूँ।"

"यह कैसे हो सकता है! तुम अकबरी टोले में म्यूज़िक सिखाने नहीं जाते?"

अकबरी टोले में सिम्मी रहती थी। सरदार नारायण को ध्यान से देख रहा था। उसने अपनी दाहिनी आँख फिर से दबाया और खोला, कहा, "ठीक कह रहा हूँ न!" स्वीकार में नारायण ने धीरे से सर हिलाया। सरदार उठकर खड़ा हो गया; चलते-चलते बोला, "बड़ी ऊँची सिफ़ारिश करा दी तुमने! अनवर साहब का हुक़्म है कि तुम्हें कोई तकलीफ़ न हो। बताओ, तुम्हें क्या तकलीफ़ है?"

"थैंक्यू सरदारजी, मुझे कोई तकलीफ़ नहीं है; थैंक्यू।"

"कोई भी तकलीफ़ हो, कहने में हिचकना नहीं।"

'कोई भी' पर ज़ोर देकर सरदार अपनी बात को अश्लील बना रहा था। नारायण ने उसे अनसुना कर दिया पर सरदार के बाहर चले जाने के बाद वह संगीत का अभ्यास तुरन्त नहीं शुरू कर सका।

थोड़ी देर बाद अपने को सुस्थिर करके जब उसने सितार उठाया तो दूसरी बाधा आई। होटल के छोकरे ने आकर बुलाया कि कोई उसे फ़ोन पर बुला रहा है।

इरशाद का फ़ोन था। उसने कहा, "कल शाम तीन बजे अपने प्रोग्राम की रिकॉर्डिंग के लिए ज़रूर आ जाना। सिर्फ़ याद दिलाने के लिए फ़ोन किया है।"

"आ जाऊँगा, पर मैं आज भी आऊँगा—यही चार बजे तक।"

"पर मैं आज चार बजे यहाँ नहीं रहूँगा।"

"कोई हर्ज़ नहीं। मुझे सिर्फ़ एक टेप सुनना है। क्या नाम है उस लड़की का—चित्रा। उससे कह देना कि मैं आऊँगा।"

"ज़रूर कह दूँगा। जब से वह लायब्रेरियन हुई है, तुम्हारे जैसे लोग यहाँ बहुत आने लगे हैं।"

"क्यों खींचते हो यार? मैं तो ठीक से उसे जानता भी नहीं।"

"जान जाओगे।"

तीसरी बार कमरे का दरवाज़ा दो आदमियों ने खोला। वे झिझकते हुए अन्दर आए। एक ने नारायण को नमस्कार करके कहा, "हम लोग बड़ी कोठी वालों के यहाँ से आए हैं।" नारायण ने सितार रख दिया, कहा, "बैठिए।"

दोनों बैठकर इधर-उधर की बातें करने लगे जिनमें नारायण की तारीफ़ भी शामिल थी। एक ने मौसम के बारे में भी कुछ कहा। फिर नारायण का अनमनापन देखकर दूसरा बोला, "कल शाम सेठजी अपने यहाँ एक संगीत-गोष्ठी कर रहे हैं। आपसे आने की प्रार्थना की है। तबले के लिए किसी को रेडियो से बुला रहे हैं।"

"कैसी गोष्ठी है? कुछ बारात-वारात का चक्कर तो नहीं? मैं शादी-ब्याह में नहीं जाता।"

"ऐसा कुछ नहीं है। सिर्फ़ आपस के दस-पाँच लोग होंगे।"

"मैं चार सौ रुपए लूँगा और दस बजे के पहले वहाँ से चल दूँगा। परसों मेरा दफ़्तर है।"

उन्होंने एक दूसरे को देखा; एक ने कहा, "इतना तो पत्रपुष्प के रूप में होगा ही।"

नारायण की बेरुखी मिट गई, उसकी जगह झेंप ने ले ली। बोला, "ठीक है, सवारी भेज दीजिएगा। मैं आ जाऊँगा।"

"नहीं साहब, अकेले सवारी क्यों आएगी! हम लोग ख़ुद आपको लेने आएँगे— यही साढ़े छह बजे तक।"

इस सबका उसके ऊपर इतना साफ़ असर था कि रेडियो स्टेशन पर चित्रा तक ने कहा, "बड़े ख़ुश नज़र आ रहे हैं, बनर्जी साहब।" जवाब में उसने बिल्ली की नक़ल की, "ऐऽसाऽऽऽ?" और जब उसने कहा, इरशाद कहता है कि इस लायब्रेरी में लोग किताब और म्यूज़िक के बहाने सिर्फ़ आपको देखने आते हैं तो चित्रा ने झंपू-से दिखने वाले नारायण की हिम्मत पर नक़ली आश्चर्य दिखाने के लिए आँखें फाड़ दीं, कहा, "पर इरशाद आपके लिए ऐसी बात नहीं कह सकते। मुझे यक़ीन नहीं कि आप मेरे लिए यहाँ तक आएँगे।" टेपों से भरी हुई आलमारी की ओर इशारा करके उसने कहा, "अब मान भी लीजिए, खिंचाव उधर है।"

"आप ऐसा कहती हैं तो लाइए इसी का फ़ायदा उठा लूँ।" कहकर वह एक स्टूल पर बैठ गया, बोला, "चित्राजी, आपको याद है न, पिछली बार मैंने यहाँ अपना विहाग वाला टेप सुना था। उसे एक बार फिर सुनना चाहता हूँ।"

"बड़ा प्यारा टेप है; अभी लगाती हूँ।"

वह आलमारी में टेप ढूँढ़ रही थी। नारायण ने पूछा, "आपको क्लासिकल म्यूज़िक अच्छा लगता है?"

"इरशाद साहब ने आपको इसके बारे में कुछ नहीं बताया?"

वह टेप को मशीन पर चढ़ाने लगी। बालों की एक लट उसके गाल पर उतर आई थी। नारायण मशीन पर झुकी हुई उसकी प्रोफाइल को देखता रहा। जिस वक़्त टेप से सितार के आरम्भिक स्वर निकले, वह इसी घरेलू दृश्य में खोया हुआ था, जैसे वह इस कमरे में बरसों से रह रहा हो, मशीन पर झुकी हुई चित्रा की प्रोफाइल को हमेशा से इसी तरह देखता रहा हो।

चित्रा ने घूमकर नारायण की ओर देखा और सर हिलाकर उसे ख़ामोशी से दाद दी। नारायण अब भी उसे देख रहा था, पर सितार की झनकार अब उसकी चेतना को अवक्रान्त करने लगी। इसके बाद सब-कुछ केवल विहाग था।

जब गत बजनी शुरू हुई तो नारायण ने पुरानी बात का सिलसिला जोड़ा, कहा, "लगता है आप को भी म्यूज़िक की लत है।"

"बनर्जी साहब, लत की मत कहिए। इसी लत का नतीज़ा है कि इरशाद साहब से शादी करनी पड़ रही है।"

"आप—इरशाद से शादी कर रही हैं?"

"क्यों? इरशाद अच्छा लड़का नहीं है? आप लड़की होते तो उससे शादी न करना चाहते?"

नारायण ने कहा, "कम-से-कम उसका गाना सुनकर ऐसा ज़रूर सोचता—या सोचती।"

"वही यहाँ भी हुआ है, वैसे कोई लाज़मी नहीं कि जो अच्छा गाता हो उससे शादी कर ली जाए। पर इरशाद साहब और हम म्यूज़िक के सहारे ही इतना नज़दीक आ सके हैं।"

"आप गाती भी हैं?"

"कम-से-कम इरशाद साहब को ऐसा ही भरम है।"

सहसा चित्रा के साथ उस कमरे में बैठना नारायण के लिए क़ीमती अनुभव हो गया। टेप धीरे-धीरे घूमता रहा और स्वरों की झनकार उन दोनों के बीच ऐसी आत्मीयता भरती रही, जैसे दोनों किसी स्विमिंग पूल में अकेले तैर रहे हों।

आज नारायण अपने ही रचे स्वरों में अपने को नहीं भुला सका। उसका एक हिस्सा उस संगीत की कमज़ोरियों को एक समीक्षक की तरह देखता रहा। कुछ तोड़ों की बुनावट उसे असाधारण जान पड़ी और लगा कि वे इतने असाधारण न होते तो ज़्यादा द्रावक बनते। आज उसने अपने टेप को पिछली बार के दिवास्वप्न की स्थिति में नहीं सुना बल्कि उस तटस्थ कलाकार की हैसियत से सुना, जो पिछले दो दिनों से सितार पर इससे भी अच्छा विहाग बजाता रहा है।

टेप ख़त्म होने के बाद वह ख़ामोश बैठा रहा, चित्रा की ओर से सिर्फ़ स्विच ऑफ़ करने की आवाज़ आई। फिर उसी ने पूछा, "अब?"

"कोई स्टूडियो ख़ाली होगा?"

"ज़रूर। कोई-न-कोई ख़ाली मिलेगा ही।"

वह स्टूल छोड़कर खड़ा हो गया और तेज़ी से चित्रा के पास आया। उसकी कलाई पकड़कर उसे लगभग अपने साथ खींचते हुए वह दरवाज़े की ओर बढ़ा, बोला, "तब ठीक है। कहीं से एक सितार उठा लीजिए। मैं आपको फिर से यही विहाग बजाकर सुनाऊँगा। इसके बाद यह पुराना टेप फेंक दीजिएगा।"

किसी को तबले पर संगत करने के लिए बुला लिया गया, किसी ने रिकॉर्डिंग का भी इन्तज़ाम कर लिया, पर वादन आरम्भ हो जाने के बाद भी चित्रा की आँखों का विस्मय पूरी तौर से मिटा नहीं।

दो

ज़ीना अँधेरे में था। दरवाज़े पर दस्तक का जवाब न मिलने से अँधेरा और भी घना हो गया। नारायण ने किवाड़ों को धीरे से धक्का दिया, वे बन्द न थे। किवाड़

खोलकर उसने अँधेरे में क़दम रखा और ठिठककर, लगभग सहमकर, चारों ओर देखने की कोशिश की। खिड़की के बन्द पल्लों से रोशनी की एक पतली लकीर दाईं ओर वाली दीवार की दो फाँकें कर रही थी। धुँधलके में आँखों के अभ्यस्त होते ही उसे तख़्त पर लिहाफ़ के ढेर का आभास हुआ। उसने पुकारा, "सिम्मी।" सिम्मी ने जवाब नहीं दिया। दीवार की स्विच की ओर बढ़ते हुए उसने दुबारा पुकारा, "सिम्मी" और स्विच दबाया। कमरे में रोशनी का सैलाब फैल गया। सिम्मी ने कहा, "नहीं, नहीं रोशनी मत कीजिए।" नारायण ने रोशनी बुझा दी। बुझाते-बुझाते तख़्त पर लेटी हुई सिम्मी की उसे एक झलक मिली। लिहाफ़ के बाहर ऊल-जलूल बालों में उसका चेहरा और भी दुबला दिखा। दुबली बाँह पर सोने की नाजुक-सी चूड़ियाँ झलकीं। तख़्त पर बिछे हुए गद्दे के कोने पर वह पाँव लटकाकर बैठ गया। उसने तय किया था कि जाते ही वह सिम्मी को फटकारना शुरू करेगा, कहेगा—अनवर मियाँ से मेरा ज़िक्र करने की या मुझे अपना ट्यूटर बताकर झूठ बोलने की क्या ज़रूरत थी? इसकी जगह उसने पूछा, "क्या बात है, सिम्मी? तबीयत ठीक नहीं है क्या?"

लिहाफ़ के अन्दर थोड़ी-सी हरकत हुई, पर ख़ामोशी वैसी ही बनी रही। वह असमंजस में बैठा रहा, सामने दीवार पर खिंची हुई रोशनी की धुँधली लकीर को देखता रहा। हिलती हुई परछाइयाँ उस लकीर को बार-बार काट रही थीं—बाहर हवा बह रही थी और खिड़की पर उसकी फुफकार सुनाई पड़ रही थी। वह तख़्त पर जूते उतारकर बैठ गया, हाथ से टटोलकर उसने सिम्मी का चेहरा छुआ, कहा, "कल तुम मेरे यहाँ गई थीं?"

इस बार सिम्मी ने अपना हाथ फैलाकर आसपास टटोला, कहा, "आप कहाँ हैं?" वह अपनी जगह से खिसक आया, एक हाथ सिम्मी के चेहरे पर फेरते हुए वह खिड़की के पास हमेशा की तरह दीवार से सटकर बैठ गया। धीरे-से खिड़की का एक पल्ला खिसकाया और दीवार पर रोशनी की लकीर कुछ और चौड़ी हो गई। पत्तियों और टहनियों की परछाइयाँ अब अमूर्त नहीं रहीं। उसने कहा, "तुम्हें बुख़ार जान पड़ता है। थर्मामीटर होगा क्या?"

सहसा सिम्मी ने अपना हाथ बढ़ाकर उसे लिहाफ़ में समेट लिया। वह कुछ सोच सके, इसके पहले सिम्मी की बाँहों ने उसे जकड़ लिया और उसके गाल के नीचे उसका चेहरा निश्चल हो गया। नारायण को अपनी साँस रुँधती-सी जान पड़ी और कुछ और न सोच सकने की मज़बूरी में वह कुल इतना सोच सका कि उसे कोट उतार देना चाहिए। जिस्मों के उलझाव से अपनी एक बाँह बाहर निकालकर उसने सिम्मी के सर को अपने कन्धे पर रख लिया, पर उसके लिए इतना काफ़ी न था। उसकी जकड़ और भी मज़बूत हो गई और उसने अपना सर नारायण की छाती में छिपा लिया। उसके कोट और पुलोवर के खुरदरेपन से वह बिल्कुल बेख़बर

रही। नारायण उसकी पीठ पर हाथ फेरता रहा और अनुभव करता रहा कि वह सिर्फ़ चोली और पेटीकोट पहने है।

उसकी अर्धनग्नता के साथ उसे एक झटके के साथ यह भी एहसास हुआ कि वह रो रही है। वह ख़ामोश रोती जा रही थी और उसके आँसू नारायण के कपड़ों की खुरदरी पर्तों पर ढल रहे थे। दबी हुई सिसकियाँ नारायण की हथेली के नीचे उसकी पीठ को बार-बार कँपा रही थीं। नारायण ने कुछ कहना चाहा, नहीं कह सका, सिर्फ़ कोट के बटन खोलकर, पुलोवर को ऊपर खींचकर उसने सिम्मी का गाल कमीज़ की चिकनी सतह पर टिक जाने दिया। अन्त में पूछा, "क्या हुआ, सिम्मी? मुझे नहीं बताओगी?"

"बताने ही के लिए तो आपके होटल गई थी।"

"हुआ क्या है?"

सिम्मी का गला भर्राया हुआ था। नारायण की छाती में मुँह सटाए हुए उसने कहा, "श्यामा नहीं रही।"

उसके आशंकित मन को तुरन्त मालूम हो गया कि इसका वही मतलब है, जो इन तीन अस्पष्ट शब्दों को सुनते ही उसने समझ लिया है। फिर भी उसने दोहराया, "क्या मतलब? श्यामा को क्या हुआ?"

"उसका एक्सिडेंट हो गया था।" सिम्मी की आवाज़ अब पहले से ज़्यादा साफ़ थी, पर सर नारायण की छाती से उसी तरह सटा था; "वह अँधेरे में जीने पर गिर गई थी। शायद यही हुआ था; वैसे कोई नहीं जानता कि क्या हुआ था। उसके सास-ससुर ने ज़ीने के नीचे उसे फ़र्श पर बेहोश पाया था। उसका सातवाँ महीना पूरा हो रहा होगा। बहुत ख़ून बहा। अस्पताल में वह सिर्फ़ चार-पाँच घंटे ज़िन्दा रह पाई...।"

सिम्मी फफककर रोने लगी। नारायण ख़ामोश रहा। उसे आश्चर्य हुआ कि इस दुर्घटना में उसे कुछ भी अप्रत्याशित नहीं जान पड़ रहा है। मन के किसी कोने में एक बोझ-सा हटता हुआ जान पड़ा और इस अनुभव की कल्पना से ही वह काँप उठा। फिर भी उसकी तटस्थता एकदम नहीं मिटी। सोचता रहा—मैं जानता था कि कुछ-कुछ ऐसा ही होना है। उसे अपने-आप से खीझ होने लगी कि उसे सिम्मी जैसा क्यों नहीं लग रहा है।

जिस्मों की जकड़ कमज़ोर हो गई थी। अपनी नंगी हथेली से वह सिम्मी के आँसू पोंछता रहा। बोला, "मैं उस वक़्त कमरे में ही था। सो रहा था। तुमने जगाया क्यों नहीं?"

उसके आँसू फिर पहले की तरह फूट निकले। "किसी को जगाकर मौत की ख़बर देना—नहीं, मैं नहीं कर सकी।"

"लिखकर छोड़ देतीं?"

"आप सोचते हैं कि मैं लिख सकती थी?"

दोनों चुपचाप लेटे रहे। नारायण ने पूछा, "यह कब हुआ?"

"एक हफ़्ता पहले।"

वह दीवार पर टहनियों की हिलती हुई परछाइयाँ देखता रहा। पूरी स्थिति उसके लिए अब भी अवास्तविक थी; जैसे वह कोई दु:खान्त फ़िल्म देखकर लौट रहा था और ऐसा कुछ न था, जो उसके हमेशा की तरह खुलकर हँसने-बोलने, खाने-पीने, प्यार करने पर रोक लगा सके।

पर बार-बार उनके बीच स्थिर हो जाने वाली ख़ामोशी, सिम्मी के आँसू, उसके हाथ के नीचे सिम्मी की पीठ की कँपकँपी, तसल्ली के शब्दों की कमी—यह सब धीरे-धीरे उस पर हावी होने लगा।

खिड़की की दराज से आने वाली हवा उसके चेहरे को सुन्न करने लगी थी।

"सिम्मी!"

सिर्फ़ गर्दन की हलकी-सी हरकत से उसने बताया कि वह सुन रही है।

"मैंने कभी नहीं सोचा था कि हम मौत के इतना पास रहते हैं," उसने रुँधते हुए गले से कहा। फिर वह भी रोया।

तीन

मुहल्ले के गुलगपाड़े से जब सवेरे उसकी आँख खुली, सिम्मी उसकी ओर पीठ करके सोई थी। हमेशा की तरह उसकी भौंहें सिकुड़ गई थीं और लगता था कि सोते हुए भी वह किसी गहरे सोच में है।

खिड़की के पिछवाड़े वाली बस्ती में हंगामा मचा था। पर अब ये आवाज़ें उसके लिए अजनबी नहीं थीं। मुर्गे बोल रहे थे, गाएँ रम्भा रही थीं, औरतें चीख़ रही थीं। कुछ मर्दों की फटी आवाज़ें भी उनमें शामिल थीं और कभी-कभी लगता कि झगड़ा खिड़की के बिल्कुल नीचे हो रहा है। नारायण ने पल्ले को कुछ और खिसकाया और सुबह की ठंडी हवा में प्याज़, मसाले, गोबर और नालियों की गन्ध का परिचित बासीपन कमरे में बहकर आया। दीवार के आरपार धुआँती हुई धूप की एक मोटी लकीर खिंच गई।

पल्ले के खिसकते ही कुछ दूर इमली के पेड़ों के पास धूप में बैठी हुई झगड़ालू औरतें चुप हो गईं और उनकी निगाहें सिम्मी के मकान की ओर उठीं। नारायण ने झिझककर खिड़की बन्द कर दी। सिम्मी सोती रही।

कमरे से मिला हुआ एक टीन-छाया बरामदा था जिसमें सिम्मी कभी-कभी, लगभग आदिम ढंग से खाना बनाती होगी। उसके बाद सँकरा-सा सहन था जिसके कोनों में नल लगा था; उसी के पास संडास थी। नारायण ने जम्हाई ली। उधर जाने का मन नहीं हुआ।

वह फिर लिहाफ़ के अन्दर लेट गया। उसके लेटते ही सिम्मी ने करवट बदल ली और नींद-भरी आँखों से उसे देखा। उनकी कोरों में आँसू की दो बूँदें दिखीं। उसने कहा, "आप मुझे छोड़कर जा रहे थे।"

"नहीं सिम्मी, मैं तुम्हें छोड़ नहीं सकता।" वह उसकी पीठ को बार-बार सहलाता रहा।

"मैं आपके क़ाबिल नहीं हूँ।"

नारायण कहने लगा, "ऐसा मत कहो, सिम्मी। इस पराए शहर में तुम्हारे सिवाय मेरा कोई नहीं है।" कहते-कहते उसे एहसास हुआ कि कोई भी ऐसा शहर नहीं जो उसके लिए पराया न हो। इसके साथ ही उसकी भावुकता का उफान बढ़ने लगा। सिम्मी ने दोनों बाँहें लिहाफ़ के बाहर निकाल लीं, सीधा लेटकर अपना चेहरा छत की ओर कर लिया, कहा, "हाय, यह भी क्या बात हुई! जिगर साहब ने यह शेर मेरे ही लिए कहा होगा—मैं? और तेरे इश्क़ के क़ाबिल? नहीं! नहीं! मुझको मुआफ़ कर कि मैं तुझ-सा हसीं नहीं।"

"तुम ग़लत समझती हो सिम्मी, तुम्हारे बिना मैं रह नहीं सकता। तुम नहीं जानती कि तुम क्या हो! तुम्हारी एक अपनी परसनैलिटी है। इंसान की परसनैलिटी उसका सिर्फ़ गोरा या काला रंग नहीं है। परसनैलिटी बहुत गहरी चीज़ है। वह तुम्हें मिली हुई है। अपने को छोटा मत समझो, सिम्मी। यह सब कहकर तुम मुझे भी छोटा बना रही हो...।"

इस समय वह कुछ भी बोल सकता था और बोलता जा रहा था। उसी के साथ कोई उसे भीतर-ही-भीतर कुरेद रहा था कि यह सब कहने की, इस बात को यूँ ही खींचने की ज़रूरत क्या है। जब यह कुरेदने वाली आवाज़ कुछ ज़्यादा मुखर हो गई तो उसने बोलना बन्द कर दिया। फिर धीरे से वह लिहाफ़ के बाहर निकलकर बैठ गया। बोला, "नौ बज रहा होगा।"

सिम्मी ने जम्हाई ली; उठकर बैठते हुए कहा, "मैं भी कैसी हूँ। आपके लिए चाय तक नहीं बनाई। रुकिए, अभी तैयार करती हूँ।"

"तुम कुछ मत करो सिम्मी, सिर्फ़ आराम करो।"

पर वह चाय बनाने के लिए बरामदे में चली गई। पेटीकोट और चोली के ऊपर उसने ऊनी चादर ओढ़ ली थी और खुले दरवाज़े से नारायण को उसके दुबले, बीमार-से जिस्म की झलक बार-बार मिलती रही। चूल्हे में जलती हुई लकड़ी का कसैला धुआँ कमरे में धीरे-धीरे फैलता रहा। दीवार से पीठ सटाए हुए वह तख़्त पर पसरा हुआ बैठा रहा। उसने श्यामा के बारे में सोचना चाहा, पर उसे यह सब अवास्तविक जान पड़ा। जैसे-जैसे समय बीतता गया, उसके सामने फैले हुए लिहाफ़ के बासीपन की गन्ध उसकी नाक में तेज़ होती गई। बँधे हुए दायरों के बाहर आने की कोशिश में उसने पुकारकर कहा, "पिंटू आ रहा है।"

सिम्मी शीशे के दो गिलासों में चाय लिए हुए कमरे में आई, इस ऊनी चादर में वह अपनी उम्र से बड़ी दिख रही थी। चादर का एक सिरा फ़र्श पर लिथड़ रहा था। उसने पूछा, "कौन?"

"पिंटू। मेरा बड़ा लड़का। बी. एस-सी. में पढ़ता है। बड़े दिन की छुट्टियों में मेरे पास आकर रहेगा।"

वह तख़्त के एक कोने में सिमटकर बैठ गई थी और चादर से अपने पूरे जिस्म को ढँककर चाय पी रही थी। नारायण ने अपनी ओर से ही कहा, "शायद तब तक मकान मिल जाए।" फिर कहा, "कुछ न हुआ तो उसे स्वामीजी के आश्रम में ठहरा दूँगा।"

उसने कोई जवाब नहीं दिया, फ़र्श पर आँखें गड़ाए हुए चाय पीती रही।

अचानक उनकी निगाहें मिलीं। नारायण ने कहा, "चाय बहुत अच्छी बनी है।"

"ख़ुदा के लिए झूठ न बोलिए। सच-सच बताइए, क्या सोच रहे थे?" लगा कि वह रोने वाली है। नारायण ने कहा, "क्या बताऊँ, सिम्मी! मुझे ख़ुद नहीं पता कि मैं क्या सोच रहा था।"

"मैं जानती हूँ कि श्यामा आपके लिए क्या थी, आपकी कितनी इज़्ज़त करती थी!"

वह कुछ नहीं बोला, पर उसे तसल्ली हुई कि श्यामा का नाम लेते हुए सिम्मी इस बार रोई नहीं, उदास-भर बनी रही। नारायण के चलते समय उसने कहा, "आज श्यामा की माँ से ज़रूर मिल लीजिएगा।"

श्यामा का पूरा चेहरा नारायण की कल्पना में उभर नहीं पा रहा था। बार-बार चाहने पर भी उसकी आँखें, ओंठ, नाक, गाल उसे अलग-ही-अलग दीख रहे थे। एक साथ मिलकर वे जिस श्यामा को बना सकते थे, वह नारायण को शायद हमेशा के लिए अपने से आज़ाद कर गई थी।

चार

सेठ के यहाँ खाने का और खास तौर से पीने का अच्छा इन्तज़ाम था। गोष्ठी में घरेलू बेतकल्लुफ़ी थी।

उसका दामाद बम्बई से आया था। दामाद को संगीत का शौक था और उसकी ख़ुशी के लिए ससुर ने एक गवैये को गाने के लिए और नारायण को सितार बजाने के लिए बुलाया था। गवैया, 'हुज़ूर के इक़बाल से' वाली हैसियत का था और उसी के अनुसार उसका गाना सुनकर, तारीफ़ सुनाकर और फीस देकर उसे एक मुनीमजी के साथ खाने-पीने के लिए किसी दूसरे कमरे में भेज दिया गया था। नारायण अंग्रेज़ी बोल रहा था और सेठ के दामाद ने उसे शुरू से

ही 'भाई साहब' कहना शुरू कर दिया था। नारायण सितार-वादन के बाद भी कुछ देर रुका रहा था।

सुनने वाले कुल बारह-चौदह थे। एक बड़े कमरे में कालीन पर बैठे हुए लगभग वे सभी व्हिस्की पीते रहे और शोर मचाकर गाने-बजाने की तारीफ़ करते रहे। नारायण उनके साथ व्हिस्की के कई गिलास पी गया और जब उसने सितार बजाया तो इसलिए उसकी और भी तारीफ़ हुई कि इतना पीने के बाद भी वह इतनी महारत से बजा रहा है। एक-एक मोड़ पर दो-दो मिनट वाह-वाह हुई और घर की नौकरानियों ने पर्दे के पीछे से झाँक-झाँककर देखना शुरू किया कि माज़रा क्या है। फिर नारायण ने व्याख्या दे-देकर हाथ के कमाल दिखाने शुरू किए और बार-बार इशारा किया कि इस ढंग का सितार मुल्क में अकेले वही बजा रहा है। जिसका सबने वाह-वाह और व्हिस्की के साथ अनुमोदन किया। सेठ ने कहा, "आप असली आदमी हैं।" नारायण ने कहा, "नहीं, असली आदमी आप हैं।" कहकर उसे लगा कि वह जितनी ईमानदारी से यह बात कह रहा है, उस हिसाब से बात ज़रा जल्दी ख़त्म हो गई है। इसलिए उसने इस बात को कई बार दोहराया। सेठ ने उसके गिलास में अपने हाथ से व्हिस्की की एक अतिरिक्त खुराक अतिरिक्त उदारता से डाली।

खाना खाकर चलते-चलते उसे सेठ के घर की आत्मीयता ने बुरी तरह जकड़ लिया। दोनों ओर से न जाने कितने वायदे हुए। नारायण की जो बड़ी-बड़ी समस्याएँ थीं वे इतनी जल्दी हल हो गईं कि उसने महसूस किया कि छोटे आदमी बहुत जल्दी छोटी-सी बात को बड़ी समस्या का दर्जा दे देते हैं और यह बात किसी दूसरे पर ढालकर उसने वहाँ कही भी। सेठ के दामाद ने उसे बम्बई आने का निमंत्रण दिया। नारायण ने बताया कि अगले महीने उसे बम्बई आना ही है क्योंकि उसका वहाँ लॉन्ग-प्ले रिकार्ड तैयार होने वाला है। दामाद ने बताया कि उस ग्रामोफ़ोन कम्पनी का मैनेजिंग डाइरेक्टर तो अपना यार है और भाई साहब आप वहाँ आएँगे तो चार-पाँच छोटे रिकार्ड भी बनेंगे। उसने कहा कि बम्बई में टेलीविज़न पर भी उसका प्रोग्राम कराया जाएगा। मेहरा है न, वही जो विट्टी की शादी में आया था, वही तो टी.वी. का म्यूज़िक प्रोड्यूसर है; और बम्बई में भाई साहब आपकी मुलाक़ात फ़िल्म वालों से भी होगी। जी हाँ, अपने ही घर पर एक दिन उन सबको कॉकटेल पार्टी में बुला लूँगा; या, न हुआ तो, ताज में बैठ जाएँगे। देखिएगा, कैसे-कैसे म्यूज़िक डाइरेक्टर आपके पीछे पड़ते हैं। यह चीज़ उन्हें मिलेगी कहाँ? या आप वहाँ ख़ुद ही किसी फ़िल्म का म्यूज़िक डाइरेक्शन हाथ में ले लें। ऐसा तो बहुत दिनों से हो रहा है। रविशंकर, अली अकबर, विलायत—अभी यह तुम्हारा रघुनाथ सेठ—सभी तो म्यूज़िक डाइरेक्टरी करते हैं। आ जाइए, आप भी दो-चार फ़िल्मों में आ जाइए। क्या बात रहेगी! म्यूज़िक बाई नारायण बनर्जी! बल्कि बनर्जी भी ड्रॉप कर दीजिए। म्यूज़िक बाई नारायण! सच पूछिए तो यह चिड़ीमार शहर आपके काम का नहीं।

छोड़िए इसे। बम्बई आइए या कलकत्ता—वह भी अपना घर है। बड़े भाई वहीं का बिज़नेस देखते हैं। या दिल्ली—दिल्ली भी बुरी नहीं—अच्छा, आप दिल्ली रह चुके हैं? पर वहाँ रहने से फ़ायदा क्या हुआ? सच तो यह कि कॉरपोरेशन की नौकरी छोड़िए और कूद पड़िए बम्बई के अखाड़े में। फिर देखिए, कहाँ-से-कहाँ पहुँचते हैं। साल भर के भीतर ही आप न्यूयॉर्क में दीख पड़ेंगे। पहचाने नहीं जाएँगे।

इसके बाद सेठ का आग्रह—मकान की क्या फ़िक्र है? इतनी बड़ी कोठी पड़ी है। कल आकर देख लीजिए; जिधर पसन्द हो, दो-चार कमरे ले लीजिए। फैमिली बड़ी होने से क्या हुआ? बड़ी जगह चाहिए आपको? तो उधर नदी किनारे वाली कोठी जाकर देख आइए। एक तरफ़ पुराने गोदाम तुड़वाकर मुनीमजी के लिए मकान निकलवाया था—जी नहीं, आउट-हाउस नहीं, आपने भी क्या बात कह दी! पहले आप देख आइए, यहाँ से ज़्यादा शानदार है। बस यही कि शहर से चार-पाँच मील पड़ता है। बाज़ार-वाज़ार की दिक़्क़त है, बिना कार के कष्ट हो सकता है; पर उसका भी कुछ हो जाएगा। आप पहले देख लीजिए! हमारी राँची वाली बहू भी सितार बजाती है। दो-चार टुकड़े उसे भी कभी-कभी बता दीजिएगा।

चलते वक़्त कमरे के कोने में सेठ के मैनेजर से रुपयों का लिफ़ाफ़ा लेना उसे कमीनापन जान पड़ा। उसने बार-बार लिफ़ाफ़ा सामने से हटाना चाहा, बार-बार दोहराया कि रुपए की बात उसने मज़ाक़ में कही थी। तब सेठ ने ख़ुद आकर झगड़ा निबटाया। जेब से सौ रुपए का एक और नोट निकालकर, इस कार्रवाई को छिपाने की कोई कोशिश किए बिना, उसने लिफ़ाफ़े के चार नोटों में जोड़ दिया। फिर नारायण की जेब में लिफ़ाफ़ा ठूँसकर कहा, "ठीक है, आप घर के आदमी हैं। तभी कहता हूँ कि आप मेरी बात मान लीजिए। दूसरी बार मैं आपकी बात मान लूँगा।"

पाँच

होटल के सामने फ़ुटपाथ पर उसे उतारकर मोटर अपनी भर्राहट के साथ ग़ायब हो गई है, सितार कमरे में पहुँच चुका है, सामने की इमारतों में नींद और ख़ामोशी भरी है, सड़क के इस हिस्से की रोशनियाँ बुझ चुकी हैं—इन सबने फ़ुटपाथ पर खड़े हुए नारायण को सब तरफ़ से आज़ाद कर दिया। धुँधली चाँदनी में वह थोड़ी देर फ़ुटपाथ पर ख़ामोश खड़ा रहा।

पहले निश्चय नहीं था कि उसे कहाँ जाना है और क्यों जाना है, पर गांधी पार्क के फाटक तक आते-जाते उसने मान लिया कि उसे यहीं आना था। पार्क सुनसान हो गया था पर सड़क पर जहाँ आगे एक सिनेमाघर था, कुछ चहल-पहल बाक़ी थी, जो उसे अच्छी नहीं लगी। वह गांधी की प्रतिमा की ओर चला जहाँ घना सन्नाटा था। आसपास खुले में पड़ी हुई एक बेंच पर उसने बैठना चाहा पर

ओस के गीलेपन के कारण रुक गया। सीढ़ियाँ चढ़कर वह प्रतिमा के पास पहुँचा और मंडप की सबसे ऊँची सीढ़ी पर बैठ गया। तब उसका ध्यान खुले आसमान, चाँदनी, ऊँचे-ऊँचे पेड़ और दूसरी ओर की वीरान सड़कों पर गया और एक सुखद मुक्ति के उन्माद में उसने अपने आप से ऐलान किया कि वह इस वक़्त किसी के लिए भी ज़िम्मेदार नहीं है।

पर यह एहसास काफ़ी देर नहीं टिक पाया। उसके चारों ओर मंडप के नीचे फटे-पुराने कम्बलों की गठरियाँ जैसी पड़ी थीं। बेघर लोग उनमें लिपटे पड़े सो रहे थे। उनमें से कोई एक खँखारकर, करवट बदलकर निश्चल हो गया। धीरे-धीरे उसे यह मंडप मुर्दाघर जैसा लगने लगा। यहाँ बैठकर मटमैली चाँदनी में सड़क की इक्का-दुक्का परछाइयों की प्रेतलीला देखना उसको ऐसी स्थिति में खींचने लगा जो वास्तविकता से परे थी। कुछ देर में श्यामा इन क्षणों की ठोस वास्तविकता बनकर आ गई।

नारायण उसका पूरा चेहरा अब भी नहीं देख पा रहा था। पर उसकी शरारत से चमकती आँखें उसे साफ़ दिख रही थीं। वह उसके पास मंडप की सीढ़ी पर बैठी थी; उसकी आश्वस्त मांसलता उसकी पहुँच के भीतर थी, पर वह उसे छू नहीं पा रहा था। वह बार-बार श्यामा के मुँह से, जिसे वह साफ़ नहीं देख सकता था, 'मास्टर साहब' 'मास्टर साहब' की धीमी उत्तेजक फुसफुसाहट सुन रहा था जिसमें पास आने के लिए किसी प्रेयसी की उतावली भी थी, सावधानी भी। वह श्यामा की परिचित हँसी सुनना चाहता था, पर वह उसी तरह धीमी आवाज़ में 'मास्टर साहब' 'मास्टर साहब' दोहराती रही। श्यामा के साथ यह उसका नए ढंग का अनुभव था और अचानक उसे डर लगने लगा कि श्यामा की जगह यह कोई और न हो। उसने ज़ोर से कहा, 'श्यामा', और काँपकर आँखें खोल दीं।

सचमुच ही उसे झपकी आ गई थी। आँखें खोलते ही उसने सत्रह-अठारह साल के एक लड़के को अपने पास बैठा पाया। वह उसके जिस्म से बिल्कुल सटकर बैठा हुआ था और एक हाथ से उसने नारायण की कमर को घेर लिया था। नारायण का सर लड़के के कन्धे पर टिका हुआ था। उसके आँखें खोलते ही लड़के ने कहा, "बाबूजी, लगता है आज ज़्यादा चढ़ा गए हो।"

इस बात की अभद्रता ने उसे झकझोरा और नशे के बावजूद उसे याद पड़ा कि लड़के का हाथ उसके कोट की जिस जेब पर टिका हुआ है, उसी में सेठ के दिए हुए रुपयों का लिफ़ाफ़ा है। वह झटके से खड़ा हो गया और खड़े होते ही लड़खड़ाया। मंडप के दूसरे कोने से कम्बल में लिपटे हुए किसी मुर्दे ने पुकारा, 'सँभल के।' नारायण को डर लगा कि वह ग़लत आदमियों के गिरोह से घिर गया है।

एक ओर के कोने में कम्बल के नीचे बातचीत की फुसफुसाहट अब भी चल रही थी। घबराकर नारायण ने याद किया कि यही फुसफुसाहट वह अभी सपने में भी सुन रहा था। वह तेज़ी से सीढ़ियाँ उतरने को हुआ, लड़खड़ाया और लड़के के

हाथों सँभाला गया। नारायण उससे अपना हाथ छुड़ाकर तेज़ी से सड़क की ओर बढ़ा। लड़का उसके पीछे-पीछे था; बोला, "घबराओ नहीं बाबूजी, मैं तो आप लोगों का नौकर हूँ।"

"तुम करते क्या हो?"

"बताया तो बाबूजी, आप लोगों की नौकरी करता हूँ।"

एक बन्द दुकान के ऊपर बल्ब जल रहा था। उसकी रोशनी में नारायण ने लड़के को देखा और नशे के कुहासे में उसे उसका भोला चेहरा, उसकी सूती कमीज़ और पतलून और बिना आस्तीन का पुलोवर तैरता हुआ जान पड़ा। उसे याद पड़ा कि उसने लड़के को कहीं देखा है और उसका चेहरा उसे इतना परिचित लगा कि उसे विश्वास हो गया कि यह अतीत के काल्पनिक अनुभव को दोहराने वाला भ्रम नहीं है; इस लड़के से वह सचमुच ही कहीं मिल चुका है। तब उसे ख़याल पड़ा कि वह इससे इसी पार्क में एक शाम को मिल चुका है और उस बार लड़का 'तेलमालिश' की चिढ़ाने वाली आवाज़ लगाता हुआ फाटक तक उसका पीछा करता रहा था।

उसने पूछा, "तुम चाहते क्या हो?"

"सर्दी लग रही हैं। जो तुमने चढ़ा रखी है बाबूजी, वही मुझे भी मिल जाए तो रात चैन से कट जाएगी। चाहो तो तुम्हारे घर तक चल सकता हूँ।"

नारायण ने उसे दिलचस्पी से देखा—दिलचस्पी पीने के ज़िक्र से पैदा हुई थी। पूछा, "तुम पीना चाहते हो?"

लड़के ने उसे अपनी जानी-बूझी ज़मीन पर खड़ा कर दिया। पीने का सुझाव देते ही वह लड़का यकायक उसका सबसे बड़ा आत्मीय बन गया। लड़के का हाथ पकड़कर उसे नजदीक की बार तक खींचते हुए ले जाना अब उसके लिए सबसे सहज और ज़रूरी बात हो गई। पर बार बन्द हो चुका था। लड़के ने दोहराया, "तुम्हारे घर पर रखी हो तो...।"

अब तक नारायण इस वीराने का शेर बन चुका था! उसने दहाड़कर कहा, "घर? कैसा घर? अबे, जानता नहीं, यह सारा शहर मेरा घर है? चल बे, तुझे अभी प्रिंस होटल में चल कर व्हिस्की पिलाता हूँ।"

अब लड़के के डरने की बारी थी। नारायण उसकी कलाई पकड़कर उसे घसीटता-सा शहर के सबसे क़ीमती होटल की तरफ़ बढ़ने लगा। लड़का मेमने की तरह दबकर बोला, "आज जाने दो, बाबूजी।"

सात-आठ मिनट में वे होटल की लम्बी-चौड़ी इमारत के सामने थे। फाटक के सामने पहुँचते ही चिकनी रोशनी में चमकते हुए पोर्टिको को देखकर एक बार नारायण की चाल धीमी हुई, पर इस याद ने उसकी हिम्मत को मज़बूत बनाया कि वह वहाँ के बार में पिछले महीने कुछ संगीत-प्रेमियों के साथ आकर बैठ चुका

है और उसकी जेब में पाँच सौ रुपए हैं। लड़का पोर्टिको के पहले ही ठिठककर खड़ा हो गया। नारायण ने अकड़कर कहा, "मेरे साथ आओ।" असाधारण लम्बे क़दमों से वह पोर्टिको में, जिसके डैने दूर-दूर तक फैले थे, आकर खड़ा हो गया और बेसब्री से लड़के को अपने पीछे आने का इशारा किया।

चमकदार वर्दी और शानदार मूँछों वाले दो दरबानों ने उससे कहा, "गुड ईवनिंग सर।" एक ने उसके लिए अपारदर्शी शीशे का चौड़ा और वज़नी दरवाज़ा खोल दिया। अन्दर पैर रखते ही लम्बी-चौड़ी लॉबी की तापानुकूलित सम्पन्नता में उसे अपना नशा घटता हुआ जान पड़ा। पर अब वह नशे का उतार झेलने को तैयार न था। बिना किसी ओर देखे वह उस गैलरी की तरफ़ बढ़ा जिधर बिजली के चमकते अक्षर बार-रूम का इशारा कर रहे थे। बार में पहुँचते ही उसने दो गिलासों में व्हिस्की का ऑर्डर दिया। किसी ने कहा, "बार बन्द होने जा रहा है।"

"तब दोनों गिलासों में दो-दो पेग डाल दो।"

अपना गिलास एक साँस में ख़त्म करके वह लगभग भागता-सा लॉबी में वापस आया। वहाँ चारों ओर निगाह दौड़ाकर और उसी निगाह से सोफ़े पर बैठी हुई एक अत्यन्त सुकुमार महिला को आतंकित करके वह पोर्टिको में पहुँचा और इधर-उधर ताकने लगा।

दरबानों में से एक ने अंग्रेज़ी में कहा, "आपकी क्या सेवा की जाए?"

"मेरे साथ एक लड़का भी था।"

दोनों दरबानों ने एक-दूसरे को देखा, एक ने कहा, "सॉरी सर, यहाँ कोई नहीं आया है।"

"तुम झूठ बोलते हो। तुमने उसे अन्दर आने से रोक दिया है।"

इस बार दोनों ने एक-दूसरे को विस्मय से देखा। उनमें से एक ने, जो ज़्यादा तगड़ा था और जिसकी मूँछें ज़्यादा शानदार थीं, आगे बढ़कर लॉबी का दरवाज़ा खोल दिया, कहा, "हमें अफ़सोस है कि आप ऐसा सोचते हैं। पर हमने आपको अकेले ही देखा है।"

इस विनम्रता और औपचारिकता ने उसे और भी भड़का दिया; उसने ज़ोर से कहा, "तुम झूठे हो।" पास के काउंटर पर खड़े हुए एक कर्मचारी ने उसे तीख़ी निगाह से देखा, पर तब तक वह बार-रूम की ओर बढ़ गया था।

दूसरे गिलास की व्हिस्की उसका इन्तज़ार कर रही थी। चुस्त सूट और टाई में खड़े हुए एक आदमी ने कहा, "यह आपकी है।"

"जानता हूँ।"

दरबानों के सामने वह किसी ग़ुस्सैल महाराजा की भूमिका में असफल रहा था। अब वह किसी पुराने अंग्रेज़ी फ़िल्म का हीरो था जिसे उसने कभी सिनेमा के पर्दे पर व्हिस्की के गिलास चढ़ाते देखा था।

किसी ने कहा, "सोडा?"

"नहीं।" फिर अपनी हीरो-वाली नवीनतम हैसियत के अनुरूप उसने कहा, "थैंक्यू।"

यह गिलास एक साँस में नहीं पिया जा सका। आधी व्हिस्की ख़ाली करके उसने उपस्थित लोगों को बताया, "आपके पोर्टिको में खड़े हुए दरबान झूठे हैं। गैंगस्टर हैं।"

किसी ने अंग्रेज़ी में पूछा, "गड़बड़ी क्या है?"

"कुछ गड़बड़ी नहीं है।" उसने गिलास ख़ाली कर दिया और उसे फिर से भरने का इशारा किया, "माना कि मैं ध्रांगध्रां (इस हालत में ध्रांगध्रां को ज़बान की नोक पर चढ़ाना अच्छा लगा)—ध्रांगध्रां का महाराजा नहीं हूँ, पर देश के आर्टिस्टों में कुछ लोग मुझे महाराजा ही मानते हैं। क्या आपके दरबानों को एक ऐसे आर्टिस्ट के साथ...?"

वह समझदारी से बोलना चाहता था, पर बोलने में सबसे बड़ी बाधा उसकी ज़बान की थी। उसकी बात आगे नहीं बढ़ सकी। सारे अनिद्रा के रोगियों, पियक्कड़ों और अँधेरे के उल्लुओं की जात दिलचस्पी से उसकी बात के पूरे होने का इन्तज़ार करती रही। वह जहाँ खड़ा था वहाँ उसके बैठने के लिए किसी ने एक कुर्सी खींची।

छह

बाथरूम में वह वाश-बेसिन पर टिककर क़ै कर रहा था। एक बैरा उसके पीछे तौलिया लिए खड़ा था। शीशे में उसे अपना तपा हुआ, बीमार चेहरा और बैरे की शान्त और तटस्थ मुद्रा एक साथ दीख पड़ी और इससे उसकी चेतना की वापसी में कुछ मदद मिली। उसने बैरे से पूछा, "मैंने कालीन पर तो क़ै नहीं की?" डॉक्टरों की निस्संगता से बैरे ने अंग्रेज़ी में जवाब दिया, "फ़िक्र न करें जनाब, आप बिल्कुल ठीक हैं।" तब उसने अपने कोट और पुलोवर पर कै का धब्बा देखा। यह उसका अच्छा वाला कोट था, जो संगीत-गोष्ठियों के लिए बचाकर रखा गया था। उसकी बरबादी पर चिन्तित होने के बजाय इस बार उसने सर को ज़्यादा झुकाए बिना सीधे क़ै करनी शुरू की और उसकी कुछ बूँदें उसकी निगाह के सामने ही कोट पर आकर गिरीं। तब उसने पागलों की तरह बार-बार कोट की बाहरी जेबों में हाथ डालना शुरू किया। बैरे ने कहा, "रुपयों वाला एक लिफ़ाफ़ा मैंने आपकी भीतरी जेब में रख दिया है। जब आप बार में बिल चुका रहे थे, वह ज़मीन पर गिर गया था।" "मैं तुम्हें सौ रुपए दूँगा," उसने उत्साह से कहा। बैरे ने कोई उत्साह नहीं दिखाया, उसे चुपचाप तौलिया पकड़ा दिया। नारायण ने अपनी बात दोहराई; बैरे ने कहा, "मैं सौ नहीं ले सकता। बार में आप मुझे दस रुपए दे चुके हैं।" "मुझे घर

जाने के लिए टैक्सी चाहिए," नारायण ने कहा और कोट के धब्बे पर तौलिया फेरा। बैरा उसे सहारा देकर लॉबी में ले आया; बोला, "टैक्सी के लिए अभी देखता हूँ।"

उसके सामने सोफ़े पर वही महिला अब भी बैठी थी जिसे उसने होटल में घुसते ही देखा था। उसे लगा कि ऐसा रूप उसने कहीं नहीं देखा। सोने का-सा दमकता रंग, हिरणी की-सी आँखें (पर हिरणी की आँखें कैसी होती हैं?), बिम्बाधर (यह कौन-सा फल होता है?)—अपने हाथ से अपना माथा दबाकर उसने महिला की ओर दुबारा देखा और उसके पास जाने के लिए अपनी जगह से उठना चाहा। पर उठना भी इस समय की बहुत-सी असमर्थता में शामिल था। उसने अपनी जगह से ही कहा, "आप बहुत देर से यहाँ बैठी हैं।" महिला ने उसे सधी निगाह से देखा, कहा, "आप नारायण बनर्जी हैं न?" "वही हूँ।" उसने ललककर जवाब दिया। "कुछ दिन हुए आपका फ़ोटो हेराल्ड में भी आया था।" महिला ने कहा। नारायण ने दुबारा उठने की कोशिश की; पूछा या कहा, "तो आप मुझे जानती हैं?" महिला ने कहा, "यहाँ कैसे आना हुआ?" नारायण ने दोहराया, "आप मुझे जानती हैं।" महिला उठकर खड़ी हो गई, बोली, "क्षमा करेंगे।" कोई लिफ्ट से नीचे उतरा था। वह उसकी ओर चली गई।

ऊपर की मंज़िलों से अब कई लिफ्ट एक साथ नीचे आईं और हँसते-चहकते औरत-मर्दों के जोड़े उनसे निकलने लगे पर झाड़-फानूसों की रोशनी में झिलमिलाती हुई लॉबी उसके लिए मचली और तन्द्रा की धुँधली गुफ़ा जैसी थी जिसमें वह इस सब से बेख़बर बैठा रहा। ख़बर उसे सिर्फ़ इतनी रही कि किसी ने उसे यहाँ भी पहचाना है और पहचाना ही नहीं, माना भी है। थोड़ी देर में उसे लगा कि वह किसी स्विमिंग पूल के किनारे बैठा है। वास्तव में, देखते-ही-देखते सारी लॉबी हँसी, रंगीनी और उन्मुक्तता का स्विमिंग पूल जैसी ही बन गई जिसमें उसे कुछ रंग-बिरंगी आकृतियाँ तैरती हुई नज़र आईं। थोड़ी देर तक लिफ्टों का आना-जाना चलता रहा और बाहर से आती हवा ने जब उसे झकझोरा तब उसे मालूम पड़ा कि होटल का मुख्य द्वार ऊपर की पार्टी में आए हुए अभ्यागतों के जाने के लिए खोल दिया गया है। आसपास के सोफ़े अब लोगों से भरे हुए दीखने लगे थे। किसी ने उससे कहा, "एक्सक्यूज़ मी।" नारायण ने अपने पाँव खींचे, किसी ने कहा, 'सॉरी', फिर किसी ने 'थैंक्यू।' कोई उसके सामने आकर खड़ा हो गया; बोला, "नारायणजी, आप यहाँ?"

अपनी छाती पर लटका हुआ सर मुश्किल से ऊपर उठाकर नारायण ने देखा—अफ़सर उसके सामने खड़ा था। उसके पीछे बिल्ली का चेहरा भी, जिसने कभी अपनी गर्वीली सुन्दरता से उसके मन को लौट-लौटकर रौंदा था, एक निश्चल धब्बे जैसा दीख पड़ा। बिल्ली ने कुछ कहा, पर नारायण समझ नहीं सका। वह मुस्करा रही थी और अफ़सर उसका साथ दे रहा था। प्रिंस होटल में इस वक़्त पाए जाने की

सफ़ाई देने की कोशिश में नारायण ने सेठ के यहाँ की संगीत-गोष्ठी की चर्चा शुरू की और चुप रहने की ज़रूरत समझते हुए भी बोलने लगा। धीरे-धीरे उसे बिल्ली के चेहरे में नाक, आँख, गाल आदि का स्पष्ट आभास होने लगा। उसने बिल्ली ही को सम्बोधित करके आज शाम को—जो कई बरस पहले की शाम जान पड़ती थी—बजाये गए राग की जटिलताएँ समझानी शुरू कीं; पर वह बार-बार अपने ही शब्दों में उलझने लगा। बिल्ली हँस रही थी, उसने हारकर अफ़सर की ओर सर उठाया और देखा कि वह उसे शान्त होने का इशारा कर रहा है और कह रहा है, "आपको मकान एलॉट कर दिया गया है।"

वह पथराई आँखों से अफ़सर को देखता रहा। क़रीने से सँवारे हुए बालों के नीचे चमकता हुआ अफ़सर का निष्कलुष चेहरा नारायण को अपनी ओर बहुत ऊपर से झाँकता-सा जान पड़ा। अफ़सर कह रहा था, "आपको जैसा चाहिए, यह मकान बिल्कुल वैसा ही है।"

किसी अर्धमूर्च्छित तपस्वी पर झुके हुए देवदूत की तरह वह वांछित फल की प्राप्ति का सन्देश दे रहा था, "उसके पीछे एक हरी-भरी अमराई है। वह एक टीले पर साफ़-सुथरी जगह बना हुआ है। ऐस्पानगर का बिल्कुल नया फ़्लैट है। वहाँ अपनी कला-साधना के लिए आपको प्रेरणा की कमी न रहेगी।"

अफ़सर की बात का अन्तिम अंश वह ठीक से नहीं समझ सका, पर चेतना की धुन्ध में भी बिल्ली की बात उसने पूरी-पूरी समझी। वह कह रही थी, "डैडी, इनके लिए इस वक़्त मकान का नहीं ऐम्बुलेंस का इन्तज़ाम कीजिए।"

"ऐम्बुलेंस किस लिए?" उसने पियक्कड़ों की गम्भीरता से बिल्ली की बात का जवाब देकर अपने को बिल्कुल ठीक साबित करना चाहा। सोफ़े के हत्थे को मज़बूती से पकड़कर उसने अपनी चेतना के छितरे हुए कणों को बटोरा और उनको गेंद जैसा बनाकर बारी-बारी से अफ़सर के दोनों हाथों की ओर फेंका, "थैंक्यू सर, थैंक्यू, थैंक्यू सर, थैंक्यू।"

"मुझे नहीं, धन्यवाद ही देना है तो स्वामीजी को दीजिएगा," कहकर वह उसके सामने से हट गया। फिर वे—बिल्ली, भड़कीली साड़ी में लिपटी हुई एक महिला जो अफ़सर की बीवी होगी, तथा और कई लोग रंगीन गुब्बारों की तरह लॉबी के बाहर अदृश्य हो गए। बाद में कई और गुब्बारे लिफ्ट की ओर से हवा में तैरते आए और बाहर की ओर उड़ते हुए दीख पड़े।

टैक्सी की खिड़की से मटमैली चाँदनी में फिर से क़ै करते हुए उसे पहली बार पूरा-पूरा एहसास हुआ कि अफ़सर ने उसे वह सब दे दिया है जिसकी उसको महीनों से तलाश थी।

14 दिसम्बर, 1974—शनिवार

नारायण

उस दिन जब प्रिंस होटल की लॉबी में अफ़सर ने कहा था, 'तुम्हें मकान मिल गया है', तब मेरी चेतना पथराई हुई थी। उस पर ये शब्द कुछ इस तरह गिरे थे, जैसे लगातार वर्षा से गीली ज़मीन पर बाल्टी की कुछ बूँदें गिरी हों। उस समय इन बूँदों का गीली मिट्टी पर कोई स्वतंत्र आकार नहीं बना। पर दूसरे दिन से ही बधाइयों का ताँता लग गया और तब मुझे मालूम हुआ कि बड़े-बड़े सम्भ्रान्त जन इस नगर में बिना मकान के घूम रहे हैं। दफ़्तर का मेरा प्रत्येक साथी मुझे बधाई देता, यह सुनाना न भूलता कि मुझे अपनी हैसियत से ऊपर वाली श्रेणी का मकान दिया गया है और फिर किसी बड़े अफ़सर या अफ़सरपरस्त का नाम बता देता, जो महीनों से बिना मकान के घूम रहा था और इस नए फ़्लैट को पाने की कोशिश कर रहा था। बार-बार मुझे यह लोकप्रिय मुहावरा सुनाया जाता कि मैंने बैल को दूहकर दूध निकाला है। इस प्रसंग में अफ़सर के बारे में प्रचलित सैकड़ों कहानियाँ मेरे लिए फिर से प्रचलित की गईं और अटकल लगाए गए कि इस आदमी ने, जिसके सर में ठोंकी गई कील भी निकलते-निकलते स्क्रू बन जाती है, बिना किसी पेंच के यह मकान मुझे दे कैसे दिया! लोग मेरी सफलता पर चकित हैं। मैं इस सबसे कभी प्रसन्न होता हूँ, कभी लज्जित, क्योंकि इस सामूहिक आश्चर्य के पीछे लोगों के लिए मैं निम्नकोटि का ही बना हुआ हूँ, वे ऐसा दिखाते हैं जैसे किसी सियार ने चीते को पीट लिया हो।

आज मैं इरशाद और चित्रा को प्रिंस होटल में लेकर आया हूँ। प्रकटत: मकान मिलने की ख़ुशी में मैं उन्हें चाय पिला रहा हूँ, पर प्रिंस होटल में ही उन्हें चाय पिलाने का मेरा एक निजी कारण भी है। दिन की अन्तिम धूप का आनन्द लेने के लिए हम होटल के पश्चिमी बरामदे में बैठे हैं। होटल की लॉबी में जाते ही हम जैसे फटीचर दा-दिर-दा-रा लोगों को वहाँ की भव्यता खोपड़ी पर हथौड़े के धमाके जैसी लगती है। इस बरामदे में ऐसा नहीं है, फिर भी यहाँ की अभिजात शालीनता मुझे आतंकित करती है, बार-बार याद दिलाती है कि मेरी जेब में सेठ के दिए हुए

रुपए न होते, तो मैं यहाँ आने की हिम्मत न करता। बरामदा ख़ूब लम्बा-चौड़ा है, सफ़ेद पेंट वाली बेंत की आरामदेह कुर्सियाँ और उनके अनुकूल सज्जा वाली चाय की मेज़ें हैं। दीवारों पर हलका हरा रंग है और फ़र्श पर उसी रंग का कालीन है जिसके साथ बाहर लॉन को देखने पर उसी कालीन के विस्तार का भ्रम होता है; बरामदे के ऊँचे-ऊँचे खम्भों पर लतरें छितरी हुई हैं; लॉन की ओर देखने पर जाड़े के फूलों का विविधतापूर्ण वैभव दिखाई देता है। यहाँ की शोभा मेरी खोपड़ी पर हथौड़ा नहीं चलाती, पर मुझे बार-बार लगता है कि जरा-सी छूट मिलते ही होटल वाले सबसे पहले मुझी को यहाँ से निकालने की सोचेंगे। मैं बार-बार गांधीजी की याद करता हूँ कि सिर्फ़ एक धोती पहनकर और चादर ओढ़कर वे बकिंघम पैलेस में सम्राट पंचम जार्ज से मिलने गए थे। अपने आत्म-विश्वास को उकसाने के लिए मैं गांधीवादी बन जाता हूँ, कभी धीरे से उस जेब को छूता हूँ जिसमें सेठ के दिए हुए रुपयों में से लगभग तीन सौ अभी पड़े हुए हैं।

चित्रा प्यालों में चाय डाल रही है, इरशाद अपने स्टेशन डाइरेक्टर की कुंठा का विस्तार से विवरण दे रहा है, पर मेरी उसमें दिलचस्पी नहीं है, उस कथा का सारांश वह चार-पाँच दिन हुए, मुझे पहले ही फ़ोन पर बता चुका है। उसने भी मुझे बधाई देने के लिए फ़ोन किया था। हमारी बात कुछ इस तरह हुई थी।

"क्या हालचाल है भाई? चित्रा से मिलने कब आ रहे हो?"

"तुम्हारी शादी के बाद।"

"तो, तुम्हें पता चल गया?"

"मुझे क्या पता चलना है! पता तो तुम्हें चलेगा, ज़रा शादी हो जाने दो।"

"लगता है, मकान मिल जाते ही इंसान की हाज़िरजवाबी बढ़ जाती है।"

"तो तुम्हें भी पता चल गया?"

"तभी तो मुबारकबाद पेश कर रहा हूँ। सेलिब्रेट कब कर रहे हो?"

"सेलिब्रेट क्या करना है? कोई मेरे बाप का मकान है? किराया देना है और रहना है।"

"बहुत ख़ूब! पर मैं ख़ुद सेलिब्रेट करना चाहता हूँ, जिस दिन चाहो, क्वालिटी में चलकर चाय पिला सकता हूँ।"

"शादी करके इतना सस्ते में छूटना चाहते हो?"

"मकान की बात हो रही है, भाई; यह मकान तुम्हें मिलने पर मुझको तुमसे भी ज़्यादा ख़ुशी हुई है!"

"वह तो देख ही रहा हूँ। दोस्त हो तो ऐसा हो।"

"पर इसकी वजह कुछ और है। उसे भी समझ लो। हमारा जो स्टेशन डाइरेक्टर है न, उसी ने बताया कि यह फ़्लैट तुम्हें मिल गया है। ऐस्पानगर का सी फाइव नम्बर वाला ही है न? अजी कलाकारजी, आपको पता भी है कि आपको क्या

मिला है! आपने पहले हाथ ही में जैकपॉट मार दिया है। तो सुनो, हमारा एस.डी. इसी फ़्लैट के लिए दो महीने से सिटी ऐडमिनिस्ट्रेटर की ख़ुशामद कर रहा था और वह पट्ठा वादा भी करता जाता था; यही कहता रहता था कि वह ब्लाक पूरा हो जाने दीजिए, आपको तो मिलेगा ही। अब एस.डी. बाल नोच रहा है, बार-बार अपनी तनख़्वाह के आँकड़े देता है और कहता है कि एक क्लास-वन-अफ़सर के मुक़ाबले एक नॉन-गजेटिड आदमी को यह फ़्लैट कैसे दिया जा सकता है! आज वह कह रहा था कि इसी महीने उसे कोई अच्छा फ़्लैट न दिया गया, तो वह अपने तबादले की दरख़ास्त दे देगा। अब बताओ मियाँ, इस मरदूद के जाने की ख़ुशी में अभी से सेलिब्रेट कर लिया जाए, तो कैसा रहेगा?"

स्टेशन डाइरेक्टर की कुंठा की कहानी अब वह ज़्यादा विस्तार से छोटे-छोटे पैराग्राफ़ों में सुना रहा है, चित्रा भी उसमें कुछ पैराग्राफ़ जोड़ती जा रही है; फिर रुककर मुझसे पूछती है, "आप अभी गए नहीं उस मकान में?"

"जाऊँगा ही।"

"जल्दी से क़ब्ज़ा कर लीजिए। हमारा एस.डी. इतनी आसानी से पीछा नहीं छोड़ता...।"

इरशाद कहता है, "चित्रा का मुझसे इंगेजमेंट न हो गया होता, तो अब तक इसका पीछा कर रहा होता, छह महीने से इस बेचारी का बैठना मुश्किल किए था...।"

"मज़ाक़ नहीं," चित्रा मुझसे कहती है, "क़ब्ज़ा आज या कल में ले लीजिए, वरना मिला हुआ मकान हाथ से निकल जाएगा। एस.डी. अब भी इधर-उधर टेलीफ़ोन करता रहता है...।"

उस दिन भी टेलीफ़ोन पर यही सवाल हुआ था। इरशाद ने पूछा था, "ज़्यादा अच्छा तो यही रहता कि तुम मकान में पहुँच जाओ तब जश्न मनाया जाए। जा कब रहो हो इस मकान में?

मैंने कहा था, "क्याऽऽऽ?" और जब इरशाद ने यही सवाल दोहराया, तो मुझे लगा कि किसी ने एक नई बात कही है।

हमारा मैनेजर हमेशा की तरह फ़ोन पर होने वाली बातचीत को सुन रहा था। मेरे रिसीवर रख देने पर उसने भी पूछा था, "तो तुम्हें मकान मिल गया?" और मुझे हैरत हुई थी कि इतने दिन तक मैंने केवल उसे इसकी सूचना क्यों नहीं दी। वह मकान के मुहल्ले, कमरों की संख्या, किराए आदि के बारे में मुझसे पूछता रहता था और उस दिन पहली बार मुझे ध्यान आया था कि मकान मिल जाने के बाद मुझको अब उसी में जाकर रहना है, दिल्ली से परिवार को बुलाकर नए सिरे से सद्गृहस्थों की जीवन-पद्धति अपनानी है; होटल, सड़कों की आवारागर्दी, रम की नियमित बोतल, सिम्मी की गली—इन सबको, जिन्हें मैं इतने दिन से छोड़ना चाहता हूँ, सहर्ष छोड़ देना है।

मैंने सरदार को उस दिन अपने मकान की गरिमा का अनावश्यक विवरण दिया था, उसे खास तौर से बताया था कि बड़े-बड़े क्लास-वन ऑफ़िसर इसके लिए मुँह फैलाए हुए थे। मैं उसे दिखाना चाहता था कि इस मकान से ही तुम्हें जान लेना चाहिए कि मेरी हैसियत तुमसे ऊँची है, कि-मैं तुम्हारा 'तुम' नहीं 'आप' हूँ। और तब सचमुच ही ऐसा हुआ कि सरदार ने मुझे 'आप' कहा। मेरे चलते-चलते उसने पूछा था, "तो ऐडमिनिस्ट्रेटर साहब को आप अच्छी तरह से जानते हैं?" मैंने लापरवाही से सर हिला दिया था। सरदार ने कहा, "मेरा भी वहाँ एक काम अटका है।" मैंने जवाब दिया, "देखूँगा।"

तभी सरदार ने पूछा था, "तो होटल कब छोड़ रहे हैं?" और अब मैं जिस तरह चित्रा के सामने निरुत्तर हूँ, सरदार के सामने भी वैसा ही हो गया था। जिस तरह मैंने इरशाद से कहा था, वैसे ही मैंने सरदार से भी बुदबुदाकर कहा, "बताऊँगा," और कमरे में जाकर भीतर से दरवाज़ा बन्द कर लिया।

न जाने क्यों, होटल को छोड़कर नए मकान में जाने की सहज क्रिया मेरे लिए इतनी जटिल हो गई है! उस मकान के साथ मेरा सुव्यवस्थित सुखी भविष्य जुड़ा हुआ है, फिर भी उसमें जाने की कल्पना मेरे मन में उस भविष्य को ललक के साथ अपनाने का उत्साह नहीं जगाती, बल्कि अपनी वर्तमान व्यवस्था में वह मुझे कर्तव्य और दायित्व के नाम पर कुरेदती-भर है।

स्टेशन डाइरेक्टर और मकानों की कमी और होटलों आदि की छाती पर अपनी टापें जमाता हुआ हमारी बातचीत का घोड़ा न जाने कैसे पंडित रविशंकर तक पहुँच गया है—शायद इस प्रसंग से कि, दो साल पहले पंडित रविशंकर जब इस शहर में आए थे तो वे इस होटल में न टिककर एक साधारण हैसियत के संगीतप्रेमी के यहाँ टिके थे। अपनी असम्भव स्थिति पर ज़्यादा न सोचना पड़े, इसलिए मैं इस मौक़े का फ़ायदा उठाता हूँ और कूदकर घोड़े की पीठ पर बैठ जाता हूँ। घोड़े को दाएँ-बाएँ मोड़कर, उसे अपनी टाँगें ऊपर उठाने के लिए बाध्य करके उसकी हिनहिनाहट निकलवाकर मैं अब उसे अपने मनपसन्द रास्ते पर दुल्की चाल से लिए जा रहा हूँ। अर्थात मेरे वार्तालाप का विषय अब महान सितारवादक पंडित रविशंकर की निन्दा करना है?"

पंडित रविशंकर महाराज उन कलाकारों में हैं जिनकी आलोचना नहीं हो सकती, सिर्फ़ पूजा हो सकती है। उनके विरुद्ध कुछ कहना देव-निन्दा के समान है। पर सच पूछो तो पंडितजी की सारी विद्या तो विदेश में उनके चेले-चपाटी लूट ले गए, उनके हाथ में कुछ नुस्खे बचे हैं—क़िसिम-क़िसिम का रस पैदा करने के लिए किसिम-किसिम के नुस्खे। ऐसा है न, कि पंडितजी नाच का काम जानते हैं। अपने भैया उदयशंकर की मंडली में भी रहे हैं। तभी उनके सितार में आप वही नाच के टेढ़े-मेढ़े तोड़े देख सकते हैं। स्टेज का वही काम आपको सबसे ज़्यादा विस्मित करता है...।

इरशाद कहता है, "अब तुम बोर कर रहे हो।"

चित्रा उसे टोकती है, "आप में यही ख़राबी है; जब कोई आर्टिस्ट मूड में आकर बात शुरू करता है, आप उसे टोक देते हैं।"

"इसे मूड में न आने दो, यही अच्छा है। मूड में आने पर यह लड़कियों के लिए ख़तरनाक हो जाता है।" वह चित्रा को शरारत से देखता है और दोनों मुझे भूल जाते हैं। एक-दूसरे का मज़ाक़ उड़ाने के लिए वे छोटे-छोटे वाक्य जल्दी-जल्दी एक-दूसरे पर फेंकते हैं। मैं उनका यह खेल एकाध बार पहले भी देख चुका हूँ। इस समय वे एक-दूसरे पर पिंगपाँग का कोई अदृश्य गेंद जैसा फेंक रहे हैं, जो किसी भी ओर नहीं गिर रहा है। उनसे निश्चिंत होकर मैं अपने चारों ओर देखता हूँ और सब वेटरों में उस बैरे को ढूँढ़ता हूँ जिसने उस दिन बाथरूम में क़ै करते समय मुझे तौलिया पकड़ाया था और मेरी सौ रुपए की मूर्खतापूर्ण टिप को नामंज़ूर कर दिया था। अब मैं अपने आपसे स्वीकार करता हूँ कि चित्रा और इरशाद को चाय पिलाने के लिए प्रिंस होटल में आने का मेरा असली कारण क्या है।

मियाँ इरशाद कैसे जान पाएँगे, जब शुरू-शुरू में मैं ख़ुद ही नहीं जान पाया कि चाय के लिए मैं चित्रा को दूसरी जगहें छोड़कर प्रिंस में ले चलने के लिए इतना उतावला क्यों हूँ। पर होटल के राजसी द्वार को पार करने के पहले मैं जान-बूझकर ठिठका था। वहीं से मेरे मन में यहाँ आने की उतावली का राज़ खुलने लगा था। एक रूपवती लड़की के साथ, जेब में तीन-साढ़े तीन सौ रुपए डालकर प्रिंस जैसे होटल में आना और थोड़ी देर के लिए एक सम्पन्न 'पैट्रन' का अभिनय करना वैसे भी अच्छा लगता है। पर इसके अतिरिक्त मेरे लिए यह भी अनिवार्य हो रहा था कि उस रात की घटना, या अघटना के बाद मैं अपने इन सम्भ्रान्त साथियों के साथ—खास तौर से चित्रा के साथ प्रिंस होटल में जाकर अपने को एक सम्मानित व्यक्ति के रूप में प्रतिष्ठित करूँ, जिस किसी ने भी मुझे उस दिन एक बदतमीज पियक्कड़ के रूप में देखा हो, उसके सामने मुझे घोषणा करनी है कि असली 'मैं' वह नहीं है, यह है। आज प्रिंस होटल की दिशा में रात के एक ऐसे उल्लू ने प्रयाण किया है, जो वहाँ दिन को अपने रंग-बिरंगे पंखों के साथ राष्ट्रीय पक्षी की रूपसज्जा में प्रकट होना चाहता है। इसीलिए यह पक्षी होटल का मुख्य द्वार पार करते ही पहले लाउँज में खड़ा होकर अपने पंख फैलाता है।

होटल में घुसते समय मुझे कुछ निराशा हुई थी। यदि इस वक़्त पोर्टिको में उसी रात वाले वे शानदार दरबान होते और उन्होंने मुझे चित्रा की उच्चवर्गीय छटा के प्रकाश में देख लिया होता, तो इस चाय-पार्टी पर होने वाले व्यय का पचास प्रतिशत पहले ही सार्थक हो जाता। पर इस वक़्त पोर्टिको में जिन दरबानों की ड्यूटी थी, उनकी मूँछों की शान तो वैसी ही थी, पर ये वे नहीं थे। जो भी हो, निराशा के तुरन्त बाद ही उन दरबानों को वहाँ न पाकर मुझे छुटकारा-सा मिला क्योंकि मन में कहीं यह भी था कि उनसे आँख मिलाना मुझे शायद अच्छा न लगेगा।

लाउँज के पहले लॉबी में रिसेप्शन-काउंटर पर जो एकाध लड़कियाँ और पुरुष कर्मचारी मुझे दीख पड़े, उनके बारे में मैं निश्चय नहीं कर पाया कि वे उस रात यहाँ पर थे या नहीं। सिगरेट जलाने के बहाने मैं वहाँ एकाध पल ठहरा भी रहा, पर उनमें से किसी ने भी मुझे एक झंझटी कलाकार पियक्कड़ के रूप में पहचानने का आभास नहीं दिया। तब मैंने इरशाद से होटल की सजावट के बारे में अपनी समझ से—अंग्रेज़ी में—एक चुस्त बात कही, "सजावट है तो बहुत, पर असली नहीं जान पड़ती।" इस पर इरशाद ने मुझे पकड़कर अपनी ओर खींचा और कहा, "यहाँ रिसेप्शन पर ज़्यादा मत रुको। चित्रा नाराज़ हो रही है और यह रिसेप्शनिस्ट इस लायक है भी नहीं।" मैं वहाँ से हट आया, सोचा—रिसेप्शनिस्ट के लिए यह इस तरह बोल रहा है, सिम्मी को देखकर क्या कहेगा?

चाय की चुस्की लेते हुए, यहाँ की अनन्नास वाली विख्यात और विज्ञापित पेस्ट्री की प्लेट चित्रा की ओर बढ़ाते हुए, स्वयं एक पेस्ट्री खाते हुए, पर उसके स्वाद से वंचित रहते हुए मैं फिर सोचता हूँ—ये दोनों सिम्मी को देखकर क्या कहेंगे? इनकी संगति में सिम्मी को जो दर्ज़ा मिलेगा उसकी कल्पना से कुंठित होकर मैं और भी ऊँची कल्पनाएँ करता हूँ। मैं सिम्मी को चित्रा की प्रतिद्वन्द्वी बनाकर इरशाद के सामने पेश करता हूँ और ऐसा दृश्य बनाता हूँ जिसमें सिम्मी के ग़ज़ल सुनकर वह सर धुनने लगता है, उसकी कसक-भरी आवाज़ से अभिभूत हो जाता है, मैं देखता हूँ कि इरशाद सिम्मी के संगीत पर मुग्ध होकर उसके प्रेम में व्याकुल हो रहा है, फिर मैं इन दोनों के साथ त्रिकोणात्मक प्रेम की लम्बी दौड़ दौड़ता हूँ और उसमें हारकर बँगला फ़िल्मों के दर्जनों नायकों की सौम्य शालीनता के साथ प्रेमिकात्यागी मुद्रा में सिम्मी को इरशाद की जीवनसंगिनी बन जाने देता हूँ। इस प्रकार अपनी पराजय के क्षणों में मैं अपनी विजय पर प्रसन्न होता हूँ कि सिम्मी से इरशाद को प्रभावित करा के, उसे इरशाद के पक्ष में खोकर, मैंने प्रमाणित कर दिया है कि वह चित्रा से ज़्यादा ऊँची है। इसी कल्पना को कुछ आगे खींचकर मैं भग्नहृदय-प्रेमी की हैसियत से चित्रा की ओर देखता हूँ और उससे सान्त्वना पाने के लिए बेचैन होता हूँ। वह मेरी ओर देखती हुई मौज से पेस्ट्री खा रही है, उसके ऊपर मुलायम आइसिंग की एक सफ़ेद बूँद उसके लिपस्टिक लगे ओंठ को कोने पर अटक गई है। पेस्ट्री खाते हुए ओंठों को अजीब ढंग से खोलकर वह अजीब-सी आवाज़ में पूछती है, "मिसेज़ बनर्जी कब आ रही हैं?"

"मकान मैंने कल देख लिया है। वहाँ पहुँचने ही वाला हूँ। किसी भी दिन पहुँच जाऊँगा। बच्चे भी जल्दी ही आ जाएँगे।"

इरशाद मुझे इस तरह देख रहा है, जैसे कुर्सी पर कोई खच्चर बैठा हुआ हो। "मकान तुम कल देखने गए थे? एलॉट हुए तो दस-पन्द्रह दिन हो गए।"

"नौ दिन," मैंने उसे समझाना शुरू किया, "वैसे तो चित्रा की सलाह है कि मैं जल्दी से क़ब्ज़ा ले लूँ, और ले भी लूँगा पर अब कोई ख़ास परेशानी नहीं है।

चिन्ता तो मकान न मिलने की थी, अब तो मिल ही गया है। थोड़ी-अड़चन है, उसे दूर करना है। वही वाटर कनेक्शन, बिजली के मीटर-वीटर का चक्कर है। धीरे-धीरे सब ठीक हो जाएगा। कल मैंने देखा था, कुछ छोटे-मोटे काम भी बाक़ी हैं। एकाध खिड़कियों के शीशे टूटे हुए हैं...कुछ सिटकनियाँ ठीक से बन्द नहीं होती हैं...।"

इरशाद जैसे मेरी बात सुन ही न रहा हो। उसने दोहराया, "पर तुम मकान देखने के लिए इतने दिन बाद गए? कल? तुम्हारा दिमाग़ तो सही है?"

वह मुझे मकान की दिक़्क़तें बताने लगता है, इस मकान पर तुरन्त क़ब्ज़ा न करने के लिए मेरी भर्त्सना करता है, मुझे समझाता है कि मुझे कितनी बड़ी नियामत मिली है जिसके बारे में मैं उदासीन बैठा हुआ हूँ...।

मैं कल के बारे में सोचता हूँ। न जाने कितनी मुश्किल से मेरा सिम्मी के साथ इस मकान को देखने का संयोग पैदा हुआ था। बिना मकान के इतने दिन यहाँ बिताकर मैं एक दायरे में घूम रहा हूँ और एक तो मुझे उस दायरे को तोड़ने की जल्दी नहीं जान पड़ती; दूसरे सिम्मी ने कह रक्खा था कि वह भी मेरे साथ मकान देखने चलेगी और लगभग रोज़ उसके चलने में कोई-न-कोई अड़चन आ जाती थी। अन्त में हम लोग कल जाकर मकान देख सके थे।

ऐस्पानगर शहर के उत्तरी छोर पर है। सड़क लगभग सूनी थी। हमारे बाईं ओर शहर की इमारतों के पीछे सूरज डूब रहा था और उसकी किरणों और लाल-पीले बादलों ने इमारतों के बीच छूटे हुए आसमान को घेर लिया था। हमारे आगे सड़क बराबर ऊँची होती जा रही थी और दोनों ओर की ऊबड़-खाबड़ ज़मीन पर पेड़ों के झुरमुट और नए बने या अधबने मकानों की क़तारें थीं। आज मैं पहली बार दिन की रोशनी में सिम्मी के साथ खुली हवा में निकला था।

हम लोग चुप थे क्योंकि उसके पहले बहुत बोल चुके थे। सिम्मी ने मुझसे पूछा था कि श्यामा की माँ से मैं मिला या नहीं। मैंने कहा, "नहीं।" "आप उनके घर तो गए थे न?" "वह भी नहीं।" तब सिनेमा की सभी ट्रेजेडी-क्वीनों की ट्रेजेडी की बारूद अपनी आवाज़ में भरकर उसने मुझ पर बन्दूक़ चलाई, बोली, "हाय! आप इतने संगदिल कैसे हो गए?" और इस वार्तालाप ने मुझे सचमुच ही संगदिल बना दिया। मैंने कहा, "मैं इतनी उर्दू नहीं जानता। ज़रा मुझे संगदिल का मतलब बता दीजिए।" उसने शोकपूर्ण कथोपकथन के कुछ और वाक्य कहे जिनमें उस समय मुझे कोई मौलिकता नहीं दिखी और मैं तुरन्त पंडित नीलमणि बनर्जी का पुत्र बन गया। मैंने उसे मूर्ख और गधी तो नहीं कहा पर मेरी विस्तृत बक-झक का अर्थ सुसंगत भाषा में इस प्रकार था—मेरे पास इधर-उधर जाने के लिए समय नहीं है। नगर निगम मुझे शोक-संतप्त परिवारों में जा-जाकर समवेदना-प्रकाश करने की तनख़्वाह नहीं देता, तनख़्वाह सात घंटे तक जोड़-बाक़ी लगाने की मिलती है। बारीन हालदार नामक मेरा मित्र मृत्यु-शैया पर पड़ा है और रोज़-रोज़ मैं उसके

पास तक नहीं जा पाता। और तुम सच बात ही जानना चाहती हो, तो वह भी जान लो; मत भूलो कि श्यामा से मेरे सम्बन्ध परिवारिक नहीं थे, पूरे तौर से व्यक्तिगत थे। श्यामा के साथ ही मेरे सम्बन्धों की भी मृत्यु हो गई जिसका मुझे दुख है, पर इसे मैं अख़बारों में नहीं छपा सकता। यह वैसा ही है, जैसा कि मेरे और तुम्हारे बीच में है, जैसे कि मेरी मृत्यु हो जाने पर मेरे और तुम्हारे सम्बन्धों की भी मृत्यु हो जाएगी। जो सम्बन्ध तुमने मुझसे जोड़ रक्खे हैं, उन्हें तुम मेरे बाद उत्तराधिकार में मेरी बीवी या लड़के को नहीं दे सकोगी...या दे सकोगी?"

अपने प्रलाप का अन्तिम वाक्य उसे रुलाने के लिए था और वह रोई। तब मैंने क्षमा माँगी, उसे शान्त किया, उसे हँसाने की कोशिश की, इधर-उधर की बातों में अमर शहीद पंडित जटाशंकर अवस्थी का जीवन-चरित तक बता डाला और इस तथाकथित ऐस्पानगर का इतिहास सुनाया। पर वह गम्भीर बनी रही और अन्त में मुझे भी ख़ामोश हो जाना पड़ा।

सूरज की डूबती किरणें हमारे दाईं ओर के मैदान को पार करती हुई एक टीले पर बनी हुई इमारत से टकराईं। सड़क अचानक दाएँ मुड़ गई थी, कुछ आगे बढ़ते ही हमें इस इमारत का सामना दिखाई दिया। सफ़ेद पुते हुए मकान के दुमंज़िले की खिड़कियों पर लाल किरणें आतिशबाज़ी की तरह फूट रही थीं। हर शीशे पर एक सूरज उतर आया था। सिम्मी ने ठिठककर मेरी बाँह छुई, उधर इशारा करके कहा, "शायद वही है।"

बादलों की एक लकीर पच्छिम में फैल गई थी और टीले पर बनी इमारत के पीछे के ऊँचे-ऊँचे पेड़ों की फुनगियाँ काली होने लगी थीं। पर खिड़कियों के शीशों पर अब भी अंगार दहकते रहे। सम्मोहन और आतंक की मिली-जुली स्थिति में मैं उन खिड़कियों को देखता रहा। मैंने सिम्मी से कहा, "हाँ, हमारा मकान वही होगा।"

"हमारा मत कहिए, यह सिर्फ़ आपका है मेरा नहीं।"

मैंने हल्केपन से कहा, "मुँह मत लटकाओ। यह हम में से किसी का नहीं सिर्फ़ किराए का है।"

मोड़ के बाद सड़क फिर ऊँची होने लगी थी और उसके किनारे-किनारे नए-नए शोभापूर्ण पेड़ों की क़तारें तैयार की जा रही थीं। सड़क के एक ओर ऊबड़-खाबड़, ख़ाली ज़मीन, उस पर उगे हुए बबूलों और चरती हुई बकरियों का दृश्य था, दूसरी ओर ढाल पर कुछ नए मकान बने थे और वह ढाल नीचे जाकर पेड़ों के झुरमुट में खो गया था।

अचानक हमारे सामने सड़क के एक किनारे से रंग-बिरंगी फ्राकों, कार्डिगन और सूटरों, नन्हे-नन्हे जूतों-मोंजों का एक गिरोह निकल आया और बच्चों की खुली हँसी और तीखी आवाज़ें चारों ओर फैल गईं। सिम्मी ने पूछा, "बच्चो, तुम कहाँ रहते हो?" जवाब में उन्होंने आसपास छितरी हुई इमारतों की ओर संकेत किया।

एक लड़की ने टीले की ओर उँगली उठाकर कहा, "सी-फोर में।" मैंने कहा, "हम लोग सी-फाइव में आ रहे हैं।" "चलिए, एकदम जंगल नहीं है," कहकर सिम्मी ने साँस खींची।

अचानक बकरी का एक बच्चा किसी ओर से उछलता हुआ आया और बच्चे के गिरोह में फँस गया। वे सब किलकारी मारकर उसका पीछा करने लगे, उल्लास और हँसी की आवाज़ें हमारे पीछे-पीछे हो गईं। हम लोग जब फ़्लैट नम्बर सी-फाइव के बरामदे में पहुँचे तो बच्चों की दूरागत हँसी चिड़ियों की सायंकालीन चहक में घुल-मिल गई थी।

हम लोग सर पर गहराती साँझ और दूर-दूर से आती आवाज़ों के बीच निर्जनता और एकान्त के छलावे में, एक बन्द दरवाज़े के सामने खड़े हैं। मैं जेब से चाबी निकालकर सिम्मी को देता हूँ और ताला खुलने की प्रतीक्षा करता हूँ। मेरा मन 'खुल जा सिम-सिम' की आतंक-भरी उत्सुकता से भारी हो रहा है। पर मैं यूँ ही उद्विग्न हो रहा हूँ। दरवाज़ा एक लम्बे और कम चौड़े कमरे में खुलता है। नए दरवाज़ों पर लगे हुए पेंट की गन्ध हमारी नाक को उकसाती है।

सिम्मी ठिठककर धुँधले कमरे में प्रवेश करती है, मैं उसके पीछे हूँ। हमारे सामने की दीवार में एक बन्द दरवाज़ा है। सिम्मी अपने दाईं ओर एक खुले दरवाज़े की ओर देखती है जिसके उस पार एक बड़ा कमरा है। हम अलग-अलग दरवाज़ों की ओर बढ़ते हैं और हमारे कन्धे टकराते हैं। सिम्मी मेरे स्पर्श में ठहरी रहती है।

मैंने उसका कन्धा पकड़कर एक पल के लिए रोका, फिर उसे छोड़ दिया। अपने घर में यह सब मुझे छिछोरापन जैसा लगा। सामने का दरवाज़ा खोलकर मैं अन्दर बरामदे में पहुँचा। उसके बाद लम्बा-चौड़ा आँगन था। मैं बरामदे की सीढ़ी पर पैर फैलाकर बैठ गया। इतने दिन तक इधर आने में मुझे जिस हिचक और उदासीनता का अनुभव होता था, वह बड़ी निरर्थक और हास्यास्पद जान पड़ी।

आम के दो नए पेड़ चहारदीवारी के अन्दर आँगन में आ गए हैं। दूसरी ओर अमराई है। बरामदे में आते ही चिड़ियों के बहुरंगी स्वर नए सिरे से कान में पड़ते हैं। ऊपर के फ़्लैट में कोई रोशनी का स्विच दबाता है और उसका बहुत क्षीण आभास आँगन में उतरता है। मैं आँगन की ओर देखता रहता हूँ। अन्दर के कमरों और आँगन के बीच एक परिचित जीवन-क्रम सहसा मेरे लिए जीवन्त हो उठता है। एक ओर के दरवाज़े से, जो शायद बाथरूम में खुलता है, पिंटू तौलिए से सर के बालों को रगड़ता हुआ निकलता है। मेरी निगाह उसके उठे हुए हाथ के नीचे बग़ल के घने बालों पर पड़ती है और इस वयस्क के पिता की हैसियत से मैं गर्व-भरे कौतुक की मुद्रा में मुँह बिचकाता हूँ। छूटी मेरे पीछे एक मेज़ पर बैठी हुई टाँगें हिला रही है, छाया सामने आम के तने पर चढ़ने की कोशिश कर रही है; मीनाक्षी रसोईघर में नहीं, अन्दर के कमरे में है शायद बालों पर कंघी कर रही है...।

सिम्मी दाईं ओर के कमरे में गई थी। अब दूसरी ओर के दरवाज़े से निकलकर मेरे पास आई, बोली, "उधर एक बहुत अच्छा कमरा है। छोटा है, पर उसका फ़र्श देखिएगा—मोज़ेक है। आइए, देख लीजिए। मैंने उधर की खिड़की खोल दी है।"

मैं उठना नहीं चाहता, नहीं उठता। सिम्मी मेरे पास बैठ जाती है, कहती है, "उधर वाला गुसलख़ाना ज़्यादा अच्छा है। दोनों तरफ़ से अलग-अलग कमरों में खुलता है...।" कहते-कहते वह चुप हो जाती है, अपना ढीला सर मेरे कन्धे पर छोड़ देती है, अपने हाथ कि उँगलियाँ मेरी उँगलियों से उलझा रही है। चाहते हुए भी मेरी उँगलियों में कोई दबाव नहीं आ पाता; डाल में अटकी हुई पुरानी पत्तियों की तरह सिम्मी की उँगलियाँ एक-एक करके बिखर जाती हैं। ऊपर से आने वाली रोशनी अब आँगन में कुछ ज़्यादा स्पष्ट हो गई है।

"इतना चुप क्यों हो?" सिम्मी से कहते ही मुझे अनुभव होता है कि इतनी देर से वह नहीं, मैं स्वयं चुप बैठा हुआ हूँ। उसका गाल मेरे कन्धे पर टिका रहता है। वह बहुत धीरे से कुछ कहती है, मैं सुन नहीं पाता। मैं सदा की भाँति किसी नाटकीय कथोपकथन की प्रतीक्षा करता हूँ। पर वह कुछ भी नहीं बोलती, मेरे कन्धे में मुँह छिपाकर ख़ामोशी से रोने लगती है।

मुझे जो भी वेदना हुई हो, पर इस मकान के लिए मेरा उत्साह वहाँ घटा नहीं। लौटते समय जान-बूझकर मैंने सिम्मी से अपनी भावी योजनाओं के बारे में बात नहीं की और इस आशा को चोर की तरह छिपाए रहा कि इस मकान में पहुँचते ही मेरे जीवन के उस चरण का आरम्भ होगा, जिसमें कोई भी मलीनता नहीं है। पर होटल में वापस आकर रम के गिलास के साथ जब मैं अपने कमरे में बैठा, तब मैं अपने विषय में उतना आश्वस्त नहीं रहा। मैंने अपने कमरे को ध्यान से देखा। चिटके हुए गिलास में बासी फूल एकदम मरे नहीं थे। कुर्सी, मोढ़ा, मेज़, चारपाई—सब सही कोणों पर रखे हुए थे। कोने में सितार टिका हुआ था। दीवारों पर हलका नीला रंग था। खिड़की और दरवाज़ों का पेंट उतना पुराना नहीं था। मुझे आश्चर्य हुआ कि मैं इस जगह को अब तक इतनी बुरी क्यों समझता आया हूँ।

यह कल की बात है और इस समय मैं इरशाद के आगे मशीन की तरह बोल रहा हूँ, "नए मकान का काम भी कुछ कम झंझट का नहीं है। अब इसी मकान को लो। अकेले बिजली के कनेक्शन के लिए न जाने कितने दिन दौड़ना पड़ेगा। फिर फर्नीचर में कुछ-न-कुछ तो लगेगा ही। उसके बाद, बच्चों को नए सिरे से स्कूल-कॉलेजों में भर्ती कराओ, उनके आने-जाने का इन्तज़ाम करो, किसी के लिए रिक्शा, किसी के लिए साइकिल, कोई पैदल। बस अभी कॉलोनी के किनारे से निकल जाती है। बाज़ार इतनी दूर है। माना कि नया शॉपिंग सेंटर बन रहा है, पर वह भी जमते-जमते जमेगा...।"

मैं रुक जाता हूँ क्योंकि इरशाद मुझे स्थिर दृष्टि से देख रहा है; मेरे रुकते ही कहता है, "ताज्जुब है।"

अब मैं कुछ भी नहीं कह पाता और अपने चारों ओर थककर देखता हूँ। खम्भे के पास एक बैरा ससम्भ्रम खड़ा हुआ है। मैं हड़बड़ाकर सोचता हूँ कि यह शायद वही है, जिसने उस रात मुझे बाथरूम में तौलिया पकड़ाया था, या शायद यह कोई दूसरा है। पर मैं साफ़-साफ़ कुछ सोच नहीं पाता क्योंकि कल इस समय सिम्मी के आँसुओं से मेरा कन्धा भीग रहा था और आज इस समय इरशाद मुझे अजनबी निगाहों से देख रहा है। सहसा, इस होटल के कर्मचारियों की निगाह में सम्भ्रान्त दीखने का विचार मुझे हास्यास्पद मालूम देता है। बरामदे में घुटन-सी जान पड़ती है। मैं चित्रा से कहता हूँ, "जो भी हो, कल या परसों तक तो इस मकान में आ ही जाऊँगा।" मुझे अपना मुँह सूखता हुआ जान पड़ता है। इस समय मुझे कोई ऐसी चीज़ चाहिए, जो चाय से ज़्यादा तेज़, ज़्यादा तीख़ी हो।

अचानक वर्षा

एक

सिटी ऐडमिनिस्ट्रेटर का पद छोड़ने के पहले अफ़सर बारीन हालदार से विदा लेने आया था। जब वह अस्पताल के कमरे में घुसा, बारीन की चारपाई के पास मिसेज़ हालदार, नारायण तथा उसकी यूनियन के तीन-चार कार्यकर्ता बैठे हुए थे और ऐसा संयोग था कि वे अफ़सर के तबादले की ही बात कर रहे थे।

कई दिन से यूनियन की ओर से फैलाया जा रहा था कि कर्मचारियों पर लाठी चार्ज होने से अफ़सर सरकार की निगाह में गिर गया है और उसे शहर से हटाकर किसी घटिया ओहदे पर भेजा जा रहा है। इस प्रचार से कुछ राजनीतिक फ़ायदा भी हुआ। अफ़सर के तबादले की ख़बर ने उसके पिट्ठुओं को बेचैन बना दिया था; यहाँ तक हुआ कि अफ़सर की चहेती यूनियन का अध्यक्ष अस्पताल में आकर फिर से अपने पुराने सम्बन्धों का हवाला देने लगा, कर्मचारी-एकता की महिमा बखानने लगा। फिर ख़बर गरम हुई कि अफ़सर का तबादला किसी इंडस्ट्रियल ट्रिब्यूनल के चेयरमैन की हैसियत से हुआ है। इससे उसके प्रसंग में 'लद जाने' का बार-बार इस्तेमाल होने वाला मुहावरा और भी सार्थक हो गया। चुंगी के मुंशी तक कहते सुने गए कि अब बेटा को आटा-दाल का पता चलेगा; यहाँ पन्द्रह कमरों की कोठी थी, हर कमरे में कूलर लगा था, गुसलख़ाने और संडास तक में पंखे लगे थे, दर्जन-भर चपरासी और नौकर-चाकर थे, तीन-तीन मोटरें थीं, नवाबों का-सा ऐश था, अब बाबूजी को नौकर कहाँ से मिलेगा? राजधानी में किसी दो-तीन कमरे के फ़्लैट में रहेंगे, दिन-भर मुक़दमें की फ़ाइलें घिसेंगे, शाम को तरकारी का झोला लटकाकर बाज़ार में चट्टी चटकाएँगे; हाँ, हाँ, मान लिया सब्ज़ी मोटर पर लेने जाएँगे पर झोला कौन उठाएगा? एक भंगी ने कहा कि बेटा अभी तक यहाँ राजा बने थे, अब भंगी बन गए।

अफ़सर हमेशा की तरह कमरे में कमनीयता की फुहारें छोड़ता हुआ आया। एक-एक को उसने नाम से सम्बोधित किया, उसके नाम के पीछे 'जी' या 'साहब' लगाना नहीं भूला, हर एक का हाल-चाल पूछता रहा। नारायण से उसने शिकायत

की कि उसने बहुत दिन से दर्शन नहीं दिए हैं, उपयुक्त संकोच के साथ, कि उसे अपनी उदारता का उल्लेख न माना जाए, पूछा कि नए मकान में संगीत-साधना कैसी चल रही है और श्रीमती बनर्जी का स्वास्थ्य अब कैसा है। नारायण ने कहा कि वह एकाध दिन में ही उस फ़्लैट में पहुँच रहा है; और प्राइमरी स्कूल के कामचोर लड़के की तरह 'जी' 'जी' करके कोई लम्बा जवाब देना चाहा, पर तब तक अफ़सर की सौम्यता की सर्चलाइट बारीन पर चमकने लगी। उसने बारीन के स्वास्थ्य के बारे में विस्तार से बात की और चिन्ता के कारण उसकी निगाह उसके चमाचम जूते की नोक पर केन्द्रित हो गई। मिसेज़ हालदार, जो इधर कई दिनों से बारीन के स्वास्थ्य में गिरावट होने के कारण खुलकर चिन्तित रहने लगी थीं, बोलीं, "चिन्ता की कोई बात नहीं है।" पर अफ़सर ने अपने जूते का निरीक्षण छोड़कर बारीन से कहा, "मुझे सख़्त अफ़सोस है।" बारीन के एक साथी ने आक्रामक ढंग से कहा, "बहुत दिन बाद हुआ है।" अफ़सर ने क़ातिलाना नज़र से उसे देखा और उसे वहीं ध्वस्त कर दिया। फिर नरमी के साथ बारीन से पूछा, "डायबिटीज़ की शिकायत कब से है?"

इसका जवाब मिसेज़ हालदार ने दिया, बताया कि डायबिटीज़ दो-तीन साल से थी, पर ब्लड शुगर ज़्यादा नहीं रही है। अब पता नहीं कि गुर्दे में तकलीफ़ क्यों होने लगी है और इस सबका चोटों से क्या सम्बन्ध है। अफ़सर ने कहा कि मैं अभी डॉक्टर से बात करूँगा और बाहर से भी स्पेशलिस्ट को बुलवाऊँगा। बारीन ने अफ़सर की सराहना की, उसे सान्त्वना दी, कहा, "आप मेज़ के उधर बैठते थे, मैं इधर बैठता था; इससे गलत-फ़हमी भले ही हो गई हो, पर आप से जैसे हमारे सम्बन्ध रहे हैं वैसे, किसी से नहीं बन सकेंगे।"

यह बिदाई के भाषण जैसा था। सभा-चातुरी के कारण बारीन ने 'अध्यक्ष—औद्योगिक प्राधिकरण' का नाम नहीं लिया क्योंकि इसका उल्लेख उसे अपनी हार की याद दिलाने जैसा होता; बारीन ने पूछा, "नई जगह का चार्ज कब ले रहे हैं?"

अफ़सर ने कहा, "यहाँ तो मैं कल चार्ज दे दूँगा, पर नई जगह पर लगभग बीस दिन बाद पहुँचूँगा। कुछ घरेलू काम निपटाकर ही जाना चाहता हूँ; आपने देखा ही होगा, नगर निगम के काम में एक सेकंड की फुरसत नहीं थी। अब बैंकाक जाने के पहले यहाँ घर के छोटे-मोटे काम देख लेना चाहता हूँ। दरअसल, बैंकाक जाने के पहले चीफ़ से मिलने रोम जाना पड़ेगा।"

सबसे पहले बारीन के उस साथी ने मुँह खोला जिसे कुछ पहले अफ़सर ने तीख़ी निगाह से देखा था। उसने पूछा, "आप इंडस्ट्रियल ट्रिब्यूनल में नहीं जा रहे हैं?"

"नहीं," उसने बारीन-दा को जवाब दिया, "मैं वहीं जाना चाहता था पर दुर्भाग्य से वे ऑर्डर बदल गए हैं। बहुत पहले से संयुक्त राष्ट्र-संघ के खाद्य एवं कृषि संगठन में मेरे जाने की बात चल रही थी। वही अब मुझे बैंकाक में दक्षिण-पूर्वी

देशों के लिए एफ.ए.ओ. का विशेषज्ञ बना दिया गया है। ऊपर वालों का निर्देश है कि मुझे जाना चाहिए क्योंकि वे समझते हैं कि इस नियुक्ति से उनके प्रदेश का सम्मान हुआ है। वे जो भी समझें, मैं तो इस वक़्त किसी शान्तिपूर्ण काम की तलाश में था और संयोग देखिए कि वैसा काम मेरे हाथ में आकर भी निकल चुका है। पर सोचता हूँ; दो-तीन साल की बात रह गई है, बैंकाक ही में काट आऊँगा।"

बारीन ने कहा, "मैं आपको बधाई देता हूँ।" वह मुस्कुराया और मुस्कुराहट में इस बार उतनी सभाचातुरी नहीं थी।

बारीन के लहजे में कोई व्यंग्य रहा हो, तो अफ़सर ने उस पर ध्यान नहीं दिया, उसने बड़ी भद्रता से उसे धन्यवाद दिया और कहना शुरू किया, "सरकारी नौकरी में न जाने कितनी रूढ़ियाँ, कितने अन्धविश्वास भरे पड़े हैं। एक ही वेतन और हैसियत की कई जगहें हैं, उनमें से किसी को एक पर लगा दो, तो समझा जाता है कि उसे उठा दिया गया, दूसरी जगह लगा दो तो समझेंगे कि गिरा दिया गया। पर सभी में जनता की सेवा करनी है, सभी का एक-सा महत्त्व है। अब मेरी इसी जगह को देखिए; ओहदे की हैसियत वही है पर प्रदेश के इंडस्ट्रीज़ कमिश्नर को इस पर भेज दिया जाए तो लोग समझेंगे कि उसे गिरा दिया गया! जब मेरी यहाँ नियुक्ति हुई थी, तो मेरे कई हितैषियों ने मुझे सलाह दी कि इस पोस्ट पर मत जाओ, छुट्टी ले लो। इंडस्ट्रियल ट्रिब्यूनल में मेरी नियुक्ति कि ख़बर पाकर इस बार भी बड़े-बड़े समझदार लोग मुझे ऐसी ही सलाह दे रहे थे। जब मैंने उन्हें बताया कि वह पद मुझे माँगने पर दिया गया है, तो वे मेरी अक्ल पर तरस खाने लगे। रूढ़ियाँ तो रूढ़ियाँ! अन्धविश्वासों का कोई इलाज नहीं!"

इसके बाद गम्भीर सुकुमारता के साथ, प्रसन्नतापूर्ण उदासी की मोहक मुद्रा में लोगों से उसने हाथ मिलाया, मिसेज़ हालदार को नमस्कार किया, सबको शुभकामनाएँ दीं, याद दिलाया कि बारीन के विषय में डॉक्टर से विचार-विमर्श की बात उसे याद रहेगी, और कमरे के बाहर निकल आया।

उसके जाते ही कई ओर से कई तरह से बातें शुरू हुईं। नारायण ने कहा, "बारीन-दा, इस आदमी का एहसान लेने का मन नहीं करता। जी करता है कि मकान की एलॉटमेंट ऑर्डर फाड़कर फेंक दूँ। मेरा सेक्शन ऑफ़िसर कहता था कि इसका एक लड़का डॉक्टर है, किसी अच्छी जगह पर नहीं है। स्वामीजी के पॉलीक्लिनिक में कोई जगह हो रही है और उसमें यह अपने लड़के को लगाना चाहता है। इसीलिए इसने स्वामीजी की सिफ़ारिश पर मुझे मकान दिया है...।"

मिसेज़ हालदार ने उसकी बात काटी, "यह कैसी बकवास है जी? उसका दिया हुआ मकान! इसका क्या मतलब? यह क्या उसका अपना मकान है?"

बारीन के एक साथी ने कहा, "एलॉटमेंट ऑर्डर मत फाड़ो भाई, उस मकान में न रहना हो तो मुझे दे दो। नाम तुम्हारे ही रहेगा।"

बारीन ने थककर आँखें मूँद ली थीं। उसी तरह लेटे हुए उसने कहा, "पता नहीं तुम्हारा सेक्शन ऑफ़िसर ऐसा क्यों कहता है। इसका डॉक्टर लड़का तो सेंट्रल हेल्थ सर्विस में अच्छी-ख़ासी जगह पर है। वह यहाँ पॉलीक्लिनिक में क्यों आने लगा?"

"चलो, गया तो! चाहे रोम जाए, चाहे बैंकाक—पब्लिक कि निगाह में साले का देशनिकाला हो गया।" बारीन के दो कार्यकर्ता आपस में बात कर रहे थे। बारीन ने कहा, "अठारह-बीस हज़ार रुपया महीना, इनकमटैक्स फ्री। इसे तुम देशनिकाला कहना चाहते हो तो ज़रूर कहो पर पब्लिक को इतना बेवकूफ़ मत समझो भाई!"

दो

सवेरे से बादल छाये थे और हवा में ठंडक बढ़ गई थी। सर को शाल से ढके हुए मिसेज़ हालदार नारायण के साथ-साथ चलती रहीं। उनकी आँखों के नीचे स्याही के धब्बे जैसे पड़ गए थे और उनमें पहले वाली चमक नहीं थी। बस स्टैंड पर खड़े होकर बस का इन्तज़ार करते हुए नारायण ने देखा कि बस-स्टैंड की रेलिंग का सहारा लेते ही उनकी आँखें नींद और थकान से मुँदने लगी हैं। उसने कहा, "आपके रूट वाली बस देर से आएगी, हमारी तरफ़ से ही क्यों न चली चलें? मेरे होटल के पास से रिक्शा कर लीजिएगा, पैंतीस-चालीस पैसे में मिल जाएगा।" मिसेज़ हालदार ने सर हिलाया, जिसका कुछ भी मतलब हो सकता था।

एक लम्बा-तड़ंगा आदमी उसके पास आकर खड़ा हो गया। उसने मिसेज़ हालदार से टाइम पूछा और इसका जवाब नारायण से पाया। वह मिसेज़ हालदार के बहुत पास खड़ा हो गया और रेलिंग पर उसकी उँगलियाँ मिसेज़ हालदार के टिके हुए हाथ से सट गईं। नारायण ने घूमकर उस आदमी को उसकी दुश्शीलता का आभास देना चाहा, पर वह सामने चौराहे के फौवारे की ओर देखता रहा।

पहले नारायण वाली ही बस आई और वे सब उसी पर चढ़ गए। बैठने की जगह न थी और उन सबको सीटों के बीच के गलियारे में खड़ा होना पड़ा। वह आदमी मिसेज़ हालदार से कुछ ज़्यादा ही सटकर खड़ा था और नारायण, जो उनसे आगे था,मुड़-मुड़कर उसे मालिकाना नाराज़गी से घूर रहा था। मिसेज़ हालदार इस सबसे बेख़बर थीं। वह आदमी प्रकट रूप से छत की ओर देख रहा था, पर उसकी मुद्रा से लगता था कि वह अब भी बस-स्टैंड के सामने फौवारे और फूलों का दृश्य देख रहा है। नारायण को लगा कि वह लफंगा बस के धक्कों में मिसेज़ हालदार के कन्धों और पीठ का अनजाना स्पर्श पाने को ही इस तरह से खड़ा हुआ है। उसने भीड़ में किसी तरह घूमकर मिसेज़ हालदार की ओर अपना रुख कर लिया और अपना सन्तुलन ठीक करते हुए कहा, "बारीन-दा को यह किडनी वाली तकलीफ़ परसों तक तो थी नहीं?" मिसेज़ हालदार ने संक्षेप में कहा, "बताऊँगी।"

पर इस बात का असर उनके पीछे खड़े हुए आदमी पर पड़ा। भीड़ के बावजूद वह मिसेज़ हालदार से हटकर खड़ा हो गया और पीछे किसी का अँगूठा कुचलने की शिकायत पर ध्यान न देकर उसने पास की सीट पर बैठे हुए एक लड़के से हाकिमाना अन्दाज़ से कहा, "आप ज़रा खड़े हो जाएँ।" फिर मिसेज हालदार से कहा, "कृपया यहाँ बैठ जाइए।" उनके बैठ जाने पर पूछा, "आप मिसेज़ हालदार हैं न?" वह नारायण से सटकर खड़ा हो गया और उससे अख़बार में बारीन के स्वास्थ्य पर छपी हुई टिप्पणी की चर्चा करने लगा। शोकपूर्ण अवसरों के लिए उपयुक्त आवाज़ में, जैसे ये बातें परिवार में मर्दों के ही सुनने की हों, उसने अंग्रेज़ी में कहा, "मधुमेह और गुर्दे की ख़राबी का साथ-साथ होना अच्छा नहीं है। हालदार का ब्लडप्रेशर कैसा है?"

इस अजनबी के व्यवहार और बातचीत ने नारायण को एक पल के लिए सुन्न कर दिया। जिस शिष्टता से उसने मिसेज़ हालदार के लिए बस में जगह निकालकर उन्हें वहाँ बैठाला था, उसे देखकर नारायण ने एक झटके के साथ अनुभव किया कि वह उन्हें एक नई विधवा का शोकपूर्ण सम्मान दे रहा है जिसके मुक़ाबले उनके प्रति उसकी लम्पटता को झेलना शायद ज़्यादा आसान होगा। अपने होटल के पास बस से उतरने पर नारायण ने खुलकर साँस ली और तभी उनकी जाड़े की बारिश से पहली मुठभेड़ हुई।

आसमान धुआँई छत जैसा हो गया था। बड़ी-बड़ी बूँदों ने सड़कों पर कत्लेआम मचा दिया। वे दोनों तेज़ क़दमों से चलकर फ़ुटपाथ से लगी हुई एक टीन-छाई चाय की दुकान पर पहुँचे और जाड़े में काँपते रिक्शावालों, कुलियों, दफ़्तर से लौटते बाबुओं और कचहरी से छूटे मुक़दमेबाज़ों की भीड़ में खड़े हो गए। उनके शाल और कोट भीग चुके थे। धीरे-धीरे पानी बड़े शान्त, नियमित और कारोबारी ढंग से गिरने लगा; हवा थम गई और जाड़ा एक निश्चित बिन्दु पर आकर अचल हो गया। मिसेज़ हालदार अब पहले जैसी ख़ामोश नहीं थीं। बीड़ी-सिगरेट और पसीने की सर्वव्यापी गन्ध पर नाक सिकोड़ते हुए उन्होंने अब बोलना शुरू कर दिया था। नारायण ने दो प्याले चाय का ऑर्डर दिया और, इस समय उसका जो सबसे प्रिय विषय था, यानी अपने विषय में कहना शुरू किया—

"अभी तक यहाँ होटल में रहते हुए बहुत उलझनें थीं, पर मैं बताऊँ मिसेज़ हालदार कि उन उलझनों के बावजूद ये महीने मेरे आर्ट के लिए बहुत अच्छे जा रहे थे। बम्बई से मेरे पास एक दोस्त की चिट्ठी आई है—दोस्त भी कैसा? यहीं के एक सेठ का दामाद है। उसने बस एक सिटिंग में मेरा सितार सुना और दोस्त हो गया। उसने मेरे लिए एक ग्रामोफ़ोन कम्पनी से बात की है—मेरा एक एल.पी. तो बनने जा ही रहा है, यह कम्पनी मेरे कुछ रिकार्ड भी बनाना चाहती है। बहुत दिन बाद यहाँ के रेडियो पर मेरा एक नया प्रोग्राम आएगा। इस बार मैंने फिर विहाग

बजाया है—एक बार चार-पाँच साल पहले बजाया था। जिन्होंने भी वह प्रोग्राम सुना था, वे इस बार सुनेंगे तो समझ में आएगा कि मुझमें अब कितना अन्तर पड़ गया है। मेरी गमक और छूट विलायत खाँ से टक्कर लेगी—सच, मैं आर्टिस्टों की तरह बहक नहीं रहा हूँ, सिर्फ़ एक बात बता रहा हूँ। शुरू से ही मैंने थोड़ा कृन्तन का काम भी दिखाया है हालाँकि रविशंकर शैली मुझे ज़्यादा पसन्द नहीं है।"

सहसा चाय की दुकान पर एक बुड्ढा घुटे सर पर चोटी फटकारता और माथे पर तिलक दमकाता हुआ उछल-उछलकर चीख़ने लगा, "यहाँ क़ै किसने की है? ओफ़्फ़ोह! यह कैसी गन्ध है भगवान! कोई साला दारू पीकर आया था क्या? बताओ तो कोई, कौन है यह? किसने कै की है...?"

मिसेज़ हालदार और नारायण के हाथ में चाय के प्याले आ गए थे, पर वे उसे पीते हुए हिचक रहे थे। बुड्ढे की बीभत्स चीख़-पुकार के अलावा चाय भी ऐसी-वैसी ही थी; नारायण ने पहली चुस्की ही में मुँह बनाया, मिसेज़ हालदार से कहा, "पिएँ।" उन्होंने एक घूँट पीकर नाक सिकोड़ी, सर हिलाया और प्याला एक मोढ़े पर रख दिया। नारायण ने एक और चुस्की ली, कहने लगा, "अभी-अभी मैंने तीन दिन की छुट्टी ली थी। जानती हैं क्यों? सिर्फ़ सितार बजाने के लिए। स्वामी शान्तानन्दजी का आश्रम तो बिल्कुल घर जैसा हो गया है। जब भी मन हुआ, वहाँ किसी कमरे में सितार लेकर बैठ जाता हूँ। संगीत-सम्मेलनों से ढेर-से-ढेर निमंत्रण आने लगे हैं...।"

"क्या इरादा है भाई, सितार के पीछे बहू को तलाक दे दोगे क्या? इस होटल में ऐसा क्या जादू है?"

"जादू कुछ नहीं, न बहुत अच्छा है, न बहुत बुरा। पूरा सर्व-धर्म-सम्मेलन है। मालिक एक मौलाना है, मैनेजर एक सरदार है।"

बुड्ढा अब भी उछल रहा था—"न जाने कैसे-कैसे हरामज़ादे हैं!"

मिसेज़ हालदार ने कहा, "चलो भाई, यहाँ से निकल चलें। नहीं तो क्या पता, इस दुर्वासा का शाप किस पर टूटे! पानी भी तो रुक ही रहा है।"

तीन

आँखों के नीचे की स्याही के बावजूद मिसेज़ हालदार के गाल और नाक की नोक गोरेपन और सर्दी से दमक रही थी। नारायण को बस पर अजनबी की बातें याद आईं और वह अनमना हो गया। अनमनेपन से उसने अपना कमरा खोला, कहा, "अपनी कुटिया तो यही है।"

मिसेज़ हालदार ने अपना शाल उतारकर एक कुर्सी पर फेंका और अपने बालों का रिबन खोलकर उन्हें झटका। पानी की कुछ बूँदें चारों ओर फ़र्श पर चू पड़ीं।

वे कमरे को चारों ओर से देखती रहीं, बालों को फिर से सँवारकर रिबन में बाँधती रहीं। नारायण ने कहा, "इस कमरे को मैं दो-चार दिन में छोड़ रहा हूँ।"

"आज ही क्यों नहीं छोड़ देते? इस घुड़साल में तुम्हारा दम नहीं घुटता?"

"बात ऐसी है मिसेज़ हालदार कि...।"

"और तुम मुझे बार-बार मिसेज़ हालदार क्यों कहते हो? तुम्हारी किताब में भाभी, दीदी, बहन, पारुल जैसे कोई शब्द नहीं हैं क्या?"

उसने आश्चर्य से मिसेज़ हालदार की ओर देखा; उनकी पलकें झुक गई थीं, गीले शाल की ओर थीं; वे कह रही थीं, "तुम लोग उन्हें जाकर रोज़ अस्पताल में देखते हो और कुछ भी नहीं समझते? इन विपत्ति के दिनों में भी मुझे अकेले मिसेज़ हालदार रहकर ही सब झेलना होगा?"

गीले शाल को कुर्सी पर एक किनारे खिसकाकर वे सीट को पोंछे बिना उस पर बैठ गईं। घूमकर उन्होंने अपना सर कुर्सी के हत्थे पर टिका दिया और उसे दोनों हाथों से घेर लिया, नारायण से कहा, "रिक्शा मँगा दो।"

"मैं पहले चाय ला रहा हूँ।"

दोनों हाथों में चाय के प्याले लेकर जब वह कमरे में आया तो मिसेज़ हालदार कुर्सी पर थकी-सी पड़ी थीं। उनका बाँहों से घिरा हुआ माथा चाय की मेज़ पर निश्चेष्ट टिका था। उनकी आँखें मुँद गई थीं और एक ओर से बालों की लट उनके गाल पर छितरी हुई थी। नारायण चाय के प्याले लिए हुए दरवाज़े पर खड़ा रहा। साड़ी के पल्ले, अस्त-व्यस्त बाल और फ़र्श पर घिसटते हुए शाल को देखकर उसे लगा कि उसके आने के पहले वे जी भरकर रो चुकी हैं।

उसके लिए यह एक त्रासद, पर परिचित-सा दृश्य था। उसने चाहा कि वह उन बालों पर हाथ फेरे, उनकी परिचित गन्ध में अपना मुँह छिपाकर कोई तसल्ली की बात करे, परिचित आँसुओं के खारेपन का परिचित प्रणाली से स्पर्श करे। उसने कहा, "रोओ मत सिम्मी, रोने से कुछ नहीं होना है।"

कहते ही उसने अपनी ग़लती महसूस की और घबरा उठा। मेज़ के एक किनारे चाय के प्यालों को रखकर उसने ज़ोर से कहा, "चाय आ गई है। पी लें।" मिसेज़ हालदार ने बाँहों के ऊपर अपना सर उठाया और ललछौंही आँखों से उसे देखा, "तुमने मुझे क्या कहा? यह कैसा पागलपन है, बाबा?"

"कुछ नहीं। चाय पिएँ?"

"कुछ कैसे नहीं!" उनके मुँह पर किशोरियों की-सी उच्छलता लौट रही थी; वे वह नहीं थीं जिसका पति अस्पताल में चोट, डायबिटीज़ और गुर्दे की बीमारियाँ झेल रहा है। वे हँसने लगी थीं, कह रही थीं, "तुमने मुझे सीमा कहा न? तुम्हें क्या हो गया है? उसकी इतनी फ़िक्र है, तो उसे दिल्ली से क्यों नहीं ले आते?"

22 दिसम्बर, 1974—रविवार

नारायण

कल मिसेज़ हालदार, जिन्हें मैं आसानी से भाभी, दीदी या पारुल नहीं कह पाता, मेरे कमरे को देखकर भड़क गई थीं, बोली थीं, "इस घुड़साल को आज ही क्यों नहीं छोड़ देते?" मैंने कहना चाहा था पर कहा नहीं, तुम जिरह करने वाली कौन हो? इतने दिनों से मेरे भीतर जो जिरह चल रही है, क्या मुझे अपराधी साबित करने के लिए वही काफ़ी नहीं है? पर मिसेज़ हालदार ही ने नहीं, अफ़सर, चित्रा, इरशाद, बारीन-दा और अनेक बन्धुओं तथा अर्ध-बन्धुओं ने भी तो बार-बार यही पूछा है—नए मकान में अबतक क्यों नहीं गए? कब जा रहे हो? आश्चर्य होता है कि इतनी पूछताछ क्यों हो रही है? इनका अभिप्राय क्या है? वे मुझे मेरा स्वर्ग नहीं दे सकते, तो कम-से-कम अपने जिस निजी नरक में मैं रहना चाहता हूँ, उसी में मुझे चुपचाप पड़ा रहने दें, बार-बार मुझे कुरेदें नहीं। पर यहाँ कोई अपने नरक का भी चुनाव नहीं कर सकता!

मेरा सेक्शन ऑफ़िसर इन सबसे ज़्यादा सच्चा है। अभी परसों की बात है, वह मेरी मेज़ पर आया और फुसफुसाकर बोला, "बनर्जी, अपने नए फ़्लैट में अभी पहुँचे कि नहीं?" मैंने इस सवाल से खीझकर कहा, "जी नहीं। क्यों?" उसने अपनी नाक मेरे कान में ठूँसकर कहा, "यार, अभी ख़ाली हो तो दो दिन के लिए मुझे चाभी दे दो। बड़ा दिन ज़रा आराम से बिता लूँ। सिस्टर के लिए कहीं जगह नहीं मिल रही है।" मैं जानता था कि सिस्टर से उसका तात्पर्य अपनी चहेती नर्स से है। जिससे रोज़ अस्पताल में मिलने का बहाना ख़त्म हो चुका है क्योंकि उसका लड़का स्वस्थ होकर अब घर आ गया है। मैंने जवाब दिया, "सॉरी बॉस, बड़े दिन की छुट्टी ही में मैं होटल से शिफ्ट करके मकान में पहुँच रहा हूँ। मेरा लड़का भी दिल्ली से आ रहा है।" 'सॉरी, बॉस' मैंने एक मारधाड़ वाली फ़िल्म से नया-नया सीखा है और मेरे इस जवाब में सिर्फ़ इस नकली 'सारी बॉस' को छोड़कर बाक़ी सारी बातें सच्ची हैं।

आज मैंने सवेरे ही तय कर लिया था कि अब आलस छोड़ा जाए, सिम्मी के रोने-धोने पर ध्यान न दिया जाए और पिंटू के आ जाने पर इस मकान को बसाया

जाए। सुख की खोज मैंने कई प्रकार से कर ली, पर सुख नहीं मिला; मैं जानता हूँ कि इस तरह नहीं मिलता। श्यामा, जिसकी याद करके अब मैं दिन-प्रतिदिन अधिक विचलित होने लगा हूँ, या सिम्मी या सितार, या शराब, या स्वामी शान्तानन्द का आश्रम—ये सुख का एक चित्र भर आँखों के सामने लाते हैं, सुख दे नहीं सकते। तभी मैंने आज सवेरे सोचा कि अब पुराने ढर्रे में ही सुख की खोज की जाए, मीनाक्षी को बच्चों के साथ दिल्ली से लाया जाए। क्या पता, बंजर की उस जानी-बूझी लीक पर चलते-चलते हम लहराते हुए खेतों में पहुँच जाएँ।

यह सुख भी विचित्र पदार्थ है। मृगतृष्णा और आकाश-कुसुम जैसे रूपक इसके लिए भले ही पुराने पड़ गए हों, पर वे आज भी सही हैं। वैसे, किताबें पढ़ने से तो लगता है कि सुख डाल में लटका हुआ फल है जिसे तोड़ने के लिए सिर्फ़ हाथ उठाने की, ज़्यादा-से-ज़्यादा पंजों के बल खड़े होने की ज़रूरत है। जब मैं इंटर में पढ़ता था और पंडित नीलमणि बनर्जी के जीवन के अवसाद-भरी संध्या में भटक रहा था, तब इन किताबों ने मुझे बड़ा सहारा दिया था। तब मैंने सैमुअल स्माइल से शिक्षा ली थी; बाद में बर्टेंड रसेल के 'सुख पर विजय' में महीनों खोया रहा, जिसमें सुख को एक दर्पभरी किशोरी जैसा चित्रित करके उसे रिझाने की तरक़ीबें बताई गई हैं। मैंने सैमुअल जॉन्सन द्वारा दी गई सुख की परिभाषा पर विशेष ध्यान दिया, जिसमें कहा गया है कि कोई भी आदमी, जब तक पिये न हो, सुखी नहीं हो सकता। जॉन्सन को सुख की अलभ्यता का पता था, जो कि अमरीकी लोगों को नहीं था जिन्होंने 'परसूट ऑफ़ हैपीनेस' को अपना संवैधानिक अधिकार मान लिया है। अपने देश में इन सबसे आगे जाकर सुख और दुःख की कल्पना को ही ढहा दिया गया और हमें पढ़ाया गया कि सुख-दुःख, हानि-लाभ, जय-पराजय—सब एक समान हैं। मैंने ये सभी प्रयोग आज़माए, इधर कुछ वर्षों से जॉन्सन द्वारा बताए गए प्रयोग पर विशेष समय देता रहा हूँ। पर हाय! सुख का फल आज भी बहुत ऊँची डाल पर लटका है और मैं—बदले हुए प्रसंग में—कालिदास कि विख्यात उपमा का बौना बना हुआ हूँ जो केवल लम्बे बाँस से पाए जाने वाले फल के लिए बरसों से बस हाथ उठाए खड़ा हुआ है।

मैं दार्शनिक नहीं हूँ, पर हर पियक्कड़ अधूरे नशे में थोड़ा-बहुत दार्शनिक बन जाता है। अतः मैं भी इस समय दार्शनिक की तरह अपने विषय में यही सोच रहा था; या दार्शनिक क्यों कहा जाए, कवि की भाँति अपने प्रति करुणा-विगलित हुआ जा रहा था। सच तो यह है कि इन दिनों शाम को सिम्मी के घर जाते हुए इस प्रकार की भावुकता मुझे बार-बार झकझोरती रही है। रह-रहकर मुझे मीनाक्षी और पूरे परिवार की याद आती है और उन पर खीझ भी छूटती है। माना कि मकान मिलते ही मैंने उन्हें यहाँ लाकर स्थापित नहीं किया, पिंटू को तुरन्त सी-फाइव, ऐस्पानगर के राजप्रासाद का युवराज नहीं नियुक्त किया, मीनाक्षी को वहाँ रत्न-जटित सिंहासन पर साम्राज्ञी की भाँति नहीं बैठाया, पर इतने से ही कौन-सा अपराध हो गया? यह भी कैसा प्रेम है जो पत्थर

की तरह खोपड़ी पर लद जाए, जिसमें परिवार का हर प्राणी कर्तव्य-बोध के जीवन्त स्मारक की भाँति अंग-प्रत्यंग से लटकने लगे! माना कि हम और सिम्मी—दोनों वयस्क हैं और हमने जो कुछ भी किया है वह साफ़-साफ़ यह पहचानकर किया है कि एक दूसरे पर हमारा कोई दावा नहीं हो सकता, पर हम एक दूसरे को कोई भविष्य नहीं दे सकते! फिर भी यदि सिम्मी भविष्य की ओर छूटी हुई मेरी इस नाव को थोड़ी देर पकड़े रहती है, पकड़कर थोड़ी देर पानी में खड़ी रहना चाहती है, तो उसका हाथ मरोड़ने की निर्दयता क्यों दिखाई जाए? उसे ख़ुद ही समझने का अवसर क्यों न दिया जाए? वह अपने आप इसे छोड़ देगी, रोती भले ही रहे पर यात्रा में बहुत विलम्ब न होने देगी!

पानी बरस चुकने पर आसमान तो खुल गया है और उस पर नक्षत्र भी चमक रहे होंगे, पर कुहासे में कुछ भी नहीं दीख पड़ता। कोहरा इतना घना है कि सड़क पर दूर की बत्तियाँ उसमें छिप गई हैं और सामने का बल्ब मोमबत्ती जैसी दयनीय रौशनी फेंक रहा है। घरों से उठने वाला धुआँ आज बिल्कुल ही ऊपर नहीं जा पाया है और पूरी सड़क एक धुँधभरे रसोईघर जैसी हो गई है।

सिम्मी की गली में मुड़ते ही मुझे लगा कि अब मैं रसोईघर की किसी कोठरी में बन्द होने जा रहा हूँ। मज़बूत जूते-मोज़े होते हुए भी गली की सीलन मुझे अपने तलवों को छूती-सी जान पड़ी। कोहरा बहुत घना था। किसी का हाथ मुझसे छुआ और मैं उछलकर किनारे की दीवार के पास पहुँच गया और उसी के साथ मेरे बिल्कुल पास किसी ने गला फाड़कर कहा, "ताजी-भुनी मूँगफली!" तब मैंने मूँगफली वाले की टोकरी में लगी हुई ढिबरी देखी, जो दियासलाई की बुझती हुई तीली जैसी जल रही थी। मुझे अपनी कायरता पर हँसी आई, जो इतनी बार इधर से निकल चुकने के बाद भी मेरे यहाँ आते ही मुझ पर हावी हो जाती है और तब तक हावी रहती है जब तक मैं सिम्मी के घर नहीं पहुँच जाता।

सिम्मी की गली के मोड़ पर मैं दुबारा एक आदमी से टकराते-टकराते बचा। वहाँ नुक्कड़ पर बिजली का बल्ब जल रहा था, इसलिए हम टकराए नहीं; पर इस समय सिम्मी की गली से किसी का निकलना मेरे लिए बिल्कुल ही अप्रत्याशित था। इसलिए मोड़ पर अचानक इस आदमी को सामने पाकर मैं फिर दीवार की ओर बढ़ा। पर उस समय आदमी ने ठिठककर मुझे ग़ौर से देखा। मेरे पाँव के पास कुछ टूटी हुई ईंटों के बीच कीचड़ जमा था और अभी सूख नहीं पाया था। एक किनारे रुककर उस आदमी ने मुझे निकलने को राह दी, कहा "तशरीफ ले जाइए।"

छोटी-छोटी घटनाओं से मुझे घबराहट तभी होती है जब नशा अधकचरा हो। यदि डॉक्टर जॉन्सन की राय मानकर यहाँ आने के पहले मैंने दो-चार पेग और खींच लिए होते, तो मैं शायद सुख की चरम दशा में होता, जहाँ इस प्रकार के चालीस आदमी भी मुझे भुनगे जैसे दीखते। पर आज मैंने बहुत कम पिया था क्योंकि आज मुझे सिम्मी से वयस्कों की तरह, समझदारों की तरह बात करनी थी, आज

मुझे कविगुरु की अनेक कहानियों और कविताओं के सहारे, सिम्मी के बौद्धिक स्तर पर साबित करना था कि जीवन विरह का एक चिरन्तन अवसादपूर्ण छन्द है। मुझे ख़ुद अपने को भावुकता के अतिरेक से उबारकर अपने-आपको और उसको समझाना था कि इस बड़े दिन से हमारा भविष्य पहले की भाँति अलग-अलग हो जाना चाहिए। आज मैंने सोच रक्खा था कि सन्ध्या का दिगंचल विदा के वंशीरव से व्याकुल होगा—'बिदायबांशीर सुरे विधुर साँझेर दिगंचल।' उसके लिए मुझे बिना किसी व्यथा के, बिना किसी उन्माद के तैयार रहना है।

जो भी हो, गली के मोड़ पर इस समय इस अजनबी को देखकर मैं विचलित हो गया। उसकी ओर मैं आँख भर देख भी नहीं सका था पर उसका हुलिया मुझे पूरा-पूरा याद है। वह एक बुजुर्ग मौलवी जैसा था, वह शेरवानी पहने था, उसके ऊपर मोटा कत्थई चेस्टर था। उसका सर मफ़लर से ढँका था, चेहरे पर क़ायदे से छाँटी हुई दाढ़ी थी। उसे देखते ही मैंने समझा कि अनवर मियाँ यही हैं।

इसीलिए सिम्मी से मिलते ही मैंने कहा, "अभी-अभी तुम्हारे आशिक से मुलाक़ात हुई। यह नमूना कुछ जँचा नहीं।"

"किससे मिलकर आ रहे हैं जनाब?"

"मौलवी साहब से।"

"कौन मौलवी साहब?"

"वही—अनवर मियाँ। अभी यहीं से तो निकले थे।"

उसके कमरे में पहुँचकर मैंने उसकी निजी दुनिया में काफ़ी तोड़फोड़ की होगी। उस समय वह गुनगुना रही थी। मेरे स्वागत में उसने मुस्कुराकर एक दरबारी अदा दिखाई और गुनगुनाती रही। उसने सिल्क की कत्थई साड़ी पहन रखी थी, उस पर एक भड़कीला कार्डिगन था, आँखों की कोर को काजल की लकीर से बढ़ा दिया गया था, ओंठों पर लिपस्टिक थी जिसे मैंने पहले कभी नहीं देखा था। उसे देखते ही मुझे लगा था कि यह रूप-सज्जा मेरे लिए नहीं है और बात की शुरुआत अनवर मियाँ से हो गई थी।

अनवर मियाँ का नाम सुनकर वह हँसने लगी; हँसते-हँसते दोहरी हो गई। तख़्त के कोने पर बैठकर उसने अपने को संयत करना चाहा, पर कर नहीं पाई। वहाँ से उठकर वह मेरे पास आई। मेरी कमर में हाथ डालकर, मेरे गाल से अपना गाल सटाकर बराबर हँसती रही। फिर उसी तरह मुझे अपने साथ लिए हुए तख़्त पर लुढ़क गई। मैंने झुँझलाकर अपने को उससे छुड़ाया। वह अपनी साड़ी गँजेटने की चिन्ता छोड़कर उसी तरह लेटी रही, कुछ स्थिर होकर बोली, "यह अनवर मियाँ का भूत आपके सर पर कब से चढ़ गया?"

"वे अभी यहाँ आए थे या नहीं?"

"इस वक़्त तो व कलकत्ते में होंगे।"

"तब यह कौन था?"

"कौन-सा यह?"

"जो मुझे नुक्कड़ पर मिला था।"

"मैं नहीं जानती, पर हो न हो, कोई आदमी रहा होगा।" कहकर वह फिर हँसने लगी। मैंने खीझकर कहा, तो वह यहाँ नहीं आया था?"

"आज आप कहाँ की बातें कर रहे हैं? रम पिएँगे न?"

"वह तो पियूँगा ही, पर यह बात साफ़ हो जानी चाहिए। अनवर मियाँ कौन हैं? तुम्हारे क्या लगते हैं?"

"जान पड़ता है कि श्यामा ने आपको कुछ इधर-उधर का पढ़ा दिया था। आप अनवर मियाँ को नहीं जानते? वे मेरे बाप हैं। और आप हैं कि उन्हें और न जाने किस-किस को मेरा आशिक़ बता रहे हैं!"

"तुम उनकी लड़की हो?"

"बाप का आप कुल यही मतलब समझते हैं? वे मेरे सरपरस्त हैं।"

वह एक मोढ़ा खींचकर आलमारी के पास खड़ी हो गई थी और उसके ऊपर वाले खाने में धूल-भरी किताबों, कापियों और खिलौनों के पीछे कुछ टटोल रही थी। मैंने पूछा, "तुम उन्हें कब से जानती हो?"

"वे मेरे वालिद के दोस्त रहे हैं। अपनी लड़की की शादी मेरे भाई से करना चाहते हैं, पर वह कमबख़्त तैयार ही नहीं हो रहा है। मैंने ..." रुककर उसने कहा, "मिल गई" और किताबों के पीछे से उसने रम की एक छोटी बोतल निकाली। मैंने कहा, "तुम्हारे कार्डिगन में सफ़ेदी लग गई है।"

"कालिख नहीं लगी, यही ग़नीमत है।" कहकर उसने मुझे शिकायत भरी निगाह से देखा।

हम लोगों ने अपने पाँव पर लिहाफ़ डाल लिया है, हवा को रोकने के लिए खिड़कियाँ और दरवाज़े बन्द हैं, हमारे हाथों में रम के गिलास हैं, मैं उससे पहले भी कई बार इस बात की सफ़ाई माँग चुका हूँ कि उसने अनवर मियाँ को मेरा नाम क्यों बताया, यह क्यों कहा कि मैं उसे म्यूज़िक सिखाने आता हूँ, होटल में सितार बजाने की छूट पाने के लिए मेरी सिफ़ारिश क्यों की? मैं फिर उसी बात को कुरेदता हूँ। वह कहती है, "यहाँ की हालत आप नहीं समझते। कोई-न-कोई चुग़लख़ोर उन्हें बताता है कि आप यहाँ आते हैं। इसीलिए मैंने उनको अपनी तरफ़ से बता दिया कि आप श्यामा के मास्टर साहब हैं, मुझे भी म्यूज़िक सिखाते हैं। आप देख नहीं रहे हैं कि बिना ट्यूटर के इस साल म्यूज़िक का इम्तहान पास करना मेरे लिए बहुत मुश्किल है।" वह हँसी, फिर रुककर बोली, "लीजिए, ज़्यादा नहीं हँसूँगी, वरना आप बुरा मान जाएँगे। पर यह रम जो हम पी रहे हैं न, आपकी फीस से ख़रीदी गई है। ट्यूटर है तो उसकी फीस भी तो होगी! और देने वाले कौन? वही अनवर मियाँ!"

अब मेरे हँसने की बारी थी। अपना गिलास ख़त्म करके मैंने कहा, "लो जल्दी से इसमें एक पेग फीस डाल लाओ।"

गिलास तैयार करते हुए वह कहती रही, "मैंने उन्हें अख़बार में आपका फ़ोटो दिखाया था। इससे वे आपको बहुत बड़ा आदमी समझते हैं। उसने फिर अपने पैर लिहाफ़ के अन्दर कर लिये, कहा, "इसका मतलब यह न लगाएँ कि हम ख़ुद आपको बड़ा आदमी नहीं समझते!"

सिम्मी को भूलना असम्भव होगा, तो इन्हीं बातों के कारण, जब उसका यथार्थ और अभिनय मिलकर एक हो जाता है और मन को उकसाने वाली बातों का सिलसिला टूटता ही नहीं। शायद रम का उस पर भी असर हो रहा था। जैसे स्कूली लड़कियाँ खेल का वर्णन सुनाती हैं, वह कहती रही, "आपको एक राज़ की बात बताऊँ। हमारे मुहल्ले के बहुत-से लोग सचमुच ही मुझे अनवर मियाँ कि रखैल समझते हैं। और देखिए न, मैं रखैल हूँ भी तो किसकी?" लिहाफ़ के नीचे हाथ ले जाकर उसने मेरे पाँव में चिकोटी काटी। उसके और रम के और एक हज़ार दूसरे कारणों के प्रभाव में मैं तुरन्त एक धीरोदात्त नायक हो गया। बोला, "मैं तुम्हें अपनी रखैल नहीं समझता सिम्मी।"

"अजी आप तो मुझे अपनी कुछ भी नहीं समझते। यही तो रोना है।"

मैंने भावुक होकर कुछ और कहना चाहा, उसने कहा, "छोड़िए भी, ज़्यादा बातें न बनाइए। अच्छा अब अनवर मियाँ की शान में कुछ और सुन लीजिए।"

यह सब मैं श्यामा से पहले ही जान चुका हूँ। यह मुहल्ला अच्छा नहीं है; अनवर मियाँ चाहते हैं कि इस साल उसे म्यूज़िक का डिप्लोमा मिल जाए तो उसे अगले साल से वे रिफ़ाए-आम गर्ल्स कॉलिज में म्यूज़िक टीचर लगवा देंगे। वहाँ टीचरों के क्वार्टर भी हैं। फिर "वैसे तो वे हाजी जैसे दीखते हैं पर आदमी बड़ी रंगीन तबीयत के हैं। आज भी कभी-कभी यूँ ही कलकत्ता-बम्बई का चक्कर लगा आते हैं। पैसे की इफ़रात है, ख़र्च भी अनाप-शनाप है! उनकी तारीफ़ में और क्या सुनाया जाए? मुख़्तसर यह कि एक ज़माने में शहर के नामी-गरामी दादा लोगों में उनका शुमार था!"

"तुम उनसे डरती नहीं?"

"मैं क्यों डरने लगी! मेरे तो वे सरपरस्त हैं। यूँ कहिए कि इस वजह से लोग-बाग मुझसे ज़रूर डरते हैं। उनका रिश्ता समझकर किसी की हिम्मत नहीं कि मेरी ओर आँख उठाकर भी देख ले।"

"अनवर मियाँ की बेटी होना ही इसके लिए काफ़ी नहीं था।"

"हुँह! बेटी तो वे हर लड़की को कहने लगते हैं।"

मैंने सिम्मी को अपनी ओर खींचा, कहा, "चलो, यह मेरे लिए भी अच्छा है। लोग मुझ पर भी शुबहा नहीं कर सकते। सोचते होंगे, यह पिद्दी जैसा आदमी अनवर मियाँ की छोकरी के साथ ऐसी हिम्मत कैसे दिखा सकता है।"

इसके बाद मैं उसके साथ कुछ हिम्मत दिखाने जा रहा था, पर उसने मेरा ख़ाली गिलास हाथ में ले लिया और तख़्त से उठ गई। वह गिलास में रम और पानी भरकर वापस लौटी और बोली, "इस सबके लिए आज आपको भारी फीस देनी होगी।" मैंने कहा, "फीस लेने का धन्धा कब से शुरू कर दिया?" उसका चेहरा तमतमा उठा, बोली, "छि:, छि: आप इतना गन्दा मज़ाक़ भी कर सकते हैं!" "सॉरी बॉस" कहकर मैंने उसकी ओर हाथ बढ़ाया। वह कोने में रक्खा हुआ तानपूरा उठा लाई, बोली, "फीस यह है कि आज आपको मेरा गाना सुनना पड़ेगा। आपका गिलास मैंने पहले ही भर दिया है। बोर होने लगें तो सहारे के लिए कुछ तो रहे।"

आलाप शुरू होते ही स्पष्ट हो जाता है कि यह वह सिम्मी नहीं है जिसने कभी ज़िग़र की ग़ज़ल को पूरिया के अधकचरे स्वरों पर घसीटा था। इतने कम समय में ही उसने गायन का जो स्तर छू लिया है, वह उसके परिश्रम और अभ्यास को धन्यता देता है। पूरे आत्मविश्वास से पूरिया के आलाप में वह इस राग की गम्भीरता को अपनी प्रशिक्षित आवाज़ से व्यक्त करते हुए भी उसकी मधुरता नहीं घटने देती। यह ऐसा राग है जिसे बहुत-से गुणीजन स्त्री कंठ के उपयुक्त नहीं मानते। पर सिम्मी इस धारणा को तोड़ रही है। मन्द्र में गान्धार तक का वह सहजता से स्पर्श करती है; धैवत को हलके से छू कर निषाध पर रुकते हुए, पूरिया की सर्प गति को वह दक्षता से बचाए हुए है। धीरे-धीरे मैं इस बँधे कमरे से ऊपर उठ जाता हूँ, बाहर के कुहासे को तोड़कर अपने को किसी सायंकालीन सागर-तट पर देखता हूँ, पूरिया के सन्धि-प्रकाश स्वरूप को आकाशे और सागर के बीच किसी किरण-रंजित क्षितिज-रेखा पर उतरता हुआ पाता हूँ। सागर शान्त है, पर धीरे-धीरे एक लहर को अवक्रमित करती हुई दूसरी लहर मेरे पाँवों से बार-बार खेलती है। धीरे-धीरे लहरें कुछ ऊँची हो रही हैं, सिम्मी का स्वर-विस्तार तीव्र, मध्यम और धैवत तक पहुँच रहा है; मैं साँस रोककर दूर एक ऊँची लहर को बनते, दूसरी लहरों को तोड़ते और मंथर गति से अपनी ओर बढ़ते देखता हूँ। सिम्मी ने तार के षडज को छूकर उस पर बिना रुके हुए ऋषभ, तीव्र, मध्यम और गान्धार के कणों को अपनी तान में समाहित कर लिया है। तानों के जटिल मार्ग से वह फिर अपने मूल षडज पर आ जाती है। मैं अपनी अवरुद्ध साँस धीरे-धीरे छोड़ता हूँ, अपना गिलास खिड़की पर बहुत दूर रख देता हूँ। अब सागर-तट पर स्निग्ध अन्धकार है और लहरों का मन्द्र मर्मर है। सिम्मी गमक पर अच्छा अधिकार दिखा रही है।

कई बार मुझे उसकी तानों का दोहराव खटकता भी है। मैं उसे टोककर बताना चाहता हूँ कि मेरे हाथ में सितार होता तो यहाँ मैं इस तरह का तोड़ा लगाता, पर मैं अपनी ओर से रस-भंग करते हुए सकुचाता हूँ। आलाप के अन्तिम क्षणों में उसने जो भी अपरिष्कार दिखाया हो, आकाश में धीरे-धीरे प्रस्फुटित होने वाले नक्षत्रों और शीतल तमस्रा के सागर-तट का विभ्रम मेरे लिए अभी टूटा नहीं है। वहाँ पर,

सिम्मी की सीमाओं में, सिम्मी का गायन सुनते हुए मैं निर्बाध स्वच्छन्दता का उपभोग कर रहा हूँ।

उसने तानपूरा नीचे रखकर मेरी ओर उत्कंठा की आँखों से देखा, पूछा, "कैसा था? मैंने आप ही के लिए इसे सीखा है।" मैं कुछ भी नहीं कह पाया। वह मेरे पास खिसक आई, बोली, "और रियाज़ करने पर तो ठीक से गा सकूँगी न?" मैं महफ़िली तारीफ़ कर के इस क्षण को नष्ट करने के लिए तैयार नहीं हो सका, उसकी कलाई पकड़कर बोला, "तुमने बहुत अच्छा गया। तुम्हें किसी दिन रेडियो पर ऑडिशन के लिए जाना चाहिए।"

"आप मेरे साथ चलेंगे?"

"क्यों नहीं?" कहकर मुझे लगा कि मैंने आज के सारे दिन के संकल्पों के साथ विश्वासघात किया है, वह शाम वर्तमान को भविष्य से विच्छिन्न करने के लिए थी और मैं जान-बूझकर भविष्य को इसी शाम के साथ जकड़ता जा रहा हूँ।

सहसा उसकी आँखें आँसुओं से भर गईं। मेरे चेहरे पर या आवाज़ में कोई विकार रहा होगा। जिसने उसके सन्तुलन को तोड़ दिया। वह बोली, "कह दीजिए न कि आप नहीं चल सकते।"

"ऐसा क्यों सोचती हो सिम्मी? मैं तुम्हें वहाँ ले चलूँगा। बड़े दिन की छुट्टियाँ ख़त्म हो जाने दो...।"

पर उसने दोनों हाथों में अपना मुँह छिपा लिया था, हिचकियों के बीच कहती जाती थी, "क्यों झूठ बोल रहे हैं? आप जानते हैं कि मैं आपके लिए कुछ भी नहीं। तब ऐसा फ़रेब क्यों रच रहे हैं? आपके लिए बीबी-बच्चे, मकान-दफ़्तर, इतनी बड़ी शोहरत—सभी कुछ तो है! क्या ज़रूरत है आपको इस तरह की बेगार ढोने की...?"

आज सवेरे, दिन के उजाले में यह चिट्ठी लिखते हुए बात उतनी उलझी हुई नहीं लगती। कल पिंटू आ रहा है—छुट्टियों में ही, या कुछ दिन बाद हम नए मकान में चले जाएँगे, मीनाक्षी आ जाएगी, समय का प्रवाह सिम्मी की भावुकता को बहाकर थिर कर देगा, सब-कुछ—आशा करता हूँ—अपने आप सहज हो जाएगा।

पर मन के किसी कोने में शंका की सर्पिणी फुफकार रही है; कल शाम को जो भय मेरी छाती को जकड़ने लगा था, वह सच निकला तो?

कल शाम अपने भाग्य को कोसती हुई सिम्मी को मैं बहुत देरे तक चुप कराता रहा; अन्तस की सारी कविता उँड़ेलकर उसको समझाता रहा, "इस तरह मत रोओ सिम्मी, ऐसी बातें न करो। मेरे लिए तुम सब-कुछ हो, तुम्हें मैं किसी क़ीमत पर भी छोड़ नहीं सकता...।"

न जाने किस गर्हित अभ्यास से ये बातें मेरे मुँह से अनायास निकल रही थीं, पर मेरे भीतर बर्फ़-सी जमती जा रही थी, मुझे सिम्मी से और अपने भविष्य से डर लगने लगा था।

घूमते हुए पहिये

एक

पिता-पुत्र रिक्शे पर जा रहे थे। पिंटू ने कुछ कहा और दोनों खुलकर हँसे। सड़क पर जाती हुई एक लड़की ने उन्हें मुड़कर देखा। ठंडी हवा में उसके बाल उड़कर उसके मुँह पर आ गए थे और उनके बीच लिपस्टिक से रँगे होंठ प्लास्टिक के फूलों जैसे हो रहे थे। कुछ ही पलों में एक मोटर ने इस दृश्य को ढँक लिया। फिर भी नारायण सर घुमाकर कुछ देर उसी ओर ताकता रहा। पिंटू सड़क के किनारे बनती हुई ऊँची-ऊँची इमारतों को देख रहा था, बोला, "इधर तो बम्बई जैसा हो रहा है।"

स्टेशन पर जब नारायण ने उसे ट्रेन से उतरते देखा था, वह अचानक बहुत लम्बा जान पड़ा था। पर इस समय उसका सर नारायण ही की ऊँचाई पर था। तब उसने नीचे की ओर देखा, पिंटू ने नारायण के लिए रिक्शे में बहुत जगह छोड़ दी थी—ख़ुद टेढ़ा होकर बैठ गया था और उसका एक पैर रिक्शे से नीचे लटक रहा था। नारायण ने बम्बई की बात को प्रोत्साहन नहीं दिया। अक्तूबर में पिंटू अपने सहपाठियों के साथ बम्बई गया था और अब तक वह कई बार नारायण से कह चुका था, 'यह बम्बई जैसा है, वह भी ठीक है पर बम्बई की बात ही कुछ और है।' इस वक़्त उसके किशोर मन की नायिका बम्बई थी, दिल्ली नहीं। नारायण ने पूछा—

"माँ कैसी है?"

"ठीक है।"

"घुटनों में दर्द तो नहीं होता?"

"होता है, पर उतना नहीं होता।"

नारायण ने रिक्शे पर सहारे के लिए अपने हाथ से पिंटू की पीठ घेर ली। उसके स्पर्श से पिंटू के हाथ की पतली, पर पुष्ट मांसपेशी क़समसाई; नारायण ने हाथ खींच लिया।

"माँ को बहुत काम करना पड़ता होगा?"

"ऐसा तो नहीं। आजकल रोज़ शाम को रमी जम रही है। छूटी-पूटी खेल में एक्सपर्ट हो रही हैं।"

"तब तो वे इम्तहान में साहब-बीबी-गुलाम की तस्वीर बनाकर आएँगी।"

"क्या कहते हो पपा? छूट्टी तिमाही में क्लास में सेकंड थी। तुम उसे जानते नहीं हो।"

"उसे फर्स्ट होना चाहिए था।"

"फर्स्ट तो पूटी आई है।"

पिछली शाम की आशंकाएँ, अपरिचित भविष्य का आतंक और आज सवेरे के पसोपेश के बावजूद उसे पिंटू से मिलकर बहुत ख़ुशी हुई थी—जैसे किसी बैंक में अपना पुराना खाता हो जिसे हम भूल गए हों और रद्दी काग़ज़ छाँटते वक़्त उसकी पासबुक हाथ में पड़ गई हो!

"और छाया? वह कैसी है?"

"बेचारी बीमार थी।"

"क्या ऽ ऽ?"

"बीमार थी। दस-बारह दिन बुख़ार में पड़ी रही। अब ठीक है।"

"तुमने लिखा नहीं।"

"लिखा तो था पपा।"

"कब लिखा था?"

"पिछली चिट्ठी में।"

"उसमें तो तुमने अपने आने की ख़बर लिखी थी।"

"उसी में यह भी लिखा था। तुमने पढ़ा नहीं।"

सड़क पर अब नए-नए बँगले दीख रहे थे। उनके बीच अब भी बहुत-सी ख़ाली ज़मीन थी—गोभी और टमाटर के खेत, अमरूद के बाग़, एक टूटी चिमनी वाला कोई बन्द कारख़ाना। अचानक बाप-बेटे एक साथ बोले—

"क्या कह रहे हो पपा?"

"तुम क्या कह रहे थे?"

"मैं अपने कॉलिज में क्रिकेट का कैप्टन बन गया हूँ। अगले महीने चंडीगढ़ खेलने जाऊँगा।"

"तो तुम्हारी बी. एस-सी. का क्या होगा?"

"फ़िक्र न करो पपा, पास हो जाऊँगा। मेरे कॉलेज में अभी अजीत वाडेकर आया था, मुझसे बोला...।"

"देखता है न पिंटू, यह जो सड़क जाती है, यही ऐस्पानगर है। इसके दूसरे सिरे पर वह जो टीला-सा दिखता है न, वही–जहाँ वो पेड़ दीख रहे हैं, हमें वहीं मकान मिला है।"

"मकान मिल गया, पपा?" "कब मिला? पहले क्यों नहीं बताया?"

"कब बताता? दो-चार दिन ही तो हुए।"

"उन पेड़ों के पास वाला है न? वह तो बड़ी ऊँची इमारत है।"

"उनके नहीं—वह, उधर वाले पेड़ों के पास—वो टीला-सा है न!"

"चलो पपा, देख न लें?"

"अभी नहीं। आश्रम में देवीदासजी इंतज़ार कर रहे होंगे।"

"कौन-सा आश्रम? हम लोग क्या घर नहीं जा रहे हैं?"

"घर तो वह है—उधर टीले पर। तुम्हें अपने होटल ले चलता, पर मैनेजर बोला कि अलग से बेड पड़ेगी तो उसका अलग किराया लगेगा। तभी मैंने सोचा कि हम लोग चलकर आश्रम में रहेंगे। गन्दा-सा होटल है। यहाँ तुम्हें आश्रम में अच्छा लगेगा। हरी-भरी जगह है, पास ही नदी बहती है!"

"यह क्या किया, पपा? बोर नहीं हो जाऊँगा?"

"नहीं, वहाँ घर जैसा है। स्वामी शान्तानन्दजी महाराज मुझे छोटे भाई जैसा मानते हैं। चार दिन पहले उन्होंने अपने यहाँ के वार्षिक समारोह की एक प्रबन्ध समिति बनाई है। उसमें बड़े-बड़े पुराने आई. सी. एस. लोग हैं। जानते हो, मुझे भी उसका मेम्बर बनाया है। कल्चरल प्रोग्राम यानी म्यूज़िक वाला काम मुझे ही देखना है। लगता है, ये लोग मुझे संन्यासी बनाकर छोड़ेंगे।

"इन्हीं बातों पर माँ तुम्हारी हँसी उड़ाती है।"

"तेरी माँ बेवकूफ़ है।"

"नाऊ, शटअप पपा। पर बताओ न, आश्रम में मैं करूँगा क्या?"

"क्रिकेट खेलना। वे लोग एक कॉलिज चलाते हैं। आजकल वहाँ क्रिकेट जम रहा है।"

"इस मौसम में पता नहीं पिच की क्या हालत होगी।"

"बैडमिंटन भी होता है। तू भी तो खेलता होगा?"

"तुम्हीं से खेलूँगा, पपा।"

"और पिक्चर?"

"कौन-सी पिक्चर?"

"कोई-सी भी—पर कल देखेंगे। मैटिनी ही देख सकते हैं। रात के शो में इधर आने के लिए रिक्शेवाले मनमाना किराया माँगते हैं।"

"घर कब देखने चलेंगे पपा?"

"कभी भी। चाभी मेरे ही पास है।"

"इतनी अच्छी जगह मकान मिला कैसे?"

"लिखा तो था। ऐडमिनिस्ट्रेटर आर्टिस्टों की बड़ी कद्र करता है। इस मकान के लिए बड़े-बड़े अफ़सर कोशिश कर रहे थे। मिनिस्टरों तक ने कई के लिए कहा था, पर ऐडमिनिस्ट्रेटर ने मुझे ही दिया!"

"तुमने पहले लिख दिया होता पपा, तो अंगड़-खंगड़ लादकर हम सब इन्हीं छुट्टियों में यहाँ आ जाते। तुमने बोर कर दिया, पपा?"

"कहा तो, मकान मिले दो-ही-चार दिन हुए हैं।"

"पड़ोस में शर्मा अंकल के यहाँ फ़ोन कर देते।"

"तू तो लुटाने वाली बातें करता है। मालूम है, ट्रंककाल का कितना लगता है?"

"पर पपा, अब मैं जल्दी ही लौट जाऊँगा। पूरी छुट्टी यहाँ बिताकर क्या करूँगा? उन सबको यहाँ ले आऊँ। मुझे तो मार्च तक वहीं रुकना पड़ेगा न—जब तक इम्तहान नहीं हो जाता?"

"ठीक है, सोच लेंगे। यह ग्रीन बेल्ट देखता है न? इसके आगे राम-कृष्ण नगर बनेगा। इधर पूरा-का-पूरा शहर बसता जा रहा है।"

"मुझे याद है पपा, इधर ही हम सब भार्गव अंकल की गाड़ी पर एक बार पिकनिक पर आए थे। उनके बग़ीचे की कोठी में तुमने सितार बजाया था। माँ को सरदर्द हो गया था।

"बेवकूफ़! सरदर्द सितार से थोड़े ही हुआ!"

"यह इतनी बड़ी इमारत कौन-सी है पपा? बिल्कुल बम्बइया डिज़ाइन है।"

"यही तो आश्रम का कॉलिज है। उधर वह बड़ा भारी अस्पताल बन रहा है।"

"यहाँ तो पहले से ही क्रिकेट जमा हुआ है।"

"थोड़ी देर में तेरी किसी से पहचान करा देंगे।"

"क्या कहते हो, पपा! मैं अपने कॉलिज का कैप्टन हूँ। अभी देखना, ये लड़के मेरे पीछे-पीछे घूमेंगे। शाम को तुम हमारा खेल देखना, पपा।"

"शाम को हम लोग क्या-क्या करेंगे?"

"क्रिकेट तो खेलूँगा ही। तुम रात कहाँ रहोगे, पपा? होटल तो नहीं जाओगे?"

"वहाँ तो जाना पड़ेगा ही। पर रात तक यहीं लौट आऊँगा। अपना सितार भी लेता आऊँगा। अब होटल से क्या लेना-देना! उसे तो छोड़ ही रहा हूँ।"

"पपा, एक बात बताऊँ तुम्हें? छूटी ने एक दिन अपने कॉलिज में सितार का प्रोग्राम दिया।"

"छूट्टी ने? पर वह तो सिर्फ़ टुन-टुन करती है। इतना कैसे बजा ले गई?"

"उसकी तो ख़बर 'पैट्रियट' में छपी थी। तुम्हारा नाम भी छपा था।"

"तब तो उसे जमकर सिखाना पड़ेगा।"

"हाँ पपा, पर उसे तुम सिखाओगे? उसके लिए तो कोई ए-क्लास इन्तज़ाम होना चाहिए।"

"देखता हूँ, बेवकूफ़ी की बात किए बिना अब भी तुम बहुत देर रह नहीं पाते।"

दो

होटल के कमरे में ताला लगाकर नारायण ने कन्धे पर कम्बल डाला, सितार को बग़ल में दबा लिया। चलने के पहले उसने चारों ओर देखा,कोहरा-भरे आँगन के उस पार वाले कमरे में लोग दरवाज़ा बन्द करके ज़ोर-ज़ोर से बोल रहे थे। कमरे की खिड़की के ऊपर वाला पल्ला खुला था जिससे नारायण को एक आदमी का बार-बार उठता-गिरता हाथ दीख पड़ रहा था। उसने सर ऊँचा करके देखना चाहा कि उसके हाथ में कोई गिलास भी है या नहीं, पर काले कोट की आस्तीन के झटकों के सिवाय वह कुछ और नहीं देख सका।

अनिश्चित क़दमों से उसने बरामदा और होटल का दरवाज़ा पार किया। आगे चलते ही वह ठिठका, फिर कमरे के ताले को दुबारा झटककर परखने की इच्छा को दबाकर वह फ़ुटपाथ पर धीरे-धीरे चलने लगा। चारों ओर कोहरा-ही-कोहरा था और उसमें सड़क के बल्बों की रोशनी के धुँधले वृत्त समुद्र के छोटे-छोटे गुमनाम द्वीपों जैसे दीख रहे थे। फ़ासफ़ोरसी चमक वाले किसी जन्तु जैसी एक बस खड़खड़ाती हुई उसके पास से निकली और आगे के बस-स्टॉप पर रुके बिना कोहरे में ग़ायब हो गई। अचानक हवा बन्द हो गई थी और नेपथ्य में बजने वाले आर्केस्ट्रा को रोककर जैसे कोई बाजीगर स्टेज पर अकस्मात कोई बहुत बारीक़ काम दिखाने लगा हो, जाड़ा अपनी सारी सम्भावनाएँ वातावरण पर खोलने लगा था। नारायण को अपने दाँत बजते जान पड़े और रुककर उसने अपने ख़ाली हाथ से सर पर मफ़लर को कसा। बस स्टॉप आ गया था और दो-तीन रिक्शे उसके पास एक पेड़ के नीचे खड़े थे। नारायण ने एक को आश्रम तक चलने के लिए कहा। किराए की जो रक़म माँगी गई, वह न उसने कभी दी थी, न सुनी थी। उसे चुपचाप मानकर वह रिक्शे पर बैठ गया और कम्बल की तह खोलकर पाँवों को ढँकने लगा।

अब तक वह पीने की लालसा पर रोक लगाए हुआ था, पर आश्रम के लिए रिक्शे पर बैठते ही उसे शाम की सारी सम्भावनाएँ मिटती हुई जान पड़ीं और निराशा के उन्माद में अचानक उसका मन शराब ही के लिए नहीं, उन सबके लिए भी तिलमिला उठा, जिनका मीनाक्षी के यहाँ आते ही, उसके जीवन में निषेध हो जाएगा। न जाने क्यों, इस मौक़े पर उसे श्यामा के मोटे और कटावदार ओंठों की याद आई जिनका वह ज़िन्दगी में सिर्फ़ एक बार स्पर्श कर सका था और इसके बाद जिस हवेली पर उसने 'प्रवेश निषेध' का साइनबोर्ड लगाया था, उसके फाटक को वह अपने ही हाथों तोड़ने के लिए उतावला हो गया। हवेली का फाटक तोड़कर वह उसकी सातवीं मंज़िल वाली बारादरी की ओर दौड़ा जहाँ सिम्मी बैठी उसकी राह देख रही होगी।

कोहरा और भी घना हो रहा था पर सड़क के किनारे की दुकानें अब ज़्यादा तरतीब से दीख रही थीं और आसपास चमकते हुए बल्बों के बीच का फ़ासला घट गया था। एक दुकान पर, जहाँ तक पहुँचने के पहले ही उसके मन को कुछ कुरेदता जैसा लगा था। उसने रिक्शे को रुकवाया। सितार और कम्बल वहीं छोड़कर वह दुकान पर गया। यहाँ विलायती शराब बिकती है, की ठेठ शब्दावली ने उसे एक क्षण के लिए रोका, फिर अन्दर जाकर उसने रम का एक अद्धा ख़रीदा और लौटकर रिक्शे वाले से कहा, "मोड़कर पहले ज़रा अकबरी मुहल्ले की ओर चले चलो।"

"पर वह तो उधर उल्टे रास्ते में है। आश्रम की सड़क तो इधर जा रही है।"

"तुम्हें पैसे से मतलब है या बहस से?"

रिक्शा उल्टी राह पर मुड़ गया। रिक्शा वाला सर्दी में खाँसता और भुनभुनाता हुआ धीरे-धीरे सड़क पर आगे बढ़ता रहा, चमचमाती दुकानों का मुहल्ला पीछे छूटता गया। रिक्शावाले ने पूछा, "तो अकबरी मुहल्ले ही में उतर जाएँगे?"

"पन्द्रह मिनट रुक लेना। उसके बाद आश्रम चलेंगे।"

"किराया दुगुना हो जाएगा।"

"तुमने तिगुना नहीं कहा, यही क्या कम है।"

बाहर के कोहरे और ठंड में उसने सिम्मी के कमरे की कल्पना की जहाँ सफ़ेद चादरों से ढँके मोटे गद्दों पर वे दोनों बैठे होंगे, बिजली की निर्मल रोशनी होगी, संगीत की किताबें होंगी, वह सितार के तारों पर निठल्ली उँगलियाँ फेर रहा होगा, बीच-बीच में उससे कह रहा होगा—इस तरह भावुक होने से हमें क्या मिलना है। ज़िन्दा रहने का एक सिद्धान्त है, उसकी एक लॉजिक है। हमें यह मानकर चलना है कि हम विपरीत दिशाओं से आनेवाले यात्री थे, अचानक मिल गए थे, अब हम फिर पहले की तरह अपनी-अपनी राहों पर चलने जा रहे हैं...पर इस कल्पना में एक यही खोट थी कि वह जानता था कि बातें इस तरह की न होंगी! रिक्शावाले से उसने कहा, "इधर गली में मोड़ लेना।"

उसने मोड़ पर ही रिक्शा रोक लिया, कहा, "गली में नहीं जाऊँगा। उधर रिक्शे नहीं जाते।"

शायद इसका जवाब देने के लिए ही धुँधलके में एक ख़ाली रिक्शा घंटी बजाता हुआ गली से निकला। नारायण ने कहा, "वह जो नुक्कड़ पर बिजली का खम्भा है न, तुम वहीं कुछ देर रुक जाना। मैं दस-पन्द्रह मिनट में आ जाऊँगा।" नुक्कड़ पर सिम्मी के घर की गली शुरू होती थी और वह इतनी सँकरी थी कि वहाँ रिक्शे को यूँ भी छोड़ना पड़ता।

गली में रिक्शे के घुसते ही, नुक्कड़ वाले बल्ब के बावजूद सिलेटी रंग के कोहरे की पर्तों ने उन्हें लपेट लिया। कुछ गज़ आगे बढ़ते ही दो आदमी उसके सामने से भागते हुए आए और उनमें से एक रिक्शे के पहिये से लगभग टकरा

गया। उसने रिक्शे वाले को चीख़कर गाली दी; दूसरा चिल्लाया, "उधर नहीं! उधर नहीं। लौट जाओ। लौट जाओ!"

गर्दन घुमाकर नारायण ने भागते हुए आदमियों को देखा। गली जहाँ सड़क से मिलती थी, वहाँ बिजली की धुँधली रोशनी में उसने देखा, एक आदमी लँगड़ा रहा है और दूसरा उसे घसीटता हुआ भागा जा रहा है। सड़क पर पहुँचकर भागते हुए आदमी ने मुड़कर दुबारा पुकार लगाई : "उधर नहीं! उधर नहीं!"

नारायण रिक्शावाले को तुरन्त वापस लौटने को कहना चाहता था, पर भागते हुए आदमियों की भयातुर चीख़ ने जैसे अपनी छूत से उसके फेफड़े को जकड़ लिया। रिक्शावाले की पीठ छूकर कुछ कहने के लिए उसने हाथ बढ़ाया, पर तब तक वह गद्दी से नीचे कूद पड़ा था और रिक्शे को सड़क की ओर घुमाने लगा था।

तब तक उनके सामने की गली दौड़ते हुए पाँवों, चीख़ों और ललकारों से भर गई। आसपास की खिड़कियाँ और दरवाज़े फटाफट बन्द होने लगे और नुक्कड़ के धुँधले बल्ब के सिवाय रोशनी के सब सहारे एकाएक ग़ायब हो गए। कोई टेढ़े-मेढ़े रिक्शे से टकराकर और मूँगफली का टोकरा उसी पर फेंककर सड़क की ओर भागता दिखाई दिया। जाते-जाते अपने धक्के से वह रिक्शावाले को नाली में ढकेलता गया। रिक्शावाला चुप रहने की कोशिश में बहुत धीरे-धीरे काँखता हुआ दीवार से लगी नाली में हाथ और पाँव के पंजों के बल कुछ दूर घायल बन्दर की तरह भागा। सड़क पर पहुँचकर उसकी चिल्लाहट गली में उठने वाली आवाज़ों के फैलाव में मिल गई।

किसी सुरंग में जैसे आदिम सरीसृपों ने अपने मुँह फैला दिए हों और एक-दूसरे के ऊपर से सरकने लगे हों, नारायण भागने के लिए रिक्शे से कूदा और तब उसने देखा कि मुड़ते-मुड़ते रिक्शा टेढ़ा होकर गली की चौड़ाई में फँस गया है और उसके कारण वहाँ नाकेबन्दी जैसी हो गई है। नीचे आते ही उसे पता चला कि घबराहट में वह सड़क की ओर नहीं, बल्कि उधर कूदा है, जिधर से लोग दौड़ते हुए आ रहे हैं और जिधर सिम्मी की गली का नुक्कड़ है।

रिक्शे को लाँघकर सड़क की ओर जाने में ही बचत थी, पर उसे अपने पाँवों पर भरोसा नहीं था। उसने बिजली के खम्भे की ओर झपटकर सिम्मी के मकान तक पहुँचने की कल्पना की। पर यह सिर्फ़ कल्पना थी क्योंकि अचानक कुहासे की पर्त फाड़कर कुछ लोग झपटते हुए उसके सामने आ चुके थे और उधर बढ़ा नहीं जा सकता था। नारायण ने किसी तरह रिक्शे पर चढ़कर दूसरी ओर कूदना चाहा, पर तब तक एक आदमी ने रिक्शे का अगला पहिया उठा लिया और टेढ़ा करके उसे पीछे की ओर ढकेलने लगा।

नारायण ने अपने को सँभालने के लिए झुककर रिक्शे की गद्दी पकड़ ली और सर झुकाते ही निलम्बित चेतना के एक जीवन्त क्षण में उसे लगा कि यह जाना-बूझा खेल है जिसे वह पहले कहीं खेल चुका है।

सचमुच ही यह खेल जैसा था। रिक्शे के एक ओर दो आदमी थे और दूसरी ओर भी अब एक की जगह दो हो गए थे। उनमें से पहला आदमी, जिसने रिक्शे का पहिया उठाकर हटाना चाहा था, फुर्ती से दीवार की ओर चला गया था और रिक्शे के पीछे छिपने की नाकाम कोशिश कर रहा था। वह जल्दी-जल्दी कुछ बोल भी रहा था, पर सारे शब्द मिलकर एक निरर्थक लम्बी कराह बन गए थे। बाक़ी तीनों आदमी रिक्शे के अलग-अलग हिस्सों को छूते हुए अलग-अलग कोणों से उस आदमी की ओर बढ़ रहे थे और जानवरों की तरह चिंघाड़ रहे थे। चौथा आदमी रिक्शे की पीठ और दीवार के बीच आ गया था और इन तीन आदमियों में से एक रिक्शे को ज़ोर से दीवार की ओर ठेलकर उस आदमी को पीस देना चाहता था।

अचानक दूसरी ओर का एक आदमी हाथ में छुरा ताने हुए चिंघाड़ता हुआ दीवार की ओर बढ़ा और उसके कन्धे के धक्के से नारायण रिक्शे पर तिरछा हो गया। सीट पर गिरते-गिरते उसने बोलने के लिए मुँह खोला और इस बार उसकी आवाज़ बिना रुकावट के बाहर आई। उसने कहा, "मुझे न मारो भाई।" पर तब तक छुरे का वार रिक्शे के पीछे दीवार पर हुआ और अब नारायण को तीसरा आदमी अपनी ओर बढ़ता हुआ दीख पड़ा।

नारायण जान नहीं सका कि दीवार से चिपके हुए आदमी का क्या अंजाम हुआ, क्योंकि उधर देखने के पहले ही उसकी चीख़ गले की गरगराहट में रुँध गई और पेट में भयानक जलन का एहसास हुआ। चारों ओर का कोहरा अचानक और भी गहरा हो गया और चीख़ने के लिए उसने जब दुबारा मुँह खोला तो वह खुला ही रह गया। उसके पेट में जब दूसरी बार छुरा भोंका गया तब वह रिक्शे की सीट से लुढ़ककर ज़मीन की ओर आ रहा था।

इसके बाद हत्यारों ने नारायण की ओर ध्यान नहीं दिया। तीनों दीवार से जकड़े हुए आदमी को नियमित ढंग से मारकर, उसे नाली में फेंककर, गली की धुन्ध में ग़ायब हो गए। जाते-जाते वे रिक्शे को भी उलटते गए।

जब लोग वहाँ पहुँचे तो उन्होंने नारायण को रिक्शे के नीचे पड़ा हुआ पाया। सितार लुढ़ककर कई हाथ दूर चला गया था। टॉर्च की रोशनी में उसका टूटा हुआ तूम्बा किसी ऐसी खोपड़ी जैसा दीख पड़ा जिसे जंगल में सियार-भेड़ियों ने खखोला हो। रम की बोतल नाली में पड़े हुए मुर्दे के पेट के नीचे दबी पड़ी थी और ख़ून और कीचड़ में लथपथ होने के बावजूद सुरक्षित थी। हवा बन्द थी, पर उल्टे हुए रिक्शे का अगला पहिया अब भी धीरे-धीरे घूम रहा था।

उपसंहार

इस दुर्घटना के बाद वह सब-कुछ किया गया, जो एक कलाकार की मृत्यु के बाद किया जाता है या किया जाना चाहिए।

भले ही उसकी जन्म-तिथि, शिक्षा-दीक्षा आदि का विवरण बहुत शुद्ध न रहा हो, रेडियो की ख़बरों में नारायण के 'दुर्भाग्यपूर्ण परिस्थितियों में हुए देहान्त' का समुचित उल्लेख किया गया और उसके परिचितों, मित्रों और सम्बन्धियों की भेंटवार्ताओं के साथ, जिनमें सिम्मी का स्थान नहीं था, उसके सितार-वादन के विशेष कार्यक्रम प्रसारित किए गए। अख़बारों में इस मृत्यु पर खेदपूर्ण, और मृत्यु की परिस्थितियों पर आक्रोशपूर्ण टिप्पणियाँ छपीं। दुर्घटना के दूसरे दिन कई सत्ताधारियों और जनसेवकों के संवेदनापूर्ण संदेश आए, कुछ जगहों पर शोक-सभाएँ हुईं, नगर निगम का दफ़्तर आधे दिन के लिए और प्रदेश की संगीत कला अकादमी का दफ़्तर पूरे दिन के लिए बन्द हुआ।

राजनीतिक पक्ष और प्रतिपक्ष दोनों ही कानून और व्यवस्था की गिरती हुई हालत पर चिन्तित हुए। शहर में बढ़ती हुई गुंडागर्दी के ख़िलाफ़ पुलिस की निष्क्रियता की लगातार कई दिन तक निन्दा हुई और इसका यह फल हुआ कि एक जोशीले पुलिस कप्तान ने शहर में गुंडा विरोधी अभियान की घोषणा कर दी। देखते-देखते दो सौ से ऊपर गुंडे गिरफ़्तार कर लिए गए जिनमें न जाने क्यों और कैसे बुज़ुर्ग अनवर मियाँ भी थे; यह दूसरी बात है कि अपने बारे में ग़लतफ़हमी साफ़ कराके वे दूसरे दिन शाम तक छूट आए। गुंडा-विरोधी अभियान काफ़ी दिन तक चलता रहा और आगे भी चलता, पर इसी बीच छात्रों का आन्दोलन चल निकला और स्थानीय वाइस-चांसलर पिट गए और राजनीतिक पक्ष और प्रतिपक्ष की चिन्ता और पुलिस की सक्रियता दूसरी दिशा में मुड़ गई।

नारायण के हत्यारों का, जो पुलिस की राय में बुनियादी तौर से किसी दूसरे के हत्यारे थे और नारायण की हत्या जिनके मुख्य अपराध का 'बाई-प्रॉडक्ट' भर थी, पता नहीं चला। कुछ दिनों बाद प्रमाण, तथ्य, पैरवी और समुचित जन-सहयोग के अभाव में मामले का अनुसन्धान उसी तरह समाप्त कर दिया गया जैसा कि सड़क पर मोटर-ट्रकों से होने वाली बहुत-सी 'हिट-ऐंड-रन' दुर्घटनाओं के साथ होता है।

नगर निगम के नए ऐडमिनिस्ट्रेटर ने घोषणा की कि जो मकान पहले नारायण को दिया गया था, वह अब निगम की ओर से रिआयती किराए पर उसके परिवार को दिया जाएगा। मीनाक्षी को नगर निगम की एक प्राइमरी पाठशाला में अध्यापिका का काम दिया गया, जो उसने कुछ दिन किया भी। बाद में पिंटू को निगम में हाउसिंग इंस्पेक्टर के पद पर नियुक्त किया गया जिसके साथ जुड़ी हुई हैसियत, इज़्ज़त, तनख़्वाह आदि सन्तोषजनक थी। छूटी का नाम आकाशवाणी के नवोदित कलाकारों की सूची में दर्ज किया गया।

कुछ हितैषियों की प्रेरणा और प्रयास से रेडियो तथा अन्यत्र पाए गए टेपों के सहारे नारायण के सितार-वादन के कुछ रिकॉर्ड भी बने। उनसे नारायण की लोकप्रियता बढ़ी और कलाप्रेमियों में काफ़ी दिनों तक उनकी आलोचनाहीन प्रशंसा हुई।

जैसी कि योजना थी, सिम्मी संगीत का डिप्लोमा लेकर लड़कियों के स्थानीय कॉलिज में छोटी कक्षाओं को संगीत सिखाने लगी। नारायण के मूलतः गायक न होने पर भी स्थानीय कलाकारों में उसको नारायण की शिष्या के रूप में ख्याति प्राप्त हुई और इससे उसे रेडियो पर ग़ज़ल और गीतों के कार्यक्रम मिलने लगे और उसी के साथ नारायण के वेदनापूर्ण अभाव को गरिमामंडित स्मृति का रूप देने में उसे आसानी हुई।

नारायण की मृत्यु का वर्ष पूरा होने पर सिम्मी ने अपने कॉलिज में उसका स्मृति दिवस मनाने का आयोजन किया, जो अन्त में स्थानीय महाविद्यालय में हुआ, क्योंकि वहाँ के प्रधानाचार्य ने कहा कि समारोह बड़े पैमाने पर और सभी संगीत-संस्थाओं को साथ लेकर होना चाहिए। संयोग से पुराना सिटी ऐडमिनिस्ट्रेटर उन दिनों बैंकाक से दिल्ली आया था और शहर में किराए पर उठे हुए अपने विशाल बँगले का प्रबन्ध देखने के लिए दो दिन को यहाँ भी आ गया था। नारायण का स्मृति-दिवस उसी की अध्यक्षता में मनाया गया।

औपचारिक भाषण, संगीत-गोष्ठी और चाय आदि के बाद अपेक्षाकृत अधिक घनिष्ठ श्रोताओं के सामने नारायण के कुछ टेप और रिकॉर्ड भी सुने गए। सुनकर संगीत के एक प्राध्यापक ने नारायण के वादन की विशिष्टता पर कुछ अच्छी और शास्त्रीय बातें कहीं। इस पर अफ़सर ने, जो अब समारोह के अध्यक्ष पद की औपचारिकता छोड़ चुका था, कहा, "प्रोफ़ेसर साहब, आपने नारायणजी की सब विशेषताएँ बताईं, पर सबसे प्रमुख विशेषता भुला दी।"

"वह क्या है?"

अफ़सर ने अपने स्थान पर खड़े होकर कहा, "बन्धुओ, मैं कला-मर्मज्ञ नहीं हूँ और मर्मज्ञों के बीच कला पर भाषण देने का मुझमें साहस भी नहीं है, पर मैं एक बात कहना चाहता हूँ। नारायणजी का सितार-वादन सुनकर मुझे हमेशा यही जान पड़ा कि मैं कोई उपासना-संगीत सुन रहा हूँ। विशेष रूप से आप उनका

आलाप सुनें और उसमें मीड़ का काम देखें। मीड़ों की लहरों पर तिरते हुए आपको लगेगा कि धीरे, धीरे, धीरे वे आप को स्वर-समाधि की ओर लिये जा रहे हैं। वहाँ नाटकीयता नहीं है, आलाप छोड़कर जोड़ पर आ जाने की या महफ़िली तोड़े लगाने की जल्दबाज़ी नहीं है। उस्ताद विलायत ख़ाँ के विशेष प्रशंसक होते हुए भी वे इस विषय में रविशंकर के अधिक निकट हैं। कभी-कभी आलाप के स्वर-कणों के वे जो छोटे-छोटे बुलबुले उठाते हैं, उनमें तरंगों की चपलता नहीं, आनन्द की अगम गम्भीरता मिलती है। धीरे-धीरे यह संगीत आपके अस्तित्व पर छा जाता है; आपके अन्तर्जगत और बहिर्जगत की असंगतियों को तोड़ देता है। यह जीवन में निरुद्वेग और कल्याणमयता का संगीत है। यह उस साधक का संगीत है जिसमें विक्षोभ नहीं है, जो नाद के मार्ग से जीवन में जो भी उदात्त और उत्कृष्ट है उसका साक्षात्कार कर चुका है और अब अपने श्रोताओं को भी उसका साक्षात्कार कराना चाहता है...।"

इसके बाद नारायण के दो-एक रिकॉर्ड फिर से सुने गए और लोगों ने उक्त व्यवस्था की सच्चाई का नए सिरे से अनुभव किया।

बाद में नारायण की इस विशेषता को लेकर पत्र-पत्रिकाओं में कई लेख निकले और रसज्ञ आलोचकों ने इस बात को विशेषज्ञों की भाषा में शास्त्रीय स्तर पर प्रतिष्ठित किया।